KB057251

화곡

화곡

초판 1쇄 발행 | 2019년 3월 19일
초판 2쇄 발행 | 2019년 4월 15일

지은이 윤재성
발행인 이대식

편집 김화영 나은심 손성원 김자윤
마케팅 배성진 박상준 **관리** 홍필례
디자인 모리스

주소 서울시 종로구 평창길 329(우편번호 03003)
문의전화 02-394-1037(편집) 02-394-1047(마케팅)
팩스 02-394-1029
홈페이지 www.saeumbook.co.kr
전자우편 saeum98@hanmail.net
블로그 blog.naver.com/saeumpub
페이스북 facebook.com/saeumbooks
인스타그램 instagram.com/saeumbooks

발행처 (주)새움출판사
출판등록 1998년 8월 28일(제10-1633호)

화곡

윤재성 장편소설

새움

차례

PROLOGUE

먼 곳에서 타는 냄새가 났다.

형진은 고개를 돌렸다. 불빛은 보이지 않았으나, 가무스름한 연기가 밤하늘로 섞여들고 있었다. 어디서 쓰레기를 태우고 있는 모양이었다. 동네 노숙자들이 드럼통에 군불이라도 지폈거나.

서슬 퍼런 칼바람이 양 뺨을 베고 갔다. 꽁꽁 언 귀는 붙었는지 떨어졌는지 감각조차 없었다. 형진은 어깨를 움츠리고 걸음을 재촉했다. 아까의 타는 냄새는 달착지근한 계피향으로 변했다. 주변을 둘러보니 저 앞 골목에 노점 트럭이 서 있었다. 텅 빈 속이 뒤틀렸지만 수중에는 천 원 한 장도 없었다. 덕분에 지금은 버스 여섯 정류장짜리 여로를 바람에 난도질당하며 걸어가는 중이었고, 빈 속, 빈 지갑, 잘린 일자리까지 더해진 귀갓길이었다.

'불쌍한 척은, 그 늙은이를 도와주느라 이 꼴이면서.' 그는 마음속 목소리를 무시했다. 내 일이 급하다고 도움이 필요한 사람을 못 본 체할 순 없잖은가. 그건 문형진의 인생 신조에 어긋나는 일이었다.

느지막이 일어났을 때 집에는 아무도 없었다. 이부자리 옆에 밥

상만 차려져 있었다. 달걀프라이, 갓김치, 밥 한 공기가 놓인 상에
는 분홍색 포스트잇이 붙었다. '아침 꼭 먹고 나가, 오늘도 파이팅!'
그는 포스트잇을 서랍에 넣고 여동생 진아가 차려준 아침을 말끔
히 먹어치웠다. 그런 다음 어슬렁어슬렁 나가 동네 어귀까지 한 바
퀴 돌았다. 이웃들에겐 '화곡동 자경단장', 형에겐 '백수놈 육갑질'
로 불리는 민생치안 활동이었다.

  순찰은 오늘도 혁혁한 성과를 올렸다. 인적 드문 골목 안쪽에, 리
어카를 밀던 노파가 쓰러져 있었던 것이다. 당장 달려가 구급차를
부르고, 흩어진 폐지 박스들을 주워 담고, 따라갔던 병원에서 나오
니 두 시간이 지나갔다. 종일 꺼뒀던 머릿속 알람이 그제야 울렸다.
'아, 아르바이트가 있었지.'

  식당 사장은 그를 보자마자 벌컥 화를 냈다. 연락 한 통 없이 이
시간에 오면 어쩌냐는 것이었다. "제가 핸드폰이 없어서요. 할머니
가 쓰러져 계셔서……." 성실하게 진술했지만 정상참작의 기미는
없었다. "이번이 몇 번째야?" "네 번째요." "몇 분 늦었는데?" "두 시
간 반요." 사장은 허리에 손을 얹고 주방 쪽으로 턱짓했다. "들어가
서 일해. 내일부터는 나오지 말고."

  형진은 얌전히 주방으로 가서 앞치마를 둘렀다. 그릇을 박박 닦
으면서 구시렁이 튀어나왔다. "사람이 다쳤는데 좀 늦을 수도 있지,
좀스럽게 성질은……."

  사장은 늦은 시간만큼 추가근무까지 시켰다. 날이 저문 뒤에야
퇴근해, 정류장에서 버스를 타려는데 아까 일이 생각났다. 남은
돈을 택시비로 다 써버렸던 것이었다. 그는 별 불만 없이 걷기 시

작했다.

시각은 벌써 자정에 가까웠다. 야자를 마치고 온 진아가 잠들어 있을 시간이었다. 형은 독서실에서 밤을 샐 터였고.

그 인간을 떠올리자 절로 미간이 찌그러졌다. 이틀 전, 그들은 댓바람부터 한판 붙었다. 싸운 원인은 형진이 보던 경찰공무원 참고서, 싸움 주제는 문형진이 과연 경찰질을 시작할 수 있느냐였다. 일어나 보니 머리맡에 선 형이 굳은 얼굴로 참고서를 들고 있었다. 형진은 잠이 덜 깬 목소리로 중얼거렸다.

"뭐 해. 줘."

형은 주지 않았다. 대신 소중한 교재를 말아 쥐었다. 책등이 구겨지는 꼴을 보자 졸음이 싹 달아났다. 형진은 자리를 박차고 일어섰다.

"미쳤어?"

"네가 한 소리다. 또 떨어지면 그만두겠다고."

"이번에는 붙는다니까. 붙으면 되잖아."

형은 들릴락 말락 코웃음을 쳤다. 그런 놈이 3년째 방구석 백수냐, 하듯.

"넌 경찰이 될 재목이 아냐. 지금이라도 늦지 않았다. 정신 차리고 대학부터……."

"지랄. 학교는 무슨 학교."

형의 얼굴이 일그러졌다. 진아가 자습 때문에 아침 일찍 집을 나가서 다행이었다. 그는 꽉 다문 턱에다 대고 빈정거렸다.

"아빠 흉내 작작 내. 남 일에 신경 끄라고."

물론 형은 쉽게 격침되지 않았다. 팔짱을 낀 채 네놈은 한량이라고, 그런 썩어빠진 정신머리로는 경찰이 아니라 건달도 못 될 거라며 독설을 늘어놓았다. 형진은 고시나 붙고 오라고 맞받아쳤다. 온갖 폭언이 오가던 싸움박질은 옆방의 방해로 끝났다. "이봐요, 조용히 좀 합시다!" 형은 그를 토사물 보듯 쏘아보더니 나가버렸다.

　바람 끝자락에 눈발이 섞였다. 15분 뒤, 동네 초입에 이르렀을 때는 함박눈이 펄펄 퍼붓고 있었다. 형진은 쌓이기 시작한 눈길 위를 걸어갔다. 빌라촌 골목에는 도둑고양이 하나 보이지 않았다. 술병을 안고 드러누워 있던 노숙자들도 자취를 감췄다. 눈을 피해 가까운 지하철 역사로 피신한 것 같았다.

　그래서 골목 어귀에 쪼그리고 앉은 그림자를 보았을 때, 형진은 걱정스러움을 느꼈다. 만취한 취객인가? 아니면 인사불성이 된 노숙자? 누가 됐든 얼어 죽고도 남을 날씨였다. 그는 깨워 일으킬 생각으로 다가가다가 이상한 점을 발견했다. 노숙자가 입기엔 값비싼 항공점퍼도 그랬고, 잠들기는커녕 품에 숨긴 뭔가를 열심히 흔드는 모양새도 그랬다. 호기심은 곧 의심으로 변했다. 웬 검은 액체가 벽 여기저기 뿌려져 있었던 것이다. 얼핏 보면 그래피틴가, 그래비틴가 하는 스프레이질 같기도 했다.

　'요즘은 예술을 저렇게 하나?'

　방범대장의 사명감에 발동이 걸렸다. 작업에 어찌나 몰입했던지, 항공점퍼는 그가 뒤에 설 때까지도 인기척을 못 느낀 것 같았다. 형진은 팔짱을 끼고 서서 물었다.

　"지금 뭘 하는 겁니까?"

가까이서 본 상대의 행색은 더욱 수상쩍었다. 한밤중인데도 스키 고글에 스키 모자, 코와 목을 덮는 스키 마스크까지 끼고 있었다. 항공점퍼는 천천히 일어섰다.

"아무것도 안 했는데요."

"안 하긴, 벽에 뭘 뿌렸잖아요. 들고 있는 건 뭡니까?"

항공점퍼가 얼른 손을 감췄지만 형진은 혈액팩처럼 보이는 물체를 포착했다. 가로등 불빛에 드러난 비닐 표면에는 물방울이 송글송글 맺혀 있었다. 저걸 담벼락에 뿌리던 건가? 그렇게 생각하니 어렴풋이 짐작이 갔다. 뭐, 무슨 시민 단체 회원이나 상태 안 좋은 저항예술가일지도 몰랐다. 밤마다 집집을 돌며 '세상 좆 까', '삶은 지옥이다' 따위를 적는.

형진은 친절하게 충고했다.

"뭐 하는 분인지는 모르겠는데, 그렇게 막 낙서하면 벌금이 얼마인지 알기나 해요?"

대답은 없었고 눈발만 날렸다. 그는 다시 말했다.

"알았어요. 신고는 안 할 테니 좀 비켜봐요. 우리 집 담벼락에 뭘 썼는지는 봐야죠."

항공점퍼는 그가 다가서자마자 한 발짝 물러섰다. 형진은 최대한 위협적이지 않게 두 손을 들었다.

"의심도 많으시네. 그러지 말고, 힘든 일 있으면 내가 들어줄 테니까……"

말은 끝까지 이어지지 못했다. 상대의 손에 있던 혈액팩이 그의 얼굴을 폭격해왔던 것이다. 폐수도 양잿물도 아닌, 돼지 피 같은 끈적끈적한 액체가 눈과 코로 흘러들었다.

형진은 얼룩진 시야를 간신히 훔쳐냈다. 코를 찌르는 피비린내에 욕지기가 일 지경이었다. '이 미친놈, 어디로 갔어?' 주위를 둘러보는데 스키 마스크를 벗고 고개까지 젖힌 항공점퍼가 보였다. 흡사 부싯돌에 숨을 불어넣으려는 듯한 포즈였다.

그리고 다음 순간, 피 묻은 얼굴이 발화했다.

무자비한 열기가 얼굴을 짓이겼다. 불을 지핀 땔감은 그 자신의 살과 피였다. 마구 손을 휘저었지만 소용없었다. 불길은 목에서 손으로, 손을 타고 점퍼로 번졌다. 살갗이 타는 들척지근한 악취가 불타는 콧구멍으로 흘러들었다. 귓가에서는 스스로가 내지른 비명이 끊임없이 메아리쳤다.

형진은 무릎을 꿇고 눈밭에 얼굴을 처박았다. 타들어가던 피부의 불이 꺼지는지 '치익' 하는 소리가 들려왔다. 그는 잡히는 대로 눈을 쥐어 얼굴에 비벼댔다. 불길을 줄줄 흘리던 코와 입이 조금씩 얼어붙었다.

정신이 들었을 때는 주변이 대낮처럼 밝았다. 형진은 다 녹은 눈꺼풀을 깜빡거렸다. 눈알튀김 신세를 면한 각막이 차츰 시력을 되찾아갔다. 들끓던 흑점들이 사라지자 불그죽죽한 형체가 나타났다. 그는 달이 불타고 있다고 생각했고, 곧 그 달이 지나치게 가깝다는 것을 깨달았다.

눈앞에서 활활 타는 것은 삼남매가 살던 월셋방 건물이었다. 화곡동 원룸촌에서도 손꼽히도록 허름한, 날림식 빌라가 불길에 휩싸여 있었다.

넋을 잃고 지켜보는 사이, 유리창 몇 개가 한꺼번에 깨지며 위층 창에서 화염이 뿜어져 나왔다. 형진은 멍하니 불줄기를 올려다보았다. 주워 배운 구급상식이 퍼뜩 떠올랐다. 화재 직후 최성기를 맞는 5분여. 이제부터 건물의 손괴와 인명의 피해가 무르익을 시간이었다. 유독가스가 퍼지고, 내부의 생존자는 연기에 질식해 호흡곤란을 일으키고……

진아는?

동생의 이름이 떠오른 순간, 되찾았던 의식이 까마득히 멀어졌다. 진아, 진아는 집에서 나가지 않았으리라. 동생은 자정을 넘어서 밖을 돌아다니는 법이 없었다. 원래대로라면 자고 있을 시간이었지만, 혹시 잠이 안 와 연기 냄새를 맡았을지도 모를 일이었다. 어쩌면 불길이 3층만 비켜 갔을 수도 있었다. 어쩌면, 정말 어쩌면.

헛된 기대는 불줄기 속에서 스러졌다. 그는 달려나가려다가 볼썽사납게 나자빠졌다. 심한 쇼크가 균형감각을 앗아간 탓이었다. 눈을 비빈 손등에는 벌건 살점이 진물과 함께 묻어 나왔다. 다리가 풀리고 얼굴에서는 수포가 부풀어 오르는 와중에도, 형진은 일어서려 애썼다. 누가 좀 도와줘요. 힘껏 소리친 고함은 입안에서만 맴돌 뿐이었다.

먼 곳에서 사이렌 소리가 들려왔다. 근처 주택에서도 사람들이 뛰어나오는 것 같았다. 다급한 발소리 위로 불티와 재가 내려앉았다. 형진은 왼쪽 뺨을 눈에 파묻고 하늘을 올려다보았다. 현실감 없는 풍경들이 동공을 지나쳐 날아가고 있었다. 새까맣게 소용돌이치는 연기와, 불길 속에서 꺾이는 기둥과, 수수밭처럼 벌겋게 단 눈밭과 보름달과…….

"이봐요, 이봐요! 정신 좀 차려봐요!"

누군가가 그를 발견한 듯, 몸을 흔드는 기척이 느껴졌다. 그러나 답을 할 수가 없었다. 정신은 마취액에 잠긴 듯 아득했다. 눈과 코와 입을 불태우던 통증이 물러가며, 시커먼 조수潮水가 몰밀어 들어왔다.

형진은 감기는 눈꺼풀을 가까스로 밀어 올렸다. 첫 번째로 깜빡였을 때는 물살이 불길을 집어삼켰고, 두 번째에는 하늘과 땅이 잠겼고, 세 번째에는 그를 둘러싼 세계가 침몰했다. 이윽고 모든 것이 가라앉은 암흑이 찾아왔다. 의식이 끊길 때까지도 그는 중얼거리고 있었다.

도와줘요, 누가 좀.

STORY

#형진

형진은 눈을 가느다랗게 떴다. 높다란 창문에서 햇빛이 비쳐 들고 있었다. 빛의 층 위로 먼지가 떠돌았고, 코를 찌르는 암모니아향도 섞였다. 그는 눈동자만 굴려 간밤의 숙소를 훑었다. 딱딱한 타일 바닥, 오줌 때 묻은 소변기, 돌아가는 환풍기까지 둘러본 시선이 품 안의 술병에서 멎었다. 속이 빈 소주병은 주인에게 찰싹 안겨 있었다.

그는 왼손을 들어 눈가를 가렸다. 한순간 공중화장실 바닥이 사라지고 눈밭이 나타났다. 방화범이 내뿜은 화염은 그를 집어삼키 겠노라고 으르렁거렸다. 유황 냄새, 연기 냄새, 살이 타는 악취가 작열통과 함께 되살아났다.

환각의 대처법은 익숙했다. 형진은 몸을 태우는 불길도 아랑곳 않고 눈을 감았다. 그리고 주먹을 꽉 쥔 채 발작이 잦아들기만 기다렸다. 어제 마신 소주가 혈관 속에 남아, 이틀 걸러 찾아오는 정신병을 진정시켜주길 바라면서.

불길이 사그라들었다. 그는 쥔 손을 폈다. 얼마나 꽉 쥐었던지,

긴 손톱이 파고들었던 살갗이 얼얼했다. 손바닥에는 오래된 흉터들이 초승달 모양으로 남아 있었다.

그러고 보니 아픈 곳이 한두 군데가 아니었다. 머리는 쪼개질 듯 쑤셨고 속은 울렁거렸다. 누군가 위장을 줄톱으로 썰어대는 기분이었다. 형진은 끙 소리를 내며 일어났다. 그 바람에 품 안의 소주병이 떨어져 굴렀다.

굴러가는 술병을 따라, 어젯밤의 기억이 흘러나왔다. 그는 무슨 일이 있었는지 차근차근 복기했다. 두통의 원인은 간밤 퍼마신 소주 때문이었고, 복통으로 말할 것 같으면 아랫배에 들어 있는 피멍 탓 같았다. 신상의 변화는 그뿐만이 아니었다. 손을 입술로 가져가자 말라붙은 피딱지가 버석거렸다.

엉망으로 취해 곯아떨어지고 나서, 깨어나 보니 생겨 있는 멍이나 상처는 흔한 일이었다. 형진은 입천장을 혀로 더듬다가 인상을 찌푸렸다. 윗니 한 대는 흔들렸고 오른쪽 송곳니는 아예 잇몸에서 도망치려 했다. 통증과 함께, 이빨을 흔들리게 한 개자식도 기억이 났다. 목덜미가 너덜너덜한 메리야스를 입은 놈. 근방에서 처음 보는 노숙자였다.

머리를 쥐어짜자 기억들이 하나둘씩 떠올랐다. 오늘 새벽, 인적 드문 번화가 옆길. 가로등 밑에서 여자 한 명 대 노숙자 세 명의 실랑이가 벌어지고 있었다. 형진은 흘끗 보고 가던 길을 가려 했다. 외투 주머니에는 술병이 있었고, 꼬박 닷새 만에 만져보는 소주인데다, 그는 알코올중독자지 경찰이 아니었다.

발길을 잡은 것은 그를 지목한 구조 요청이었다. 여자는 귀퉁이가 뜯긴 가방을 부여잡고 애처로이 애원했다. 후드 쓴 아저씨, 저 좀 도와주세요. 제발요.

다음 상황은 정확히 기억나지 않았다. 사실 기억하고 싶지도 않았다. 못난 버릇, 그간 경찰서를 수도 없이 들락거리게 했던 오지랖이 다시 튀어나온 것이다. 가로등 쪽으로 돌아서자마자 가래침이 날아와 옷 앞섶에 묻었다. 형진은 입버릇 나쁜 낙타의 턱에 주먹을 박았다. 아마 그 메리야스는 뼈저린 교훈을 얻었을 것이었다. 두 발 달린 짐승에게 침을 함부로 뱉으면 안 된다는.

그들은 쓰레기가 널린 길바닥에서 뒤엉켰다. 꼼짝없이 몰매를 맞을 위기였으나, 때마침 지나가던 대학생 무리가 그를 살렸다. 여자가 도와달라고 소리를 지르자 노숙자들은 뒤도 안 보고 튀었다. 형진도 함께 달렸다. 거기서 어정거려봐야 최선이 훈방, 최악은 유치장행 및 술병 압수였다.

그는 좁아터진 숙소를 둘러봤다. 생각해보니 굳이 도망칠 필요도 없었다. 화장실 바닥이든 두 평짜리 유치장이든, 잠자리란 몸을 눕힐 곳일 뿐이었다. 문형진의 영혼은 여전히 8년 전 지옥불에 타들어가는 중이었으므로.

❖

의식을 되찾았을 때, 그는 병원에 있었다. 정확히는 구속 장치로 붙들어 맨 침대 위였다. 마른 장작처럼 불타던 빌라는 눈앞에서 사라진 뒤였다. 그러나 연기 냄새, 살 탄 누린내, 후각을 잊을 만큼 끔찍스러운 작열통이 전신을 뒤덮었다. 땀구멍 하나하나에서 불덩이 애벌레가 기어 나오는 기분이었다.

형진은 알아들을 수 없는 비명을 내질렀다. 입에 물린 산소호흡기 덕에 고함의 상당 부분은 밖으로 나오지 못했다. 그는 호흡기 호스를 뱉어버리고 침대를 뒤집어엎었다. 난리 통에 꽂혀 있던 링거바늘까지 팔뚝에서 빠져나갔다.

밖이 소란스러워지며 의사와 간호사들이 달려왔다. 간호사 두 명이 그의 어깨를 찍어 누르자 의사가 팔뚝에 진정제를 꽂았다. 약물은 고통과 분노를 한꺼번에 제압했다.

다시 눈을 떴을 때는 비교적 상태가 나았다. 얼굴은 여전히 끓는 소금사막이었으나 입을 틀어막던 산소호흡기는 사라져 있었다. 형진은 소리를 질러 간호사를 불렀다. 낯익은 여자 간호사가 총총걸음으로 등장했다.

"내가 어떻게 된 겁니까?"

형진은 자신의 목소리에 놀랐다. 음성은 옹이구멍에서 흘러나오는 것처럼 거칠고 탁했다.

"크게 화상을 입으셨어요. 지금은 안정을 취하셔야 해요."

그 말을 증명이라도 하듯, 발열과 오한이 함께 밀려왔다. 그가 심하게 어깨를 떨기 시작하자 간호사는 즉각 주사기를 뽑아 들었다. 그제야 상반신을 칭칭 감싼 붕대가 눈에 들어왔다. 군데군데 드러난 살갗은 온통 새까맸다.

곧 작열통이 전신을 덮쳤다. 거품을 물고 발작하기 직전, 그는 마지막 집중력을 그러모아 물었다.

"진아는 어디 있죠?"

간호사는 대답하지 않았다. 대신 옴짝달싹 못 하게 붙들어 맨 그의 팔뚝에 진정제를 밀어넣었다. 형진은 의식을 잃으면서 배신감을 느꼈다. '발작을 하나 안 하나, 어차피 이 신세인 건 똑같구만.'

그것은 지나치게 낙관적인 예상이었다. 그가 감수해야 할 진짜 '신세'는 따로 있었다. 길고 긴 심연에서 수면 위로 떠오를 때마다 참혹한 불지옥이 그를 맞았다. 의식이란 고통의 다른 이름이었다. 눈을 뜨면 뭉툭한 끌로 얼굴가죽을 후벼 파는 듯한, 거머리 수천 마리가 피를 빠는 듯한, 생살이 뜯겨나가는 감각이 벌떼처럼 달려들었다. 그는 바람이 새는 목소리로 울부짖었다. 그때는 깨닫지 못했으나, 망가진 것은 성대뿐만이 아니었다.

간혹 제정신이 돌아오는 시기도 있었다. 주로 진정제와 진통제가 투약된 직후였다. 고통이 잠시 물러간 찰나, 오감이 숨을 죽인 고요의 순간에, 작은 목소리가 물어왔다.

'그런데 친구, 진아는 어디다 뒀어?'

그는 그 질문을 병실로 들어온 간호사에게 전했다. 이번에는 간호사 옆에 차트를 든 의사가 서 있었다. 질문을 들은 의사는 난감한 표정이 됐다.

"무슨 말씀이신지……."

"내 동생 말이에요. 문진아. 나랑 같이 실려 왔으면 여기 입원해 있을 거예요."

의사와 간호사는 서로를 마주 봤다. 저건 무슨 눈빛인가, 읽으려 했지만 얼굴을 칭칭 감은 붕대가 시야를 가렸다. 한참 뒤 나온 대답은 시원찮았다.

"잘 모르겠습니다. 같은 현장이라도 다른 병원으로 옮겨지는 경우가 있어서요."

형진은 다른 방향에서 실마리를 찾으려 시도했다.

"형은 지금 어디 있어요?"

"보호자분 말씀이시죠? 문형문 씨는 입원하신 당일에 수속만 마치고 가셨어요."

간호사가 제꺽 대답했다. 형진은 명치끝이 뜨거워지는 것을 느꼈다. 무덤덤하게 서류 작성이니, 서명이니 하는 것들을 처리했을 형을 생각하자 부아가 치밀었다. 그래, 그랬단 말이지. 동생은 다 죽어가는데, 형이란 인간이 코빼기도 안 비치고 돌아가?

형진은 이를 악물고 말했다.

"사람을 불러줘요. 경찰이든 뭐든, 나한테 상황을 설명해줄 수 있는 사람으로."

의사는 대꾸 없이 손목에 찬 시계를 보았다. 기다렸다는 듯, 간호사가 다가왔다.

"문형진 씨, 투약 시간입니다."

아니, 난 괜찮아요. 말하려 했지만 이미 팔뚝에 주사바늘이 꽂힌 뒤였다. 이번에는 진통제나 진정제가 아닌 수면유도제 같았다. 형진은 군말 없이 기절했다.

그러고도 며칠간, 어쩌면 몇 주일 동안, 클로로포름에 절여진 쥐의 일상이 계속되었다. 간호사와 의사들은 그의 질문에 모르쇠로 일관했다. 그 역시 답을 듣는 것을 포기했다. 저들에게 쓸 만한 정보를 얻으니 얼굴이 낫길 기다리는 게 빠를 테니까. 그렇다고 뾰족한 수가 있지도 않았다. 디스크 환자마냥 온종일 드러누워, 눈알만 굴리는 것이 다였다.

약기운이 한결 가신 어느 아침, 그는 주도면밀한 탈출 계획을 세웠다. 손목을 묶은 구속 장치의 왼쪽 매듭이 헐거워져 있었던 것이다. 위쪽만 풀면 아래쪽은 식은 죽 먹기였다. 병원 로비로 내려가면 바깥소식을 알 수 있을 거였고.

형진이 침대 밑으로 다리를 내렸을 때, 문이 열렸다. 들어온 남자는 의사가 아닌 웬 양복쟁이였다. 그는 멀뚱하니 쳐다보는 형진에게 꾸벅 인사하더니, 묻지도 않은 이야기를 줄줄 늘어놓았다. 자신은 보험회사에서 나온 담당자다. 이번 일은 정말 유감이다. 이미 형님분과 1차 처리가 끝났지만 개별 통보가 필요하여 회복되시기를 기다렸다……. 형진은 그의 말이 끝나길 기다려 물었다.

"진아는 어느 병원에 있죠? 그것부터 말해줘요."

남자의 얼굴에 의아함이 떠올랐다.

"무슨 말씀이십니까?"

"내 동생 말이에요. 그 애도 많이 다쳤어요?"

상대는 그제야 이해한 표정이 됐다. 형진이 재차 묻기 전, 남자는 안타깝다는 듯 말했다.

"아직 듣지 못하셨던 모양이군요. 문진아 씨는 화재현장에서 사망하셨습니다."

형진은 잘 닫히지 않는 눈꺼풀을 깜빡거렸다. 뺨이라도 맞은 듯, 귓가에서 날카로운 삐 소리가 윙윙댔다. 의식 밑에 감춰뒀던 속삭임이 이명을 찢고 뛰쳐나왔다.

'친구, 진아는 어디다 뒀어?'

"형님께서 전하겠다고 말씀하셔서 알고 계신 줄 알았습니다. 나쁜 소식을 제가 전하게 되어…….'

한참 말이 이어졌으나, 더는 들리지 않았다. 형진은 아랫입술을 악물었다. 실은 알고 있었다. 진아가 살아 있었다면 누군가 와서 귀띔했으리란 것도, 진정제와 마취제의 힘을 빌려 현실을 외면하는 중이었다는 것도. 그 애는 정신이 들자마자 제 오빠부터 찾았을 아이였다.

남자는 가방에서 큼지막한 서류 뭉치를 꺼냈다.

"지급 전 수익자의 동의가 필요해서요. 서류 확인만 좀 부탁드려도 되겠습니까?"

사망보험금이 어쩌고, 재해 시 지급과 일반사망 지급이 어쩌고 하는 이야기가 계속되었다. 남자는 유족생명보험이니, 지급 가능한 최대액이 얼마니 떠들어대더니 서류가방에서 종이뭉치를 꺼냈다. 한 부에는 이미 형이 사인했으니 검토 후 서명을 하라는 것이었다. 형진은 붕대를 동여맨 손에 펜을 끼우고 휘갈겼다. 얼마를 받든 상관없으니 빨리 가줬으면 하는 마음이었다. 진아의 목숨값을 흥정하고 싶지도 않았다.

가방을 챙긴 남자는 나가기 전 덧붙였다.

"기운 내십시오. 좋은 곳으로 가셨을 겁니다."

❖

"사장님, 어젯밤에 좋은 데라도 다녀오셨수?" 걸쭉한 목소리가 문밖에서 들려왔다. 형진은 재빨리 칸막이 안으로 들어가 문을 잠 갔다. 요즘은 공중화장실 강간 사건이다, 노숙자 불법 침입이다 해 서 동네가 시끄러웠다.

다행히 화장실로 들어오는 이는 없었다. 형진은 발소리가 멀어지 길 기다려 숙소를 나왔다. 그 와중에도 굴러다니던 소주병은 챙겼 다. 거기에 물을 받아서 가지고 다니면 술이 없다는 불안에서 얼마 쯤 벗어날 수 있었다.

반강제적으로 약을 끊고 깨달은 점이라면, 폭음이야말로 화상 후유증의 진화에 특효약이라는 것이었다. 다음 날의 두통 따윈 지 극히 사소한 문제였다. 당장 몸이 타들어가는 판에, 물이 없으면 술 이라도 끼얹어야야 하지 않겠나.

가파른 계단을 내려오자 건물 처마가 발밑에 경계선을 그렸다. 아직은 그늘진 부분이 더 많았으나, 곧 떠오른 태양이 도시의 그림 자를 몰아낼 것이었다. 공기는 불볕을 예고하듯 텁텁했다. 형진은 손을 뻗어 후드를 뒤집어썼다.

오늘 갈 곳이 어디였더라? 스스로에게 묻자 비웃음 섞인 대답이 날아왔다. 네가 갈 데는 무슨, 유치장 바닥에서 안 깨어난 게 다행 이지.

갈 곳을 잃기로는 올해가 8년째였고, 노숙자로 신분이 고착된 것 은 4년째였다. 집도 직업도 없었다. 여러 해를 알코올에 절어 흐느 적댄 결과, 그나마 자신 있던 체력과 근력은 일반인만 못한 수준으 로 떨어졌다. 대신 편의점별 소주 가격, 시내의 무료급식소 목록, 음식물 쓰레기가 많이 나오는 식당가는 훤히 꿰고 있었다. 같은 노숙자인 최 전무는 그를 '길바닥 요리의 소믈리에'라고 불렀다. 척 보면 상한 정도는 물론이요, 며칠을 앓아누울지까지 맞힌다는 것이었다.

그는 기억을 더듬어 행선지를 설정했다. 이곳은 시청 변두리의 백반집 앞이었고, 오늘은 아마 수요일이거나 목요일이었다. 구청 앞 노숙자 쉼터에서는 주에 두 번씩 무료로 점심 배식을 했다.

싹싹 털어낸 주머니에서는 동전 몇 개가 굴러 나왔다. 벼이삭이 하나, 다보탑이 두 개. 스무 배는 더 주워야 겨우 목을 축일 양이었다. 형진은 약한 안타까움을 느꼈다. 어제 산 소주를 남겨뒀어야 했는데, 죄다 퍼마시는 게 아니라.

이 모든 원흉은 어젯밤의 여자였다. 갈 길 바쁜 객에게 도움을 청한 빨간 하이힐. 그녀만 아니었다면 시비가 붙지도 않았을 것이고, 턱을 맞지도 않았을 것이며, 기분을 달래려 과음을 하지도 않았을 것을. 도와준 대가를 생각하자 이가 갈렸다. 그가 호의를 베푼 작자들은 천 원짜리 한 장 주는 법이 없었다.

형진은 술병을 잘 숨겨서 길가로 나가다가 웬 커플과 마주쳤다. 막 모텔의 발을 젖히고 나오던 남녀였다.

그를 본 남자의 표정이 굳어졌다. 곧이어 여자가 작게 비명을 지르고는 손으로 입을 가렸다. 형진은 후드를 눌러쓰고 그들을 스쳐 지나갔다.

❖

붕대를 풀기 전, 의사는 너무 놀라지 말라고 당부했다. 화상환자들 중 자신의 모습을 보고 충격을 받는 사람이 많다는 것이었다.

"말씀드렸다시피, 안면 쪽의 화상이 특히 심했습니다."

침대 옆의 간호사는 주사기 대신 거울을 들고 있었다. 이윽고 얼굴을 압박하던 천이 풀려나갔다. 붕대 곳곳은 말라붙은 피로 검붉었다. 붕대가 끄트머리에 가까워졌을 때, 간호사가 헛바람을 삼켰다. 의사는 나무라는 눈길로 그녀를 흘겨보곤 거울을 받아 건넸다.

거울을 들여다본 순간 형진은 숨을 들이켰다. 거울 속에 있는 것은 녹아내린 괴물이었다. 눈두덩은 촛농처럼 흘러내려 뺨과 합쳐졌고, 코는 기괴하게 뒤틀린 채 눌어붙었다. 그나마 얼굴 위는 형편이 나았다. 귓불이니 입술이니 하는 것들은 검붉은 흔적만 남기고 사라져버렸다. 살과 피와 거죽이 한데 뒤섞여 우르르 끓다가 굳어버린 모양새였다. 오른쪽 눈가만이 잠기고 남은 섬처럼 형체를 갖추고 있었다.

"이게 어떻게 된⋯⋯"

입을 떼자 거울 속 괴물도 아가리를 벌렸다. 형진은 제 음성에 흠칫 놀랐다. 듣는 사람이 도망칠 쇳소리였다.

"내 얼굴이 어떻게 된 거죠?"

"안면피부 대부분이 녹아내렸습니다. 불길에 직접적으로 노출됐어요. 재건수술을 한다 해도 예전처럼 돌아가긴 어려울 겁니다."

형진은 눈을 감았다. 어둠 속에서 불길이 덮쳐들었다. 거대한 화염방사기가 삶의 희망들을 하나하나 태워 가는 기분이었다. 처음은 집이, 다음은 진아가, 이제는 남은 인생마저도.

"턱과 팔의 경우, 엉덩이나 어깨 부분의 피부이식수술로 어느 정도 반흔을 제거할 수 있습니다. 최대한 빨리 수술 날짜를 잡으시는 게 좋겠습니다."

의사는 조목조목 증상을 설명했다. 안면 전체와 상반신 일부에 3도 화상, 2도 화상이 고루 분포돼 있다. 심한 곳은 피부이식을 마쳤지만 나머지는 정식 수술이 필요하다. 차후 환각, 발열 및 오한, 극심한 소양감 등 후유증의 가능성이 크니 정신과의와의 상담 병행을 권장한다.

잔인한 선고가 떨어지고 있었다. 네 동생은 죽었어. 그리고 넌 얼굴이 없어졌지. 이젠 경찰도 뭣도 못 될 텐데, 앞으로 어쩔래?

어디서부터 잘못됐는지 알 수가 없었다. 남을 도우면 도왔지 해코지는 않고 살아온 인생이었다. 누구에게든, 무엇으로든, 이렇게 처참히 곤두박질칠 삶은 아니었다. 그날의 일들이 한바탕 꾼 악몽 같았다. 진아가 차려둔 아침을 먹은 일, 다리를 삐끗한 노파를 병원에 데려다준 일, 알바를 잘리고 눈발이 휘몰아치던 화곡동 뒷길을 걸은 일, 골목 앞에서 웬 항공점퍼와 마주쳐서……

관자놀이에서 시뻘건 분노가 치솟았다. 모두 그놈 때문이었다. 남의 집 담벼락에 불을 지른 항공점퍼, 진아를 죽이고 그를 이 꼴로 만든 개자식. 그는 야수처럼 고개를 돌렸다.

"잡았습니까?"

의사는 누굴 말씀하시는 거냐며 되물었다. 간호사가 움찔 물러섰지만, 형진은 개의치 않고 으르렁거렸다.

"우리 집에 불 지른 놈, 잡았냐고요."

의사와 간호사는 서로를 마주 봤다. 도대체 뭐라는지 모르겠다는 표정이었다. 설명 끝에 전해들은 이야기는 더욱 기가 찼다. 원룸이 불탄 것은 방화가 아닌, 부주의가 부른 화재 사건으로 공표됐다고 했다. '9명 사망, 4명 중태. 경찰은 행인의 담뱃불을 발화원인으로 보고 수사 중.' 간호사가 가져다준 신문을 읽으면서 맥박이 점점 거칠어졌다.

말도 안 되는 소리였다. 며칠 전에는 비가 왔었고 그날은 눈발이 날렸다. 고작 담배 한 대가, 쌓인 눈을 녹이고 건물을 태워 먹을 수는 없는 노릇이었다. 그는 신문을 내던지고 일어서다가 고꾸라졌다. 왼쪽 다리가 말을 듣지 않았던 것이다. 의사는 쇼크로 인한 마비 증세라며 안정을 취하라고 했으나 그는 부득부득 목발을 짚고 병원을 나섰다. 곧 형이 오기로 했다는 말도 무시했다. 동생 숨이 꼴딱대는데 공부나 하러 간 인간은 필요 없었다.

찾아간 지구대에서는 관할서인 강서경찰서로 가보라고 했다. 유리문을 밀어젖히고 들어가자 안의 눈들이 휘둥그레졌다. 형진은 보이는 자리에 앉아 제보를 쏟아냈다. 나는 12월 7일, 화곡동 방화 사건의 피해자이자 목격자다. 그날 밤 우리 집 뒤에서 방화범과 마주쳤다. 지금까진 화상이 심해 병원에 있었는데, 의식을 되찾아 그놈을 신고하러 왔다.

형사는 황소개구리마냥 툭 불거진 눈을 뒤룩대더니 물었다.

"그러니까, 정신이 들자마자 신고를 하러 오셨다?"

"네. 인상착의도 기억해요. 키는 저보다 이쯤 작았고, 검정색 스키 마스크, 스키 고글, 항공점퍼. 손에는 무슨 혈액팩 비슷한 걸 들고 있었는데……."

"잠깐, 잠깐만."

듣던 형사가 한 손을 들었다. 입을 다물자 사무적인 질문이 뒤따랐다.

"그럼 얼굴은 어디서 다친 거요? 방금 방화범을 직접 봤다면서."

"집 뒤 담벼락에서요. 그놈이 입을 열고 저한테 불을 뿜었다니까요. 몰래 지르고 도망가려다가 저랑 마주쳐서, 그냥 확 싸질러버리고 튀었다고요."

이제 경찰서 안의 모든 사람이 그들을 바라보고 있었다. 구석에 앉은 형사 한 명은 먹던 자장면을 내려놓았다. 황소개구리는 옆자리의 동료와 시선을 교환했다.

"이름이 뭡니까?"

"말했잖아요. 문형진이요."

"좋아요. 형진 씨, 화곡동 화재 사건 피해자 맞죠?"

형진은 찜찜한 기분으로 끄덕거렸다. 비슷한 톤의 질문을 면접장에서 들어본 적이 있어서였다. 이봐요, 형진 씨. 최종 학력이 남일상고 졸업 맞죠?

형사는 느릿느릿 설명했다.

"가끔 이러시는 분들이 있어요. 이건 정부가 꾸민 음모라느니, 진범이 따로 있다느니 하면서요. 마음은 알겠지만 우리도 힘들어요. 경찰은 나쁜 놈 잡는 사람이지, 억울한 일 들어주는 사람이 아니라고요."

형사 하나가 "입에서 불을 뿜었대잖아. 용가리 아냐?" 하고는 킬

킬거렸다. 형진은 치미는 욕설을 꾹 참았다. 대신 붕대로 칭칭 감긴 팔을 들이밀었다.

"정말로 봤어요. 아니면 제가 왜 이렇게 됐겠어요?"

형사는 능숙하게 대처했다.

"그럼 다른 목격자를 데려와요. 왜, 아까 말한 용가리 본인이나."

뭐라고 말하든 소용없었다. 상대는 들을 마음이 없었고 그는 듣게 할 힘이 없었다. 저들의 눈에 자신은 정신이 오락가락하는 화상 환자였다.

"그놈, 잡아야 됩니다. 나 같은 사람이 또 나올 거라고요."

"그럼 그때 수사를 시작하겠죠. 그쪽 관할 경찰들이."

마지막 애원마저 무위로 돌아간 뒤, 그는 일어섰다. 형사는 속이 뒤집히는 위로를 덧붙였다. 그래도 보험금은 많이 나올 거다, 그 돈으로 성형을 하면 새 삶을 살 수 있지 않겠나, 인생사 새옹지마라고 공자님께서 말씀하셨거늘.

경찰서를 나왔을 때는 함박눈이 쏟아지고 있었다. 형진은 비척비척 계단을 내려왔다. 몸이 몇 초마다 한 번씩 기우뚱거려서 목발을 붙잡아야 했다. 이제부터 어디로 가야 할지, 무엇을 해야 할지 알 수 없었다. 삶의 토굴이 부스러지고 있었건만, 그는 작은 짐승처럼 무력했다.

한참을 서 있자 시선이 느껴졌다. 대로를 오가는 행인들이 그를 흘끔거리며 지나가는 중이었다. 불현듯 자신의 꼬락서니가 어떨지에 생각이 미쳤다. 맨발에 슬리퍼를 신고, 팔과 가슴은 붕대로 칭칭 감고, 목발까지 짚고 있는 환자복 차림의 괴물딱지.

그는 무심코 팔을 내려다보다가 흠칫 놀랐다. 사람들의 시선이 닿은 곳에서 불길이 일고 있었다. 그날 눈밭에서부터, 무수히 맡았던 살 타는 악취가 작열통과 함께 되살아났다. 방화범의 속삭임이 귓가를 핥았다.

'내가 사라진 줄 알았지? 천만에, 우린 하나야. 이 세상이 불타 없어질 때까지.'

목발이 겨드랑이 밑에서 빠져나갔다. 불붙은 팔을 휘두르자 마주 오던 여자가 비명을 질렀다. 형진은 아랑곳 않고 주변을 살폈다. 대로변의 화단에 얇게 눈이 깔려 있었다. 그는 그곳으로 달려가 흙과 눈을 정신없이 움켜 몸에 비벼댔다. 그래도 불길은 꺼지지 않았다. 달려온 경찰들이 팔다리를 붙잡을 때까지, 그는 가슴팍의 피딱지를 쥐어뜯고 있었다.

병실에서 재회한 의사는 고개를 절레절레 저었다. 상황에 대한 소견은 간호사가 대신했다.

"문형진 씨, 투약 시간입니다."

인생이 끝장났다는 소식은 멈추지 않고 날아들었다. 형진은 다음 날 퇴실 요구를 받았다. 입원비며 약값이 밀려 당장 병실을 비워야 한다는 것이었다. 내 발로 나가겠다고 선언했지만 갈 곳이 있을 리 만무했다. 두 시간 뒤, 놀랍게도 형문이 병실로 들어왔다. 눈에는 가시 같은 핏발이 돋았고 뺨은 퀭했다. 가까이 오자 생전 안 피우던 담배 냄새가 훅 밀려들었다.

형제는 마주 앉고서도 한참이나 말이 없었다. 형문이 먼저 불편한 침묵을 깼다.

"몸은 좀 어떠냐?"

형진은 입 안쪽을 잘근잘근 씹었다. 이 꼴을 보고서도 묻긴 뭘 묻나. 죽을 맛이지.

"얼굴이 많이 상했구나."

"됐고, 바쁘신 분이 여긴 어쩐 일이야?"

형문은 병실 천장을 올려다보았다.

"원무과에서 연락을 받았다. 병원비는 보호자가 직접 처리해야 한다고 해서 시험을 보다 나왔다."

형진은 표정으로 대꾸했다. 그래서 어쩌라고? 형은 다시 물었다.

"이제부터 어떻게 할 생각이냐?"

"진아를 그렇게 만든 자식을 찾아내야지. 내 손으로 잡아넣을 거야."

형문의 눈썹 끄트머리가 꿈틀거렸다.

"경찰이 할 일이다."

"경찰은 무능력한 병신들이야. 방화범 얘기도 믿는 눈치가 아니었다고. 내가 아니면……."

"정신 좀 차려라! 지금 탐정놀이나 할 때냐?"

기어이 불호령이 떨어졌다. 한 명은 간병인 의자에 앉아서, 다른 한 명은 침대 상판에 몸을 기댄 채로, 형제는 서로를 노려보았다.

"조금 있으면 49재다. 마음은 알겠다만, 보낼 사람은 보내야지."

형진은 까맣게 탄 손등을 내려다봤다. 잠시 잊었던 분노가 심장으로 옮겨 붙었다. 형은 알까. 그 저주받은 날로부터 그가 지금껏 어떤 마음이었는지. 진아를 죽인 그놈을 갈기갈기 찢어발기는 상상을 몇 번이나 했는지.

"그게 오빠란 사람이 할 소리야?"

형문은 무뚝뚝하게 팔짱을 꼈다.

"이미 죽은 아이다. 넌 미우나 싫으나 내 동생이고, 삶은 산 사람의 몫이야."

"이 꼴로?"

얼굴을 가리키자 잔소리꾼의 입이 닫혔다. 형진은 입술이 있던 곳의 살덩이를 비틀었다.

"진아가 죽고 내가 그 새끼한테 이 꼴이 되는 동안, 형은 뭘 하고 있었어? 보나마나 고시공부에 여념이 없었겠지. 사시 패스, 연수원 수석, 잘나신 판검사, 형의 머릿속엔 그딴 것들밖에 없으니까. 집구석이 어떻게 됐는지도 모르고."

형문이 뭔가 말하려 했지만 형진은 손을 들었다.

"이제 와서 아빠 행세할 생각 마. 난 그놈을 기필코 잡을 거야."

형의 미간에 어른거리던 노여움이 완전히 사라졌다. 형문은 나지막한 목소리로 말했다.

"알아서 해라. 네가 네 인생을 망치겠다는데, 뭐라고 해줄 말이 없구나."

형진은 형의 눈앞에 환자복 소매를 흔들어 보였다.

"내 꼴 안 보여? 더 망칠 것도 없어."

병실을 떠나기 전, 형문은 몇 가지 전언을 남겼다. 이야기라기보다는 통보에 가까운 상황 전달이었다. 무슨 짓을 했는지는 모르겠다만 원래 받기로 했던 화재보험금과 진아의 생명보험금이 반 토막

났다. 그 반절의 대부분은 우리 집안 빚으로 빠져나갔다. 남은 돈은 네 통장에 들어갈 테니 그걸로 병원비를 대라.

형문은 책임의 일부가 가입자 측 과실이라는 서류에 그의 사인이 되어 있었다고 했다. 그제야 병실로 찾아왔던 양복쟁이가 떠올랐다. 진아의 죽음이다. 화상 후유증이다. 경황이 없던 사이 눈 뜨고 코를 베인 셈이었다.

형진은 애써 걱정을 몰아냈다. 그깟 보험금 몇 푼, 받아도 그만 못 받아도 그만이었다. 놈을 쫓는 데엔 지금 있는 돈으로 충분했다. 다 떨어질 때쯤 공사판 노가다라도 하면 될 일이고.

현실이 호락호락하지 않음을 느낀 것은 퇴원 직후였다. 병원을 나선 순간, 그는 아수라장과 마주했다. 그가 가는 곳마다 개최되는 비명의 축제였다. 시끄럽게 꽥꽥대는 복부인, 욕을 퍼붓는 중년 남자, 핸드폰을 권총처럼 겨눠대는 대학생 무리…… 꼭 이마에 '살인자'라는 글씨가 박힌 기분이었다. 이러다 말겠거니, 싶었으나 예상은 어긋났다. 편의점에서, 대로 한복판에서, 지하철 대합실에서, 그는 혐오와 공포로 뒤범벅된 시선들에 꿰뚫렸다. 세상은 해가 비치는 모든 곳에서 그를 난도질했다. 같은 인간을 바라본다고는 믿기 힘든 모멸이며 적의였다. 퇴원 닷새째 되던 날, 그는 지하상가에서 모자가 두꺼운 후드티를 샀다.

얼굴의 화상은 피리 부는 사나이처럼 재난을 불러들였다. 길을 걷다 경찰이 신원을 묻는 건 신사적인 편이었다. 용맹스러운 지구대 순경에게 제압당해 아스팔트 바닥에 처박혔을 때, 형진은 대체 왜 이 꼴을 당해야 하는지 의아해했다. 의문은 경찰서를 나오며 본

쇼윈도에서 해소됐다. 찢어진 운동화에 시커먼 점퍼를 걸친, 후드 그늘 아래 눈만 번들거리는 괴물이 서 있었다.

후드를 내리자 일그러진 살덩어리가 유리창에 비쳤다. 그를 보는 괴물과 마주 보며, 형진은 불현듯 깨달았다. 그가 정말로 잃은 것은 집도 가족도 아니었다. 방화범이 앗아간 것은 인간의 자격이었다.

불행은 그것으로 그치지 않았다. 외상 후 스트레스 장애가 본격적으로 심신을 갉아먹기 시작했던 것이다. 반흔이 아물고 구축현상이 뜸해진 뒤에도, 그는 시시때때로 불길의 환각에 휩싸였다. 닥치기 전의 전조도 전과 같았다. 세상이 어두워지고, 눈발이 흩날리고…… 그 뒤에는 휘몰아치는 화염이 육신을 집어삼켰다.

의사는 사고 후 흔히 뒤따르는 증상이니 약물 치료와 상담을 병행하면 사라진다고 했다. 그는 가운 멱살을 잡고픈 충동을 억눌렀다. 놈은 그따위 얄팍한 트라우마가 아니었다. 그날 눈밭에서부터 따라온 화마의 악령이었다.

발작은 5분쯤일 때도 있었고 더 길 때도 있었다. 형진은 오래지 않아 대처방법을 찾아냈다. 겁먹은 짐승처럼 주저앉아, 어깨를 움츠리고 있으면 놈은 지나갔다. 문제라면 그동안 완전한 무방비가 된다는 점이었다.

한 달간 일하기로 한 공사판에서 자재를 운반하던 도중, 벌건 불길이 그를 덮쳤다. 정신이 들었을 때는 철근이 주변을 구르고 있었다. 둥그렇게 모여든 인부들에게서 웅성거리는 소리가 들려왔다. "저거, 간질 환자 아녀? 누가 가서 반장한테 말 좀 하소. 저러다 사람 여럿 잡겠다고." 형진은 그날 일당을 받지 않고 공사판을 나왔

다. 근처 인력사무소에서 전부 블랙리스트에 오르기까진 보름이
걸렸다.

❖

역 앞길을 쭉 내려가자 갓 지은 밥 냄새가 났다. 공원 빈터에 밥
차 두 대가 들어와 있었고, 그 앞에 엉성하게 차려진 배식소가 있
었다. 가까운 자리는 먼저 온 노숙자들로 만석이었다. 형진은 맨 바
깥쪽 벤치에 엉덩이만 붙이고 앉았다.

흘끗 보니 아는 얼굴도 더러 있었다. 손수레를 밀고 다니는 권
씨, 서울역 터줏대감 유씨와 김씨, 이름은 모르되 하는 일은 비슷
한 누구누구들. 둘러앉은 무리와 눈이 마주쳤으나 누구도 알은체
는 하지 않았다. 갈 곳 없는 쓰레기들에게도 급은 있었다. 언젠가
이 짓을 청산하리란 희망이 있는 놈, 여길 떠날 마음이 없는 놈, 아
예 돌아갈 곳을 잃은 놈. 그는 명실공히 쓰레기통의 바닥이었다.

"늦었구먼. 기다리다 굶는 줄 알았네."

최 전무의 목소리였다. 고개를 돌리자 비쩍 마른 중늙은이가 그
의 옆에 앉는 게 보였다.

"먼저 드시라고 했잖습니까."

최 전무는 대답 대신 형진의 얼굴을 유심히 살폈다. 그제야 입가
에 달린 피딱지를 발견한 기색이었다.

"얼굴은 왜 그러나?"

"버릇없는 것들 혼 좀 내줬죠. 스트레스도 풀 겸."

최 전무는 혀를 쯧쯧 찼다.

"내 보기엔 자네가 혼이 난 것 같은데. 젊다고 몸 막 굴리지 말게. 그러다 골병드는 거 순식간이야."

형진은 어깨를 으쓱했다.

"더 막 굴릴 몸도 없는데요, 뭘."

그는 최 전무를 작년 겨울 처음 보았다. 몇 개월 전, 머무르던 노숙자 쉼터가 폐쇄되며 시청 앞으로 거주지를 옮겼을 때였다. 대합실 구석에 박스들을 쌓아 놓고 앉아 있는데 웬 놈들이 시비를 걸었다. 거긴 일주일 전부터 우리 자리였으니 꺼지라는 것이었다. 형진은 무시로 응수했고, 상대는 병신이 엉덩짝까지 무겁다며 빈정거렸다. 아무리 술 취한 폐인이 됐다지만 돌주먹은 어딜 가지 않았다. 한 놈을 눕히고 다른 한 놈의 쌍코피를 터트리자 무리는 주춤주춤 흩어졌다.

몇 분 뒤, 이번에는 구두 신은 양복쟁이가 다가왔다. 꽤 비싸 보이는 옷을 걸친 노숙자였다. 형진은 그의 손에 들린 레토르트 된장국과 햇반을 번갈아 봤다.

"뭡니까?"

"들게. 싸움질하느라 배고플 거 아닌가."

"훔친 건 안 먹어요. 부정 타서."

최 전무는 허깨비처럼 웃었다. 지난 몇 년간, 타인이 그에게 처음으로 보인 웃음이었다.

"내 돈으로 산 내 밥이네. 못 믿겠나?"

형진은 두말없이 받아들었다. 그리고 아직 따뜻한 된장국에 밥을 말아 먹어치웠다.

길바닥의 수많은 거렁뱅이 중, 최 전무는 퍽 독특한 부류였다. 이름도 성도 모르지만 다들 그를 '최 전무'라 불렀다. 비가 오나 눈이 오나 벗지 않는 양복 때문이었는데, 실제로 어느 기업에서 전무 자릴 맡고 있었다는 설도 돌았다. 멀쑥한 외양이나 말본새를 보면 정말 그런 것도 같았다.

그가 뭘 하던 인간인지는 상관없었다. 다만 담배를 주니 피우고, 술을 권하니 마시고, 끼니때마다 찾아오니 함께 먹을 뿐이었다. 어쨌든 그를 사람 비슷하게라도 대하는 이는 최 전무가 유일했다.

밥차 문이 열리고 배식이 시작됐다. 두 사람은 비닐 씌운 식판을 하나씩 받아 들고 돌아와 앉았다. 메뉴는 말린 무나물에 깍두기였다. 희멀건 국에는 콩나물 대가리만 둥둥 떠다니고 있었다. 형진은 국부터 홀홀 마신 뒤, 나물을 밥과 섞어 아귀처럼 입에다 퍼 넣었다. 옆구리 터진 쓰레기봉투를 뒤질 때에 비하면 진수성찬이었다.

"내가 자넬 어디서 처음 봤는지 알고 있나?"

최 전무가 숟가락을 놓고 물었다. 형진은 애매하게 우음, 소리를 냈다. 막 잡탕밥 한 숟갈을 문 참이었다.

"3년 전이던가? 중부소방서 근처였을 걸세. 소방관에 경찰들에, 길 가던 행인까지 모여들어서 난리인 거야. 궁금해서 가보니 누가 소방차 앞을 막고 서 있더군. 처음에는 술주정뱅이가 소동을 벌이는 줄 알았어. 왜, 사이렌만 보면 미쳐 날뛰는 치들이 있잖은가. 들어보니 태워달라는 얘기였지. 난 꼭 불이 난 곳에 가야 된다고, 사다리에라도 매달려 갈 테니 데려가달라면서. 그게 자네였네."

형진은 기억의 밑바닥을 헤집었다. 3년 전이라면…… 불만 보면

37

달려가는 지랄병이 한창 도졌을 때였다. 소방차 사이렌은 잿불을 되살리는 부지깽이였다. 화재, 연쇄, 방화 같은 단어라도 듣는 날엔 눈이 뒤집어졌다. 가까운 소방서나 경찰서로 달려가 사건현장을 보여달라, 자료를 내놔라 생떼를 써야만 했다. 그는 입에 있던 것을 마저 삼키고 그때 얘긴 왜 하냐고 물었다.

"안타까워서."

안타깝다고요? 반문하자 최 전무는 진지하게 대꾸했다.

"그래, 안타깝네. 꼭 갈 곳 없는 사람처럼 굴고 있지 않나."

형진은 그만 웃음소리 비슷한 것을 내고 말았다.

"우리가 갈 데가 어디 있습니까."

"돌아갈 곳은 언제든 있네. 돌아갈 용기가 없는 거지."

"저는 전부 타버렸습니다."

최 전무는 잠시 말이 없었다. 심술궂은 햇볕만 두 사람이 앉은 벤치 위로 쏟아졌다. 공원 건너편, 노인네가 끌고 온 LP판 리어카에서 흘러간 노래가 윙윙 울었다. 인생은 연기 속에 재를 남기고 말없이 사라지는 모닥불 같은 것, 타다가 꺼지는 그 순간까지……. 아는 노래였는지 무릎 위에서 박자를 맞추던 최 전무가 물었다.

"자네, 이 생활이 몇 년쨴가?"

"10년은 안 됐습니다."

"다행이구먼. 그럼 아직 희망이 있어."

형진은 들은 체 만 체 식사에 열중했다. 오늘따라 영감이 센티해진 모양이었다. 노친네, 말동무를 시킬 거면 소주라도 한 병 가져올 것이지. 최 전무의 말은 계속됐다.

"나는 훌쩍 넘었네. 그간 본 노숙자는 셀 수도 없고. 자넨 그들이 왜 여기 있다고 생각하나?"

꾸역꾸역 씹어 넘기던 깍두기가 목구멍에 걸렸다. 형진은 불퉁스레 대꾸했다.

"쓰레기가 쓰레기장을 구르는 데 이유가 있겠습니까."

최 전무는 웃었다.

"나도 처음에는 그렇게 생각했어. 시대의 낙오자, 불순물, 사회에 적응하지 못해 컨베이어벨트에서 뛰어내린 겁쟁이들이라고. 몇 년쯤 지나니 생각이 바뀌더군. 여긴 내 발로 와서 내 힘으로는 나갈 수 없는 구덩이야. 내려올 때는 분명히 얕았는데, 올라가려고 돌아서면 저만치 높아져 있는. 그래서 다들 누군가 와주기만 기다리는 걸세."

형진은 남은 잔반을 털어넣었다. 식사를 마친 노숙자들이 하나둘씩 일어서고 있었다. 이제 저들은 뿔뿔이 흩어져 각자의 지옥을 견디러 갈 터였다.

"그럼 전 평생 글렀네요. 와줄 인간이 없으니까."

"아니, 자네는 포기하면 안 돼."

또 그 소리였다. 작년 겨울 내내, 최 전무는 끈질기게 그의 개인사를 캐물었다. 뭐 어떠랴 싶어 이야기해주자 틈날 때마다 잔소리가 따라왔다. 끝까지 싸워라, 희망을 잃지 마라, 나를 구원하는 것은 나 자신이다. 형진은 앉아 있던 벤치에서 일어섰다. 누가 누굴 구한단 말인가. 제정신으로 하루를 버티기도 버거운 판에.

"저는 다 잊었습니다. 벌써 몇 년 전 일인데요."

"그런 사람이 사이렌만 들리면 뛰쳐나가나?"

형진은 궁색한 변명으로 받아쳤다.

"습관입니다, 습관. 예전 버릇 같은 거요."

둘은 다 먹은 식판을 밥차로 반납했다. 다음 무료배식은 수요일 오전에나 올 거라고 했다. 공원을 나오며 최 전무는 담배에 불을 붙여 건넸다. 한 모금 들이마실 때, 그들 앞을 번쩍이는 스타렉스가 지나갔다. 차 옆면에는 느낌표투성이 현수막이 붙어 있었다. 서울의 새 희망! 서민들의 불씨! 준비된 일꾼, 장무택!

"내가 왜 사회를 떠났는지 말한 적 있나."

형진은 고개를 저었다. 담배까지 준 어르신께 알 게 뭐냐며 떽떽거릴 수야 없었다.

"나는 유통회사의 영업팀장이었네. 남들이 말하듯 전무는 아니었지만 라인이 좋았어. 30대 중반에 괜찮은 자리를 꿰찼으니까."

최 전무는 자기 담배에 불을 붙였다.

"일이 꼬인 건 그즈음이었을 걸세. 내 예전 상사, 날 승진버스에 태워줬던 임원에게 전화가 왔지 뭔가. 기대에 차서 약속장소로 나갔더니 부탁이 있다더군. 우리 업체 생산량을 3할쯤 늘릴 생각인데, 일부를 필리핀 쪽으로 빼돌리자는 거였네. 석 달만 돌리면 1년 연봉은 우습게 찍을 거라면서. 별 도리 있나? 술 따르고 잔 받고, 예, 예, 전무님 하면서 참치 몇 점 집다가 그러겠다 했지. 추가 라인이 발각돼서 내부 감사가 나오기까지 딱 2주 걸렸네. 라이벌을 주시하던 다른 임원에게 덜미가 잡힌 거야."

"그래서 잘리신 겁니까?"

"아니, 내 발로 나왔네. 사무실에 앉아서 관련자들 모가지가 달아날 거라느니, 무조건 형사처벌을 받을 거라느니 하는 소릴 듣는데 눈이 돌아가더군. 그 길로 뛰쳐나와 전국을 떠돌았지. 가족 얼굴을 못 본 지도 20년째야."

최 전무는 천천히 연기를 뿜었다. 흰자위가 오래 못 잔 사람처럼 빨갰다.

"그 얘길 왜 저한테 하시는지 모르겠습니다."

"아직 안 늦었다는 말일세. 나는 내 삶이 무서워서, 내가 쌓아뒀던 것들이 무서워서 도망쳤네. 하지만 자넨 달라. 스스로를 구할 힘이 있지 않은가."

형진은 손가락에 낀 담배를 내려다봤다. 그를 구원할 수 있는 것은 오직 파괴뿐이었다. 방화범과 도시, 인간과 세상에 대한 복수로만 보상받을 수 있는. 유혹의 목소리는 저 늙은이의 몇 배로 끈질겼다. '눈 딱 감고 싸질러버려. 빌딩 한 채만 잿더미로 만들면 속앓이가 싹 나을걸?'

지난 8년간, 그는 불을 쫓는 사냥개처럼 살았다. 사냥터는 서울 내의 모든 화재현장이었다. 방화범의 꽁무니를 쫓다 보니 방화범이 아니면 모를 것들도 알게 되었다. 건물이 불에 타려면 무엇이 필요한지, 방염소재와 난연소재와 불연소재는 어떻게 구별하는지, 스프링클러와 연기감지장치는 어떨 때 바보가 되는지. 무방비한 소각장을 발견할 때마다 그는 애써 걸음을 돌렸다. 추격자와 방화광의 경계는 엷고도 희미했다.

"이만 일어나겠습니다. 갈 곳이 있어서요."

형진은 다 탄 꽁초를 던져버렸다. 도망치는 것 같아 찜찜했지만, 잠들기 위해서는 술기운이 필요했다. 그러려면 지금부터 빈 병이며 박스를 부지런히 주워야 했고. 최 전무는 그를 잡지 않았다. 문득 생각난 듯 "아, 그렇지." 한 것이 다였다. 길을 내려가는 그에게 덤덤한 목소리가 들려왔다.

"날 불러냈다던 전무 있잖은가. 그 친구 성이 최가였네. 지금쯤 손주는 봤을지 모르겠군."

#정혜

핸드백 안의 폰이 진동했다. 택시 뒷좌석에 고꾸라져 있던 정혜는 고개를 들었다. 다음 인터뷰 상대인가, 싶어 부랴부랴 백을 열었지만 전화가 아닌 문자였다. 심지어 전화 진동처럼 일정한 간격으로 들어오고 있었다. 그녀는 액정을 밀고 저장된 연락처를 확인했다. '병신또라이'

—김정혜, 오늘 일정 다시 확인해.

—JTN미디어랑 조용주 대표 인터뷰 일정이 바뀌었으니까, 네 쪽에서 먼저 연락드리고.

—아, 그리고 고양 재개발단지 땅투기건.

—죽어도 따서 와. 못 따면 네가 죽어.

—인터뷰하러 갈 때는 화장도 좀 제대로 하고. 1시 퇴근이니 그전에 내 사무실로 와.

미친 새끼……. 저절로 쌍욕이 튀어나왔다. 핸드폰 시계는 10시 40분을 가리키고 있었다. 강남에서 종로로, 거기서 다시 은평을 찍고 사무실까지 복귀하는 데 두 시간이란 소리였다. 인터뷰를 아무리 빨리 끊는대도 서울 시내를 날아다녀야 했다.

"아저씨, 종로요. 30분 안에 못 가면 뛰어내릴 거예요."

룸미러를 흘끔거리던 택시기사는 두말없이 액셀을 밟았다. 뒤에 탄 손님의 성질머리를 알아본 모양새였다. 그녀는 신경질적으로 짐을 뒤졌고, 노트북 가방이 사라졌다는 사실을 알아차렸다. 들렀던 카페에서 충전을 시켜놓고는 그냥 나왔던 것이다.

정신 빠진 년. 이번에는 그녀 자신을 향한 욕이었다. 아르바이트생이 챙겨 놓긴 했겠지만, 당장 자료 확인이 안 된다는 게 문제였다. 정혜는 급한 대로 수첩을 폈다. 오더가 바뀌었으니 일정도 바꿔야 했다. 조 대표한테 연락을 넣고, 머릿속에 있는 인터뷰 초안을 대강 옮겨 적고, 가장 가까운 카페로 가서 샷 세 개짜리 아메리카노를 주문하고…….

정혜는 수첩을 쑤셔 넣고 텀블러를 꺼냈다. 있는 물을 다 들이켰는데도 정신이 맑아지질 않았다. 택시까지 따라 탄 편두통은 집요하게 관자놀이를 조여댔다. 왜 아픈가, 생각해보니 어젯밤 기억이 떠올랐다. 밤새 술을 퍼마시다 날을 샜으니 컨디션이 엉망일 만도 했다.

어젯밤 11시쯤, 정주훈에게서 전화가 걸려왔다. 샤워를 마치고 막 맥주 한 캔을 딴 참이었다. 그녀는 머리의 물기를 닦으며 잠시 고민했다. 정주훈은 그녀의 대학 선배이자 첫 직장의 입사동기였다. 멀뚱한 동태눈깔에, 입만 열면 흰소리를 해댔지만 간혹 쓸 만한 소식도 물어왔다. 잠깐만 들어보자, 하는 생각으로 전화를 받자 흥

43

분한 목소리가 튀어나왔다.

─김개, 지금 바빠?

곧 바쁠 예정이라고 대답하자 정주훈은 떠들기 시작했다. "요즘 할 거 없지? 아니, 진짜로 할 게 없다는 소리가 아니라. 지난번 김현석 상공철도 사장 털리고 나서 김 기자도 신세 텄을 거 아냐. 사회부 졸병들이 다 그렇지 뭐. 근데 내가 어제 물건 하날 찾았어. 좀 오래된 건수긴 한데, 잘만 다듬으면 빵 터뜨릴 수 있을 것 같아. 그 친구 눈빛이 참…… 무슨 멸종 직전 야생동물 같더라고."

두서없는 설명을 종합해보자면 이러했다. 서울역 어딘가에 한 노숙자가 산다. 그 노숙자는 화재로 얼굴에 심한 화상을 입었는데, 당시 사고가 방화라고 주장하며 재수사를 요구해왔다. 그러나 번번이 묵살당하고 사건은 종결된 끝에, 지금은 알코올중독자가 되어 서울을 떠돌고 있다.

정혜는 재빠르게 계산해보았다. 7년차 기자 짬밥에게 자문한 바, 썩 입맛 당기는 내용은 아니었다. 화재는 특종감이 아니었고 개인적 흥밋거리도 못 됐다. 10여 년 전의 피해자와 인간극장이라도 찍으라는 건가.

"그럼 선배가 먹지, 왜 날 줘요?"

"난 이제 연예부잖아. 아이돌 꽁무니 따라다니는."

"아니, 그래도……."

"아마 그 영상을 보면 구미깨나 당길걸? 그리고 김개 너, 요즘 힘들다면서. 일단 먹고는 살아야 될 거 아냐."

아닌 게 아니라, 그녀는 지금 목이 달랑달랑한 상태였다. 1년 반이 걸려 복귀한 사회부는 전과 사뭇 달라져 있었다. 앉는 자리가 바뀌었고 동료들도 물갈이됐다. 부서의 에이스 자리는 웬 애송이들이 꿰차고 있었다. 고개 빳빳한 후배들의 텃세까진 견딜 만했다. 가장 끔찍한 변화는 부팀장이었던 오신철이 편집장 사무실에 들어앉았다는 것이었다.

정혜는 노트북을 켜고 맥주 한 캔을 더 가져왔다. 귀중한 휴식시간을 쪼갤 용의가 생긴 참이었다.

메일로 온 동영상은 두 개였다. 45분짜리 다큐 하나와 3분쯤 되는 뉴스속보 하나. 오래된 영상이다 보니 화질이며 음향이 좋지 않았다. KBN 창사 35주년 다큐멘터리, 〈불길을 쫓는 사내〉라는 제목이 나간 뒤 느닷없이 한 남자가 나타났다. 지켜보던 정혜는 눈살을 찌푸렸다. 특수분장이 아닌가 싶을 정도로 흉물스러운 외양이었다. 그가 의자에 앉아 독백하는 장면을 줌아웃되는 카메라가 잡아냈다. 남자의 목소리는 매캐하게 쉬어 있었다.

— 사람들이 날 보고 도망가는 건 익숙합니다. 이유 없이 욕을 먹는 것도 견딜 만합니다. 나는 노숙자에 알코올중독자, 인생의 바닥을 찍은 괴물이니까요.

다음은 익숙한 구성이었다. 그 남자의 일상을 따라가는 카메라 위로 내레이션이 덮였다. 남자가 문 닫은 상가 앞에 멍하니 앉아 있는 장면, 지나가는 행인들이 그를 피해 멀리 돌아가는 장면, 철근을 진 그가 공사판을 오가는 장면 등이 이어졌다. 가장 인상적이었던 부분은 경찰서에서 벌인 난투극이었다. 경찰 세 명이 달라붙는데도 남자는 끌려나가지 않고 몸싸움을 벌였다. 내레이션은 말했다.

— 형진 씨는 아직 친동생을 앗아간 그날의 기억을 잊지 못한다. 화상 후유증이 재발할 때면, 가상의 방화범을 쫓아 거리로 나와야 한다. 내 동생을 죽인 자를 내놓으라며 관공서에서 행패를 부리기도 한다. 그것이 그가 이 세상을 견디는 방법인 것이다.

정혜는 다큐멘터리를 꼼꼼히 돌려 봤다. 현장 속보까지 체크하니 세 시간이 지나 있었다. 하지만 시간이 아깝다는 생각은 들지 않았다. 다큐멘터리에서는 그의 기행을 정신병자의 집착 정도로 취급했으나, 그녀의 감은 달랐다. 특종을 기가 막히게 감지하는 촉이 곤두섰던 것이다. 저 남자에게는 무엇인가가 있었다.

다만, 하고 정혜는 스스로에게 덧붙였다. 몇 가지 문제가 존재했다. 상대는 집도 절도 없는 노숙자였고, 당연히 연락할 방법도 없었다. 어찌어찌 찾아냈다고 해도 취재에 협조적일 가능성은 낮았다. 한창 현장을 뛰던 시절, 정혜가 자주 받았던 선물은 주로 점성이 높은 것들이었다. 가래침이나 날계란 같은.

그사이 택시는 종로까지 날아갔다. JTN미디어에 내려 서둘러 시작한 인터뷰도 금방 끝났다. 노트북은 놓고 간 카페에서 얌전히 주인을 기다리고 있었다. 커피를 기다리는 동안, 조급한 기대가 원두 볶는 냄새를 타고 왔다. 문형진은 얼마짜리 기사거리일까. 2면의 서브 기사, 아니면 메인 헤드라인? 그녀는 노트북을 닫고 카페를 나왔다.

다시 잡아탄 택시 뒷자리에 앉아, 정혜는 찾은 자료를 정리했다. 목표물의 흔적은 생각 외로 쉽게 나왔다. 방화, 화재, 노숙자 등의 키워드를 이름과 연동시켜 입력하자 기사가 수두룩하게 검색됐다.

주로 화곡동 원룸 화재와 관련된 뉴스들이었다. 3명 사망, 5명 중태, 주민의 부주의가 부른 겨울철 화재 추정. 방염처리가 안 된 건물자재 및 늦은 초동 대응이 피해를 키웠다고 했다. 사망자 중에는 형진의 동생도 있었다. 형진은 건물 밖에 있었던 피해자였고, 유일하게 화재를 처음부터 봤다고 주장한 목격자였다.

그의 증언은 경찰 수사결과와 전혀 달랐다. '화곡동 화재는 사고가 아닌 방화다. 입에서 불을 뿜는 방화범이 나를 공격하고 집을 태웠다.'

정혜는 앞머리를 비비 꼬았다. 식도에 화염방사기를 달았다면 모를까, 사람이 불을 뿜었다는 건 유치원생도 안 믿을 헛소리였다. 그럼에도 그냥 지나치기엔 미심쩍은 구석이 있었다. 당시 현장에서는 화재의 원인이 발견되지 않았다. 형진의 상태 역시 그의 주장에 힘을 보탰다. 건물 안에 있지도 않았던 사람이, 눈밭 한가운데서 그만한 화상을 입었다는 것은······.

'기억에 혼란이 온 건가, 아니면 보험금을 타려고 거짓말을 했나?' 경찰은 후자 쪽 추론을 택한 듯했다. 수사는 종결되었고 재수사는 없었다. 거기서부터 형진의 발자취도 끊어졌다. 방화범을 쫓는 노숙자, 관공서에서 행패를 부린 알코올중독자 문씨가 인터넷뉴스에 간간이 등장하는 게 다였다. 가장 최근 게시물은 커뮤니티에 올라온 글이었는데, 형진으로 추정되는 노숙자의 목격담이 적혀 있었다.

제목 : 서울 시내 노숙자, 이대로 괜찮을까요?

작성자 : 봄꽃토끼

내용 : 서울 사는 20대 혼녀예요. 집이 을지로고 직장이 종각이라 매일 종로를 지나치는데, 아시는 분들은 알겠지만 3가 뒤쪽 골목에 노숙자들이 엄청 많거든요. 심지어 오늘은 싸움까지 났었어요. 취했는지 술병을 깨고 욕을 하고……. 특히 얼굴에 화상 입은 노숙자분, 그분은 경찰한테 주먹질을 하다가 순찰차에 실려 가더라고요. 더럽고 위험해서라도 어떻게 좀 해줬으면 좋겠어요.

정혜는 노트북을 닫았다. 글이 올라온 날짜는 2년 전이었고, 그 정도면 충분했다. 기자 초년생 시절, 선배들 사이에서 그녀는 '김개'로 통했다. 목표가 정해지면 죽어라 물고 늘어져 뭐라도 찾아낸다고. 노숙자를 추적해보긴 처음이었으나 갈 만한 곳은 어차피 뻔했다.

'2주쯤 걸리겠지. 운이 좋으면 더 빨리 찾을 테고.' 종로와 시청, 서울역 일대의 노숙자 쉼터를 도는 데 걸릴 예상 시간이었다. 지금 그녀의 형편에서 할애 가능한 최대 여유기도 했다. 일은 많고 편집장은 난리를 치는 데다, 하반기 이슈들이 쏟아져 나올 시기였다. 더 늦기 전에 큰 건 하나쯤 따낼 필요가 있었다. 복직한 사회부에서 살아남아 31번째 생일을 맞으려면.

정혜는 차창에 머릴 기대고 바깥을 올려다봤다. 빌딩 꼭대기에 꿰인 태양이 숯덩이처럼 벌겋다. 세상은 고문실이고 햇볕은 날 지지는 인두라고, 영상 속의 형진은 그렇게 말했다. 그 말이 정혜에게 그를 찾을 수 있으리라는 확신을 줬다. 이 도시 어딘가에, 그는 여전히 떠돌고 있을 것이었다. 세상에서 추방당한 자가 숨을 은신처는 없었으므로.

#형진

수요일 낮, 형진은 늦잠을 잤다. 전날 술을 못 마셔 잠을 설친 것이 원인이었다. 덕분에 무료배식도 공치게 되었다. 최 전무는 며칠 전부터 보이지 않았다. 노숙자들이 흔히 그렇듯, 그의 유일한 친구도 며칠씩 사라졌다가 돌아오는 일이 다반사였다. 배가 고프니 움직이기도 귀찮아져서 그는 퍼질러 누워버렸다.

주린 속이 요동치는 와중에도, 슬슬 여길 떠야겠다는 생각이 들었다. 딱히 갈 곳이 있는 것은 아니었다. 기껏해야 서울역이나 시청 앞, 종로와 동묘 정도일까. 서울역은 숙식을 해결하긴 좋지만 사람이 너무 많았다. 동묘에서는 술 취한 노인들이 발에 채였고 종로는 조폭들의 천국이었다. 일수를 뛰다 온 덩치들도 많아 사흘에 한 번 꼴로 시비가 붙었다. 가만히 있어도 문제가 꼬이는 낯짝으로는 살기 힘든 동네였다.

그는 일정 기간 이상 한곳에 머물지 않았다. 방화범의 행방을 추적해야 하기도 했지만, 이목을 피하려는 까닭도 있었다. 그의 인상착의는 지나치게 눈에 띄었다. 경찰과 피디는 단골이요, 사이비종교인이나 기자가 꼬이기도 했다. 그렇다고 숨을 곳이 있는 것도 아니었다. 구청에서 무료로 개방하는 공공시설 또한 그에게는 출입통제구역이었다. 노숙자 쉼터에서도 역병 취급을 받는 마당에, 어디서 무엇을 하겠나. 쓰레기장에 처박혀 하루가 가길 기다릴 수밖에.

시간은 지독하게도 느릿느릿 흘러갔다. 그 속에서 눈밭의 기억들이 생생한 작열통과 함께 되풀이됐다. 억겁 같은 하루가 끝나갈 즈음에는 악우가 찾아왔다. 언제까지 참을 거냐고, 저것들을 다 태워버리라고 속삭이는 방화범의 목소리였다.

유혹을 견디기는 나날이 어려워졌다. 잠들기 위해 마신 술은 불구덩이에 기름을 부었다. 혈관을 타고 취기가 퍼져나가는 순간, 그는 달콤한 백일몽에 빠졌다. 방화의 충동에 몸을 맡기는 상상이었다. 주인 없는 빈집마다 불을 놓고, 주유소 경유통에 라이터를 던지고, 기름과 불티를 줄줄 흘리면서……

그는 팔짱 낀 손을 옆구리에 파묻었다. 처음 병실에서 눈을 떴을 때부터, 그의 혈관에는 피 대신 불길이 흐르기 시작했다. 술을 부어 불을 축이는 것도 이제 한계였다. 사나운 발화發火가 닥쳐오고 있었다.

졸음이 소매를 잡아끌었다. 형진은 담벼락 구석에 기대 깜빡깜빡 졸았다. 해가 뜨고 있었지만 더위는 느껴지지 않았다. 얼굴을 덮친 불길이 땀구멍과 함께 감각 태반을 태워버렸던 것이다. 한여름에도 긴팔에 후드까지 써야 하는 그에게는 다행인 일이었다.

"안녕하세요."

발랄한 목소리가 귓가로 뛰어 들어왔다. 그는 다른 사람을 부르는 것이려니, 하고 하던 일에 몰두했다. 조금만 더 노력하면 잠들 수 있을지도 몰랐다.

"문형진 씨, 맞으시죠?"

형진은 감았던 눈을 가느다랗게 떴다. 시야를 찌르는 빛줄기 뒤로, 날렵한 여자의 실루엣이 드러났다. 제법 미인이었지만 쌍꺼풀은 얇고 광대뼈가 살짝 높아 성깔 있는 고양이 같았다. 그녀는 발톱을 숨긴 앞발로 명함 한 장을 내밀었다.

"국제일보 사회부 기자 김정혜예요. 한참을 찾았는데, 이제야 뵙게 됐네요."

#정혜

시청 그늘에 기대앉은 후드티를 발견했을 때, 정혜는 단번에 목표물을 알아차렸다. 제보자들이 입을 모았던 인상착의와 동일한 차림이었다. 개털이 다 된 후드티, 더위 먹기 딱 좋아 보이는 국방색 점퍼, 밑단이 너덜너덜한 청바지랑 운동화. 발 옆에 놓인 소주병까지 똑같았다.

형진의 향방을 파악하는 데는 열흘이 걸렸다. 취재를 마음먹은 당일부터 전면공세를 편 덕이었다. 그녀는 서울역의 노숙자들에게 얼굴에 화상을 입은 남자를 본 적 있는지 물었고, 몇몇에게서 쓸 만한 증언을 얻었다.

그들의 말에 따르면, 형진은 뚜렷한 목적지 없이 서울 일대를 떠돌아다니고 있었다. 일대라는 것도 죄 노숙자들의 핫플레이스였다. 종로, 서울역, 시청과 동묘 뒤편. 닷새째에 만난 늙은 부랑자는 보다 자세한 정보를 줬다. "아, 며칠 전에 봤어. 시청 근처에서 최 전무랑 꽁밥을 먹고 있더라고."

정혜는 준비했던 박카스로 나머지 정보를 사들였다. 단돈 천 원짜리 흥신소에서는 이야기가 쏟아져 나왔다. 형진이 누구와도 함께 다니지 않는다는 것. 유일하게 어울리는 이가 최 전무라는 중늙은이라는 것. 성격이 괴팍하고 입이 거칠어 다른 노숙자들과 자주 다툰다는 것.

그로부터 닷새가 더 걸렸다. 후배들에게 전화를 돌리고, 사정을 이야기해 도움을 청하고, 비슷한 사람을 봤다는 연락을 받아 시청으로 날아오기까지.

문제는 취재자의 태도였다. 형진은 그녀가 내민 명함을 내려다보기만 할 뿐 말이 없었다. 푹 눌러쓴 후드 때문에 코 위로는 보이지도 않았다. 사람이 아니라 무너진 담벼락과 마주 선 기분이었다. 그녀는 명함을 집어넣고 짐짓 이마를 닦았다.

"와, 날이 푹푹 찌네요. 덥지 않으세요?"

"눈이 있으면 알 텐데."

"후드를 조금만 올려도……."

"당신이 내 얼굴이 돼 보쇼. 벗고 싶어질지."

정혜는 그 와중 감탄했다. 이번 취재 상대는 목소리마저 으스스했다. '이렇게 들으니 얼핏 배트맨 같은데. 크리스찬 베일보다는 마이클 키튼 쪽.'

"아, 다시 한번 소개할게요. 저는 국제일보 사회부 김정혜라고 해요."

형진의 고개가 약간 움직였다.

"알고 있어."

이젠 숫제 반말이었다. 어떻게 아셨냐며 웃으려던 찰나, 쉬어 터진 목소리가 이어졌다.

"나한테 말을 거는 인간은 경찰이나 방송국 시다들밖에 없으니까. 댁은 어딜 봐도 후자 쪽이고."

정혜는 본격적으로 업무용 미소를 띄웠다. 이런 푸대접쯤이야 익숙했다.

"맞아요. 이 바닥 사람들이 좀 그렇죠. 그래서 제 별명도 김개예요. 한 번 찜한 목표는 끝까지 물고 늘어진다고."

"다큐멘터리 안 찍는데."

동문서답 같은 대꾸는 정확히 요를 찔렀다. 정혜는 활짝 웃었다.

"저는 섭외를 나온 게 아니에요. 방송국에서 온 사람도 아니고요. 그냥 몇 가지 여쭤볼 게……."

"다른 게 뭐요?"

"네? 무슨 말씀이세요?"

"언론사나 방송국이나, 다큐멘터리나 인터뷰나, 다른 게 뭐냐고."

그렇게 묻자 할 말이 없었다. 정혜가 적절한 대꾸를 찾는 사이, 형진은 팔짱을 꼈다.

"할 얘기 없으니 돌아가죠. 시간낭비 말고."

그럴 순 없지, 널 찾으려고 며칠을 날렸는데. 정혜는 고개 숙인 후드를 내려다보면서 말을 골랐다. 이렇게 나오리라는 것도 예상한 바였다.

"그 다큐멘터릴 봤어요. 7년 전에 KBN에서 방영했던, 형진 씨가 나온 영상요."

개털 후드는 미동도 없었다. 정혜는 계속했다.

"전 형진 씨를 돕고 싶어요. 화곡동 화재가 방화범의 소행임을 밝히고, 안일했던 경찰수사를 사람들에게 알려야 해요. 형진 씨만 그럴 마음을 먹는다면……."

"다 끝났어."

꺼칠꺼칠한 음성이 말을 잘랐다. 그녀가 뭐라고 반박하려 했지만 실패하고 말았다. 몸을 일으킨 형진이 덮어쓰고 있던 후드를 올렸던 것이다.

정혜는 숨을 삼켰다. 이 정도로 심각한 화상을 가까이서 보긴 처음이었다. 별 아래 드러난 형진의 얼굴은 처참했다. 왼쪽 이마부터 턱 아래까지의 피부는 잡아 뜯긴 것처럼 벗겨졌고, 벌건 생살 곳곳에 흉물스러운 수포가 종기꽃을 피웠다. 코와 입은 짓밟힌 진흙반죽 같았다. 폭격의 중심지가 된 이목구비 중, 유일하게 온전한 부분은 오른쪽 눈뿐이었다.

"그 멍청한 영상을 봤다고 했지. 거기 있던 얼간이는 이제 없어. 도움을 바라는 것이 얼마나 어리석은 일인지 깨달았거든. 당신 같은 작자들의 말을 믿는 것도."

형진은 잠시 사이를 둔 뒤 계속했다.

"이제 와서 할 이야긴 없으니, 그만 꺼지쇼. 비싼 물건 박살나기 전에."

올라간 손이 그녀의 어깨에 매달린 카메라를 가리켰다. 정혜는 우툴두툴한 손등에서 애써 눈을 뗐다.

"저, 잠깐만요. 아까 여쭤볼 게 있다고 했잖아요?"

"난 말할 게 없다고 했는데."

"뭘 여쭤볼지는 아직 모르시고요."

형진은 보험외판원을 보는 눈빛으로 그녀를 쳐다봤다. 정혜는
회심의 무기를 꺼냈다.

"배 안 고파요?"

표정을 알 수 없는 얼굴이 미세하게 변했다. 저 떨림은 '갈등'이라
고 해석해도 될 것 같았다. 그녀는 뻔뻔스레 손목시계를 봤다.

"벌써 이렇게 됐네. 괜찮으시면 어디 가서 식사나 같이 해요. 제
가 살게요."

그는 대꾸 없이 일어섰다. 정혜는 상대를 올려다봤다. 쪼그리고
있을 때는 몰랐는데, 골격이 크고 단단한 사내였다. 비쩍 말랐는데
도 바로 서자 위압감마저 느껴졌다.

'뭐야, 경찰들이 애먹을 만하잖아.'

그녀를 내려 보던 형진은 무뚝뚝하게 명령했다.

"따라오쇼."

정혜는 영문을 몰라 눈을 깜빡였다.

"밥이나 먹자면서. 안 갈 거요?"

형진은 대답도 기다리지 않고 걸어가기 시작했다. 하여간 싸가지
하나는 끝내주는 인간이었다. 정혜는 가방을 고쳐 메고 뒤따라 달
려갔다.

"당연히 가야죠. 뭐 좋아하세요?"

❖

잠시 후 둘은 〈디 푸오코〉의 2층 창가에 앉아 있었다. 자길 따라
오라던 형진은 그녀를 웬 이탈리아 음식점으로 데려갔다. 국밥에

소주, 비싸봐야 삼겹살 정도였던 예상을 뛰어넘는 선택이었다.

형진을 본 직원의 안색이 바뀌었지만, 얼른 다가간 정혜가 속삭였다. "빨리 먹고 나갈게요. 위층 구석에서, 조용히." 직원은 그 말보다 정혜가 덧붙인 윙크에 설득당한 것 같았다.

곧이어 기괴한 점심 접대가 시작됐다. 그늘진 홀에 클래식이 흐르고, 2층 창문 아래로는 행상인들이 수레를 밀며 돌아다니고, 테이블에는 노숙자와 기자가 마주 앉아 있었다. 메뉴판이 나오자 형진은 쓱 보더니 서너 가지를 시켰다. 음식이 나온 다음에는 걸신들린 인간처럼 먹고 또 먹었다. 식사 내내 그가 한 말은 '물', '이거', '주문'의 세 마디밖에 없었다.

새 파스타를 시키면서, 정혜는 차라리 형진의 배 속을 취재하는 게 특종에 가깝겠다고 생각했다. 잘나가던 시절에야 법인카드가 나왔다지만 한참 전의 얘기였다. 유명 기자단에 이름을 올리던 시절, 손대는 건수마다 메인 뉴스를 장식했을 때의. 지금은 취재비 지원은커녕 자리보전도 위태로웠다.

염치없는 식충이는 다시 메뉴판을 넘겼다. 그녀는 최대한 공손하게 물었다.

"저기, 형진 씨."

'형진 씨'한테서는 답이 없었다. 정혜는 뻐근해지는 관자놀이를 꾹 눌렀다.

"요즘은 어떻게 지내셨어요? 근황이랄까, 최근 계셨던 곳 같은 것들이요."

안부인사는 야무지게 씹혔다. 그는 밥은 먹냐, 주로 어디서 잠을 자냐, 날이 더운데 힘들지는 않냐는 모든 말들에 침묵으로 일관했다. 그러다 혼잣말처럼 중얼거렸다.

"밥을 먹자는 줄 알았는데. 귀찮게 구는 게 아니라."

활활 타던 천불이 목구멍까지 승천했다. 이 인간을 찾느라 버린 시간만 2주 가까이였다. 굵직한 취재거리 몇 개를 포기해야 했고, 그중 둘은 중박짜리 수표는 됐다. 개발로 써서 내도 그럴듯한 기사들, 편집장의 지랄을 며칠쯤 늦춰줄 방패막이들. 그런데 그것들을 내버려가며 찾아낸 취재대상이, 사춘기 남자애처럼 뻗대고 있는 것이다.

"이봐요. 원하는 게 뭐예요?"

형진은 나이프질을 멈췄다. '방금 뭐라고 했냐' 하는 눈빛이었다. 정혜는 귀가 안 좋은 상대를 도와주기로 했다.

"현금은 5만 원 내에서 줄 수 있어요. 복지단체를 수소문해줄 수도 있고요. 기사가 퍼지면 구청 직원들이 알아서 달려오겠지만. 최저생계유지비니 무직자지원이니, 그런 걸 받아먹으면 굶을 걱정은 없을 거예요."

'뭐라고 했냐'는 '그래서 어쩌라고?'로 변했다.

"그러니까 우리 얘기나 해보죠. 댁한테 뭐가 더 필요하고 뭐가 그렇게 불만인지."

"필요한 게 없는데. 실컷 먹어서."

정혜는 화를 꾹 참고 수첩을 꺼냈다.

"여길 오기 전, 당신에 대해 알아봤어요. 어머니는 행방불명에 형이 한 명 있고…… 퇴원한 뒤로는 주로 부천의 막노동판에서 일했더군요. 방화범을 쫓으려면 돈이 필요하다면서. 화곡파출소에 당신을 기억하는 경위님이 계셨어요."

형진은 긍정도 부정도 하지 않았다. 나이프를 쥔 손만 접시 옆에 멈춰 있었다.

"범죄이력이 화려하던데요. 불구속 입건, 집행유예, 벌금을 못 내서 구속, 상습적 고성방가와 공무집행방해로 기소. 다 합쳐서 일곱 달쯤 사셨네요."

"잘도 캐냈어. 경찰기자 출신이셨나?"

"시경 쪽 선배들이 몇 명 있어서요. 아쉬운 소리 좀 했죠."

형진은 나이프를 챙, 소리가 나게 내려놨다.

"그럼 이제 당신 밥값만 내고 나가면 되겠군. 나는 무전취식으로 유치장에 들어가겠고."

의자에 등을 붙이고 다릴 쭉 뻗는 폼이, 아예 나 잡아가쇼 하는 태도였다. 정혜는 표정을 애써 폈다.

"설마요. 제가 그럴 사람처럼 보여요?"

"이중인격자처럼은 보이는데."

정혜는 상대의 빈정거림을 무시했다.

"형진 씨, 전 당신을 도울 수 있어요. 기사만 잘 뽑히면 재수사가 진행될지도 몰라요. 화상흉터 재건을 위한 모금도 시작될 거고, 대중들의 감성을 자극해서……."

"그놈들이 내 인생을 앗아갔지. 동생의 목숨과 함께."

명치로 파고든 주먹처럼, 말문을 막는 대답이었다. 건조한 사실 증명이 뒤를 따랐다.

"첫째, 내 얼굴은 못 고쳐. 그게 가능했으면 동생 목숨 값으로 해결했겠지. 둘째, 재수사는 진작 물 건너갔어. 그때도 흔적 하나를 못 찾았는데, 뒤늦게 설친다고 뭐가 나오겠나?"

형진은 잠시 사이를 두고 말을 이었다.

"지난 몇 년간, 나는 놈을 줄곧 쫓았어. 퇴원했을 때는 경찰 수사가 끝난 뒤였으니까. 불이 난 곳이라면 어디든 달려갔지. 중앙광주제철소 누전, 남양주 가스공장 폭발, 장지동 주유소 화재 사건⋯⋯. 근처 경찰서와 소방서, 나중에는 석방된 방화범까지 찾아갔어. 다들 고개를 젓더군. 그런 식으로 불을 지르는 놈은 없다고. 내가 따라다니는 걸 알고 겁이 났는지, 놈도 그 뒤로 자취를 감췄어. 이제 나한테 남은 건 모방범죄 용의자라는 꼬리표뿐이야."

정혜는 마른침을 삼켰다. 알아본 바에 따르면, 형진의 경력은 형사 뺨치게 화려했다. 그는 단순히 화재를 쫓는 게 아니라 현장에 잠복했고, 범인을 추적했으며, 방화 사건의 용의자를 검거하는 데 결정적 기여를 하기도 했다. 나이 지긋한 화곡서의 경위는 정확히 형진을 기억하고 있었다.

'아, 문형진이? 알다마다. 동화공장 방화범을 그 친구 혼자서 잡았거든. 경찰에서도 꽁초 투기인 줄 알고 수사를 종결시키려는데, 갑자기 나타나서 이 창고 소재는 꽁초로 불이 날 리 없네, 어쩌고 하더니 용의자 리스트를 뽑아왔더이다. 내부 CCTV를 복구해서 돌려보니 범인은 정말로 좌천된 직원이었고. 전과자만 아니었으면 표창이라도 받았을 텐데⋯⋯.'

형진이 일어서자 점퍼 주머니의 소주병들이 쟁그랑거렸다.

"잡을 수 있었으면 진작 잡았겠지. 도와주려거든 진작 왔어야 했고. 알아듣겠소, 기자님? 지금와서 뭘 해봐야 허공에 삽질이라고."

"그럼 계속 이따위로 살 거예요?"

흉흉한 얼굴이 일그러졌다. 정혜는 형진의 눈을 피하지 않고 마주 봤다. 점심값이 아까워서라도 할 말은 할 작정이었다.

"언제까지 이럴 순 없잖아요. 당신 말마따나, 이것도 안 되고 저것도 안 되면 사람답게 살 방도를 찾아야죠."

때마침 홀에 흐르던 음악까지 끊겼다. 상처자국처럼 악물린 입가를 주시하면서, 정혜는 상대가 폭력적인 충동과 싸우고 있다는 것을 알았다. 퇴사를 뜯어말리던 생존본능이 속삭였다. '김개 너, 돌았다 돌았다 하더니 진짜 미쳤어? 네 돈 내고 밥 사 먹인 남자한테 맞아 죽을래?'

정적은 곧 깨졌다. 새로운 곡이 흘러나오고, 계단을 올라오던 손님들이 형진을 보고 굳어버리고, 뒤따라 카운터의 직원까지 헐레벌떡 뛰어 올라온 탓이었다. 형진은 잘 봤냐는 듯 그녀를 향해 으쓱했다.

"그런 방법은 없어. 그놈이 나타나거든, 그때 찾아오쇼."

❖

정혜는 빈 테이블에 혼자 앉아 있었다. 조금만 더 있겠다고 하곤 직원에게 카드를 줘 내려보낸 참이었다. 형진이 남긴 잔해들을 둘러보자 편두통이 밀려왔다. 선뜻 점심을 먹자고 한 것도 이럴 속셈이었을 것이다. 귀찮게 구는 피라미나 벗겨 먹다, 유치장에 들어가서 얼마쯤 푹 요양하려고.

물론 얻은 것도 있었다. 가장 큰 소득은 문형진이 어떤 인간인가에 대해 감을 잡은 것이었다. 예상대로, 그는 단순한 알코올중독자가 아니었다. 쓰레기처럼 살면서도 심지는 굴복하지 않은 싸움꾼이었다. 정혜는 딱딱해진 바게트를 씹으면서 생각했다. 2주를 꼬박 쏟은 보람은 충분했다. 있을 거라 짐작만 했던 화곡의 뒷이야기에 확신이 생겼다.

문제는 인터뷰를 따낼 방법이었다. 고심 끝에, 그녀는 장기 프로젝트에 돌입하기로 생각을 바꿨다. 일회성 기사가 아니라 지면 전체를 할애하는 특집으로. 그러려면 선행되어야 할 것이 몇 가지 있었다. 첫째, 빌어먹을 상사에게 둘러댈 핑계를 만든다. 둘째, 형진의 형에 대해 더 알아본다. 형진에게는 6살 터울의 형이 하나 있었다. 어제 확인한 바로는 우애가 썩 좋은 것 같진 않았다. 유명 로펌의 변호사 형은 사무실로, 노숙자 동생은 길바닥으로 출근하는 걸 보면.

물론 그 편이 판을 짜기에는 더 좋았다. 여동생의 죽음, 갈라선 형제, 화재가 낳고 사회가 조장한 가족의 분절. 배경음악만 잘 버무려 SNS에 뿌리면 먹힐 만한 소재였다.

형진이 시킨 사이다가 반쯤 남아 있었다. 정혜는 컵의 음료를 한번에 들이켰다. 형진에겐 미안하지만, 그를 놓아줄 수는 없었다. 그럴 생각도 없었다. 아까운 13만 4천 원이 술값도 아닌 식비로 털려 나가지 않나. 여태껏 그녀가 찍은 이들은 화를 내고 윽박지르고 욕을 했으나 결국 녹음기를 켜도록 허락하곤 했다.

식당을 나오자 빌딩들의 반사광이 쏟아졌다. 정혜는 손차양을 만들며 큰길로 걸어나갔다. 조수에 밀려 더 깊은 곳까지 떠내려간 지금에도, 그녀는 아직 세상과 닿아 있었다. 그러니 더 늦기 전에 뭐라도 해야만 했다. 이 도시에서 인간 김정혜로 계속 살아가고 싶다면.

손을 들자 택시가 앞에 와 멎었다. 정혜를 태운 차량은 한낮의 혼잡 속으로 밀려들어갔다.

#창우

"거 좆같이 덥구만. 안 그러냐?"

대답은 없었다. 창우는 끝동을 씹던 담배를 퉤, 뱉었다. 새하얀 입김이 담배연기에 섞여 뿜어지자 고개를 떨군 남자가 콜록거렸다. 연기 탓인지 추위 때문인지 분간이 어려운 기침이었다.

남자를 내려다본 창우는 손을 휘휘 저었다.

"야, 취소. 취소. 아무래도 넌 춥겠다."

추울 만도 했다. 그들이 있는 곳은 냉동 창고였고, 창우가 입은 것은 두툼한 털코트였으며, 그의 앞에 무릎을 꿇고 앉은 남자는 실오라기 하나 안 걸친 벌거숭이였으므로. 천장에 매달린 고기짝들에는 하얗게 서리가 내려 있었다. 테이블 위 도마와 쇠칼, 줄톱에도 얼어붙은 핏자국이 벌겠다. 창우의 뒤쪽에 서 있는 부하들은 언 손을 비비느라 여념이 없었다.

창우는 코트 단추를 하나 풀고 다가앉았다.

"그러니까 덕재야. 사장님이 누누이 말했잖아."

까만 가죽장갑을 낀 손이 턱을 들어올렸다. 이어 그가 손수 만든 작품이 드러났다. 남자의 얼굴은 땅벌집을 건드린 사내아이 같은 꼴이었다. 눈두덩은 팝콘마냥 부풀어 올랐고 쌍코피는 턱을 지나 목까지 이어졌다. 정수리 부근의 머리털은 누가 잡아 뜯은 것처럼 뽑혀 나가 있었다. 창우는 피떡이 된 귓가에 대고 소곤거렸다.

"뒤통수 까면 뒤진다고."

동시에 장갑 낀 왼손이 뺨으로 날았다. 얻어맞은 남자는 고깃덩이가 쌓인 구석까지 날아가 나뒹굴었다. 그가 손을 내밀자 뒤에 선 부하가 얼른 보온병을 건넸다. 창우는 김이 나는 차를 남자의 머리통으로 쏟았다. 끔찍한 비명과 보리차 향이 뒤섞여 퍼져나갔다. 그는 몸부림치는 배신자에게 명령했다.

"앉아."

남자는 벌게진 얼굴을 감싸고 꿇어앉았다. 창우는 몇 뭉텅이 안남은 머리카락을 쓰다듬으며 물었다.

"애들 어디다 뒀어?"

목에 고인 피 때문에 말도 잘 안 나오는 모양이었다. 간신히 입을 열자 앞니가 달아난 잇몸이 드러났다.

"무슨 애들……."

"네가 빼돌린 애들 있잖아. 이번에 도망간 수아랑 정희랑, 가리봉동에서 데려온 애들까지 다섯 명."

"사장님, 전 정말로 몰라요. 그 미친년들끼리 작당해서 도망친 거라니까요. 아무렴 제가 형님 물건에 손을 대겠어요?"

남자는 사장님이라고 하는 것까지 잊고 절박하게 외쳤다. 창우의 두 눈이 야비한 빛을 담고 쭉 찢어졌다.

"왜 너, 예전에 애들 마이킹비 꿀꺽했잖아. 그땐 눈감아줬으니 이 번에는 책임을 져야지."

"그건 제가 최 사장 밑에 있을 때 일……."

비명 소리와 함께 또다시 머리카락이 뽑혀 나갔다. "사장 소린 나한테만 하랬잖아. 뭔 말인지 알지?" 창우는 머리털을 털어버리고 코트 주머니를 뒤졌다. 주머니에서는 책등이 두터운 핸드북이 나왔다. '사장님'을 올려다보던 남자의 눈에 공포가 어렸다. 저 작은 책이 그의 앞니를 두 개나 털어버린 원흉이었다.

창우는 장갑 끝에 침을 발라 책장을 넘겼다.

"두당 천씩 해서, 다섯 장만 가져와. 그럼 싹 청산해줄 테니까."

공포는 황당함으로 변했다. 남자는 피거품을 튀기며 항변했다.

"애들한테 준 돈이 삼백씩입니다. 그런데 왜……."

"걔들이 회사 상품까지 꼬불쳐 튀었거든. 한 열 박스 정도? 그것도 같이 계산한 거야."

통통 부은 남자의 뺨이 일그러졌다. 상품이란 1정당 만 원짜리 정력보조제가 30정씩 든 상자를 말했다. 고작 그것들 열 박스에 삼천오백이라니, 그냥 죽으란 소리였다.

"사장님, 제발…… 조금만 시간을 주십시오."

"시간을 달라고?"

"예. 도망친 애들은 제가 책임지고 잡아다 놓겠습니다. 빠진 금액도 채우겠습니다. 딱 세 달, 세 달만 주시면 전부 처리하겠습니다. 이 방덕재 목을 걸고요."

두서없이 쏟아지던 호언장담은 창우가 책을 들자 끊겼다. 곧이어

64

일장연설이 시작됐다.

"덕재야, 짜라투스트라가 그랬다. 높이 올려가려 들면 아래로 떨어지게 된다고. 여기서 알 수 있는 게 뭐겠냐?"

듣는 이도 구경하는 이도 이해가 안 가는 인용구였다. 남자는 겁먹은 눈이 되어 창우의 손을 곁눈질했다.

"열심히…… 살아야 한다는 것 아니겠습니까?"

눈을 감은 창우는 고뇌하는 철학자처럼 고개를 흔들었다.

"아니야, 덕재야. 그게 아니야."

니체 철학의 정수를 담은 흉기가 천천히 올라갔다. 붉게 물든 표지가 불빛 아래 반짝, 빛났다. 창우는 교육열로 번들거리는 눈을 떴다.

"오늘 안에 빵꾸난 걸 못 채우면 뒈진다는 거야."

❖

10분 뒤, 창우는 냉동 창고에서 걸어나왔다. 등판이 다 뜯겨 나간 책은 곤죽이 된 남자 위에 겹겹이 뿌려져 있었다. 그가 털코트를 벗자 반들반들하게 쫙 붙는 회색 양복이 나타났다. 입구에 서 있던 부하가 얼른 코트를 받아 들고 물수건을 건넸다. 창우는 엄지를 세워 뒤쪽을 가리켰다.

"용국아, 전화기랑 통장 갖다줘라. 닥터 리한테도 연락해두고."

창우가 즐겨 쓰는 '짜내기' 중 하나였다. 우선 초주검이 되도록 두들겨 패고, 당일 변제 각서에 지장을 찍게 한 뒤, 돈을 못 만들면 청량리의 '닥터 리'에게로 보낸다. 그곳으로 간 채무자들은 신장이

나 안구 하나는 지불해야 나올 수 있었다.

"알겠습니다. 더 시키실 일이 있습니까?"

"내가 보던 책 알지? 댓 권만 더 사다 놔. 잘 안 찢어지는 걸로."

듣고 있던 누군가가 작게 한숨을 내쉬었다. 그들의 사장은 순종 미친놈이요, 변종 사이코였다. 온종일 기분이 미친년 널뛰듯 오락가락한다는 점에선 앞의 특성과, 그럼에도 머리는 잘만 돈다는 면에선 뒤의 특성과 상통했다. 부득이하게 그와 사업적으로 엮인 이들은 이를 갈며 평했다. 벼락을 맞아도 쌀 돈귀신이라고.

박창우, 일명 '미사리 박'은 (주)대박용역의 사장이었다. 간판에 적힌 용역은 사업의 일부였고, 실수익원은 대부업과 성매매였다. 철거반대시위에 용역팀을 파견해 똥물을 퍼붓는다거나, 룸빵과 오피와 키스방을 수직계열화시켜 굴린다거나, 높으신 분들 대신 누굴 반쯤 죽여 놓는다거나, 그 외에도 돈이 되는 일이라면 무엇이든 했다. 간혹 단속이 나오기도 했지만 큰 영향은 없었다. 잡아당길 줄도, 미리 대어둔 현금도 두둑했으므로.

다른 파벌들과 시비가 붙었을 때는 창우가 직접 나섰다. 186센티미터에 95킬로그램, 탱크 같은 근육덩이는 그 자체만으로도 위협적이었다.

"요즘 날이 추워. 그치?"

눈이 마주친 '사장님'이 씩 웃었다. 용국은 애써 마주 웃어 보였다. 박창우 밑에서 일하며 깨달은 게 있다면, 어느 때고 마음을 놓아선 안 된다는 것이었다. 사장님은 온갖 시비, 억지, 트집과 괴롭힘에 능통했다. 실실 웃다가도 눈이 뒤집혀 따귀를 날리고 골프채를 휘두르는 일이 다반사였다. 오래 일한 이들은 그 개 같은 성깔의 진실을 알았다. 창우는 누군가를 조질 구실이 필요해 본인을 자극하는 것이었다.

주머니에 있던 전화벨이 울렸다. 핸드폰 액정을 본 창우의 눈이 가늘어졌다.

"좆무택? 이게 누구야?"

부하 하나가 즉각 대답했다.

"장무택 의원입니다."

창우는 오만상을 찌푸리며 피처폰을 열었다.

"박창웁니다. 어쩐 일로 이 시간에 연락을 다……."

— 바쁜가?

목소리는 내용만큼 단조로웠다. 창우는 시계를 쳐다봤다.

"아니, 뭐…… 바쁘지는 않습니다. 무슨 일이십니까?"

— 2시 15분, 중랑천 한린공원에서 보세.

전화는 일방적으로 끊어졌다. 그가 핸드폰을 부서져라 닫자 부하들이 슬금슬금 물러났다. 창우는 죽 둘러보다 운 나쁜 희생자를 지목했다.

"너, 시동 걸어."

❖

중랑천 변두리의 소공원은 인적이 없었다. 산책 나온 고양이도 더위에 지쳐 돌아갔을 시간이었다. 불 켜진 가로등 아래, 시커먼 수렁 같은 나무그림자들만 조금씩 흔들렸다. 의뢰인의 차는 그림자

안에 아슬아슬하게 숨어 있었다. 18년형 LS, 평소 타던 놈이랑은 기종도 번호도 다른 모델이었다.

"저 앞에 대놓고 있어. 너무 멀리 가지 말고."

창우는 차에서 내려 목을 가다듬었다. 시동 꺼진 렉서스로 다가가자 뒷좌석 창문이 내려갔다.

"아이고, 나오셨습니까. 제가 좀 늦었습니다."

그는 너스레를 떨며 차창 안을 살폈다. 늘 그랬듯이, 함께 탄 동승객은 운전자 하나뿐이었다. 뒷좌석 쪽 얼굴도 기억과 같았다. 옆통수는 새치가 허옇게 물들였지만 눈썹은 영화배우 뺨칠 만큼 두껍고 진했다. 사람이 말을 거는데도 앞만 쳐다보는 버르장머리는 덤이었다.

'하여간에 가오는.'

하강하던 차창은 3분의 2 지점에서 멈췄다. 의뢰인은 손목에 찬 파텍 필립을 한 번 봤다.

"요즘은 좀 어떤가."

비즈니스를 위해선 두 가지 덕목이 필요했다. 잘 굴러가는 머리, 속뜻을 알아채는 눈치. 창우는 두 손을 맞비볐다.

"뭐, 항상 비슷합니다. 빌려준 돈 받고, 도망간 빚쟁이 잡아 오고요."

"잘 산다니 다행이군."

본론을 대폭 축약한 예고편이었다. 창우는 잠자코 다음 말을 기다렸다.

"9월이 코앞이네."

"시장 선거 말입니까?"

무택은 대답 없이 도어 손잡이를 두 번 두들겼다. 운전사가 라디오를 켜는 기척이 나고, 심야 뉴스앵커의 목소리가 들려왔다.

"지난번에는 잘했어. 믿고 쓰는 박 사장답게."

창우가 그와 엮이게 된 건 2년 전이었다. 새로 뽑은 계집애들 면접을 보고 있는데 전화가 왔다. 이름도 밝히지 않고, 형식상의 인사도 없고, 딱딱한 목소리가 용건만 전달했다. 어느 오피스텔로 가서 남자 하나를 조져달라는 내용이었다. 의뢰 수락 여부는 액수를 듣자마자 정해졌다. 싸구려 오피스텔 문을 따는 정도야 연장 없이도 우스웠다. 그는 잠들어 있던 남자를 죽기 직전까지 팬 뒤, 의뢰인의 요청대로 손가락도 하나 잘랐다. 반지 낀 약지를 자른 건 금품을 노린 강도로 보이기 위한 안배였다. 다음 날 뉴스는 사건을 수법이 잔혹한 단순절도라고 보도했다. 동시에 문자메시지 알림음이 두 번 울렸다. 하나는 약속된 돈이었고, 다른 하나는 추가된 의뢰였다.

그 뒤로도 창우는 하수인으로서 무택을 '서포트'했다. 경쟁기업의 하청업체와 갈등을 연출할 때, 난잡한 개인사의 뒤처리를 할 때, 새로이 창설된 당의 말석에 들어갈 때, 창우는 탈 없이 맡은 바를 처리했다. 의뢰인의 정체를 알았을 때도 놀라지 않았다. 오히려 경멸 섞인 동경을 느꼈다. 무택은 딱 그가 선망해왔던 유형의 정치인이었다. 맨땅 검사부터 비례대표 후보까지 올라왔다는 것도, 비정하고 냉혹한 사업 수완도 존경해줄 만했다. 입을 열 때마다 혀를 뽑아버리고 싶긴 했지만.

무택이 담배를 꺼냈다. 창우는 차창 너머로 빼꼼 나온 끄트머리에 불을 붙였다.

"임 시장은……."

의뢰인은 첫 마디만 떼는 것으로 이야기를 시작했다.

"별일이 없다면 재선에 뛰어들 걸세. 당을 위해 물러나니 어쩌니, 벌써부터 뜬소문을 뿌리는 걸 봐서."

"뚜껑은 까봐야 아는 거죠. 새미래당 표심도 다 흩어졌는데, 싸워볼 만하지 않겠습니까."

"시장 후보 공천이 불확실해졌네."

창우는 놀라는 척을 했다.

"무슨 말씀이십니까?"

"조금만 기다려보라더군. 당의 내부 심사가 생각보다 길어진다고."

"말도 안 됩니다. 이제 와서 입 닦겠다는 거 아닙니까."

창우는 짐짓 분기탱천하며 의뢰인의 눈치를 살폈다. 그는 여전히 앞만 바라보고 있었다.

"반편이는 믿을 수 없다는 거지. 골치 아프게 됐어."

그의 정치편력에 대해서는 창우도 들은 바 있었다. 특수부 검사에서 금융권 사업가로 변신해 가며 정치에 입문한 데까지는 성공적이었다. 그러나 승승장구는 거기서 멈췄다. 맨주먹에 맨땅, 족보 없이 자수성가한 검사 시절 배경이 발목을 잡은 탓이었다. 작은 정당 말석에 입당은 했지만 더 진전은 없었다. 비례대표 후보에서 순위가 밀린 것이 세 번, 공천에 실패하고 나간 지역구의원 낙선이 두 번이었다던가?

"단기필마의 한계가 보여. 당은 나를 도울 마음이 없고, 나 혼자서는 이길 가망이 없네. 이제 남은 패는 임재규를 끌어내리는 방법뿐이야."

창우는 이마를 찡그렸다.

"그 돼지는 진작 끝나지 않았습니까. 왜, 예전에 무슨 개발부지 청탁인지 비리인지가 탄로 나서……."

"표심은 망각에 익숙하지. 대중은 관성에 익숙하고."

창우의 눈가가 가늘어졌다. 그의 의뢰인은 말수가 많은 사람이 아니었다. 항상 짧고 간결하게 용건만 이야기했고, 쥐어박고 싶도록 실용적인 화법을 고수했다. 그런 인간의 혓바닥이 길어졌다는 건 통장 뒤의 0도 길어진다는 소리였다.

"정치와 패싸움의 공통점이 뭔지 아나."

정치판 밑에서 잔뼈가 굵은 깡패에겐 쉬운 질문이었다. 창우는 자신만만하게 대답했다.

"쪽수가 많으면 장땡이라는 겁니다."

무택은 끄덕였다.

"맞아, 여긴 거미의 전쟁터일세. 누가 더 촘촘하게, 더 많은 씨줄과 날줄로 그물을 치는지 겨루는. 위로 올라가면 올라갈수록 차이가 심해지지. 죄다 고향 친구에 집안 사촌, 더러운 피가 한 다리 건너 섞인 족속들이거든."

"제가 뭘 하면 되겠습니까?"

차창이 전부 내려갔다. 민주국민당의 비례대표 후보는 창우와 눈을 마주쳤다.

"수단과 방법을 가리지 말고, 시장을 흠집 내게. 뭘 해도 좋아. 불륜 사진을 조작하든 조선족을 써서 사고를 치든. 민심이 흉흉해지면 군중들은 분노할 대상을 찾지."

"하지만 의원님, 그런 뜬소문은 금방 들통이 날 겁니다. 경찰이 수사를 시작하면……."

"누가 진실에 관심을 갖나. 판만 흔들면 돼."

의뢰인은 흙에서 금을 캐라고 요구하고 있었다. 사오 년 전까지만 해도 여자를 찔러넣거나 청탁 누명을 씌우는 수법이 쏠쏠하긴 했다. 지금은 씨알도 먹히지 않았다. 행여나 무슨 뒷배가 있을지, 조심하고 또 조심하는 통에 줄을 대기조차 어려운 시국이었다.

무택은 한 모금 태운 담배를 털어버렸다.

"정 안 되겠거든 시청에 불이라도 지르게. 나머지 일은 내 알아서 할 테니."

창우가 알았다고 대답할 때, 라디오에서 앵커의 목소리가 흘러나왔다. "뉴스 속보입니다. 증산의 한 물류센터에서 화재가 발생해, 현재까지도 진화작업에 어려움을 겪고 있습니다. 센터 옆 창고건물에서 발생한 화재는 내부 합판을 태우며 번진 것으로 보입니다. 경찰은 직원 과실로 추정하고……."

#형진

모처럼 꿈을 꾸었다. 꿈인지 환상인지 구분이 모호한 꿈이었다. 작열통이 없는 걸 보면 꿈 같았고, 꿈인 걸 아는데도 깨지 않는 건 환상 같았다. 서울이 불타고 있었다. 이번 무대는 화곡동 원룸촌이 아니라 도심 한가운데였다. 광화문, 경복궁, 보신각의 용마루들이 거대한 홰가 되어 타들어가고 있었다. 사람들은 거리로 쏟아져 나오고 구급차가 도로를 내달았다. 피켓과 촛불들 사이로 구호가 울려 퍼졌다. 우린 불타 죽고 싶지 않다. 살아갈 권리를 보장하라.

장면들의 파노라마가 난기류를 탔다. 휘어지고 꺾어지다 도착한 곳은 어느 고층빌딩 앞이었다. 불 켜진 빌딩 아래에는 검은 그림자가 뒤돌아서 있었다. 그는 본능적으로 알아차렸다. 그 방화범이었다. 스키 세트에 항공점퍼를 입은 그날의 미치광이.

주먹을 쥐고 달려든 순간, 현실 이편의 그와 저편의 그가 한목소리로 비명을 지르기 시작했다. 형진은 자신이 지른 비명소리에 깨어나면서 보았다. 고글 속 얼굴은 불길에 녹아 문드러져 있었다.

정신이 들고도 한참이나 기분이 더러웠다. 여태 꾸었던 수많은 악몽들 중 비교적 최근서부터 시작된 꿈이었다. 새로운 놈답게 증상도 악질이었다. 의지대로 깰 수도 없고, 익숙해지지도 않고, 깨어나면 온몸이 흠뻑 젖어 있었다. 아무리 더워도 안 나던 땀이 이럴 때는 홍수처럼 쏟아졌다.

멀리서, 지하철이 들어오는 소리가 들려왔다. 그는 숨어 있던 기둥 뒤에 등을 기댔다. 간밤의 잠자리는 후텁지근한 시청역 대합실 구석이었다. 다른 명당자리를 놔두고 왜 여기 있는지 떠올리자 부아가 치밀었다. 매일같이 나타나는 스토커, 그 기자 때문이었다.

그날 이후에도 김정혜는 꼬박꼬박 찾아왔다. 손에는 박카스니 비타파워니 하는 것들을 한 병씩 든 채였다. 처음 그는 무시로 일관했다. 사흘째부터는 좀 가라고, 귓구멍에 펜을 처박았냐고, 그

알량한 음료는 댁 결혼자금에나 보태라는 폭언을 퍼부었다. 정혜
는 보답으로 그의 복장을 뒤집어 놨다. 아침에 사라졌다가 저녁에
다시 나타나서는, "가래서 갔다가 다시 왔어요. 잘했죠?" 따위의 헛
소리를 지껄이는 것으로.

개수작의 레퍼토리도 한결같았다. 잘 잤느냐, 밥이나 먹으러 가
자, 근처에 괜찮은 무한리필 고깃집이 있다. 뻔한 수작이라 대꾸할
마음조차 들지 않았다. 며칠간 시달린 바, 말을 안 하는 것이 고통
을 줄이는 상책이었다.

'이러다 노이로제가 오겠어. 여길 뜨든 해야지.'

대합실에는 스카프를 두른 노파만 꾸벅꾸벅 졸고 있었다. 그는
서둘러 벤치 밑과 자판기의 동전반환구를 쓸었다. 김정혜가 원하
는 것이 무엇인지는 잘 알았다. 화곡동 방화의 진술이라든가, 세상
에 대한 분노의 토로라든가. 여태 어떻게 살았는지만 얘기하더라도
그녀는 신이 나서 녹음기를 켤 거였다.

아무에게도 말하지 않았지만, 그는 한때 놈이 되려고 한 적이 있
었다. 중부경찰서 유치장에서 출소한 날, 뱃속의 방화범이 미친 듯
날뛰던 밤이었다.

그는 몇 달 전부터 눈여겨봤던 빌라의 주차장으로 숨어 들어갔
다. 품 안에는 휘발유 2L와 휴대용 프로판가스 통, 코만도 지포라이
터가 들어 있었다. 사전조사를 통해 눈앞의 놈이 얼마나 잘 탈지도
알아본 뒤였다. 방화 조건은 탁월했다. 목자재 위주로 증축된 공용
건조물, 고장 난 옥내소화전과 낡은 자동경보장치, 주먹구구로 받
아낸 허위 방염필증防炎畢證. 가스통을 올린 소나타에 기름을 뿌리

고 불만 당기면 빌라는 불붙은 닭이 되어 날아갈 터였다.

어째서 손을 멈췄던가. 차후 자문해봤으나 이유를 고르기가 어려웠다. 술은 입에도 안 댔건만 사시나무처럼 떨리던 손 때문이었나, 소나타 차창에 붙은 가족사진 탓이었나. 그 뒤로 한동안 번화가를 바라보며 라이터 뚜껑을 열었다, 닫았다 하는 버릇이 생기기도 했다. 소주병이 없는 날에도 라이터는 늘 주머니 속에 있었다. 사표를 챙겨 다니는 직장인처럼, 세상을 향해 장전된 그의 총탄이었다.

형진은 주워 모은 동전들을 주머니에 집어넣었다. 지긋지긋한 목소리가 들린 것은 그때였다.

"형진 씨, 형진 씨!"

그는 이를 부득부득 갈며 돌아섰다. 잠시 후, 정혜가 숨을 몰아쉬며 달려와 섰다.

"사람이 부르는데 왜 보지도 않아요? 한참을 찾았네."

형진은 그녀의 뺨에 들러붙은 머리카락을 물끄러미 쳐다봤다. 이 여자는 집을 나설 때마다 염치를 놓고 오는 것 같았다.

"또 왜?"

"나타났어요. 그 사람."

"누가 나타났다는 거요?"

정혜는 답답해 죽겠다는 듯 가슴을 쳤다.

"당신이 쫓던 방화범이요!"

아주 잠깐, 뺨의 근육이 경직됐다. 그는 아무렇지 않게 대꾸했다.

"차라리 소가 닭을 낳았다는 소리를 믿겠군."

"그 소, 닭 한번 잘 낳겠네요. 봐요."

정혜가 내민 핸드폰에는 포털사이트의 뉴스기사 전문이 떠 있었다. 귀에 쏙쏙 박히는 음성지원이 개시됐다.

"7월 4일 화요일 오전 3시경, 증산의 한 물류센터창고에서 화재가 발생했다. 증산소방서 소방대가 출동했지만 불길은 쉽게 잡히지 않았고, 창고 두 개와 센터까지 일부 태운 뒤 진화됐다. 집계된 재산 피해는 3억 원 이상으로 추정되며, 경찰은 화재의 원인규명을 위해 조사에 착수했다."

형진은 눈앞에서 알짱거리는 아이폰을 밀어냈다.

"어느 대목에서 놈을 찾았다는 거요? 방화인지 사고인지도 불확실한데."

"모든 부분에서요."

"뭐라고?"

"말 그대로 모든 부분요. 우선 화재의 규모. 서울 근교에서 화재가 이만한 규모로 발생하는 일은 많지 않아요. 아직까지 원인을 못 찾았다는 것도 의심스럽고."

"이봐, 기자님……."

화재의 출화원에는 무엇이 있으며 지난 10년간 얼마나 큰 화재들이 발생했는지, 눈앞의 불나방에게 설명해주려 했으나 헛일이었다. 정혜는 형진의 말을 냉큼 잘랐다.

"아, 물론 대형화재가 종종 일어나긴 했죠. 1년에 대여섯 번씩? 용산 전자상가 화재나 마두역 가스폭발처럼. 그런데 이번 건은 원인규명이 늦어도 너무 늦어요. 누전이면 누전이다, 과부하면 과부

하다 성명을 내는 게 보통인데, 동료들 말로는 경찰기자 누구한테
도 언질이 없었다는 거예요. 벌써 오후가 다 됐는데도."

형진은 관자놀이를 눌렀다. 저 여자는 사건 당일, 고작 몇 시간
만에 현장을 방문하고 속보를 내고 자신까지 찾아냈다는 말인가?

정혜는 다른 말을 할 시간도 주지 않았다. 핸드폰 액정을 쓱쓱
내리더니 대뜸 물어왔다.

"돈 있어요?"

거지에게 집이 있냐고 묻는 만큼 해괴한 질문이었다. 정혜는 말
안 해도 안다는 듯 고개를 끄덕였다.

"그럼 그냥 내 차 타요. 증산까지 3만 원은 나올 거예요."

❖

빨간 미니쿠퍼는 역 앞에 주차돼 있었다. 그녀는 조수석에 타라
고 명령하더니 핸들을 잡았다. 남이 운전하는 차는 답답해서 못 탄
다는 것이었다.

운전솜씨는 가히 살벌했다. 정혜는 험악한 핸들링으로 2차선에
서 유턴을 하고, 꾸물대는 마티즈에게 욕을 퍼붓고, 저런 사람들은
도로금지처분을 내려야 한다며 열을 냈다. 앞이 뚫리고서야 형진은
말할 기회를 잡았다.

"면허가 있긴 한가?"

정혜는 대수롭지 않게 대답했다.

"취소됐어요. 술 먹고 남의 집 담벼락에 처박아서."

하는 짓을 보니 그만하기가 천운이었다. 형진은 불안하게 흔들리

는 룸미러에서 애써 눈을 돌렸다.

"말해두지만, 나는 확인만 하러 가는 거요."

정혜는 못 들은 척 핸드폰을 충전기에 꽂았다. 불만이 있거든 한 번 뛰어내려보라는 태도였다. '뭐, 도착한 뒤 도망치면 그만이지.' 그는 후드를 눌러쓰고 눈을 감았다. 한잠 잘까, 생각하는데 방해꾼이 말을 걸었다.

"점심은 먹었어요?"

이번에는 이쪽이 무시할 차례였다. 정혜는 기어박스에서 캔커피를 꺼냈다.

"너무 그러지 마요. 이럴 때 내 감은 믿어도 돼요."

형진은 무뚝뚝하게 대꾸했다.

"상관없어. 가보면 알 수 있으니까."

"어떻게요?"

정혜는 형진을 흘끗 보고선 덧붙였다.

"어차피 기사엔 못 실으니 말해봐요. 다들 미친 소리로 알 텐데요, 뭐."

형진은 그녀가 내민 커피를 받아 들었다.

"불탄 흔적."

"불탄 흔적? 그것만 가지고 알아볼 수 있어요?"

"남은 잔해의 여부에 따라서. 방염도료까지 모조리 태워버렸으면 놈이고, 그렇지 않으면 일반적인 화재요."

"아, 이해했어요."

표정을 보니 알아듣지 못한 눈치였다. 형진은 간략히 설명했다.

방염액이란 화재의 확산과 건물 붕괴를 막기 위해 사용되는 도료를 말한다. 종류에 따라 철골부터 입히거나 천장, 벽지, 커튼 및 각종 건자재에 사용되는데, 불에 잘 타지 않고 연소도 지연된다. 정혜는 거기까지 듣고서 또 아, 했다.

"그러니까 얼마나 탔는지로 누구 짓인지 구별할 수 있다는 거죠?"

"대부분은. 도료와 자재의 종류, 화재지속시간을 총합하면 답이 나오니까."

"만약 방염처리가 안 된 건물이면요? 업체가 애초부터 불량시공을 했다거나."

"허탕이지. CCTV나 돌려보는 수밖에."

슬그머니 끼어들려던 택시 한 대가 속도를 줄였다. 정혜는 꽉 누르던 클랙슨에서 손을 떼고 물었다.

"그런 건 다 어떻게 안 거예요? 경찰 발표에서는 듣지도 못했던 얘긴데."

"몸이 어느 정도 회복된 뒤, 살던 원룸촌을 찾아갔어. 내 손으로 뭐라도 찾아내겠다는 심산이었지. 도착해보니 폐허가 따로 없더군. 철골은 우그러지고, 그을린 벽돌파편이 굴러다니고……. 나는 그 소각장을 돌아다니며 잔해를 주워 모았어. 커튼 조각, 오그라든 벽지, 타다 만 문짝과 합판 같은 것들. 작은 건 배낭에 넣고, 무거운 건 사진을 찍었지. 그런 다음 방염업체로 가서 감식을 부탁했고."

정혜는 룸미러로 그와 눈을 맞췄다.

"뭐라던가요?"

"도료가 잘 먹은 자재들이라더군. 방염필증도 진짜였어."

"정말로 불길이 커져서 그랬을 가능성은요? 고온에 노출되어 임계치를 넘었다거나."

형진은 고개를 가로저었다.

"담당 경찰서 사건기록부로 확인한 정보요. CCTV에 찍힌 화재 발생시각이 03시 11분. 그로부터 5분도 지나지 않아 건물 전체로 불길이 번졌어. 인화성 촉매 없이는 말도 안 되는 속도지."

당시 건물의 지층地層에 프로판가스 저장고는 없었다. 전선 합선이나 배전반 누전의 흔적도 없었다. 불길의 고속도로를 열어줄 만한 것…… 처음 놈이 뿌리고 있던, 끈적끈적한 검은 액체 말고는. 듣고 있던 정혜가 결론을 내렸다.

"정리하자면, 그 작자가 내는 불은 방염이고 뭐고 다 태워버린다는 거네요."

"불길의 온도가 차원이 다른 거요. 그래서 최고점에 도달하는 소요시간도 짧은 거지."

정혜는 한동안 말이 없었다. 아슬아슬하게 단속에 걸리지 않을 속도를 유지하며 차만 몰다가, 문득 그를 돌아보았다.

"아, 그 물류센터의 실소유자 있죠? 강화제약 부사장의 둘째동생이라네요. 지금은 노조 강제해산 관련 소송에 걸려 있고요. 용역을 써서 조합원 몇 명을 폭행했나 봐요."

"원한 방화일 가능성이 있다는 건가?"

"그건 모르죠. 사택과 사옥을 다 놔두고 왜 하필 센터 창고인지도."

형진은 머릿속의 사건첩을 뒤져봤다. 저 두 건물에는 어떤 공통점이 있을까. 한 달 월세라 봐야 300만 원도 안 나올 원룸, 기업 부사장의 친동생 소유 물류센터. 연결고리는 없었으나 가능성은 충분했다.

"도착하면 알게 되겠지."

◆

한 시간 후, 그들은 증산복지회관 앞을 지났다. 경찰차 몇 대가 인도 앞에 서 있었고, 형광조끼를 입은 순경들도 보였다. 형진은 창문을 내리고 숨을 들이마셨다. 불쾌하고 팽팽한 공기가 기관지로 스며들었다. 불길이 잡힌 뒤에도 이 악취만큼은 금방 사라지지 않고 대기를 떠돌았다.

목을 쭉 빼고 주차할 자리를 찾던 정혜가 물었다.

"저 앞이에요. 먼저 내릴래요?"

형진은 한 바퀴 돌자고 한 뒤 근처 동향을 살폈다. 현장 주변은 평범한 변두리 번화가였다. 낡은 건물 층층이 간판들이 빼곡했고, 옥상에서 옥상으로 머리카락 같은 전선들이 늘어져 있었다.

'망을 볼 곳이 수두룩하군. 제 업적을 감상할 곳도 많고.'

정혜는 큼지막한 봉고 뒤에 차를 대고 뒷좌석으로 몸을 구겨 넣었다. 차 뒤편에는 온갖 잡동사니들이 쌓여 있었다. 전기장판, 소형 선풍기, 담요와 옷과 운동화가 담긴 가방……. 한참을 뒤져 끄집어낸 것은 시카고불스 캡모자였다.

"쓰고 나가요."

형진은 눈을 부릅뜬 황소 엠블럼을 마주 노려봤다.

"모자는 내 옷에도 있는데."

정혜는 간단히 그의 반론을 잠재웠다.

"이거라도 써야 그나마 덜 방화범 같을 거예요."

그는 모자챙을 구겨 쓰고 내렸다. 막상 땅에 발을 대자 '이거라도' 써서 다행이라는 안도감이 밀려왔다. 소공동 상가 붕괴사건 이후, 그는 현장에 발길을 끊었다. 발정난 개마냥 소방차를 따라 달리는 짓도 그만뒀다. 정말로 안 갈 거야? 정말로? 진아의 목소리가 애타게 그를 불러도 참아냈다. 이 짓을 더 했다간 라이터와 부탄가스를 들고 주유소로 달려갈 것 같아서였다. 그리고 지금, 그는 옛 원수를 쫓아 지긋지긋한 폐허에 돌아와 있었다. 다시는 발을 들이지 않으리라 맹세했던 도시의 소각로에.

깨어난 방화범이 속삭였다. '드디어 돌아왔구나. 네가 있어야 할 너의 지옥으로.'

누군가가 그의 어깨를 흔들었다. 형진은 흠칫 놀라 돌아섰다. 정혜가 이상한 눈빛으로 바라보고 있었다.

"무슨 일 있어요? 갑자기 멈춰 서서."

형진은 고개를 저었다.

"아무것도. 신경 끄쇼."

정혜는 더 묻지 않고 앞장섰다. 이윽고 현장이 나타났다. 한때 물류센터였던 건물은 토치로 구워버린 벌집 꼴이었다. 시커멓게 탄 벽은 한쪽이 무너져 내렸고, 녹아내린 콘크리트를 뚫고 철골들이 튀어나왔다. 철골이 휘자 하중을 견디지 못한 보와 기둥들이 연달아 쓰러진 모양새였다. 형진은 눈에 익은 광경을 노려봤다. 한 발짝 옮기자 쌓여 있던 재가 날렸다. 이 또한 익숙한 풍경 중 하나였다. 하늘을 물들인 연기, 부옇고 탁한 대기와 함께.

현장에는 노란 폴리스라인이 둘러쳐져 있었다. 순찰차도 한 대서 있었으나 경찰은 보이지 않았다. 주위를 둘러보던 정혜는 그를 끌고 폴리스라인을 넘어갔다. 지금껏 몇 차례나 해본 듯, 거침없는 위법행위였다.

"이러다 들키기라도 하면……."

정혜는 검지를 입술에 갖다 댔다.

"안 걸리면 되죠."

둘은 무너져 내린 폐허 뒤쪽, 벽과 벽 사이의 그늘로 들어갔다. 안쪽으로는 완전히 잿더미였다. 따라 걷던 정혜가 너덜거리는 헝겊 조각을 집어 들었다.

"이거, 어때요?"

형진은 잿더미를 들춰 보며 대꾸했다.

"그건 그냥 옷이요. 방염커튼이 아니라."

정혜는 들고 있던 헝겊을 던져버렸다.

"여기서 뭘 찾으려면 한나절은 걸리겠는데요. 보관하던 피복류가 수천 벌이 넘을 텐데."

"그럴 필요 없어. 찾았으니까."

형진은 벽돌 하나를 들고 유달리 심하게 타버린 기둥으로 다가갔다. 금이 간 측면을 두들기자 콘크리트가 떨어져 나가고 철근을 감싼 세라믹이 드러났다. 정혜는 흰 거품막 같은 단열층을 쓸어 보왔다.

"이건 뭐죠?"

"열을 감지하면 팽창하는 내화도료요. 보통 시공 단계에서 철골에 바르는데, 다 부풀기도 전에 철골이 휘어버렸어. 그래서 이쪽 벽이 무너져 내린 거고."

"이론적으로 가능한 일인가요?"

"최고온도에 도달하는 시간이 빠르다면. 불길 자체가 어마어마하게 뜨겁거나."

정혜는 손에 묻은 페인트 가루를 털고 돌아섰다.

"그래서, 결론은요?"

형진은 고개를 끄덕였다.

"놈이야. 그 미치광이가 돌아왔어."

❖

폐허로 쏟아져 내리는 햇볕 속에서, 그들은 말없이 서 있었다. 불탄 벽을 내려다보는 형진의 얼굴은 무표정했다. 해묵은 원수를 발견한 것치고는 침착한 반응이었다.

정혜가 먼저 정적을 깼다.

"아직 확실하지 않잖아요. 이것만 가지고 속단하기에는……."

"고작 한 시간을 못 견디고 내려앉는 건물은 없어. 내화도료가 저런 식으로 녹는 경우도 마찬가지고. 다른 전문가들한테 보여줘도 똑같은 소릴 할 거요."

"불길이 한 시간도 안 돼서 잡혔는지는 어떻게 알고요?"

형진은 설명하기도 귀찮다는 듯 대꾸했다.

"보면 알 수 있어."

저렇게 나오면 할 말이 없었다. 정혜는 자칭 전문가에게 조언을 구했다.

"다음은 뭘 또 살펴봐야 하죠?"

유치장 가기 싫으면 여기부터 뜨자는 답이 돌아왔다. 그녀는 사진을 몇 장 찍고 들어왔던 길로 형진과 빠져나갔다.

"그럼 이만. 갈 곳이 생겨서."

차 앞까지 온 형진이 선언하듯 말했다. 정혜는 돌아서려는 그를 붙잡았다.

"잠깐만요. 혼자 어딜 가려고요?"

팔을 뿌리친 형진은 핏발 선 눈으로 그녀를 쏘아보았다.

"취재놀이는 끝이야. 놈이 돌아왔고, 난 그 개자식을 내 손으로 죽일 거요. 서울을 불바다로 만드는 한이 있어도."

정혜는 숨도 쉬지 못하고 그를 마주 봤다. 쏟아진 적의가 얼마나 흉흉했던지 오금이 저릿할 정도였다. 그녀는 가까스로 목소리를 짜냈다.

"하지만…… 증거가 없잖아요."

"필요 없어. 목격자만 찾아내면 되니까."

"당신이 직접?"

형진의 움직임이 잠깐 멎었다. 그녀의 말에 잊고 있던 난제가 떠오른 기색이었다. 정혜는 설득에 나섰다.

"내가 도울 수 있어요."

형진은 무뚝뚝하게 되물었다.

"어떻게?"

정혜는 대답 대신 어디론가 전화를 걸었다. "아침에 전화 드렸던 김정혜인데요. 예, 여기 센터 근처예요. 북창동 순두부랑 편의점 골목 사이. 커피숍 3층으로 올라가 있을게요." 통화가 끝나자 그녀는 명함 한 장을 보여줬다. 빳빳한 종이에는 이름과 직급이 적혀 있었다. 삼산물산 대리 서말식.

"여기서 일하던 직원이에요. 연락이 닿자마자 수배해 놨죠."

"이쪽으로 온다고 했나?"

"네, 근처라니까 얼마 안 걸릴 거예요."

직원은 10분 만에 달려왔다. 눈은 퀭하고 코 아래로는 수염이 꺼칠한 게, 새벽부터 한잠도 못 잔 몰골이었다. 그는 정혜가 앉아 있는 테이블로 걸어오다가 형진을 보고 흠칫했다. 정혜가 얼른 끌어다 앉히며 둘러댔다.

"다음 인터뷰 대상자예요. 시간이 애매해서 함께 뵙기로 했는데, 괜찮으실까요?"

직장이 날아간 판에, 괜찮지 못할 이유도 없었다. 직원은 자리에 앉자마자 물부터 벌컥벌컥 들이켰다. 정혜는 그가 좀 진정되길 기다려 인터뷰를 시작했다. 내부 사고일 가능성이 있냐는 질문에 그는 고개를 저었다.

"바로 전 주에 안전점검을 돌았습니다. 누전 신호랑 배전반 전압계도 정상으로 나왔고요. 인화성 물질요? 아뇨, 그 비슷한 건 근처에 두지도 않아요. 몇 년 전인가, 대광조선소 분진폭발 때문에 말들이 많았거든요."

다음 질문은 화재발생시각과 진화 시점이었다. 그는 더듬거리면서도 성실히 답했다.

"외부 CCTV에 불길이 잡힌 게 3시경이고…… 완전히 꺼진 건 한 시간쯤 뒤일 거예요. 아, 예. 기자님도 보셨습니까? 거기, 무너진 우측 외벽 말입니다. 대체 왜 그렇게 됐는지 모르겠어요. 날림으로 올린 건물도 아니고 화재감지센서에 스프링클러까지 있는데…… 종잇장마냥 홀라당 타버렸으니까요."

가짜 인터뷰는 그쯤해서 마무리됐다. 직원은 기사를 잘 써달라는 말을 거듭 당부하고 떠났다. 수첩을 몇 장 넘긴 정혜가 말했다.

"거짓말 같지는 않네요."

"아까 말했지, 설비의 문제일 리 없다고. 그랬으면 경찰이 먼저 원인발표를 했을 거요."

"그럼 얼른 일어나죠."

정혜는 노트북을 닫더니 테이블 위의 물건들을 가방에 쓸어 담았다. 형진이 물었다.

"어딜 가려고, 또?"

"목격자를 찾겠다면서요. 어디부터 시작할까요?"

형진은 창 밑을 내려다보았다. 어딜 봐도 비슷한 풍광이 그를 맞았다. 우중충하고 칠 벗겨진 건물들 아래, 같은 생김새에 글자만 다른 간판들이 다닥다닥 붙어 있었다.

"아무 데나. 어디든 비슷할 거요."

◆

두 사람은 현장 옆의 게임방부터 탐문에 나섰다. 인터뷰어는 정혜가 맡았다. 형진은 저만치 뒤에 서서 그녀가 불길을 봤느냐, 그게 언제였느냐 따위의 질문을 하는 것을 지켜보았다. 가게 주인들이 기억하는 시간은 거의 비슷했다. 3시부터 4시 사이. 한 시간이 조금 안 되게.

수상한 사람을 봤느냐는 질문엔 태반이 고개를 저었다. 상가가 몰려 있어 하루에도 수십 명씩 건물을 들락날락한다는 것이었다. 목공구 대여점, 룸식 주점, 인테리어업체, 노래방과 PC방과 당구장까지 돌았지만 소득은 없었다. 다음으로 들어간 모텔 카운터에 얼굴을 디밀고, 정혜는 용의자의 인상착의를 열렬히 설명했다.

"그러니까 키는 이 정도. 모자를 눌러썼거나 마스크를 썼을 수도 있어요. 아마 혼자 체크인했을 거고요."

머리가 벗겨진 주인장은 유리창 뒤에서 귀를 후볐다.

"여긴 혼자 온 손님만 절반은 돼요. 내가 그 치들이 뭘 입었는지 어떻게 다 기억하겠어?"

"그래도요, 사장님. 약간이라도 수상한 점이 있었으면……."

"난 모른다니까. 그래, 저기 아가씨랑 같이 온 친구. 저 사람이 제일 수상해 보이네."

한참을 더 물고 늘어져봤으나 허사였다. 1층의 CCTV라도 보여달란 요청은 영장을 가져오라는 대꾸에 기각됐다. 정혜는 계단을 내려가면서 투덜거렸다.

"망할 영감탱이, 신분증 확인을 안 하는 장면이 찍혔을까 무서워서 저러는 거예요."

형진의 경우엔 딱히 불만이 없었다. 탐문지에 X표를 칠 수 있다는 것만으로도 성과는 충분했다. 혼자 돌아다니던 시절에는 입구부터 쫓겨나는 경우가 태반이었다.

"가기나 하쇼. 시간 없으니까."

정혜는 넌 뱃도 없냐, 하는 표정으로 모텔 밭을 쫓혔다.

세 블록을 뒤진 결과, 얻은 증언은 딱 둘뿐이었다. 모자 쓴 중년을 봤다는 호프집 직원이 하나, 노숙자 행색의 남성을 봤다는 편의점 알바가 하나. 그마저도 영양가는 없었다. 호프집은 영수증 내역 확인이 안 된다고 했고, 편의점은 노숙자가 가게 앞에 앉아 있다가 만 갔다고 했다. 듣고 있던 형진은 딱 잘랐다. "그건 진짜 노숙자일 거요."

마지막 가게는 성인오락실이었고, 역시 놈을 봤다는 이는 없었다. 담배연기 자욱한 지하에서 올라오니 주변이 어둑했다. 정혜는 형진을 끌고 국밥집으로 들어가 순댓국 두 그릇을 시켰다. 그러더니 종아리를 주무르기 시작했다.

"다리 안 아파요? 내일 퉁퉁 붓겠는데요."

그도 그럴 것이, 오늘 오르내린 계단만 북한산 한 바퀴는 됐다. 그는 막 나온 국밥에 들깨가루를 잔뜩 뿌렸다.

"그다지. 늘 하던 일이라."

정혜는 질문의 방향을 바꿨다.

"원래도 이렇게 무식하게 작업해요?"

형진은 고추기름과 새우젓을 덜어 섞기 시작했다.

"오늘은 운이 좋은 편이지. 평소였으면 열에 아홉은 쫓겨나거든."

정혜도 자기 앞의 뚝배기에 양념장을 풀었다. 보글보글 끓던 거품이 빨갛게 물들고, 깍두기와 배추김치가 추가로 나왔다. 한동안 둘은 말없이 국물만 떠서 먹었다. 뚝배기가 바닥을 보여갈 때쯤 정혜가 말했다.

"내일은 어디서 볼까요?"

형진은 입으로 가져가던 숟가락을 멈췄다.

"내일도 같이 다니겠다고?"

"당연하죠. 한 팀인데."

그는 어떻게 하면 이 찰거머리가 떨어질까, 궁리하기 시작했다. 곧 생각을 꿰뚫어본 듯한 목소리가 들려왔다.

"아, 혹시나 해서 하는 얘긴데, 도망갔다 싶으면 바로 신고할 거예요. 무전취식, 금품갈취, 사기죄에 폭행혐의까지 더해서."

형진은 수저를 내려놓고 교섭을 시도했다.

"나한테 왜 이러는 거요?"

"왜 이러냐니요?"

"나 말고도 취재거린 많잖아. 서울 시내에 널린 게 사건사고인데, 왜 나만 따라다니냐고."

"아, 그럴 일이 좀 있어서요."

그러니까 대체 그럴 일이 뭔데? 울화가 치솟았지만 말이 통할 상대가 아니었다. 정혜는 소 여물 먹이듯 깍두기 접시를 그의 앞으로 밀어 주었다. 형진은 거들떠도 안 보고 일어섰다.

"내일 오후. 같은 곳에서."

가게 밖으로 따라 나온 정혜는 한 손을 내밀었다.

"앞으로 잘 부탁해요. 이젠 한배를 탔으니까, 혼자 고생하는 것보다야 낫지 않겠어요."

형진은 하얀 손을 물끄러미 내려다봤다. 싸움질할 때를 제외하고, 누군가와 살이 닿은 적이 언제였는지 기억도 나지 않았다. 그는 점퍼 주머니에 양손을 쑤셔 넣고 돌아섰다.

"3시까지야. 늦으면 그냥 갈 거요."

"이봐요, 태워줄게요!"

형진은 부르는 소리를 무시하고 대로를 내려갔다. 뒤에서 들려오던 엔진소리는 점차 멀어졌다.

뼈대만 남은 물류센터 앞을 가로지를 때, 짙게 선팅을 한 렉서스 한 대가 맞은편 골목에서 나타났다. 현장을 살피듯 천천히 속도를 줄이던 차량은 무너진 벽 뒤로 사라졌다. 이 밤중에 저길 왜 가는 거지? 얼핏 이상한 생각이 들었으나 이내 잊혀졌다. 증산에서 시청까지 타고 갈 막차를 방금 놓쳤다는 게 떠오른 탓이었다.

'계약금이라도 좀 달랄걸. 그럼 가는 길에 한잔 꺾을 수는 있었잖아.'

#정혜

삐, 삐, 삐……. 도어록이 시끄럽게 울기 시작했다. 비밀번호를 잘못 입력했다는 경보였다.

정혜는 짜증 섞인 손놀림으로 키패드를 눌렀다. 840911. 이번에도 문은 열리지 않았고 뒤통수만 뜨거워졌다. 하루 종일 걸어 발은 아프고, 가방끈이 파고든 어깨는 욱신거리고, 빨리 들어가서 눕고 싶은데 문짝까지 말을 안 듣는 것이다. 그녀는 잠시 후 누른 것이 예전 번호라는 사실을 기억해냈다. 손에 익은 옛 집의 비밀번호이자 약혼자의 생년월일이었다.

문을 열자 고래 배 속같이 컴컴한 거실이 나왔다. 정혜는 짐을 현관 입구에 놓고 운동화를 털어 벗었다. 방을 가로지르면서는 옷가지를 하나씩 벗어 던졌다. 종일 땀에 찌들었던 와이셔츠, 무릎을 찢어버리고픈 청바지, 양말 두 짝. 침대에 쓰러졌을 때는 속옷만 남아 있었다.

증산을 출발해 회사에 도착한 시간이 12시, 집으로 돌아와 퍼질러진 지금은 새벽 2시였다. 그녀를 못 잡아먹어 안달인 미친놈과 한판 붙은 탓이었다.

사회부 사무실에 켜져 있는 컴퓨터는 없었다. 다들 야근을 피해 도망친 모양새였고, 면들을 보기 껄끄러운 그녀에겐 잘된 일이었다. 행운은 딱 거기까지였다. 서둘러 자료들을 챙겨 사무실을 나왔을 때, 정혜는 문을 열던 편집장과 마주치고 말았다.

며칠 만에 보는데도 달라진 게 없는 얼굴이었다. 뽕을 넣어 왼쪽으로 넘긴 앞머리 하며, 근엄하게 코끝에 걸친 금테안경까지 똑같았다. 얇은 입술에서는 중의적 의미가 담긴 인사가 튀어나왔다.

"김정혜, 요즘 바쁘네?"

그녀는 건성으로 네, 했다. 편집장은 '네'의 수십 배가 넘는 분량으로 되받았다.

"얼굴도 안 비쳐. 취재상황 보고도 없어. 그만두고 싶다는 거지?"

"쭉 증산 쪽에 있었어요. 그 옆 물류센터에 대형화재가 발생해서……."

"김정혜."

엄숙한 호명이 변명의 싹을 잘랐다.

"재개발 투기 건 단독. 땄어, 못 땄어?"

"못 땄습니다."

"그럼 지금 불구경이나 다닐 때야?"

"편집장님, 땅투기랑은 비교도 안 되는 건수가 있어요. 이번 화재, 기업가를 노린 연쇄방화일 확률이 높습니다."

열과 성을 다해 설명했으나 헛일이었다. 눈앞의 인간은 그녀가 뭘 하고 다니는지엔 별 관심이 없었다. 아니나 다를까, 훈계를 가장한 악담이 날아들었다.

"이것 봐. 자길 예전의 김정혜라고 착각하지 마. 한번 나갔다 돌아왔으면 신입이나 마찬가지야. 발에 땀 나게 뛰어도 모자랄 판에, 특종만 보고 헐떡대지 말란 말이야."

그래서 편집장님은 제가 올린 기사들을 죄다 자르시는 거고요, 신입 교육 삼아? 그녀는 눈을 내리깔고 발 앞의 구두를 내려다봤다. 반들거리는 구두코를 힐 뒤축으로 찍어버리면 속이 좀 풀릴 것 같았다.

편집장, 즉 오신철, 일명 '지랄 오'는 열등감과 자의식으로 똘똘 뭉친 인간이었다. 더불어 여자한테 밀리는 것을 일생의 수치로 아는 좀팽이였다. 기자로서의 능력도 변변찮았다. 글 못 쓰고 체력 부실하고 처세술은 형편없고……. 유일한 특기라면 아랫사람을 쪼는 일이었다. 탈수기처럼 쥐어짜 기사를 뽑되, 제 이름을 박아 올리는 것으로 악명이 자자했다.

입사 초기부터 정혜는 그와 사사건건 부딪쳤다. 당시 정혜는 선배의 추천으로 이직한 4년차였고 오신철은 사회부 부팀장이었다. 사무실에 혼자 남아 기사를 대필 중인 후배를 봤을 때, 그녀는 그 길로 오신철을 찾아가 담판을 벌였다. 요즘 세상에 누가 대필을 받냐. 여기가 쌍팔년도 언론사냐. 이 일이 국장님 귀에라도 들어가면 어떻게 될 것 같냐. 오신철은 모욕당한 표정으로 고려해보겠노라고 했다. 다음 날, 후배는 고맙다면서 그녀에게 저녁을 샀다.

다만 지금은 상황도 신분도 달랐다. 돌아와보니 부팀장은 편집장이 되어 있었다. 운 좋게 든든한 뒷배를 탄 모양이었다. 거기다 정치적 수완도 한층 발전했다. 온갖 핑계로 기사를 자르는 건 물론, 내리갈굼과 돌려까기로 그녀의 편을 뿌리 뽑아버렸으니까.

바깥 평판도 뒤집어진 지 오래였다. 업계에서 알아주던 기자는 남자에 미쳐 직장까지 팽개친 년으로 전락했다. 임신을 했다더라, 상대가 유부남이라 소송을 준비한다더라, 아니다, 취재 중에 만난 기업 회장 손자라더라……. 소문이 한번 돌고 나니 받아주는 곳도 없었다. 온갖 고생 끝에 들어갔던 출입기자단에서도 대부분 제명됐다. 아는 얼굴도 모르는 얼굴도 문전박대니. 선택의 여지는 하나뿐이었다.

몸담았던 언론사의 입김이 작용했는가. 그럴 수도 있고 아닐 수도 있었다. 확실한 답 하나는, 마지막 보루라도 지키려면 죽기 살기로 싸워야 한다는 것이었다. 이 구정물투성이 전쟁터에 다시 복귀한 이상.

정혜는 내리깔았던 눈을 들었다.

"한 달만 주세요. 그 안에 메인으로 올릴 만한 특종을 들고 올게요."

이번의 딜은 반응이 있었다. 편집장은 눈썹을 올렸다.

"만약 한 달이 지나도록 아무 소식이 없으면……"

정혜는 말꼬리를 낚아챘다.

"또 사표라도 내죠, 뭐."

그때는 해볼 만한 승부인 것 같았다. 모처럼 한 방 먹였다는 생각에 통쾌하기까지 했다. 집으로 돌아와, 침대에 누워 생각하니 정신 나간 짓이 따로 없었다. 어쩌자고 그랬을까, 한참 늦은 후회가 몰려왔다. 문형진은 조커일지언정 스페이드 킹은 아니었다. 노숙자의 말만 믿고 8년 전의 방화범을 쫓는다니, 거기다 판돈이 기자 모가지라니. 머릿속 냄비에서 종류별 '라면'이 끓기 시작했다. 만약 이번 화재가 방화가 아니라면, 형진의 감이 틀린 거라면, 그래서 있지도 않은 범인을 쫓다 끝날 운명이라면…….

상상만으로도 골치가 아팠다. 뭐라도 먹어야겠다 싶어 불을 켜자 더욱 아파졌다. 정혜는 한심한 기분으로 방 안을 둘러보았다. 막 자취를 시작한 대학 신입생의 방도 이것보다는 나을 것 같았다. 벗어서 던져둔 옷가지, 꽁꽁 싸맨 쓰레기봉투, 포장도 안 뜯은 홈쇼핑 상자들이 바닥을 굴러다녔다. 싱크대에는 몇 주 묵은 설거지거리가 썩어가는 중이었다.

그 꼴을 보고서도 배는 고팠다. 정혜는 부엌으로 가 냉장고를 열었다. 냉장실에는 곰팡이 핀 식빵과 부풀어 오른 우유가 주인을 반겼다. 그나마 그것들은 음식이기라도 했다. 냉동실을 열어보자 치킨박스에 닭뼈가 꽉 차 있었다. 결국 중국집 전단지를 찾아 번호를 누르는데 쓸쓸함이 밀려왔다. 그녀가 만든 쓰레기장 한복판에서, 정혜는 핸드폰을 내려뜨렸다.

작년 초까지만 해도 인생은 순탄했다. 유명 신문사의 촉망받는 기자, 몇 년 뒤면 최연소 편집장을 노려볼 만하다는 호평도 따라붙었다. 그간 필사의 노력을 쏟아 쟁취한 성과였고, 앞으로도 그러리라 여겨졌다. 가족도 친척도, 연애와 사랑도 졸업과 함께 내버렸으니 그 정도 보상은 마땅했다.

문제는 혼자가 둘이 되면서 생겼다. 어느 금요일 밤 들어온 소개팅이 화근이었다. 친하지도 않던 동기는 전화를 하더니 대뜸 소개팅 얘기를 꺼냈다. 명문대가 어떻고 연봉이 어떻고, 드라마에 나올 듯한 스펙의 상대는 심술궂은 호기심을 자극했다. 원래라면 단칼에 거절했겠으나 마침 시간이 맞았다. 과연 어떤 뻔한 놈이 뻔한 수작을 걸지 궁금하기도 했고.

그녀는 얼마나 대단하겠어, 하는 마음으로 약속장소에 나갔다. 정말로 대단하다는 것은 그날 저녁 알 수 있었다. 까다롭고 냉소적인 김정혜의 심장을 분탕쳐 놓을 만큼. 식사가 끝난 뒤, 남자는 커피 한잔 마시겠냐고 물었다. 정혜는 대담하게 라운지 바를 제안했다. 다음 날 그녀가 깨어난 곳은 라운지 바 꼭대기에 있는 호텔 객실이었다.

눈을 떴을 때 침대엔 혼자였다. 하룻밤 잘 놀았으니 됐지. 생각하며 옷을 주워 입는데 도어벨이 울렸다. 나가 보니 룸서비스가 와 있었다. 딱 맞추기라도 한 듯, 핸드폰도 울리기 시작했다. 전화를 받자 근사한 목소리가 흘러나왔다. "잘 잤어요? 너무 곤히 자기에 깨우기가 미안해서. 대신 오늘 저녁에 보상할게요."

정혜는 중국집에 걸던 전화를 끊어버렸다. 그때 소개팅에 나가지 않았더라면. 눈먼 무소처럼 돌진하기 전에, 사랑을 믿는 본인을 조금만 덜 믿었더라면…….

그녀는 형광등을 올려다봤다. 둥근 외등 곳곳이 검게 얼룩져 있었다. 그것은 꼭 불가결한 인생의 오점처럼 보였다. 먼지가 유리에 남긴, 사람이 사람에게 남긴. 이제 와서 뒤를 보니 남은 것은 아무것도 없었다. 알량한 지인들은 썰물마냥 빠져나갔고 적금을 깬 통장은 텅 비었다.

'야, 언제는 혼자가 아니었나?'

휴업 중이던 독고다이 기질이 돌아와 속삭였다. 그래봐야 예전으로 돌아갔을 뿐이다. 교실 맨 뒷자리, 우유를 뒤집어쓴 채 찢어진 노트에 미적분을 풀던 때로. 싸울 상대만 하나 더 늘어났다. 인생사 내내 물고 뜯던 부조리와 악의들에, 이제는 미치광이 방화범까지.

내일 일정을 생각하자 기분이 좀 나아졌다. 정혜는 짬뽕 곱빼기를 시키며 달력의 7월 2일에 X표를 쳤다. 이번 일의 성공 여부에, 적어도 두 사람의 목이 달려 있었다.

#창우

창우는 시계를 봤다. 3시 56분. 약속한 시간까지는 4분여가 남아 있었다. 담배를 한 대 물자 순식간에 뻗어 온 라이터가 불을 붙였다. 그는 연기를 뿜며 차 뒤쪽을 훑어봤다.

밴 안에는 파란 작업복을 입은 사내들이 가득 타 있었다. 옷만 보면 평범한 공장 노동자였고, 덩치까지 보면 환복한 조폭이었다. 면면도 체구에 뒤질세라 험악했다. 등판에는 인상들과 퍽 어울리는 상호가 적혀 있었다. '행복어린이집'

이는 대박용역의 눈속임용 이름이었다. 작업복 등짝의 오버로크는 주기적으로 바뀌었는데, 그때마다 하는 일도 달라졌다. '희망고아원'일 때는 노조 시위 강제 해산을, '성모교회 쉼터'일 때는 재개발단지 판잣집 철거를, '평화구세군'일 때는 밀린 채무 수금을. 다만 이번 일은 평소와 달랐다. 때리고 부수고 빼앗는 것이 아니라, 뿌리고 태우고 튀는 것이 골조였던 것이다.

창우는 담배를 기어박스의 종이컵에 쑤셔 박았다. 임시 재떨이는 꽁초로 수북했다.

"다른 애들은?"

운전석의 장태가 잽싸게 대답했다.

"서른은 사거리 안쪽 골목에서 대기 중입니다. 스물은 대각선 방향 인도 끝에 대 뒀고요. 짭새가 뜨면 감시조가 신호를 줄 겁니다."

"순서 헷갈리지 말라고 전해. 열이 맨 나중에 움직인다고."

장태는 고개를 끄덕이고 전화를 걸었다. 열과 스물과 서른은 그들의 암호명이었다. 열은 1팀, 스물은 2팀, 서른은 3팀. 오늘 각 팀의 출근율은 100%에 달했다. 평소보다 총 인원은 적지만 퀄리티는 높았다. 40명에 달하는 직원들 중, 경험 많은 베테랑들만 추려 출동을 나온 참이었다.

창우는 차창을 내리고 바깥을 살폈다. 200미터 앞, '동광저축은행'이라는 간판이 걸린 흰 건물이 오늘의 작전지였다. 50미터 떨어진 조명가게 앞에는 새까만 쏘렌토가, 건너편 골목에는 회색 스타렉스가 대기하고 있었다. 준비는 이미 반나절 전에 끝난 뒤였다. 목표물 주위에 설치된 CCTV의 위치, 카메라들의 화각 범위, 계산된 사각지대가 속속들이 보고되고 필요한 물자가 조달됐다. 시너를 채운 들통과 휘발유통, 공업용 LPG 가스통에 분사형 토치 한 다스.

시계 분침이 12시를 가리켰다. 같은 순간, 의뢰받은 작업이 개시됐다.

먼저 창우가 탄 밴에서 직원들 10여 명이 쏟아져 나왔다. 양손에 기름이 든 들통을 쥔 조였다. 그들은 텅 빈 도로를 가로질러 은행이 위치한 사거리로 달려 올라갔다. 다음으로는 골목에 숨어 있던 스타렉스가 출발했다. 은행 앞 횡단보도에서 문이 열리자 차 양쪽으로 배낭을 멘 사내들이 뛰어내렸다. 곧 배낭들은 은행 뒷문 계단에 차곡차곡 쌓였다. 배낭마다 두 통, 많게는 세 통의 LPG가 채워져 있었다.

그러는 동안 먼저 출발한 들통조가 은행 앞에 도착했다. 마스크를 쓴 창우가 들통 뚜껑을 열어젖혔다. 나머지 부하들도 방범카메라에 닿지 않는 주변을 돌며 시너와 휘발유를 끼얹었다. 오늘밤, 그들이 준비한 불꽃놀이를 성대하게 만들어줄 도료였다.

도색 작업이 끝나갈 때쯤, 마지막 소각조가 도착했다. 쏘렌토에서 공업용 토치를 한 아름 갖고 내린 4인조였다. 토치를 받아 든 사내들은 방화범으로 변신했다. 들통을 던져버린 창우도 토치를 분사했다. 누런 불꽃은 바닥의 기름길을 따라, 불타는 뱀처럼 계단으로 기어올랐다. 창우는 그쯤에서 퇴각 신호를 보냈다.

사람이 모두 타자 밴은 질풍같이 후진했다. 쏘렌토와 스타렉스도 각자의 도주 루트로 빠져나갔다. 작업이 끝난 자리에는 타들어가는 계단만 남았다. 이제 잠시 후면 연기를 감지한 화재경보장치가 울리고, 외부 스프링클러가 열에 반응해 작동하고, 신고를 받아 출동한 소방차에 불길이 잡힐 터였다. 그러나 그가 남긴 진짜 선물은 따로 있었다.

"뒤에, 안 탄 애 있냐?"

밴 뒤에서 없습니다, 하는 합창이 돌아왔다. 다른 무전이 없는 걸 보아, 나머지 놈들도 잘 빠져나간 모양이었다. 뒷좌석으로 손을 내밀자 준비시켰던 물품이 즉시 전달됐다. 양장으로 된 『짜라투스트라는 이렇게 말했다』와 아이스박스에서 막 꺼낸 맥주였다. 그는 맥주를 몇 번 흔들어 뚜껑을 땄다. 거품이 폭발하듯 솟아오른 뒤, 멀리서 희미한 폭음이 들려왔다. 박창우의 불꽃축제가 막을 올릴 시간이었다.

#형진

"목 달아날 걱정은 없겠네요. 당분간은."

정혜가 혼잣말처럼 중얼거렸다. 형진은 난간에 손을 얹고 아래를 내려다봤다. 옥상 아래, 금호사거리 모퉁이에는 무허가 불꽃놀이의 흔적이 펼쳐져 있었다.

정혜는 약속시간보다 세 시간 일찍 그를 찾아왔다. 오자마자 꺼낸 말은 '불이 났어요'였다. 형진은 두말없이 일어났다. 8년의 간격이 이틀로 좁혀진 걸 보면, 적잖이 불맛이 그리웠던 모양이었다.

그는 앞장서 가다가 걸음을 멈췄다. 정혜가 따라오지 않았던 것이다. 눈이 마주치자 그녀는 아랫입술을 잘근잘근 씹었다.

"두 군데예요."

"뭐가 두 군데요?"

"화재발생 현장요. 한 군데는 금호동의 저축은행이고, 다른 한 군데는 청담동 주택가예요. 불이 난 시차는 10분 정도고요."

형진은 머릿속의 지도를 펼쳤다. 불티가 바람에 날려 옮겨 붙었다고도, 같은 놈이 질렀다고도 보기 힘든 거리였다.

"화인은?"

정혜는 한쪽 눈가를 눌렀다.

"두 곳 다 달라요. 금호에서는 가스가 터졌대요. 청담은 원인불명이고."

"근처에 가스통 운반차량이 있었나?"

"아뇨, 그게 문제인데…… 건물 근처에서 가스통의 잔해들이 발견됐어요. 꼭 누가 일부러 쌓아놓은 것처럼."

"다른 한 곳은?"

정혜는 어깨를 으쓱했다.

"전처럼 다 타버렸어요. 대체 어떻게 된 일이죠?"

설명할 길이 없긴 형진도 마찬가지였다. 그가 알기로, 입에서 불을 뿜는 인간은 한 명뿐이었다. 국면의 전환은 새로운 추측을 불러일으켰다. 합의된 범행일까. 수사망을 교란시키기 위한 양동작전일까. 불쟁이 두 놈이 친구일 확률은 희박했으나, 하룻밤 사이 10분 간격으로 불이 날 확률은 더욱 희박했다. 저것을 우연으로 간주할 바엔 방화범 공조 전선이 생겨났다고 보는 편이 나았다.

"모방범죄일 수도 있겠군."

정혜는 부정적인 의견을 내놨다.

"설마, 이렇게 빨리요?"

이번에는 형진이 어깨를 으쓱할 차례였다.

"직접 보면 알겠지. 어디부터 갈 거요?"

첫 행선지는 신新 방화범이 출현한 금천으로 정해졌다. 조수석에 앉아, 형진은 그녀의 노트북으로 뉴스를 검색했다. 속보 제목들이 포털 헤드라인에 떠 있었다. '동광저축은행 화재, 가스폭발로 4명 중·경상, 원인 미상… 금품을 노린 방화인가?' '커지는 방화 의심, 참극의 불씨는 어디에?' 대부분의 기사들이 도심 한복판에서 일어난 테러 사건이라고 보도하고 있었다. 침입한 흔적 없는 은행 금고, 누군가 운반해온 듯 보이는 가스통, 결정적으로 깨끗한 CCTV 영상 때문이었다. 은행 전면에 3개, 후면에 2개의 감시카메라가 있었지만 찍힌 것은 없었다. 경찰이 전신주 위쪽의 방범용 카메라까지 조사했으나 결과는 같았다. 감시카메라의 위치, 화각, 사각지대를 주도면밀히 계산한 계획범죄라는 소리였다.

일이 컸으니 모여든 이들도 많았다. 현장 사거리를 중심으로 반대편 인도까지 폴리스라인이 쳐졌고, 순경들이 통행을 제한하는 중이었다. 도로에는 감식반 차량들도 서 있었다. 큰 화재나 방화 사건이 벌어졌을 때 119와 묶여 출동하는 과학수사팀이었다.

형진은 공용주차장 쪽으로 차를 돌리려는 정혜를 제지했다. 그녀는 영문을 모르는 얼굴로 물었다.

"왜 그래요?"

그는 주차장 앞에 있는 초소를 가리켰다. 웬 남자 두 명이 늙은 관리인에게 뭔가를 묻고 있었다.

"형사들이야."

정혜는 핸들을 꺾었다. 미니쿠퍼는 자연스럽게 공영주차장을 스쳐 지나갔다. 막 나오던 차 때문에 길이 막혔을 때, 그는 형사들의 복색을 보았다. 한 명은 키가 훌쩍 컸고 다른 한 명은 구부정하니 왜소한 체구였다.

"주의하쇼. 눈에 띄면 좋은 꼴 못 보니까."

그들은 가까운 골목에 차를 대고 형진이 지목한 빌라 옥상으로 올라갔다. 이런 낡은 건물들은 따로 문이 잠겨 있지 않은 경우가 많았다.

아래쪽 전망도 훌륭했다. 인도와 차도는 물론, 사건이 발생한 사거리 모퉁이까지 한눈에 내려다보였다. 그들은 난간에 손을 얹고 경찰들이 오가는 현장을 굽어봤다. 폭발지로부터 반경 20미터 정도가 재로 덮였고, 은행 계단 앞쪽으로 둥그렇게 폭발의 잔해가 남아 있었다. 방화범이 터뜨린 가스통은 계단 일부와 주변 기물들을 모조리 날려 보냈다. 폭발을 피한 근처 상가들에도 불길에 그을린 흔적이 선명했다. 형진은 검댕이 묻은 전봇대를 노려봤다. 어떤 놈인지는 몰라도, 남의 목숨을 초개처럼 여기는 정신병자였다. 어쩌자고 시내 한복판에다 가스를 폭발시킨다는 말인가. 자칫하면 수백 명이 위험했을 텐데.

"몇 명이나 죽었지?"

나란히 서 있던 정혜가 대답했다.

"사망자는 없어요. 부상자는 네 명, 모두 주민들이고요."

형진은 감식반이 모여 있는 은행 앞을 내려다봤다.

"CCTV가 깨끗하다는 건 무슨 소리고?"

"말 그대로예요. 발 닿는 정보통들한테 전부 물어봤는데, 근처 CCTV에 찍힌 차가 없대요."

형진은 고개를 저었다.

"감시카메라는 피할 수 있어. 방법만 알면 쉽지."

이 역시 놈을 쫓던 때 습득한 노하우였다. 일반적인 감시카메라의 화각은 60도, 그마저도 사각이 많아 마음먹고 숨으면 잡을 재간이 없었다. 담벼락에 붙어 움직인다거나, 이동했던 경로를 되짚어 빠져나간다거나.

"중요한 건 왜 저랬느냐요. 어떻게 내뺐는지가 아니라."

정혜는 설명해보라는 표정으로 그를 봤다. 형진은 현장 쪽을 고갯짓했다.

"은행을 턴 것도 아니고, 불을 지른 것도 아니고, 거리 한가운데서 가스통만 폭발시켰어. CCTV에 머리털 한 올 비치지 않은 프로들이."

정혜의 눈에 깨달음이 떠올랐다.

"그러니까, 화재를 위한 화재 같다는 거죠?"

형진은 고개를 끄덕였다.

"큰 불을 내기 어려운 걸 알았다는 소리지. 스프링클러가 작동하고 119도 올 테니까."

대화는 잠시 끊어졌다. 두 명 모두 각자의 생각에 빠진 탓이었다. 잠시 후 정혜는 핸드폰을 꺼내 바삐 문자를 치고, 메신저를 보내고, 전화를 걸어 실랑이를 벌였다. "응, 장 기자. 지금 강남 쪽에 나와 있지? 에이, 다 아니까 거짓말하지 말고. 혹시 새 소식이 있으면…… 여보세요? 장 기자?"

비슷한 전화가 몇 번 반복된 뒤, 형진은 한숨을 쉬었다.

"가보쇼. 여긴 내가 맡을 테니."

다음 연락처를 찾던 정혜의 손이 멈췄다.

"혼자서 괜찮겠어요?"

"혼자가 더 편하지. 데리고 다닐 짐짝이 없잖아."

짐짝은 가소롭다는 듯 코웃음을 쳤다.

"됐고, 이거나 받아요."

흰색 스마트폰과 만 원짜리 세 장이었다. 형진은 손 위의 물건과 정혜의 얼굴을 번갈아 봤다.

"공기계에 유심만 넣고 개통한 거예요. 돈은 비상금."

"왜 주는 거요?"

"연락이 안 되니 내가 불편해서. 꼬박꼬박 보고 좀 하라는 의미로. 돌려달라고 안 할 테니 얼른 받아요."

형진은 찜찜한 기분으로 핸드폰을 받았다. 정혜는 자기 핸드폰을 들어 보이며 씩 웃었다.

"내 번호는 저장해뒀어요. 그럼 고생해요."

그는 비상계단으로 내려오면서 핸드폰을 확인했다. 무려 7년 9개월 만에 가져보는 전자기기였다. 전원을 켜자 기본 배경화면이 그를 맞았다. 주소록의 연락처는 그녀의 말대로 딱 한 개였다. '사회부 여왕님.'

형진은 수정 버튼을 눌러 새 이름을 입력했다. '싸가지 미친개.' 받은 3만 원은 잘 접어 안주머니에 넣었다. 먹고 죽을지언정 술을 살 돈은 필요했다. 한동안 뜸했던 환각들, 잠들어 있는 작열통이 돌아올 때를 대비해서라도.

편의점 아르바이트생은 팩소주를 고르는 그를 유심히 쳐다보았다. 뭐라도 슬쩍하지 않을까, 감시하는 눈길이었다. 형진은 지폐로 놈의 뺨을 후려갈기고 싶은 충동을 참았다. 또 도둑놈 취급이냐. 쥐도 새도 모르게 불타 죽을지도 모를 것들이.

바코드를 찍은 아르바이트생은 상냥하게 말했다.

"원 플러스 원 상품입니다. 한 개 더 골라주세요."

한 팩을 원샷하자 배 속이 뜨뜻해졌다. 형진은 편의점을 나와 사거리 쪽의 인도를 따라 걸었다. 직접 범인이 되어 방화루트를 복기해볼 심산이었다.

그는 은행까지 250미터 남은 지점에서 머리 위 CCTV를 확인했다. 전신주에 설치된 방범용 감시카메라였다. 몇 미터 앞의 가로수에 한 대, 그 맞은편에 또 한 대가 조금씩 움직이며 근방을 촬영하고 있었다. 빈틈이 어디인지는 금방 드러났다. 카메라들의 시야가 맞물리는 기사식당 옆 골목. 형진은 딱 차 한 대가 통과할 만한 골목길을 바라보았다. 어젯밤, 저곳에 이 가스폭발의 주범이 있었다.

아마 여기서 나왔겠지. 그는 골목 앞부터 차도를 따라 시선을 옮겼다. 검은 중형차가 골목을 빠져나와 발진하는 장면이 빈 거리에 그려졌다. 경차나 승용차는 아닐 것이다. 사람 수도 수거니와 짐을 실을 공간이 없으니까. 그렇다면 SUV나 봉고류. 시너가 든 들통을 싣고 있었을 테고, 카메라를 피하기 위해 화각 범위의 바깥에서 멈췄으리라. 다음 순서도 어렵잖게 예상이 갔다. 차 문이 열리고 들통을 든 인부들이 뛰어내린다. 그들은 감시카메라를 피해 은행 앞으로 달려간다. 거기에 시너를 뿌리고, 휘발유를 붓고, 다시 가스통을 가져오려고 차로……

서늘한 직감이 등골을 훑고 갔다. 형진은 차들이 오가는 사거리 건너편을 돌아보았다. 그곳에도 비슷한 높이의 전신주에 CCTV가 달려 있었다. 아래까지 가서 확인하자 각도나 간격도 은행 정문 쪽과 흡사했다. 정혜에게는 말하지 않았으나, 그는 피해 규모를 들었을 때부터 공범이 있을 가능성을 고려하고 있었다. 현장을 확인하자 추측은 확증으로 변했다. 놈들은 두 패…… 어쩌면 세 패로 나뉜 팀이었다. 동광저축은행 폭발의 전말에는 조직화된 작전이 있었다. 전문가의 손길이 구석구석 개입한.

방화의 인과는 단순했다. 하나, 저들은 번화가 건물에 불을 지르려 했다. 둘, 실패를 상정하고 가스폭발이라는 차안을 준비했다.

하지만 왜?

추측은 거기서 가로막혔다. 형진은 생각에 잠겼다. 솜씨를 보아하니 어설픈 양아치들은 아니었다. 문제는 저것들이 방화 사업에 뛰어든 이유였다. 라이벌 업체의 청탁으로? 저 인력이면 훨씬 효율적인 수단이 백 개는 있었을 것이다. 신흥 테러 영웅이 되기 위해? 텅 빈 도로에서 LPG나 몇 통 폭발시킨다고 IS가 될 수는 없었다. 방화범 흉내를 내서 무슨 이익이 있는지도 이해가 안 갔다. 요즘은 뭐, 불을 잘 싸지르면 추석 보너스가 나오던가?

전말이야 어떻든, 새로운 방화조가 아군이 아니라는 것만은 확실했다. 형진은 핸드폰을 만지작거렸다. 불길한 예감이 도화선 끝의 불꽃처럼 타들어오고 있었다. 지금 이 연쇄방화는 시작일 뿐이었다. 서울 시내에 태울 것, 무너뜨릴 것, 폭파시킬 것들은 수없이 많았다. 만약 저 불귀신들이 다음 소각장을 찾는다면, 그래서 시의 거주가옥들까지 손을 뻗친다면······.

그는 고개를 흔들어 잡념을 뿌리쳤다. 그러한 염려는 선 안쪽에 있는 이들의 몫이었다. 법과 윤리로 보호받는 자들, 빼앗길 것과 잃을 것이 남은 자들의.

"아저씨, 죽고 싶어요?"

붉은 체어맨이 신경질적으로 빵빵거렸다. 정신을 차려보니 그는 차도 쪽으로 걸어나와 있었다.

몇 걸음 물러날 때, 가드레일 옆을 검은 렉서스가 지나쳐 갔다. 그 뒤를 회색 스타렉스가 호위하듯 딱 붙어 따라갔다. 형진은 야릇한 기시감 속에서 차량들의 뒷모습을 바라봤다. 신형 렉서스, 딱정벌레처럼 윤이 나는 차체가 묘하게 눈에 익었다. 어디서 봤더라…….

다음 순간, 어젯밤의 기억이 되살아났다. 그 차였다. 증산물류센터 앞에서 봤던 검정색 렉서스. 형진은 곧장 돌아서서 뛰기 시작했다. 숨이 턱에 닿도록 달려갔지만 놈들은 이미 저만치 멀어진 뒤였다. 그는 급한 대로 스타렉스의 번호판을 외웠다. 저 두 차가 이번 화재와 연관이 있다는 데 10년 치 술값을 걸 수도 있었다.

형진은 즉시 핸드폰을 꺼냈다. 파트너는 신호음이 두 번 가기도 전에 전화를 받았다.

"73누 87XX, 회색 스타렉스. 이 차가 누구 소유인지 알아봐요."

— 무슨 일이에요, 갑자기?

"증산에서 봤던 렉서스를 여기서도 봤어. 그 차 뒤를 스타렉스가 따라가고 있었고. 우리가 찾는 놈들이야."

받아 적는지 정혜는 잠깐 말이 없었다. 액정 너머로 시끄러운 자동차 소리가 섞였다.

— 알아볼게요. 그런데 '회복' 하면 생각나는 거 없어요?

형진은 전화기째 고개를 갸웃했다.

"회복은 왜?"

— 현장 기자 하나가 종이를 발견했어요. 명함용지 같은데… 다 타고 회복이라는 글자만 남아 있다더라고요.

머리를 굴려봤지만 떠오르는 것이 없었다. 불길로부터의 회복? 상처나 화상의 회복? 방화범이 남긴 메시지치곤 다의적이었고 단서로는 조악했다.

"그건 어디 있지?"

정혜의 목소리가 갑자기 확 낮아졌다.

— 그 친구 수첩이에요. 곧 저한테 들어올 거고요.

"기자가 소매치기도 하나?"

— 소매치기라뇨, 잠깐 빌리는 건데. 지금 나오니까 나중에 얘기해요.

'카톡 보내는 법은 알죠?'가 마지막 말이었다. 형진은 손에 쥔 핸드폰을 내려다보았다. 시험 삼아 메뉴를 눌러 보자 온갖 낯선 그림들이 눈앞을 어지럽혔다. 그는 시대의 불구자가 된 기분으로 한숨지었다.

"모른다고 말할 시간은 줘야지……."

#정혜

"왜 여기까지 찾아오고 그래, 남사스럽게."

최일규가 담뱃불을 붙이며 투덜거렸다. 정혜는 백을 뒤져 찾아낸 말보로를 물었다.

"우리 사이에 남사는 무슨. 같이 썼었던 적도 있으면서."

최일규는 툴툴대며 정혜의 담배에 라이터를 가져갔다.

"김 기자, 제발 나 좀 그만 괴롭혀라. 취재를 왔으면 현장이나 둘러보고 가. 선량한 경찰기자 삥 뜯지 말고."

정혜는 그의 가슴으로 담배연기를 뿜어 보냈다.

"타이 색 예쁜데. 결혼하더니 감각이 섹시해졌어."

"김정혜, 너 정말……."

"일규야. 나 요즘 낙동강 백조인 거 알잖아. 편집장은 뭘 가져와도 트집이고, 기자단은 기자단대로 다 잘리고. 이젠 들어갈 기자실도 없어."

최일규의 눈에 갈등의 빛이 스쳤다. 정혜는 짐짓 측은한 표정으로 담배를 껐다. '좀 있으면 못 이기는 척 불겠지. 다 알아, 인마.'

그들이 있는 곳은 카페 흡연실이었다. 건물 한 채를 통째로 쓰는 프랜차이즈 커피숍이었고, 화재가 일어난 주택가와는 5분 거리였다. 차를 몰고 동네 초입에 도착하자 혈압이 올랐다. 거리 어귀부터 취재차량들이 몰려 일대 혼잡을 이루고 있었던 것이다. 현장의 경찰들은 기자들을 매몰차게 쫓아냈다. 귀하신 분들 사택이 근처니, 입단속을 단단히 하는 모양새였다.

정혜는 사진만 몇 장 찍어서 근처 카페로 들어왔다. 커피나 마실 생각이었는데 아는 얼굴과 마주친 것이 행운이었다.

노트북이 있는 테이블로 돌아오자 손님이 바글바글했다. 그녀는 최종 협상에 나섰다.

"이번만 도와주면 귀찮게 안 할게. 내 입 무거운 거 알잖아."

최일규는 땅이 꺼져라 한숨을 내쉬었다.

"뭘 어떻게 도와달라는 건데?"

정혜는 바짝 다가앉았다.

"지금까지 나온 수사결과, 전부 말해줘."

최일규의 이마에 두 줄기 주름이 잡혔다.

"나도 잘은 몰라. 워낙 현장이 깨끗해서. 오전에 왔다 간 감식반이 황당해했다더라. 특별한 인화물질도 없는데 순식간에 집 한 채가 다 탔다고."

정혜는 먼발치서 본 현장을 떠올렸다. 4층짜리 모던 주택은 잘 탄 숯덩이로 변해 있었다.

"나중에 온 전문가들도 똑같은 소릴 했어. 겉은 친환경 목자재라도 안은 석고보드라서 안 탄다나, 뭐라나."

왜 타면 안 될 건물이 탔는지, 이쪽의 전문가한테 실컷 듣고 온 길이었다. 이어 현장 브리핑이 진행됐으나 다 아는 내용이라 졸음만 밀려왔다. 하품을 꾹 참는데 흥미로운 단어가 스쳤다. 정혜는 의자에 기댔던 등허리를 폈다.

"용의자 명단이 나왔다고?"

최일규는 목소리를 낮췄다.

"나도 어렵게 들은 얘기야. 한 명으로 거의 좁혀졌대."

"아직 아무 증거도 못 찾았다면서?"

"글쎄, 전과도 있고 정황이 뚜렷해서. 어제 증산물류센터 화재랑 묶은 모양이던데, 벌써 목격자까지 확보했나 봐."

거기까지 들었을 때, 불길한 예감이 몰려들었다. 그녀는 다른 답이 나오길 빌며 물었다.

"혹시 그 용의자, 얼굴에 화상이 있진 않지?"

최일규는 고개를 끄덕였다.

"뭐야, 김 기자도 알고 있었네. 이름은 모르겠고, 하여튼 화상 흉터가 있는 노숙자라고 들었어. 몇 년 전에 화재사고로 가족이 죽었다고……."

설명은 도중에 끊겼다. 벌떡 일어난 정혜가 테이블을 박차고 나가버렸던 것이다. 최일규는 엎질러진 커피를 보며 한숨지었다. 옛 여자친구는 여전히 말보다 행동이 앞섰다.

#형진

형진은 널찍하게 뻗은 간판을 올려다봤다. 흰 바탕에 붉은 궁서체가 휘갈겨져 있었다.

〈종탁해장국〉

열린 문 안에서 얼큰한 냄새가 풍겨 나왔다. 그는 고민 끝에 안으로 들어갔다. 점심때를 훌쩍 지난 터라 손님은 거의 없었다. 구석에 앉아 메뉴판을 보는데 감개무량했다. 내 돈을 내고 점심 메뉴를 고르다니, 요 몇 년간 누린 적이 손꼽히는 사치였다.

그는 선짓국과 소주를 시켰다. 술이 나오자 명이나물을 안주 삼아 벌컥벌컥 들이켰다. 순식간에 찌르르한 취기가 올라오며 손발에 더운 피가 퍼졌다.

'그래, 알코올이 들어가야 머리도 돌지.'

여태 밝혀내려던 의문은 '왜'와 '어떻게'였다. 이젠 거기에 '누구와'가 추가되었다. 형진은 모인 단서들을 되짚었다. 우선 불을 토하는 인간 용가리. 증산의 물류센터와 청담동의 주택가 방화는 놈의 작품이었다. 수법을 알 수 없다는 것, 흔적이 남지 않았다는 것이 공통된 증거였다. 둘 모두 돈푼깨나 있는 치들의 소유라는, 다소 빈약한 합일점도 있었다. 그는 그릇의 고추를 하나씩 테이블에 올려놓았다. 스키 마스크, 혈액팩, 자체 발화, 회복……. 아리송한 키워드가 일렬종대로 늘어섰다.

반면, 모방범의 경우는 비교적 파악이 쉬웠다. 그들은 팀이었고

프로였지만 입에서 불을 뿜지는 못했다. 당연히 방염도료를 먹인 철골을 녹이는 것도 불가능했다. 인원을 나눠 감시카메라를 피한 다든가, 가스통을 터뜨리는 잔재주 따위를 보면 평범한 인간들이 틀림없었다. 이들의 '어떻게'는 뻔했다. 방화용품을 준비해 와서, 아까 본 바처럼 분업을 하셨겠지. 그러나 '왜'는 여전히 첩첩산중이었다. 형진은 쌈장에 찍은 고추를 우적우적 씹었다. 오만 가지 가능성들이 입속에서 으깨졌다. 중동에서 입국한 테러 조직, 유튜브 영상을 너무 많이 본 미친놈, 삶이 무료한 인간들을 모은 방화 동호회…….

추리는 아까의 사거리로 되돌아갔다. 앞서가던 렉서스에 진범이, 뒤쪽 스타렉스에 모방범들이 탔을 수도 있었다. 어쨌거나 초록은 동색 아니겠는가. 생각할수록 방화범 연합은 일리 있는 가능성 같았다. 그는 옹기종기 모인 고추들을 노려봤다. 녀석들의 목표를 알 수만 있으면, 그래서 다음 방화 장소에서 기다릴 수만 있으면. 그럼 진범이고 모방범이고 싹 쓸어버릴 텐데.

거기까지 생각했을 때 해장국이 나왔다. 부글부글 끓는 뚝배기에 붉은 선지가 그득 담겨 있었다. 공깃밥을 통째로 말아 한술 뜨려는데 주머니가 진동했다. 형진은 순경 두 명이 가게로 들어오는 것을 보면서 전화를 받았다.

―지금 어디예요?

정혜는 말할 틈도 주지 않고 물었다. 형진은 차림표에 붙은 가게 상호를 그대로 옮겼다.

"종탁해장국. 현장 근처 식당."

─당장 거기서 떠요. 택시든 뭐든 타고, 얼른.

슬슬 짜증이 치밀었다. 아침부터 쫄쫄 굶다 이제 막 한술 뜨려는 참인데, 뜨긴 뭘 뜨라는 건가. 순경들이 앉지는 않고 이쪽만 쳐다보는 것도 거슬렸다. 그는 시큰둥하게 대꾸했다.

"왜, 또?"

─명단이 나왔어요. 당신이 용의자로 찍혔다고요. 하필 어제 증산에 간 걸, 거기 점주들이 신고해서…….

다급한 목소리가 멀어졌다. 핸드폰을 귀에서 뗀 형진은 손님들을 올려다봤다. 순경 두 명이 테이블 앞뒤로 서 있었다.

"무슨 볼일이쇼?"

앞의 순경이 경찰신분증을 꺼냈다.

"금호경찰서에서 나왔습니다. 문형진 씨 되십니까?"

형진은 신분증을 보는 척, 뒤쪽을 확인했다. 다른 순경은 이미 허리춤에서 수갑을 반쯤 빼고 있었다. 그는 뚝배기 받침을 그러쥐며 질문했다.

"맞는데, 혹시 밥은 드셨나?"

"그건 왜……."

대답은 더 이어지지 못했다. 펄펄 끓는 선짓국이 뚝배기째 날아들었던 것이다. 국물을 뒤집어쓴 순경은 비명을 지르며 물러섰다. 뒤에 있던 파트너가 달려들었지만 너무 늦었다. 번개같이 일어선 형진이 뒷목을 잡고 탁자에 두 번, 세 번 처박자 그는 코를 감싸고 엎어졌다. 형진은 그 틈에 가게 밖으로 뛰쳐나갔다. 열어젖힌 문에서 긴급한 무전 소리가 따라왔다. "여기 순12, 용의자가 도주했다!

반복한다, 용의자가 도주했다!"

그는 궁지에 몰린 맹수처럼 길 양쪽을 돌아봤다. 해장국집 2인 조의 무전은 즉각 효력을 발휘했다. 저 멀리 차도에서 세 명, 바로 옆 추어탕집에서도 두 명의 경찰이 달려오고 있었다. 그를 찾아 근방의 가게를 뒤지고 있던 모양새였다.

형진은 경찰들이 달려오는 반대쪽으로 뛰기 시작했다. 더 생각할 것도 없었다. 경찰은 그를 방화범으로 점찍었고, 나머지 확증은 유치장에 처넣은 뒤 만들어낼 작정이었다.

"아, 앞 좀 보고 다녀요!"

그와 부딪친 여자가 신경질적으로 쏘아붙였다. 형진은 그녀를 밀쳐버리곤 도로로 뛰어들었다. 금세 차도는 급정거하는 차량들로 일대 혼잡을 이뤘다. 인도로 올라와 뒤를 보니 추격자들은 길이 막혀 빙 돌아오고 있었다.

그는 후드를 눌러쓰고 뛰다시피 걸었다. 삼호물산, 엄마손제빵, 금호전기조명…… 가게들 사이로 들어가던 도중, 오른쪽에 좁은 골목이 나타났다. 형진은 망설임 없이 방향을 틀었다. 잠깐 만에 풍광이 뒤바뀌었다. 슬레이트 처마가 빛을 차단하고 쓰레기봉투가 널린 담벼락이 이어졌다. 철문이 두어 개 나왔지만 모두 잠겨 있었다. 단내를 풍기던 입이 이젠 바짝 말랐다. 경찰들이 이 근방을 쫙 포위하기까지 얼마나 걸릴까. 5분, 길어야 10분?

그때 문이 열리며 대야를 든 아주머니가 나왔다. 형진은 그녀가 구정물을 쏟고 들어가기를 기다려 안쪽으로 따라 들어갔다. 가게 주방에서 무청을 썰던 아주머니 두엇이 그를 보고 눈이 휘둥그레졌다. 형진은 고개를 숙인 채 물었다.

"화장실을 가다가 길을 잃어서요. 나가는 데가 어딥니까?"

아주머니 하나가 문을 가리켰다.

"홀은 저쪽인데……."

유리창 밖을 확인했지만 경찰은 없었다. 그는 밥을 먹고 나오는 손님인 양 가게에서 나왔다. 마침 갓길에 택시 한 대가 서 있었다.

#정혜

탁자 위의 핸드폰이 진동했다. 정혜는 액정에 뜬 이름을 흘끗 봤다. 두 쌍의 시선도 그녀의 눈길이 머문 곳으로 내리박혔다. '성격파 탄 식충이.'

"안 받으십니까?"

젊은 쪽이 먼저 물었다. 정혜는 징그러운 것이라도 본 양 진저리 쳤다.

"우리 편집장이에요. 형사님 같으면 받겠어요?"

"그럼. 회사에 급한 일이 생겼을 수도 있지."

중년 쪽이 말허리를 가로챘다. 정혜는 잘 보라는 듯 검지를 세워 '끊기'를 밀어버렸다. 겨드랑이에 더위 때문이 아닌 땀이 배어났다.

형사들이 그녀를 찾아온 건 20분 전이었다. 형진의 전화는 그때 껏 불통이었다. 아무래도 가봐야겠다 싶어 일어섰을 때, 저 2인조 가 카페로 들어왔다. 곧바로 붙들린 건 말할 필요도 없었다. 중년 쪽이 경찰신분증을 들이댔고, 젊은 쪽은 본인들을 소개했다.

"금천서 강력계에서 나왔습니다. 증산물류센터와 동광저축은행

방화 용의자를 쫓고 있으니 협조 부탁드립니다."

좋은 말로 할 때 엉덩이 붙이라는 협박이었다. 그녀는 일어났던 자리에 속절없이 재착석했다.

"자, 그럼."

핸드폰을 들여다보던 중년 형사가 입을 뗐다.

"기자님, 문형진이랑은 어떤 관계신가?"

정혜는 짐짓 눈을 동그랗게 떴다.

"제 취재 대상인데요."

"그런 것치곤 각별해 보여서. 공짜 밥도 사먹이고."

이쯤은 예상한 바였다. 카드내역을 쫙 뽑아서 식당들 CCTV를 뒤졌겠지. 정혜는 붙임성 있게 대꾸했다.

"그게 다 비즈니스 아니겠어요. 투자를 해야 특종을 따죠."

중년 형사는 은색 지포라이터에 이빨을 비춰 보였다.

"야, 요즘은 기자 월급이 육칠백쯤 되나? 한 끼에 십몇만 원씩 꼬라박게."

정혜는 이마에 핏줄이 서는 것을 느꼈다. 줄곧 말이 없던 젊은 형사가 끼어들었다.

"기자님, 솔직하게 말씀해주셔야 합니다. 그래야 저희가 도움을 드릴 수 있어요. 용의자에게 금품갈취나 공갈, 위협 행위를 당한 적이 있습니까?"

처음에 자신을 양권이라고 소개한 형사였다. 허우대도 훤칠하고 얼굴도 반반한 게, 개미핥기상인 파트너랑은 정반대의 외양이었다. 어제 공용주차장 앞에서 봤던 2인조일 거라고, 정혜는 짐작했다.

"김 기자님."

"죄송한데, 그런 적 없어요. 전 정말 취재를 위해 만났을 뿐이에요. 특집을 써야 되니까 인터뷰를 하고, 그러다 밥도 한두 끼 먹고, 이게 죄가 되나요?"

"밥 한두 끼가 아니라 문제인 겁니다. 기자님과 문형진이 함께 있는 걸 봤다는 사람이 열 명도 넘어요."

중년 형사가 기다렸다는 듯 치고 들어왔다. 정혜는 준비했던 카운터펀치를 날렸다.

"그럼 뭘 했는지도 아시겠네요. 저랑 형진 씨는 방화 목격자를 찾으려고 거길 돌아다녔던 거예요. 그 사람들이 우리가 불을 지르는 걸 봤다던가요?"

상대는 능글능글하게 한발 빠졌다.

"그건 아니지. 하지만 문씨가 이번 일의 범인이라는 증거는 많소. 동기도 있고 전과도 있고, 거기다 이젠 공무집행방해에 폭행죄까지 저질렀으니."

정혜는 형사의 눈을 보며 씩 웃었다. 미안한데 노땅아, 누나가 너 같은 애들이랑 꽤 놀아봤단다.

"그래서 황당하다는 거예요. 저도 그 사람한테 이용당한 피해자인데, 지금 절 공모자로 몰고 계시잖아요. 쌍팔년도 표적수사도 아니고. 여자라서 만만해 보여요?"

형사들은 의미가 담긴 눈짓을 교환했다. 중년 형사가 수습에 나섰다.

"불쾌하셨다면 미안합니다. 그런 뜻으로 한 말이⋯⋯."

"괜찮아요. 다음 호에다 이 얘길 실으면 되죠. 자기들 실적 좀 올려보겠다고 선량한 시민을 공범으로 몰았다고요."

"지금 협박하시는 겁니까?"

"아뇨. 제 일을 하는 건데요, 형사님들처럼."

30분 후, 그녀는 카페를 나왔다. 형사들은 그러고도 정말 연락이 안 왔냐느니, 갈 만한 곳을 모르냐느니 끈덕지게 캐물었다. 정혜는 모르쇠로 일관하다가 막판에 중년 쪽의 관등성명을 요구했다. 그는 일그러진 얼굴로 강력 3팀 조상길이라고 대답했다. 반면 젊은 쪽은 명함까지 주면서 당부했다. '문형진이 접촉해 오거든 연락 주십시오. 더 큰 피해를 막으려면 기자님의 도움이 꼭 필요합니다.'

정혜는 차에 타자마자 명함을 구겨서 던져버렸다. 아직 안심하긴 일렀다. 형사들은 형진의 전화가 오는 것을 코앞에서 지켜봤다. 어찌어찌 넘어가긴 했지만, 회사에 전화만 한 통 넣어도 탄로날 거짓말이었다.

형사들의 태도로 미루어, 저들은 그녀와 형진이 공범이라는 증거를 입수하지 못한 게 확실했다. 입수하려야 할 수도 없을 것이었다. 시너를 산 적도, 범행모의 연락을 주고받은 적도, 현장에서 발각된 적도 없으니. 다만 지금부터는 이야기가 달라졌다. 형진은 유력한 방화 용의자였고 그녀는 범인은닉죄를 뒤집어쓰기 직전의 공모자 후보였다.

실시간 뉴스에는 벌써 특보가 떠 있었다. '용의자 문 모 씨, 경찰 폭행 후 도주, 현재 금천서 경찰병력이 추적 중이나 행방이 묘연.'

무사히 빠져나갔을까. 핸드폰을 쥔 손이 근질거렸으나 전화를 걸 수는 없었다. 지금부터의 개인통화기록은 빠짐없이 그 2인조에게 조회될 터였다. 직접 만나러 가는 것도 위험했다. 카페를 나오면서, 그녀는 뒤통수에 달라붙는 시선을 느꼈다. 회사와 집 근처에도 이미 미행조가 대기하고 있을지 몰랐다. 그들이 접선하는 순간만을 불철주야 기다릴.

정혜는 아랫입술을 질끈 물었다. 스스로의 미련함에 짜증이 치밀었다. 판이 돌아가는 꼴을 뻔히 보면서 제보자를 지키지 못한 것이다. 자괴감이 드는 와중에도 해야 할 일들은 떠올랐다. 당장 회사로 복귀해 스타렉스 번호를 수소문하고, 근처 인쇄소에 들러 증거품 감식을 부탁하고.

그녀는 키를 꽂고 시동을 걸었다. 최일규한테는 나중에 술이나 한잔 살 생각이었다.

❖

청량리 유흥가는 새벽 1시에도 휘황했다. 거리는 네온의 찌꺼기로 흘러넘쳤다. 문을 연 성인나이트 입구로 양아치와 죽순이들이 끊임없이 드나들었다. 주점들이 밀집한 번화가 저편은 성인노래방, 호스트바, 안마방과 전화방의 성지였다. 가게 앞마다 웨이터들이 끈끈이주걱처럼 손님을 낚아채고 있었다. 형님, 오늘 공치셨죠? 잠깐만 놀다 가요. 죽이는 애들 존나 많아.

"누나, 어딜 그렇게 바삐 간대. 남친이랑 약속?"

정혜에게도 삐끼 하나가 들러붙었다. 그녀는 팔을 뿌리치면서 큰길을 가로질렀다. 근 10년 만에 왔지만 여긴 달라진 게 없었다. 카

121

바레에서 이름만 바뀐 나이트도, 경찰서 앞에 버젓이 자리를 잡은 안마방도 그대로였다. 오가는 사람과 건물과 이름만 변했다. 카바레는 관광나이트로, 허름하던 여관방은 증축된 오피스텔들로.

찾던 이름은 곧 나타났다. 〈솔로포차 ─ 외로운 남녀〉. 줄이 늘어선 포장마차를 지나 계속 걸어가자 당구장이 나왔다. 들은 대로 맨 위쪽 공 모양이 깨져 있는 간판이었다.

15분 전, 접선자는 당구장 오른편으로 쭉 걸어오라는 말만 남기고 전화를 끊었다. 정혜는 걸어가면서 근처에 숨을 만한 곳이 있나 살폈다. 문이 잠긴 편의점, ATM기가 설치된 불투명 유리부스…… 골목길 앞에서 핸드폰을 꺼냈을 때, 억센 손아귀가 팔을 움켜잡았다. 그녀는 소리도 못 지르고 골목 안으로 끌려 들어갔다.

"미행이 있나?"

쉬어 터진 목소리가 질문했다. 정혜는 간신히 고개를 가로저었다. 그제야 코와 입을 틀어막았던 손이 풀렸다. 형진은 그녀가 콜록대는 것을 본 척도 않고 골목 양편을 살폈다. 인적이 없는 것을 확인하고서야 다음 질문이 나왔다.

"차는?"

방금 전은 배신자에, 이번에는 운전기사 취급이었다. 정혜는 분노보다 실리를 택했다.

"저 뒤에요. 얘기했던 서점 앞에 세워놨어요."

형진은 따라오란 말도 없이 등을 돌렸다. 그녀는 앞서가는 전과자를 뛰다시피 쫓아갔다. 다 똑같은 길 같은데, 어떻게 꺾고 틀고 가로지르자 차가 있는 도로변이 나왔다. 상황을 따질 정신은 차에 타고서야 돌아왔다.

"대체 어디 있었던 거예요?"

형진은 피곤한 듯 손바닥에 얼굴을 묻었다.

"영등포의 폐아파트에. 핸드폰은 배터리가 나갔었고."

차 안에는 한동안 침묵이 흘렀다. 정혜가 먼저 정적을 깼다.

"괜찮아요?"

형진은 고개도 안 들고 대꾸했다.

"괜찮아 보이나?"

"미안해요. 괜히 저 때문에……."

"됐어. 얼굴을 팔고 다닌 내 잘못이니까. 불이 난 순간부터 용의
자 명단에 올랐을 텐데, 기웃거리다 빌미만 준 거지."

누명을 쓴 도망자치곤 침착한 태도였다. 형진은 손을 떼고 옆을
봤다.

"뭐 먹을 거 없나?"

오면서 산 삼각김밥을 건네자 한입에 절반이 사라졌다. 그는 생
수를 들이켜고는 입가를 훔쳤다.

"그만 손 뗄 거요?"

"손 뗄 거면 왜 왔겠어요. 기름값 써 가면서."

"난 이제 노숙자가 아니라 범죄자야. 이러다 댁 인생도 같이 종치
는 수가 있어."

목소리 끝에 생소한 것이 느껴졌다. 정혜는 그것을 '염려', 또는
'걱정'이라고 해석하기로 했다.

"어차피 돌아갈 곳도 없는걸요."

"국제일보 기자라고 하지 않았나?"

기자는 기자지. 편집장부터 아랫놈들까지, 다 내 목을 못 날려서 안달인. 정혜는 쓴웃음을 지었다.

"사고를 좀 쳤거든요. 한번 잘렸다가 복직했는데, 그래서 어딜 가나 찬밥이에요."

형진에게선 말이 없었다. 정혜는 머리끈을 고쳐 묶었다.

"이미 발 빼기도 늦었고요. 형사들이 찾아왔거든요."

"형사들이?"

"네, 당신이랑 무슨 사이냐던데요. 다 잡아뗐지만 쥐뿔도 안 믿는 눈치였어요. 아까는 웬 아반떼가 회사 앞까지 따라오더라고요."

형진은 생각에 잠긴 표정으로 나머지 김밥을 욱여넣었다.

"그나저나, 왜 여기서 보자고 한 거요?"

"73누 87XX, 기억나요?"

"내가 본 스타렉스 번호판이잖아. 렉서스 뒤를 따라가던."

"맞아요. 그 스타렉스, 알아보니 영등포 중고차시장에 있던 물건이었어요. 반년 전까지 차고지에 있다가 팔려 나갔고, 마지막 소재지가 이 부근에 있는 용역업체라더군요."

형진은 고개를 갸웃거렸다.

"그 양아치들이 순순히 말하던가?"

정혜는 구겨진 명함을 꺼내 흔들어 보였다.

"형사님 이름 좀 팔았죠. 금천서 강력팀인데 불법영업 신고가 들어왔다고, 곧 도착할 거라니까 술술 불던데요."

중고차 매매인은 업체 이름만큼은 말할 수 없다고, 어차피 그 새끼들은 한탕 뛸 때마다 상호를 바꾼다고, 박 사장이 알면 자긴 죽는다고 징징거렸다. 그녀는 건성으로 위로한 뒤 전화를 끊었다. 알아본 결과, 청량리에 거점을 둔 용역업체는 세 개였다. 대박용역, 상철용역, 청량심부름센터. 어디가 박 사장이란 작자의 소유인지는 몰랐으나, 조사를 할수록 흥미로운 정보들이 쏟아졌다. 저 용역들이 모조리 조폭과 관련되어 있다는 것, 대박용역과 청량심부름센터는 근처 홍등가에 유흥업소를 몇 채씩 굴린다는 것, 말만 용역이지 실상은 대부업 및 사채, 성매매가 주업인 쓰레기들이라는 것.

형진이 물었다.

"그래서, 계획은 뭐요?"

정혜는 두 손바닥을 맞부딪쳤다.

"알아내야죠. 그놈들이 왜 불을 지르는 건지."

"저놈들이 바본가, 불란다고 불게."

그녀는 와이셔츠 단추를 풀며 지시했다.

"뒷좌석에 박스나 좀 꺼내줘요. 하얀 바탕에 검은 줄 상자."

곧 변신이 시작됐다. 셔츠를 벗어버린 정혜는 딱 붙는 민소매 차림이 됐다. 머리끈을 풀고 운동화를 벗고, 양말까지 벗어 던진 다음에는 신발을 갈아 신을 차례였다. 뒷자리 바닥에서는 굽이 살벌한 붉은색 힐이 나왔다. 형진은 그녀가 낑낑대며 발을 넣는 꼴을 뚱하니 쳐다봤다.

"뭘 하는 거요?"

정혜는 아랫입술을 칠하면서 되물었다.

"어때요, 좀 룸살롱 언니들처럼 보여요?"

"놀러 나온 과부 같은데."

정혜는 립스틱을 글러브 박스에 던지더니 운전석 문을 열었다.

"다녀올게요. 금방 올 테니 기다리고 있어요."

"그러니까 어딜 가냐고……." 거기까지 말했을 때 차 문이 닫혔다. 속이 부글부글 끓었지만, 형진은 의자를 눕혀 놓고 싸가지를 기다렸다. 정혜가 돌아온 것은 20분쯤이 지나서였다. 그녀는 하이힐부터 벗어 발판에 내던졌다.

"한 사이즈 올려서 살걸. 죽는 줄 알았네요."

"어딜 갔다 온 건데?"

정혜는 의기양양하게 실적을 보고했다.

"어디겠어요. 근처 업소를 쭉 돌면서 박 사장이란 작자가 누군지 알아봤죠."

형진은 고개를 설레설레 저었다.

"정신 나갔군."

"걱정 마요. 새로 온 언니인 척했으니까. 이 바닥은 실장 소개로 옮겨 다니는 일이 잦거든요."

"성과는 있었나?"

정혜는 지갑에서 명함 몇 장을 꺼냈다. 뒷면에 AV배우가 인쇄된 웨이터 명함이었다.

"저 앞의 나이트랑 노래방, 안마방 두 개가 모두 박 사장 건물이래요. 청량리에 본 사무실이 있고 미사리 쪽에도 업장들이 많다고 했어요. 별명이 출신지를 따서 '미사리 박'이라던데."

"어떤 용역업체인지도 알아냈고?"

정혜는 고개를 저었다.

"아뇨. 그것까지 캐묻다간 의심할 것 같더라고요."

"조심해야 할걸. 눈치로 먹고사는 놈들이야."

"그쪽이나 조심해요. 이제 어쩔 생각이에요?"

형진은 자신 있게 대꾸했다.

"우선 돈을 구해야지. 그런 다음 차를 렌트해서……."

정혜는 손을 저어 말을 끊었다. 화재만 잘 알았지, 이 아저씨도 참 대책 없는 인간이었다.

"내일이면 그쪽 얼굴이 쫙 깔릴 텐데, 잘도 구해지겠네요. 편의점 이라도 털려고요?"

형진은 잊고 있던 문제를 깨달은 표정이 됐다. 그녀는 오면서 세운 계획을 브리핑했다.

"그러니까, 여기서 그 스타렉스가 돌아올 때까지 잠복이나 해요. 경찰들도 이리로 오진 않을 테니까."

"오랫동안 집을 비우면 의심할 텐데."

"잠복하는 건 형진 씨인데요. 전 출근해야죠."

#형진

그들은 나이트클럽 맞은편에 위치한 '온천장'이란 여관을 골랐 다. 낡아빠진 여관이었으나 층수가 높아 감시용 아지트로는 안성 맞춤이었다. 정혜는 모텔 입구에서 명령했다.

"벗어요."

"뭘?"

"그 모자랑 후드요. 나머진 내가 알아서 할게요."

'알아서 한다'는 노래방 도우미 흉내였다. 형진은 술에 떡이 된 손님 역을 맡았다. 그녀가 형진을 부축하고 들어가서 자기 지갑을 빼냈다.

"방 하나 주세요. 숙박으로."

"401호로 가요. 3만 원이우."

카운터의 노파는 졸린 목소리로 말하더니 이 빠진 입을 벌려 하품했다. 계단을 올라가면서도 혼신의 연기가 이어졌다. "아유, 오빠! 정신 좀 차려봐, 계속 이러면 나 그냥 간다?"

형진은 방에 들어오자마자 그녀에게서 멀찍이 떨어졌다. 정혜는 입술을 삐죽거렸다.

"아주 뭐, 내가 덮치려는 줄 알겠네."

방 안 인테리어는 외관만큼 노숙했다. 정육점 조명 같은 무드등이 천장에 박혀 있고, 벽지는 붉은 꽃무늬였다. 형진은 손자국이 덕지덕지 묻은 창문을 열었다. 길 이쪽으로는 모텔촌 앞 골목이, 저쪽으로는 나이트클럽 입구가 한눈에 들어왔다. 이만하면 오가는 차를 못 볼 일은 없을 것이었다.

정혜가 가져온 크로스백에서는 운동화와 청바지, 삼각대와 카메라 따위가 차례차례 나왔다. 그녀는 둘둘 말린 옷들을 침대 위에 꺼내 놓았다.

"집에 있던 걸 좀 가져왔어요. 키가 비슷하니까 대충 맞을 거예요."

형진은 청바지를 펼쳐 보았다.

"남동생 옷들인가?"

정혜는 못 들은 체 다음 물건을 끄집어냈다.

"이건 삼각대랑 카메라. 여기 창문 앞에, 이쯤 세워 고정시키면 편하게 아래를 볼 수 있어요."

"난 사용법을 모르는데."

"5분이면 다 배워요. 혹시 사진 찍을 거면 플래시 조심하고요. 버튼이 고장 나서 제멋대로 터지니까."

형진은 고개를 끄덕였다. 정혜는 침대 옆의 냉장고를 열어보더니 말했다.

"먹을 건 사다 놓고 갈게요. 아껴 먹으면 일주일은 버틸 거예요."

"그 안에 박 사장이 나타날까?"

"그러기를 바라야죠."

그것으로 작전회의는 끝났다. 정혜는 삼각대 위에 카메라를 설치하고, 사용법을 가르쳐준 뒤 침대 시트를 뒤집어서 깔았다. 그러더니 좀 덜 더러워진 침대에 드러누웠다.

"그럼 난 잘게요. 조금만 고생해요."

그는 삼각대 앞으로 의자를 끌어다 걸터앉고 불을 껐다. 곧 침묵이 방 안에 드러누웠다. 정혜의 고른 숨소리, 창틀을 타고 올라온 음악소리, 덜덜거리는 에어컨 소음만 희미하게 반복되었다.

벽시계가 4시에 다다랐을 때, 삼각대 앞에서 일어선 그림자가 탁자 쪽으로 걸어갔다. 착 하는 소리와 함께 라이터가 켜졌다. 형진은 숨소리가 들리는 침대를 향해 불빛을 비췄다. 이불을 덮어쓴 어깨가 일정한 간격으로 오르내리고 있었다.

그는 그늘진 미간을 찌푸렸다. 저 여자는 안전불감증인가. 등 뒤에 외간남자를 두고 어찌 저리 태평히 잠들 수 있나. 게다가 그 남자는 전과 3범 노숙자에 경찰이 쫓는 수배범인데.

혼자 여길 온 것부터 수상했다. 줄곧 고민해도 정혜가 돕는 이유를 알 수 없었다. 그깟 특종이 죽음을 감수할 보상이 될까. 아니면 이 꼬락서니에 대한 동정일까. 형진은 소리 죽여 정혜의 핸드백을 빼냈다. 불빛이 들어오는 창가로 갈 때까지 이불 쪽은 미동도 없었다. '먼저 프라이버시를 침해한 건 당신이니까.' 그는 마음속으로 변명한 다음 지퍼를 열었다.

핸드백 속 장지갑에는 신분증과 면허증, 여권과 현금 약간, 카드 몇 장이 들어 있었다. 김정혜, 88년생, 성동구 거주. 그에게 말한 정보와 다른 점은 없었다. 이외에도 백에서는 별의별 물건이 다 나왔다. 립밤, 콤팩트, 구강청결제에 데오드란트에 부러진 마스카라에……. 안을 뒤지던 손이 문득 멈췄다. 웬 빳빳한 종이가 잡혔던 것이다. 편지인가? 불빛 밑으로 가져간 종이에는 가방 주인의 이름이 적혀 있었다.

약혼자 이태준

약혼자 김정혜

안녕과 평안을 빌며, 두 사람의 약혼식에 초청합니다.

2017. 6. 8.

가방 밑바닥에서는 구겨진 진단서가 나왔다. 약 이름으로 짐작

되는 영어가 빼곡했으나 그가 모르는 종류였다. 형진은 핸드백을 있던 자리에 돌려놓고 삼각대 앞으로 복귀했다. 유흥가의 인파도 이제 한풀 빠져 있었다. 그는 망원렌즈를 들여다보며 생각에 잠겼다. 남자라곤 아빠밖에 모를 것 같던 여자가 약혼이라니. 거기다 날짜도 바로 작년 여름이었다. 몇 시간 전, 직장 이야기가 나왔을 때 정혜가 한 말이 떠올랐다. '돌아갈 곳도 없어요. 사고를 좀 쳐서, 어딜 가나 찬밥 신세거든요.'

그럴 듯한 추론이 줄줄이 떠올랐다. 잘나가던 기자님에게 남자가 생기고, 사랑을 위해 직장까지 그만두고, 약혼식을 올렸지만 모종의 이유로 결혼은 취소되고……. 그랬다면 찬밥이 된 이유도, 단독특종에 목을 매는 까닭도 설명이 됐다. 집을 나갔던 탕아를 반겨줄 직장은 없을 테니.

렌즈 속에서 팔짱 긴 남녀가 길을 가로질렀다. 모든 것이 이해되지는 않았으나, 더 알고 싶지도 않았다.

'난 그놈만 잡으면 돼. 넌 특종만 따면 되고. 그러니 뒤통수를 쳐도 피차 섭섭해 말자고.'

그는 렌즈에 다시 눈을 붙였다. 그리고 날이 밝을 때까지 삼거리를 감시하다 곯아떨어졌다.

#정혜

뚜껑을 열어둔 커피에서 김이 올라왔다. 정혜는 멍하니 앞의 컵을 내려다보았다. 꼴이 어지간히 처량했던지, 걱정스러운 목소리가 들려왔다.

"김 기자, 얼굴이 반쪽이네. 실연당한 여자 같아."

그럴 일이 좀 있었지. 태준이랑 신철이랑 형진이 때문에. 늘어놓고 보니 죄다 남자였다. 정혜는 마주 앉은 정주훈에게 애써 웃어 보였다.

"요즘 잠을 못 자서. 그 웨이터는 언제쯤 온대요?"

정주훈은 손목시계를 봤다.

"2시까진 도착한댔는데…… 전화해볼까?"

"아녜요. 곧 오겠죠."

정주훈은 그럼 말고, 하는 표정으로 빙수를 퍼먹기 시작했다. 염치 불고하고 모든 동기에게 연락을 돌리던 중, 그녀를 구한 것은 이번에도 정 선배였다. 사회부 시절, 불법단속 취재를 나갔다가 친해진 텐프로 실장이 있다고 했다. 그에게 박 사장 이야길 꺼내자 당연히 안다고 했다는 것이었다. 청량리의 박 사장은 미사리 박밖에 없다면서, 원한다면 같이 일했던 동생을 소개해주겠다고도 했다.

행운을 마다할 그녀가 아니었다. 당장 번호를 받아, 동생이 일한 다던 종로 근처에서 만나기로 약속을 잡았다. 정주훈이 낀다는 게 걸렸지만 주선된 만남이라 어쩔 수가 없었다.

10여 분쯤 지났을 때, 주인공이 도착했다. 아디다스 추리닝에 골든구스를 신은 20대 남자였다. 그는 카페 안을 둘러보더니 그들이 있는 테이블로 걸어와 앉았다.

"형한테 대충 들었어요. 궁금한 게 있다고요?"

정혜는 조심스레 물었다.

"혹시 청량리 박 사장이라고 아시나요? 무슨 용역업체 사장이라던데, 미사리 박으로도 불린다고 했어요."

그 말은 격렬한 반응을 불러일으켰다. 골든구스가 갑자기 허리를 곧추세웠던 것이다.

"박창우, 그 씹새끼 말하는 거 맞죠? 당연히 알죠. 좆같은 씨팔놈."

말 하나에 욕이 세 번이나 튀어나왔다. 여드름투성이 뺨이 벌게진 걸 보아, 단단히 한이 맺힌 모양이었다.

"미사리 박이면 그놈이 맞아요. 대박용역 사장 박창우, 이 바닥에선 유명하거든요. 돈이면 제 엄마 속옷도 갖다 팔 미친개로."

듣고 있던 정주훈이 김 기자도 김개인데, 어쩌고 중얼거렸다. 그녀는 책상 아래로 선배의 정강이를 걷어찼다.

"뭘 하는 인간인데요?"

"돈 되는 일은 다 해요. 불법으로 용역을 치면서 여자도 팔고 사채도 굴리고. 그 새끼가 진짜 악랄한 점이 뭐냐면, 적당히를 몰라요. 아무리 대부업자라도 상도덕이라는 게 있잖아요. 근데 그놈은 아니에요. 변제가 안 되면 보험에 가입시켜서 손가락을 끊고, 애 밴 임산부를 차로 밀어버려요. 보험금이 나오면 그걸로 빚을 청산하라고요."

정주훈이 물었다.

"그런 짓을 하고도 감옥에 안 갔습니까?"

골든구스는 고개를 저었다.

"머리도 잘 굴리는 데다 워낙 약삭빨라서. 또 그놈 신조가, 자길 물 먹인 놈은 지옥 끝까지 찾아가서 조진다거든요. 무슨 보복을 당할지 모르니까 신고할 수가 없죠. 몇 년 전부터는 정치인들 심부름까지 시작했다던데."

"일종의 정치 깡패라는 건가요?"

"그냥 개새끼죠. 온갖 쓰레기짓은 다 하는."

정혜는 관자놀이를 짚었다. 저 말이 다 사실이라면, 생각했던 것
보다도 훨씬 거물이었다.

"혹시 그 사람, 방염도료 사업은 안 하나요?"

"아마 갖다 줘도 말아 먹을걸요. 술장사랑 사람장사에만 도가 튼
놈이라."

골든구스는 담배에 불을 붙였다. 한 모금 쭉 빨더니, 묻지도 않
은 이야기를 줄줄 늘어놨다.

"내가 그 새끼 가게에서 반년을 일했거든요. 진짜, 구라 안 치고
존나 사이코예요. 한 달에 한 번? 두 번? 자기 꼴릴 때 와서 업장을
둘러보는데, 잘못이 있든 없든 한두 명씩은 꼭 조지고 가요. 처음
오면 다들 착한 줄 알죠. 항상 싱글거리면서 형처럼 잘해주니까. 근
데 그게 다 쇼예요. 마음 놓게 한 다음에 눈물 콧물 다 빼려는. 그
새끼 말버릇이 '뭔 말인지 알지?'거든요. 말도 안 되는 트집을 잡으
면서 속삭이는 거예요. 사장님이 너 때문에 화가 났잖아, 뭔 말인
지 알지? 어깨에 팔 두르고, 다른 손으로는 빠따 꼬나 쥐고, 뒤통수
살살 쓰다듬으면서. 살면서 그런 새끼는 처음 봤어요."

정주훈의 입이 벌어졌다. 정혜는 선배 대신 물었다.

"대체 왜 그러는 건데요?"

골든구스는 테이블을 쾅 내리쳤다.

"나도 몰라요. 왜, 미드 같은 거 보면 사이코패스들 나오잖아요.

남들 괴롭혀서 울려 놓고 흥분하는. 그놈도 비슷한 또라이죠. 변태 같은 새끼."

절반은 욕이 섞인 브리핑은 카페 직원이 뛰어오는 바람에 중단됐다. 이야기에 빠진 나머지, 실내가 금연임을 잊고 있었던 것이다. 정혜는 떠온 얼음물을 내밀었다.

"그 박 사장, 어딜 가면 만날 수 있어요?"

골든구스는 얼음을 와작와작 씹으면서 대답했다.

"그건 항상 달라요. 수금이니 업장 관리니, 매일같이 싸돌아다녀서요."

카페를 나오며, 정혜는 고맙다는 인사를 전했다. 골든구스는 나중에 돈 많은 누님을 소개해달라는 말로 화답했다. 그녀는 명함을 받으면서 쓴웃음을 지었다. 그녀의 인명첩에는 부잣집 친구는커녕 친한 동창 한 명도 없었다.

차를 타고 역으로 가던 도중, 정주훈이 불쑥 물었다.

"김 기자, 지난번에 했던 말 거짓말이지?"

그에게 한 거짓말은 수도 없이 많았다. 정혜는 애매하게 대답했다.

"뭐가요?"

"지금 하는 취재 위험한 일 아니라는 거. 나한테 남 실장 소개 부탁하면서 그랬잖아."

"아니에요, 위험한 일. 요즘 불법사채가 극성이라기에 조사만 해본 거예요."

"그런데 방염도료 사업은 왜 물어봐?"

이번에는 말문이 막혔다. 정주훈은 진지한 어조로 말을 이었다.

"말하기 싫으면 안 해도 돼. 근데 이건 내가 추천한 건수잖아. 김 기자가 위험해지면 내 책임도 있어."

그럼 나 삥이 칠 때나 도와주지 그랬어요, 입 닫고 찌그러지는 게 아니라. 가시 돋친 대꾸가 솟았으나 꾹 참았다. 정주훈은 그녀의 눈빛을 보고 하려던 말을 알아차린 것 같았다. 문을 열고 내리면서 늦은 속죄사를 남겼다.

"나중에, 진짜로 힘들어지거들랑 얘기해. 한 번은 목숨 걸고 도 와줄게."

정혜는 건성으로 고마워요, 했다. 역 앞을 빠져나가면서는 허황된 공약에 헛된 대답이다 싶었다. 세상이 끝장나지 않는 한, 남에게 뒤를 맡길 일은 없을 거였다.

#형문
도어록이 풀리는 소리가 들려왔다. 형문은 채널을 돌렸다. 뉴스가 요리 방송으로 바뀐 뒤, 양손에 비닐봉지를 든 아내가 거실 문턱에 나타났다. 장을 보러 나갔다 왔는지 편한 원피스 차림이었다. 그녀는 소파에 앉아 있는 형문을 보더니 놀란 듯 미소 지었다.

"일찍 들어오셨네요."

"사무실에 일이 없어서. 오후 미팅도 취소됐고."

아내는 그러려니, 하는 표정이 되어 부엌으로 갔다. 곧 물소리가 들려오기 시작했다.

"금방 점심 차려드릴게요. 고등어 물이 좋더라고요."

"저녁 약속이 있어."

"아깐 취소됐다면서요?"

형문은 리모컨 음량을 몇 단 내렸다.

"다른 로펌의 클라이언트요. 굵직한 고객들이 시장에 풀려서, 미리미리 만나봐야 해."

이제 물소리는 칼질 소리로 바뀌었다. 딱, 딱, 딱, 도마를 치는 타격음 끝에 조심스러운 말이 따라왔다.

"그런데 여보, 무슨 일 있어요?"

형문은 '이전 채널'을 눌렀다. 뉴스에서는 시장의 재임 의사 표명 기자회견이 열리고 있었다.

"아무 일 없어. 선거철이다 보니 민감한 스캔들이 많아져서 그렇지."

부엌에서 나던 소리가 완전히 끊겼다. 거실 앞에 주스 두 잔을 든 아내가 서 있었다.

"도련님…… 때문인 거죠?"

기어이 그의 삶의 금기가 튀어나왔다. 형문은 아무렇지 않게 시선을 옮겼다.

"그놈 얘긴 맙시다."

"쭉 마음고생이 심하셨잖아요. 지난번에 도련님을 그렇게 보내시곤……."

"한두 살 먹은 어린애도 아니고, 언제까지 철이 들길 기다릴 수는 없지. 그놈도 벌써 서른둘인데."

아내는 그의 앞으로 걸어와 주스를 탁자에 놓았다.

"동생인걸요. 이제 당신밖에 안 남은."

"아니, 사람구실을 시키려다 실패한 쓰레기지."

부부의 시선이 얽혔다. 아내의 눈동자를 보며, 형문은 그녀가 뜻을 굽히지 않으리란 걸 확인했다. 아내 역시 확인했을 터였다. 제아무리 세월이 흐른들 철천지원수가 형제로 돌아갈 수 없음을. 그들이 나눈 것은 피가 아닌 독이었다.

핸드폰이 양복 주머니 안에서 울었다. 형문은 앞의 잔에는 손도 대지 않고 일어났다.

"아, 그리고."

벨소리는 여전히 울리고 있었다. 그는 지나가듯 말했다.

"모르는 번호로 전화가 오거든 받지 마요. 요즘 보이스피싱이 기승이라더군."

#형진

불길 같은 낙조가 쏟아져 내렸다. 잠시 후면 하늘을 그슬리고, 지상을 불태우고, 마침내 도시를 재로 덮을 태양의 유해였다.

형진은 시트가 둘둘 말린 침대에서 일어났다. 그러고는 비틀비틀 걸어가 삼각대 앞에 앉았다. 손닿는 곳에는 햇반과 통조림이, 냉장고엔 편의점표 먹거리들이 들어 있었다. 그는 샌드위치를 하나 꺼내 포장을 물어뜯었다.

감시는 무료하고도 지루했다. 벌써 사흘째, 스타렉스는커녕 그놈 할아버지도 지나가지 않았다. 대신 짙게 선팅된 밴만 주구장창 밀려들었다. 밴에서는 주로 남자 하나와 홀복을 입은 여자 대여섯이 함께 내렸다. 그들은 두세 시간 간격으로 도착하고, 가게에서 나와

138

어디론가 떠나가고, 또다시 날라져 왔다. 꼭 축산마트로 배달되는 고깃덩이들 같았다. 부위별로 나뉘어 냉동고와 진열대를 오가는.

형진은 그 광경을 렌즈 너머로 지켜보았다. 몇 년 전, 업소 잡부로 일한 적이 있었다. 그때 본 바로는 차라리 고깃덩이 신세가 나았다. 뼈 빠지게 벌어봐야 저 바닥을 뜰 수도 없었다. 빚은 늘고 몸은 망가지고, 사채꾼들한테 시달리다가 지명이 들어오면 무조건 나와야 했다. 그는 쓰레기차를 끌고 가면서 들었던 목소리를 아직 기억하고 있었다. "오빠, 이번만 입으로 해주면 안 될까? 내가 진짜 아파서 그래."

그럼에도 그가 동정할 인생들은 아니었다. 형진은 샌드위치를 무표정하게 씹어 삼켰다. 어쨌든 저들은 세상 구석에나마 기생하고 있었다. 반면 이쪽은 신분이 한 단계 더 하락했다. 알코올중독자에서 전과자로, 노숙자에서 범죄자로.

정혜는 이틀째 새벽에 전화를 걸어왔다. 070으로 시작하는 번호를 받자 소리 죽인 목소리가 흘러나왔다. 박 사장, '미사리 박'의 가게에서 일했던 웨이터에게 정보를 얻었다는 소식이었다. 이름은 박창우, 나이는 30대 후반, 큰 키에 건장한 체격으로, 청량리 일대의 유흥가에 거점을 둔 용역 깡패라고 했다. 정치인들과 연줄이 있을지 모르니, 놈을 보면 함부로 쫓지 말라고도 했다. 형진은 알아서 하겠다고 한 뒤 전화를 끊었다. 당장 일 분 일 초가 급한데 발견하고도 쫓지 말라니, 불을 보며 물을 붓지 말라는 소리 아닌가.

곧 밤이 찾아왔다. 달은 낚싯줄에 걸린 송어처럼 밤하늘로 솟았다. 거리에서는 흘러간 유행가가 나오기 시작했다. 내 앞을 가로막고 서 있던 그 모든 위선들, 나에게 씌워진 굴레를 모두 다 벗어버리고…… 감시는 한 시간 만에 지겨워졌다. 졸음만 끔뻑끔뻑 밀려와, 그는 앉은 채 기지개를 켰다. 찬물로 세수라도 하고 올까, 생각했을 때였다.

가물거리던 잠이 싹 달아났다. 회색 스타렉스가 나이트클럽 앞으로 들어오고 있었던 것이다. 잘못 봤나 싶어 몇 번을 확인했지만 틀림없었다. 뒤에 달린 번호판 숫자까지 똑같았다. 73누 87XX, 렉서스를 졸졸 따라가던 스타렉스였다.

형진은 재빨리 삼각대를 분리했다. 덜렁대는 카메라를 점퍼주머니에 쑤셔 넣고 모자를 눌러썼다. 모텔 뒷문으로 튀어나왔을 때, 스타렉스는 나이트클럽 정문에 서 있었다. 그는 주점 입간판 뒤에 숨어 입구를 주시했다. 얼마 지나지 않아 클럽에서 양복 한 무리가 나왔다. 누가 박창우인지 파악하는 건 늑대 무리 속 수사자를 구별하는 것만큼 쉬웠다. 주머니에 손을 찔러 넣고 담배를 질겅거리는, 어깨가 떡 벌어진 회색 정장. 멀리서 봐도 인상이 살벌한 작자였다.

클럽을 돌아본 창우는 뭐라고 말하기 시작했다. 제스처를 보건대, 업장에 대해 잔소리를 늘어놓는 것 같았다. 심각한 분위기가 아님에도 부하들은 겁에 질린 얼굴로 고개를 숙였다. 평소 사장님의 성격이 얼마나 지랄맞은지 유추할 수 있는 대목이었다. 예상은 맞아떨어졌다. 돌부리를 툭툭 차던 회색 정장이 별안간 부하의 따귀를 후려친 것이다. 부하가 비틀거리자 구둣발이 사타구니로 날아들었다. 맞은 놈은 가랑이를 감싸고 쓰러져 끅끅대기 시작했다.

다른 양복 두 명이 동료의 팔을 둘러메더니 질질 끌고 사라졌다.

곧 창우는 배웅을 받으며 스타렉스에 올라탔다. 형진은 뒤에서 오는 택시로 달려갔다.

"저기 저 회색 스타렉스, 저걸 따라가 주쇼."

택시기사는 알겠수다, 하더니 거리를 두고 스타렉스의 뒤를 쫓았다. 청량리를 빠져나간 스타렉스는 고가도로를 탔다. 위쪽 동네 업장을 순회하러 가는 건가? 형진은 카메라를 만지작거리며 생각했다. 한참을 달린 끝에 멈춘 곳은 불빛 훤한 고깃집이었다. 그는 택시에서 내리려다가 문을 열던 손을 멈췄다. 식당으로 들어가는 사내들 중 회색 양복은 없었다. 운전수와 함께, 혹은 혼자서 차 안에 남아 있다는 뜻이었다.

미터기 요금이 턱에 닿기 시작했지만, 형진은 참을성 있게 기다렸다. 곧 시동을 건 스타렉스가 움직이기 시작했다. 그는 잠시 틈을 뒀다가 택시를 출발시켰다. 이번 추적은 오래가지 않았다. 스타렉스는 청계공원 쪽으로 빠지더니 흐르는 천변 앞에서 멈췄다. 형진은 그대로 지나쳐 공원 모퉁이를 돈 뒤 택시를 세웠다. 주머니의 돈을 몽땅 털어 건네고 달려오니 그사이 목표물이 사라져 있었다.

그는 당황하지 않고 주변을 살폈다. 먹이나 감으러 이곳까지 왔을 리는 없었다. 미행을 알아챈 것 같지도 않았다. 분명 이 근처에 내렸을 텐데…… 그때 천변 반대편에서 엔진 소리가 났다. 돌아보자 새까만 렉서스가 미끄러져 들어오고 있었다. 그가 쫓던 방화범이 도착한 것이었다.

어느새 나타난 창우도 렉서스 쪽으로 걸어가고 있었다. 형진은 개울 앞의 풀숲으로 들어갔다. 이윽고 렉서스의 차창이 내려가고,

창우가 안쪽을 향해 굽신댔다. 귀를 기울였지만 개울물 흐르는 소리밖에 들리지 않았다. 말까지 엿듣기에는 거리가 너무 멀었다.

비로소 챙겨 온 물건이 생각났다. 형진은 카메라를 켜고 주의 깊게 줌을 당겼다. 창우와 렉서스, 차량 옆판은 찍었으나 정작 안에 있는 놈의 얼굴이 잡히지 않았다. 창문이 절반쯤 내려간 지점에서 멈춰버린 탓이었다.

그는 다 벗겨진 손바닥을 초조히 쥐어뜯었다. 차창은 그대로였고, 이야기는 끝나가는 것 같았다. 저대로 렉서스가 떠나고 창우까지 떠나버리면 닭 쫓던 개 꼴이었다. 이판사판이란 생각으로 개천에 들어가려 했을 때였다.

선팅된 창문이 마저 내려갔다. 차창 안에서는 담배를 문 중년 남자의 옆모습이 나타났다. 몸을 숙인 창우가 라이터를 꺼내자 둘의 얼굴이 한 컷에 잡혔다. 형진은 그가 불을 붙이길 기다려 셔터를 눌렀다. 정혜의 캐논은 찰칵, 소리와 함께 플래시를 터뜨렸다. 반경 30미터 안의 모두가 볼 수 있을 만큼 밝은 빛이었다.

얼빠진 정적이 흘러갔다. 창우는 라이터를 갖다 댄 자세 그대로 고개를 돌렸고, 중년 남자는 플래시가 터진 곳을 돌아봤다. 형진은 무심결에 카메라를 눈에서 뗐다. 그가 저지른 실수는 창우의 눈이 커지는 것을 보고서야 알 수 있었다. 상대의 얼굴을 본 사람은 그뿐만이 아니었다.

#창우
창우는 눈을 깜빡거렸다. 방금 플래시를 터뜨려 사진을 찍고, 자랑스럽게 얼굴까지 보인 뒤 내뺀 괴물딱지가 꿈인지 생시인지 헷갈렸다. 생각해보니 헛것을 본 것도 같았다. 그렇게 흉측한 면상은 영화에서도 몇 놈 없었다.

"지금 저자가 뭘 한 건가?"

딱딱하게 굳은 목소리가 현실을 일깨웠다. 창우는 뒤통수를 긁었다.

"사진 찍고 도망친 것 같은뎁쇼. 와, 요즘 기자들 튀는 솜씨가 아주 엘티입니다, 엘티."

"자넨 저 얼굴이 기자로 보이나?"

창우는 얌전히 다음 말씀을 기다렸다. 그 와중에도 그의 '의원님'은 언성 하나 올라가지 않았다.

"파파라칠세. 우리 당이나 임 시장이 보냈겠지. 자넬 추적해 나와의 연결고리를 캐내려고. 그런데 자네가 선물까지 준 셈이군."

씹새야, 창문은 네가 내려놓고 왜 나한테 난리야? 속으로 욕을 퍼부었지만 이쪽도 심사가 뒤틀렸다. 꼬리가 붙었다는 것은 청량리를 빠져나오기 전부터 알고 있었다. 혹시 형사일까 싶어 떨어질 때까지 놔둔 게 화근이었다. 뚜껑을 까보니 간 것도 아니었고, 형사는 더더욱 아니었다. 얇은 입꼬리가 성난 상어처럼 말려 올라갔다.

'씨발놈이, 이 박창우를 멕여?'

"저 사진이 누구 손에 들어가든 우린 끝일세. 내일이면 기사가 깔릴 거야. 고배만 마시던 공천 반편이가 깡패한테 빌붙어 시장 자릴 노린다고."

무택의 목소리는 털이 쭈뼛 서도록 서늘했다. 그러거나 말거나,

143

창우는 기억을 더듬었다. 저 싸다 만 개똥 같은 면상을 본 적이 있는 것 같아서였다. 어디서였더라, 오늘 아침이었던 것 같은데…….

"아, 그 방화범 새끼!"

무택의 눈썹이 올라갔다.

"지금 뭐라고 했나?"

"저 파파라치, 어디서 봤는지 기억났습니다. 뉴스에 나온 방화 수배범이에요."

"방화 수배범이라고?"

창우는 고개를 끄덕였다.

"저희가 손봤던 은행 있잖습니까. 거기랑 증산이랑, 청담 쪽 방화까지 저놈이 다 뒤집어썼어요. 진짜 질렀는지는 모르겠는데……."

"왜 여기 있나."

"예?"

차창 안에서 손이 뻗어 나왔다. 닿기도 전에 손가락을 으스러뜨릴 수 있었으나, 창우는 그가 넥타이를 잡아채도록 내버려뒀다. 의뢰인은 딱딱 끊어지는 발음으로 말했다.

"왜, 그 노숙자가, 여기서 나랑 네놈 사진을 찍느냐고."

창우는 잠시 고민했다. 이놈을 여기서 담가버릴까? 늙은이 하나랑 운짱이 하나, 식전운동도 안 될 양이었다. 대충 손보고 업장들 처분해서 마닐라로 뜨면……. 손익계산은 오래지 않아 끝났다. 그는 아직 무택이 필요했고 기회는 앞으로도 많았다.

"죄송합니다. 제가 최대한 빨리 해결하겠습니다."

여전히 넥타이는 잡혀 있었다. 창우는 얼른 덧붙였다.

"아, 그 사진도요."

무택은 몇 초 뒤에야 손아귀의 힘을 풀었다. 창우는 기침하는 척하며 구겨진 넥타이를 매만졌다.

"검거되기 전에 먼저 잡아야 해. 쓸데없는 소릴 떠들어대면 골치가 아파지니까."

"경찰들이 붙을 텐데요. 같이 봐버려도 됩니까?"

의뢰인은 시계를 들여다봤다.

"경찰은 대한민국 국민 아니라던가?"

이번엔 짭새들한테 쫄지 않아도 된다는 소리였다. 어떻게 혼을 내줄까 생각하는데 명령이 하달됐다.

"실수하지 말게. 다음 일도 잊으면 안 돼."

창우는 고개를 숙였다.

"예. 필요한 건 안 실장한테 말해두겠습니다."

대답 대신 차창이 올라갔다. 렉서스가 사라지고 난 뒤, 창우는 아스팔트에 떨어져 있는 담배를 주웠다. 그놈이 나타나는 바람에 불만 겨우 붙인 장초였다. 그는 한 모금 쭉 빨면서 전화를 걸었다. 스타렉스는 멀지 않은 곳에서 대기하고 있었다.

"재만아, 손톱 빠지기 전에 튀어와."

피처폰을 닫고 나서야 쥐고 있던 라이터가 떠올랐다. 창우는 오른손을 폈다. 철제로 된 지포라이터가 빵 반죽 비슷한 꼴로 짓눌려 있었다. 그는 애장품의 상태를 흥미롭게 관찰하다가 던져버렸다. 괴물딱지를 만나면 꼭 물어볼 게 생긴 참이었다. 우선 발가락부터 기름을 뿌려 구우면서, 지금이랑 예전 중 언제가 더 아픈지 취조하는 것이다. 확 뒈져버리면 안 되니까 물 양동이도 준비하고서.

안주머니에는 새 성냥갑이 있었다. 그는 성냥을 하나씩 그어 도로로 던지면서 흥얼거리기 시작했다.

"연탄재 함부로 발로 차지 마라. 너는 누구한테 한 번이라도 뜨거운 사람이었느냐……."

#형진

정혜는 그가 전화를 건 공중전화부스로 한달음에 달려왔다. 그를 태우고 달리는 동안, 그녀는 별말을 하지 않았다. 이야기 도중 한두 마디씩 묻기만 했다. 몇 시쯤에 봤어요? 그 개천이 어디였는지 기억나요? 여기까지 오는 동안 마주친 사람은 있어요? 전부 대답하고 나자 할 말이 없었다. 사전적 의미로도, 범용적 의미로도.

형진은 목에 건 카메라를 만지작거렸다. 이제 그의 적은 공권력뿐만이 아니었다. 낮에는 경찰한테, 밤에는 깡패놈들한테 쫓길 생각을 하자 앞이 막막했다. 이대로라면 진범은 구경도 못 하고 칼을 맞을 판 아닌가.

20여 분을 달려 도착한 곳은 작은 아파트였다. 정혜는 비좁은 담과 담 사이에 차를 대더니 시동을 껐다.

"여기가 우리 집. 모텔보다는 나을 거예요."

"형사들은? 감시조가 있을지도 모르는데."

정혜는 담 저쪽을 가리켰다.

"저기 안 보이면 없는 거예요. 여긴 차 댈 데가 좁아서 숨기 힘들거든요."

그들은 엘리베이터를 타고 9층으로 올라갔다. 형진이 주변을 살피는 동안 정혜는 도어록 비밀번호를 풀었다.

한 발짝 들어서자 퀴퀴한 냄새가 훅 끼쳤다. 정혜는 아무렇지 않게 불을 켰다.

"집 안 꼴이 좀 그래요. 여자 혼자 살다 보니까."

'여자 혼자'의 뜻은 잘 몰랐지만 집구석 꼴이 심각하다는 것은 알 수 있었다. 형진은 피난민 부대가 휩쓸고 간 듯한 거실을 둘러보았다. 찌그러진 맥주캔과 빈 편의점 도시락들이 바닥을 굴러다니고, 쌓인 택배박스 옆에서는 빨래가 썩어가고 있었다. 정혜는 침대에 양반다리를 하고 앉아 노트북을 켰다.

"카메라 줘봐요. 우리 패, 한번 까보기나 하죠."

그가 뚫어져라 지켜보는 가운데, 정혜는 카메라 칩을 노트북에 연결했다. 이어 오늘 찍은 사진들이 한 장씩 넘어갔다. 줌 인된 창우의 얼굴, 차창에 붙어 이야기를 나누는 전신 샷……. 가장 중요한 사진은 맨 마지막에 있었다. 정혜가 방향키를 누르자 중년 남성의 옆모습이 화면에 나타났다. 내려간 차창 너머, 입에 문 담배에 창우가 불을 붙이는 순간을 포착한 명작이었다. 형진은 미간을 찌푸린 채 낯선 얼굴을 노려봤다. 그때 스키 마스크 뒤로 들었던 목소리는 젊었는데, 이자는 적어도 40대 중반은 돼 보였다. 불을 지르다 몇 년 사이 폭삭 늙은 건가?

정혜가 별안간 손뼉을 딱 쳤다. 형진이 돌아보자 그녀는 흥분한 어조로 말했다.

"이 사람, 어쩐지 낯익다 했더니…… 민주국민당 장무택이에요.

여기서 볼 줄이야."

난생처음 듣는 이름이었다. 형진은 되물었다.

"그게 누구요?"

정혜는 어쩜 이렇게 무지몽매할 수 있냐는 표정이 됐다.

"누구겠어요. 민국당 소속 국회의원이죠. 우리 업계에선 꽤 인기가 있어요. 인터뷰도 잘 따주고 언변도 좋아서."

민국당이든 포도당이든, 그와는 상관없는 얘기였다. 게다가 그 방화범과 동일인 같지도 않았다. 원룸에 불을 지르는 게 은밀한 취미일 순 있었지만, 국회의원 나으리가 용가리일 확률은 병아리가 커서 독수리로 변할 만큼 낮았다.

"박창우의 스폰서군. 놈들의 배후에 있는."

"그렇다고 봐야죠. 왜 저런 짓을 하는지는 모르겠지만."

사건은 새로운 국면으로 접어들었다. 정혜는 파일을 닫은 다음, 장무택의 최근 기사 중 읽을 만한 것을 골라냈다. 그녀는 스크롤을 죽죽 내리며 읊었다.

"장무택, 방년 44세, 고향은 마산. 고검 차장검사 출신에, 몇 년간 사업을 굴려 대박을 치다가 정계로 입문한 케이스예요. 그래서 이쪽 판에서도 입지가 좁았나 봐요. 여기, 당이 후보 공천 확정을 안 해줬다고 나오네요."

형진은 가장 중요한 단서부터 물었다.

"그 작자, 8년 전엔 뭘 하고 있었지?"

"어디 보자……. 아, 막 검사를 때려친 때였어요. 손댄 사업이 시작하자마자 잭팟을 터뜨렸거든요."

공사다망한 사업가께서 화곡동까지 오셨을 가능성은 희박했다. 정혜는 위로 비슷한 것을 건넸다.

"너무 실망하지 마요. 박창우의 뒤를 봐준다면 그 방화범을 알 확률도 높죠."

형진은 잠시 고민하다가 물었다.

"대박용역인가, 거기 사무실 번호를 알 수 있나?"

정혜는 눈을 휘둥그레 떴다.

"미쳤어요? 거기다 전화해서 뭘 어쩌려고요?"

"궁금한 걸 물어봐야지. 칼자루를 쥔 건 이쪽이야."

정혜는 날 없는 칼로 뭘 하냐고 투덜거리면서도 금방 번호를 찾아냈다. 발신자표시제한으로 전화를 걸자 굵직한 음성이 흘러나왔다.

— 대박용역인디요. 무슨 일이십니까요?

형진은 스피커폰으로 바꾼 다음 말했다.

"박창우 사장님 계십니까? 긴히 드릴 말씀이 있어서요."

— 어…… 지금은 안 계시는구먼요. 직통 핸드폰으로다가 연결해드릴깝쇼?

"네. 그래주십시오."

듣고 있던 정혜가 조폭들 주제에 별게 다 있다며 중얼거렸다. 형진은 손가락을 입술에 대 보였다. 얼마 후, 떨어지던 수화음이 연결됐다.

— 여보세요.

마사지라도 받고 있었던 듯, 나른한 음성이었다. 형진이 물었다.

"박창우인가?"

— 내 폰에다 전화를 때렸으니 나겠지. 그러는 댁은, 누구신데 꼭 두새벽에 러브콜이쇼?

능글거리는 목소리에 호기심이 섞였다. 그는 정혜를 한번 돌아보고는 정체를 밝혔다.

"아까 댁들 사진을 찍어 간 사람인데. 기억하나?"

잠시 침묵이 흘렀다. 곧 상대는 반가워 죽겠다는 목소리로 소리쳤다.

— 아, 우리 형진이 동생! 안 그래도 기다리고 있었지. 하도 전화가 안 와서 목이 다 빠졌잖아.

정혜의 눈동자가 커졌다. 상대는 이미 그의 이름까지 알고 있었다. 형진은 침착하게 대응했다.

"화곡동 방화범하곤 무슨 관계냐."

— 화곡동 방화범?

"너희가 흉내 내고 있는 방화광 말이다. 그 국회의원과도 아는 놈이냐?"

목소리는 웃음을 터뜨렸다.

— 아이고, 그새 장 의원 뒤까지 캐셨어그래. 의원님이 알면 까무러치시겠구만.

"대답해라. 이 사진이 유포되면 장무택도 좋아하지 않을 텐데."

상대는 바로 대답하지 않았다. 대신 저 멀리서 처절한 비명소리가 들려왔다. 몇 초 후, 약간 호흡이 거칠어진 목소리가 말을 이었다.

— 동생, 나도 입장이란 게 있어서 말이야. 동생이 그 카메라를

갖고 와야 얘기해줄 수 있겠는데.

"받고 싶으면 대답부터 해라."

— 알겠어, 알겠어. 우리 사무실 알지? 그 앞에 청룡홍등이라는 중국집이 있는데, 거기서 7시쯤 봐.

형진은 파트너를 돌아보았다. 정혜는 절대 안 된다는 표정으로 고개를 가로저었다. 입모양이 소리 없이 말하고 있었다. '가면 죽어요.'

그때 느글거리는 목소리가 끼어들었다.

— 옆에 누가 있나 보네? 속삭이는 소리가 여기까지 들려. 친구? 아니면 애인?

둘은 서로를 마주 봤다. 형진이 대답했다.

"거긴 곤란해. 너희와 만날 생각도 없고. 아는 걸 얘기하면 소포로 물건을 보내지."

— 저기, 동생. 근데 왜 자꾸 따박따박 반말이야. 쌍놈의 새끼가.

마지막 말은 너무 자연스러워서 욕인 줄도 모를 정도였다. 상대는 한숨 비슷한 것을 푸후 하고 내뱉었다.

— 야, 오냐오냐 하니까 사장님이 우습지? 안 그러냐?

"무슨 소릴……."

— 안 오기로 한 건 잘한 일이야. 왜냐면 그걸 넘기나 안 넘기나 네놈 혀를 뽑아버릴 거거든.

어조는 부드러웠으나 내용은 살인 예고나 다름없었다. 정혜의 목울대가 불안하게 오르내렸다.

— 근데 어쩌냐, 경찰한테 자수해봐야 소용없는데. 장 의원님이

벌써 다 손써뒀으니까. 너 같은 병신이 떠드는 말, 누가 믿지도 않겠지만.

그쯤에서 목소리는 회유의 빛을 띠었다.

— 그러니까 사장님한테 와. 남자답게, 풀 건 풀고 일 얘길 나눠보자고. 네가 쫓는 방화범이 누군지도 알려주고. 사장님은 의리 빼면 시체인 사람이에요.

형진은 눈도 깜짝 않고 말했다.

"너희도 그놈을 모르는군."

— 뭐라는 거야, 이 친구가?

"협상은 결렬이다. 사진을 어떻게 할지는 생각해보지."

전화기 저편에서는 한동안 아무 말도 없었다. 누군가가 얻어맞는 소리도 들리지 않았다. 위협스러운 침묵을 깬 것은 창우였다.

— 너, 집에 불이 나서 가족들이 다 뒈졌다며? 얼굴도 그때 홀랑 탔고.

형진의 눈동자에 핏발이 서기 시작했다. 창우는 흥얼거리듯 읊조렸다.

— 잡히면 말야. 그때가 아팠는지 지금이 더 아픈지 꼭 말해줘야 된다. 너네 엄마 똥창을 찢어서라도 널 찾아낼 거니까. 조금만 기다리고 있어.

그러고는 전화가 끊어졌다. 액정을 켜봤지만 수화기 표시는 사라져 있었다. 눈을 깜빡이던 정혜가 말했다.

"저거, 미친놈 맞죠?"

"이젠 날 쫓아올 미친놈이고, 일이 귀찮아졌어."

"그런데 정말 괜찮아요? 저 인간 말대로, 당신이 쫓는 방화범을 알 수도 있잖아요."

형진은 고개를 저었다.

"아는 사이였으면 당장 팔아넘겼겠지."

결국 원점으로 돌아온 셈이었다. 상대는 그의 원수와 면식도 없는 모방범이었고, 뒤에 국회의원을 둔 조폭이었다. 형진은 화면에 뜬 무택의 사진을 노려보았다. 스키 고글이 부리부리한 얼굴과 겹쳐지며 분노가 치솟았다. 경찰서로 달려가 잡힌 방화범을 확인할 때마다 들끓던 살의였다. 관계가 없다 한들 다 똑같은 놈이 아닌가. 무고한 삶을 불태우는 범죄자들, 씹어 죽여도 시원찮을 것들……

노트북 자판을 두드리던 정혜가 눈을 들었다.

"왜 우리 의원님이 방화 사업에 뛰어들었는지 알겠네요. 선거를 앞둔 흔들기예요."

"흔들기?"

"이대로라면 임재규의 재선이 확실하니까요. 변수를 만들어보려는 거죠."

"변수치곤 과한데. 돌아올 리스크도 크고."

정혜는 노트북을 닫고 침대에서 일어났다.

"이판사판 아니겠어요. 물어뜯을 데가 없으니 물어뜯을 곳을 만들겠다, 이런 느낌으로."

형진은 아직 노트북에 꽂혀 있는 칩을 내려다봤다. 마침 어떤 생각이 떠오른 참이었다. 정혜가 잠시 물을 가지러 간 사이, 그는 칩을 뽑아 주머니에 넣고 일어섰다. 그녀가 돌아오는 것을 보자 자연스럽게 거짓말이 튀어나왔다.

"바람이나 쐬다 들어오지. 머리가 복잡해서."

정혜는 아무렇지 않게 그래요, 하더니 물었다. "그런데 칩은 왜요? 아까 빼는 것 같던데."

형진은 속으로 혀를 찼다. 요즘 만나는 인간들은 하나같이 눈치가 귀신이었다.

"쓸 일이 있어."

정혜는 그의 앞을 가로막듯 버티고 섰다. 생수병은 한쪽 옆구리에 장검처럼 비껴들었다.

"누구한테 가져가려는 건 아니죠?"

대답은 딱 5초 만에 솔직해졌다.

"놈들과 협상해볼 생각이야."

"보자마자 당신을 죽일 거예요. 고문한 다음 죽이든가."

"가봐야 알지. 나도 불 하나는 잘 지르거든."

정혜는 입을 다물었다. 한숨 돌리겠군, 생각한 순간 역공이 날아들었다.

"그러다 죽으면 속이 시원해요?"

그는 뭐라고 대답할지 잠깐 고민했다. 죽을 생각은 없었으나 죽음이 두렵지도 않았다.

"달리 방법이 없으니까."

"형진 씨가 잘못되면요? 당신 같은 피해자들이 늘어나도 상관없어요?"

"그건 10년쯤 뒤에, 나처럼 살고 있는 인간이 있거든 물어보쇼.

아마 그전에 자살했겠지만."

그들은 거실에 마주 서서 서로를 노려봤다. 형진은 칩을 꺼내 흔들어 보였다.

"이봐. 난 소방관보단 방화범에 가까운 전과자요. 날 이렇게 만든 건 이 도시의 인간들이고. 그런데 내가 그놈들을 왜 걱정해야 하나?"

말 잘하던 기자 아가씨는 벙어리가 됐다. 형진은 의기양양한 기분으로 현관까지 걸어갔다. 그런 다음 손잡이를 잡았다 놓았고, 다시 잡았다가 또 놓았다.

"이유나 들읍시다. 왜 그러는 거요?"

"왜 그러냐니요?"

"왜 그 모방범들을 못 잡아 안달이냐고."

정혜는 그와 눈을 똑바로 맞췄다.

"나쁜 짓을 했으면 벌을 받아야 하는 거잖아요. 그래서예요. 기자를 못 그만두는 이유도, 여기서 당신이랑 이러고 있는 것도."

그녀는 더 할 말이 없다는 듯 청바지 뒷주머니에 손을 찔러 넣었다. 주변이 고요해지자 벽시계의 초침 소리만 들려왔다. 형진은 새삼스레 주변을 둘러봤다. 시계는 시분초가 죄다 맞지 않았고 형광등은 불빛이 희미했다. 누르스름한 벽지와 곰팡이가 피기 시작한 천장, 침대 밑의 스타킹 뭉치를 지나친 시선이 정혜에게서 멈췄다. 그를 찾으러 서울역을 헤집던 여자가 피곤한 얼굴로 서 있었다.

그는 정혜의 옆을 지나쳐 거실로 들어갔다. 주머니에서 꺼낸 칩은 책상 위에 던져두었다.

"내 침대는 어디요?"

정혜는 기묘한 표정이 되더니 거실 한쪽에다 이불을 깔아줬다. 형진은 '삼호감귤'이라고 적힌 박스와 수북하게 쌓인 겨울옷 사이에 드러누웠다. 그녀는 베개로 쓰라며 낡은 쿠션을 던져준 뒤 물었다.

"짬뽕 한 그릇 먹을래요? 단골집이 있거든요."

형진은 흘끗 눈을 들었다. 냉장고 앞에 선 정혜가 중국집 전단지를 들여다보고 있었다.

"생각 없수."

"그러시든지요. 밥값 아껴서 잘됐네요."

"난 곱빼기만 먹어서. 짬짜면으로."

짬뽕 하나랑 짬짜면 곱빼기요. 짬짜면에다간 침 좀 뱉어 오셔도 돼요. 주문하는 소리를 들으며, 형진은 쿠션을 머리 밑에 쑤셔넣었다. 고장 난 벽시계는 자정을 가리키고 있었다.

#창우

"야, 지금이 몇 시냐?"

"새벽 5시 50분입니다."

창우는 턱 끝만 까딱이고 하던 일로 돌아갔다. 탁자 위에는 몇 장 읽다 만 서류가 흩어져 있었다. 덩달아 할 일이 없어진 부하들도 그의 시선을 따라 고개를 돌렸다. 그들이 있는 유리벽 맞은편에서는 포르노 쇼가 벌어지고 있었다. 이번 손님은 턱이 두둑해지기 시작한 배불뚝이였다. 밑에는 그보다 스무 살은 어리겠다 싶은 노란 단발이 깔려 신음했다. 남자가 열정적으로 허리를 흔들 때마다 살끼리 맞부딪치는 철퍽철퍽 소리가 났다. 남자의 등을 안고 아아, 으으 소리를 내던 단발머리가 시계를 흘끗 봤다. 빨리 벨이 울리기만 기다리는 눈치였다.

"쟤는 교육 좀 다시 시켜야겠다. 작살 맞은 물고기도 아니고, 퍼덕거리지만 말고 적극적으로 하라고 해."

눈가가 시커멓게 멍든 매니저가 네, 사장님. 했다. 이곳은 창우가 굴리는 안마방 중 한 군데였다. 안에서는 거울처럼 보이지만 벽 전체가 통유리로 되어 있어, 언제든 이쪽에서 저쪽을 엿볼 수 있었다. 구두 끝을 까딱거리던 창우가 손짓하자 부하가 잽싸게 서류를 모아 건넸다.

"용국아, 이게 다라고 했냐?"

"구할 수 있는 것들은 전부 뽑았습니다. 조 대표가 더 알아본댔으니, 오는 대로 보고 드리겠습니다."

그는 종이를 두어 장 넘겼다. 주민등록등본, 가족사항, 최종 주소지, 전과 이력, 초중고 동창들과 친척 명단……. 건방진 노숙자에게 따끔한 맛을 보여줄 자료였다. 몇 줄을 읽자 또다시 뒷목에 열이 올랐다. 자료 속 문형진은 장애인에, 전과자에, 알코올중독의 삼박자를 갖춘 쓰레기였다. 범죄경력자료에는 주취 후 행패부터 절도와 상해 등 잡다한 전과가 박혀 있었다. 가족력으로 가면 더 가관이었다. 아비와 여동생은 사망, 어미는 행방불명, 형은 호적 이전. 처음 서류를 다 읽고 나서 창우는 의문을 금치 못했다. "야, 애는 뭘 하겠다고 아직 살아 있냐?"

30분 전, 문형진은 대범하게도 직접 연락해 왔다. 혓바닥도 대범

해서, 새파랗게 어린놈이 초지일관 반말만 지껄였다. 그는 전화 내내 혀를 뽑아버리고 싶은 걸 간신히 참았다. 물론 배짱 하나는 인정해줄 만했다. 감히 박창우에게 딜을 거는 깡다구도 제법이었다. 그래서 아침식사에도 초대한 게 아니겠나. 짬뽕이나 한 그릇씩 하면서 가까워져보자고.

그놈은 계집애처럼 쫄아 전화를 끊었다. 아닌가, 내가 먼저 끊었던가? 창우는 잠깐 고민하다 상관없다는 결론을 내렸다. 지금은 '동생'의 면상부터 보는 일이 급선무였다. 어디로 튀었을까. 놈이 지난 8년간 내버려둔 인간관계는 파탄 수준이었다. 가족은 물론, 친구나 지인이 있을 리 만무했다. 언론에 용의자로 떡하니 수배된 지금은 더더욱.

넘어간 서류가 가족사항에서 멎었다. 창우는 옆에서 대기하던 부하에게 물었다.

"이놈 형은 뭐하는 인간이냐?"

"유명 로펌의 변호사입니다. 실력 좋기로 유명해 높으신 양반들도 자주 찾는답니다. 원래는 검사였다는데, 몇 년 일하다 로펌에 들어간 모양입니다."

검사 출신 변호사……. 형 쪽을 조지려던 계획이 급커브를 틀었다. 찾아가긴커녕 엮이지 말아주십사 절이라도 해야 할 판이었다. 창우는 잠시 후 걱정을 접었다. 동생을 저 꼴이 되도록 버려둔 걸 봐선 그쪽 형제 우애도 뻔했다.

'일단 그 검변은 덮어두자고. 괜히 건드렸다가 귀찮아지는 수가 있어요.'

그는 형문의 얼굴에 가위표를 쳤다. 유력한 서포터가 사라지자 의문이 떠올랐다. 친척도 아니고 형도 아니라면, 지금 형진을 돕는 건 누구란 말인가?

그가 알기로, 노숙자란 족속들은 새벽 4시에 길바닥에서 밟히는 전단지였다. 은행을 털고 달아나봐야 하루면 잡혀올 병신들이었다. 그런데 문형진이 수배된 지는 벌써 닷새가 흘렀다. 그간 경찰의 추적을 유유자적 따돌리고, 대박용역을 찾아내고, 이 박창우의 뒤까지 밟았다는 건……

창우는 송곳니를 혀로 슬슬 쓸었다. 필시 문가놈 옆에는 누군가가 있었다. 그것도 머리를 깜찍하게 굴릴 줄 아는.

"날 밝는 대로 조 대표한테 전화 넣어. 최근 문형진이를 만난 놈이 있나, 싹 뒤져서 알아오라고 해."

"예. 알겠습니다."

건넌방의 쇼는 이제 막바지였다. 자세도 바뀌어, 남자가 엎드린 단발머리의 뒤에서 박아대고 있었다. 창우는 그 추잡한 꼴을 지켜보며 명령했다.

"늦으면 안 돼. 경찰이 우리보다 그놈을 빨리 잡으면 다 끝이야. 엔드, 디 엔드. 뭔 말인지 알지?"

부하들의 고개가 열렬히 오르내렸다. 사장님의 능수능란한 영어 사용에 감탄한 얼굴들이었다. 그는 기분이 좋아져 씩 웃었다.

"그리고 녹음기도 하나 더 사와. 성능 좋은 걸로."

창우의 말이 끝나자 옆방에서 벨이 울렸다. 한 시간짜리 원샷 서비스의 종료였다.

#양권

신문사 정문에서 김정혜가 나왔다. 한쪽 어깨에는 노트북 가방과 핸드백을, 다른 쪽에는 에코백을 둘러메고 있었다. 그녀는 핸드폰을 어깨 사이에 끼우더니 차키를 꺼냈다. 양권은 미니쿠퍼가 출발하길 기다려 시동을 걸었다.

잠적 이후 문형진의 행방은 묘연했다. 그를 보았다는 목격자도, 우연히 찍힌 폐쇄회로 영상도 없었다. 수사본부와 그들 3팀의 의견은 일치했다. 서울 시내 어딘가에, 누군가의 도움을 받아 은신해 있을 것이다. 그 조력자 명단에 최우선으로 이름을 올린 게 김정혜와 문형문이었다.

앞서 가던 미니쿠퍼가 보란 듯 신호를 위반했다. 이미 몇 번을 본 광경이라 새롭지도 않았다. 그는 핸들을 틀며 어제 낮의 대화를 복기했다.

"잘 붙어, 한눈팔지 말고."

육개장 국물에 밥을 말던 조상길이 말했다. 양권은 뽑아 온 커피를 선배의 앞에 놓았다.

"걱정 마십시오. 형 쪽은 어떻습니까?"

"쉽지 않겠어. 사무실로 찾아갔다가 망신만 당했다."

"망신이라뇨?"

"신분증을 쓱 보더니, 자긴 그놈과 연을 끊었으니 시간낭비 말고 돌아가라더라. 자기 알리바이는 비서랑 고객들이 증언해줄 거라면서. 더 물을 게 있으면 구인영장을 들고 오라는데, 뭐 어쩔 수 있냐? 네 똥 굵다 하고 돌아왔지."

선배는 당시의 굴욕을 상기한 듯 오만상을 구겼다. 그는 경찰관다운 대답을 택했다.

"발부받아 가면 되지 않습니까. 정식으로요."

"그게 어렵다는 거야. 팀장님한테 얘길 꺼냈다가 쿠사리만 먹었다. 문형문 연줄이 이 바닥에 몇인 줄 아냐고."

"그렇게 대단합니까?"

조상길은 끙, 하는 소리를 내더니 뒷주머니에서 손수건을 꺼냈다. 땀을 닦은 붉은 천에 얼룩이 묻어났다.

"그렇다더라. 검사질 계속했으면 우리나라 나쁜 놈 씨가 말랐을 거라던데."

18시간 전, 양권은 용의자의 아파트 옆 도로변에 차를 대고 기다렸다. 김정혜는 새벽같이 집을 나와 자기 차에 탔다. 그녀가 카페로 들어간 사이, 그도 편의점에서 아이스커피를 샀다. 정혜는 음료가 나오자마자 회사로 직행했다. 그는 신문사 정문이 잘 보이는 골목 안에 자리를 잡았다. 잠복 전날, 미리 물색해두었던 감시처였다.

'또 반나절쯤 있다가 나오겠지. 슬슬 선배랑 마킹 상대를 바꿔야겠는데.'

예상은 보기 좋게 빗나갔다. 한 시간도 안 돼 김정혜가 모습을 드러냈던 것이다. 그녀는 차를 타더니 회사 근처의 제본소로 갔다. 그는 정혜가 다시 다른 제본소로 들어가는 것을 확인하고 먼저의 업체에 들어갔다. 방금 온 여자가 뭘 맡겼냐고 묻자 사장은 아무것도 안 맡겼다고 했다. 그냥 타다 만 종이쪼가리를 보여주고는 이게 어느 제본소에서 만든 명함인지 질문하더라는 것이었다. 종이에는

9포인트쯤 되는 크기로 '회복'이 적혀 있었다고도 했다. 그는 혹시나 하는 마음에 물어봤다.

"그런 종이만으로 감식이 가능합니까?"

머리가 벗겨진 사장은 너털웃음을 터뜨렸다.

"설마요. 같은 종이를 납품받는 제본소가 서울 시내에 수백 군덴데."

종일 이 제본소, 저 인쇄소를 들락거리던 정혜는 오후 늦게야 회사로 돌아갔다. 귀가하는 길에는 마트에 들러 장을 봤다. 얼핏 본 장바구니에는 순 레토르트 식품만 담겨 있었다. 여자 혼자 먹기엔 많은 양이었으나, 저것만으로는 증거가 모자랐다. 영장을 받으려면 더 확실한 물증이 필요했다. 정혜의 집에서 문형진이 나오는 모습을 본다거나, 둘이 함께 있는 장면을 사진으로 찍는다거나 하는.

그러는 사이 김정혜는 제 아파트 앞에 도착했다. 그는 빨간 차가 담벼락 사이로 들어가는 것을 멀찍이서 지켜보았다. 오늘 수확은 딱 두 개였다. 김정혜 — 혹은 그녀의 동거자 — 가 뭔가를 찾고 있다는 것, 도로주행에서는 그녀를 이기기가 쉽지 않겠다는 것. 나머지는 늘 그렇듯 기다리는 일뿐이었다. 그는 사격 솜씨와 참을성에 있어 강력 3팀의 스페셜리스트였다.

8층 창문에 불이 켜졌다. 양권은 조수석 비닐봉지에서 캔커피를 꺼냈다. 오늘도 긴 밤이 될 것 같았다.

#형진

"어머, 손! 안 뜨거워요?"

형진은 아래를 내려다봤다. 오른손이 양은냄비 손잡이를 잡고 있었다. 그는 라면이 끓는 냄비를 가스레인지에서 내렸다.

"다치고 나서부터는 감각이 무뎌져서."

정혜는 긴가민가한 눈빛으로 꺼내던 얼음을 집어넣었다. 형진은 잡지 위에 냄비를 놓고 김치를 덜었다. 손은 물론, 전신이 열에 무뎌졌음을 느낀 것은 몇 년 전이었다. 무료배식 도중 끓는 된장국을 손에 흘렸는데 뜨겁지 않았다. 물집이 벌겋게 잡혔지만 통증은 거의 없었다. 불 옆에만 가면 휙 도는 머리 대신, 몸이라도 면역이 생긴 모양이었다.

'땀이 덜 나는 건 편하단 말이지. 옷도 없는데.'

오늘 저녁은 라면에 김치였다. 사온 김치가 한 봉지뿐이라 두 사람은 경쟁적으로 젓가락을 놀렸다. 이마의 땀을 닦던 정혜가 물었다.

"아, 그런데 형진 씨는 뭘 좋아해요?"

치사하게 말을 시켜? 형진은 면발을 최대한 많이 건져 올리면서 대꾸했다.

"술."

정혜는 그의 입으로 들어가는 라면을 보고 감탄한 표정을 지었다.

"술 말고는요? 취미나 꿈 같은 거."

"취미는 없고, 어릴 적부터 경찰이 되고 싶었는데."

"어쩐지…… 제가 아는 경찰들도 죄다 성깔이 더럽거든요."

그가 노려봤으나 정혜는 냉큼 냄비로 고개를 박았다. 형진은 뒤통수를 한 대 치고 싶은 걸 꾹 참았다.

"댁은 왜 기자를 시작했는데?"

"나쁜 놈들 시원하게 엿 먹일 수 있으니까요."

그러기엔 더 좋은 직업이 여럿 있었다. 정혜는 젓가락을 모아 쥐고 설명했다.

"물론 경찰도 있고 검사도 있죠. 그런데 둘 다 나랑은 안 맞았어요. 험한 일 하다 예쁜 얼굴 상하면 곤란하잖아요."

"그런 사람이 남자친구는 없고?"

정혜는 허를 찔린 표정이 되었다.

"누가 없대요? 참 나, 알지도 못하면서."

형진은 어깨를 으쓱했다.

"누가 뭐랬나, 있으면 있는 거지."

"저기요. 저는 안 만드는 거예요. 바쁘고 귀찮아서."

그는 웃음을 꾹 참으며 김치 그릇을 빈 냄비에 포갰다. 하여간 자존심 하난…… 수돗물을 틀었을 때, 의외의 제안이 들려왔다.

"잠도 안 오는데, 한잔 할래요?"

이윽고 술판이 벌어졌다. 정혜가 사 온 비닐봉지에서는 술병들이 다발로 나왔다. 곧 잔이 깔리고 간단한 안주도 세팅됐다. 형진은 그녀가 내민 잔에 맥주를 따랐다.

"술을 좋아할 줄은 몰랐는데."

정혜는 자기 잔에 주의 깊게 소주를 배합했다.

"좋아하는 게 아니라 사랑하죠. 일 끝나고 오면 밤마다 혼자 마셨어요. 그래야 잠이 오더라고요."

그는 같은 주정뱅이로서 공감했다. 마셔야 하는 일이 있으면, 이틀

날 오장이 뒤집어진대도 마셔야 했다. 간이 좀 망가지는 게 대수겠는가. 당장 목구멍을 안 축였다간 보이는 집마다 불을 지를 판인데.

그들은 잔을 부딪쳤다. 소맥을 쭉 비운 정혜가 말했다.

"아무 얘기나 좀 해봐요. 술 마실 땐 추억팔이죠."

형진은 곰곰이 생각했다. 팔 만한 추억이라…… 철 들기 전부터 형이랑 주먹다짐한 얘길 해야 하나, 아버지가 15층 철골에서 자유낙하를 하신 이야길 해야 하나?

"내가 소방관을 준비했다고 말했던가?"

정혜는 고개를 저었다.

"아뇨. 처음 듣는 얘기예요."

"원래부터 그랬던 건 아니고, 이 꼴이 된 뒤에. 그게 진아에 대한 속죄가 될 거라고 생각해서."

정혜는 그의 잔에 맥주를 채우고 자기 잔엔 소주를 따랐다.

"그래서요?"

"그게 6년 전이던가…… 하여튼 그맘때였을 거요. 남이 버린 교재를 모아 공부하고, 남는 시간은 동네를 20바퀴씩 뛰고. 기적적으로 1년 만에 면접까지 갔지. 그때 면접관들이 물었던 질문이 아직도 기억나. 왜 소방관이 되려 하냐, 현장에 가서도 흥분하지 않을 수 있느냐, 전과기록은 어쩌다 생겼느냐. 사실대로 대답했지. 동생에게 속죄하기 위해 불과 싸우고 싶다. 가끔 환상은 보지만 많이 나아졌다. 앞으로는 불미스러운 일이 없도록 주의하겠다."

형진은 따라준 맥주를 들이켰다.

"합격자 명단에 내 이름은 없더군. 두 번째, 세 번째까지 떨어지고서야 깨달았어. 나는 경찰관도 소방관도 될 수 없다는 걸. 현실을 너무 늦게 받아들인 거요."

"그런 법이 어디 있어요?"

분노를 억누른 목소리였다. 형진은 뜬금없이 화를 내는 정혜를 멀뚱멀뚱 쳐다봤다.

"나였으면 전부 만점으로 붙고 나서 물었을 거예요. 나를 안 뽑는 이유가 뭐냐고, 이게 공정한 결과가 맞냐고요."

그는 웃음을 꾹 참았다. 정말이지 쌈닭다운 반응이라는 생각이 들어서였다.

"기자님은 원래 그렇게 정의로우셨나?"

정혜는 술을 따르다 말고 생각에 잠겼다.

"난 그냥, 세상이 좀 덜 억울했으면 좋겠어요. 날 때부터 불공평한 인생인데, 나쁜 짓을 하면 죗값은 치러야죠. 열심히 산 사람은 행복해지고."

그래서 당신 집구석 꼬락서니가 이렇고? 형진은 하려던 말 대신 다른 질문을 던졌다.

"난 어떤 놈으로 보이쇼?"

"글쎄요. 성질 괴팍한 또라이?"

말이야 바른 말이었다. 그녀는 형진을 빤히 쳐다보더니 웃음을 터뜨렸다.

"납득한 표정 짓지 마요. 사람 미안해지게."

"미안해할 필요 없는데. 나도 댁을 비슷하게 생각했거든."

정혜는 싹 정색하더니 소주병 주둥이를 내밀었다.

"하여간 말본새하곤…… 술이나 받아요."

내놓은 술은 순식간에 비워졌다. 맥주가 동나는 동안 별의별 이야기가 다 오갔다. 고등학교 때는 성적이 어땠냐, 마지막 연애는 언제였느냐, 운전은 대체 누구한테 배웠기에 그 꼴이냐……. 정혜는 남자만큼 뻔하고도 쓸모없는 동물이 몇 없다고 했다. 그 뻔한 놈들에게 매번 속는다는 면에서, 여자는 더욱 쓸모없다고도 했다. 그럼 무엇이 쓸모 있느냐고 묻자 그녀는 혀 꼬부라진 소리로 말했다.

"당연히 일이죠."

"그런데 왜 그만뒀던 거요?"

"왜겠어요. 쓸모없는 동물이라 그렇지."

잠시 침묵이 흐른 뒤, 정혜가 물었다.

"형진 씨는 이번 일이 다 끝나면 뭘 할 거예요?"

"뭘 하다니?"

"방화범을 잡고 동생의 원수를 갚은 다음에요. 하고 싶은 게 있어요?"

형진은 자기 잔을 내려다봤다. 한 번도 생각해보지 않았던 질문이었다. 놈을 쫓고 놈에게 분노하고, 놈과 맞서 싸우는 일만이 삶의 유일한 이유였으므로. 놈은 추방당한 세상에 그를 머물게 하는 족쇄였다.

"모르겠군. 그런 생각은 해본 적 없어."

정혜는 열정적으로 고개를 저었다.

"안 돼요, 지금까지 얼마나 고생을 했는데. 목표가 있어야 행복도 쟁취할 수 있는 거라고요."

"그럼 댁 목표는 뭔데?"

"더 이상 사람들을 미워하지 않는 거요."

특종 취재나 편집국장 따위와는 거리가 먼 답이었다. 의외의 이야기가 이어졌다.

"이제 더는 누군가를 미워할 필요가 없었으면 좋겠어요. 이 사람은 내 적이 될까, 저 사람은 발목을 잡지 않을까, 이런 생각을 하지 않고요."

형진은 인생 선배로서 충고했다.

"차라리 늙어 죽는 게 빠르겠어."

정혜는 들은 척도 않고 맥주를 들이켰다. 그러더니 술 냄새가 풀풀 나는 발음으로 중얼거렸다.

"내 생각에는요, 우리 둘 다 이번 생은 그른 것 같아요. 술 마실 인간이라곤 서로밖에 없잖아요."

"뭐요?"

하도 황당해서 되물었을 때, 정혜의 손에서 빠져나온 잔이 데굴데굴 굴러갔다. 그녀는 고개를 푹 꺾고 잠들어 있었다.

이보쇼, 침대에 가서 자요. 몇 번이나 불렀으나 일어날 기미가 없었다. 그는 늘어진 정혜를 질질 끌어다 침대로 옮겼다. 바로 몇 분 전에 사람을 믿지 말라고 해놓고선, 앞에서 곯아떨어지는 건 아주 빛의 속도였다.

"엄마한테 연락을 왜 해요. 아니, 안 한다고······."

엎어져 있던 정혜가 중얼중얼 잠꼬대를 했다. 형진은 보일러 온도를 높이고 이불을 덮어주었다.

그는 맥주를 한 캔 더 따서 자리에 드러누웠다. 술기운 탓인지, 잠은 금방 찾아왔다.

◆

"형진 씨, 일어나요! 형진 씨!"

형진은 어깨를 흔드는 손길에 눈을 떴다. 깨운 사람을 확인한 순간 정신이 돌아왔다. 그는 용수철처럼 튀어 일어섰다.

"경찰인가?"

"아뇨, 화재예요. 바로 이 근처에서."

정혜는 들고 있던 핸드폰 액정을 보여줬다. 상세히 표시된 서울 시내의 지도에서 붉은 시그널이 깜빡이고 있었다.

"이게 뭐요?"

"119 소방센터랑 연결된 화재경보 앱이요. 신고가 들어와서 소방차가 출동하면 이 지도에 위치가 표시돼요."

경보 옆에는 숫자가 흘러가고 있었다. 1분 25초, 26초, 27초……. 그는 말하려는 정혜를 가로막았다.

"늦겠어. 어서 가지."

차에 탄 뒤, 정혜가 정확한 위치를 내비에 입력했다. 현장은 그들의 아파트와 10분 남짓 떨어진 아파트 단지였다. 이윽고 저 멀리서부터 검은 연기가 보이기 시작했다. 단지 앞에 도착했을 때는 하늘을 뒤덮는 먹구름이 되어 있었다. 차를 세운 정혜를 고개를 빼 아파트 쪽 하늘을 올려다보았다.

"연기밖에 안 보여요. 소방차가 진입은 한 것 같은데, 어떻게 돼 가는지 모르겠어요."

이곳에서는 연기에 휩싸인 아파트 상층부만 보였다. 그는 빠르게 설명했다.

"불길이 안 보이는 걸 봐서 발화점은 아래쪽일 거요. 우리도 늦기 전에 들어가야 해."

경비초소 앞 차단기에서 늙수그레한 경비가 차량 진입을 제지하고 있었다. 정혜는 시동을 걸며 말했다.

"뒷자리로 가요."

형진은 고개를 돌렸다.

"안에서 어떡할지나 생각하라고요. 들어가는 건 맡기고."

그들의 차가 다가가자 예상대로 경비가 막아섰다. 정혜는 상대가 뭐라고 하기도 전에 선수를 쳤다.

"우리 할머니가 안에 계세요. 잠깐만 보내주세요."

늙은 경비는 난감한 표정이 됐다.

"아가씨, 지금 저긴 위험해요. 불이 크게 나서……."

"그런데 어떻게 이러고 있어요. 아까부터 연락이 안 된단 말이에요. 할머니가 무사한지만 확인할게요. 네?"

경비는 손녀뻘 아가씨의 울먹거림에 항복하고 말았다. 정문을 지나쳐 들어가니 주민들이 모여 있는 분수대가 나왔다. 화재현장은 그 뒤쪽이었다. 15층 높이의 아파트 세 채가 서 있었고, 맨 오른편의 C동 하부에서 화염이 솟고 있었다. 살수차 두 대가 물대포를 뿜었지만 불길은 물줄기를 기름처럼 집어삼키며 타올랐다. 형진은 덩

굴손의 형상으로 올라가는 화염을 보며 확신했다. 그놈, 방화광의 불길이었다.

정혜는 눈앞의 화마에 압도된 듯했다. 타고 남은 폐허를 보는 것과 실제 불길을 대면하는 것에는 엄청난 간극이 있었다. 조금 더 접근하라고 지시하려는데 사이렌을 켠 사다리차가 달려왔다. 구경꾼들이 숨을 죽이고 지켜보는 사이, 사다리가 베란다 난간에 안착했다. 아래에서는 방염복을 입은 소방관들이 호스를 연결하는 중이었다.

'발화점을 포기하고 인명 구조를 택했군. 1층이나 2층이라면 진입했을 텐데……. 놈이 지하에 불을 지른 건가?'

그는 구경꾼들을 살피며 생각했다. 방화범처럼 보이는 인상착의는 없었다. 대부분 실내복 차림의 입주자들이거나, 불구경을 나온 옆동 주민으로 보였다.

"이 아파트, 주차장이 어디요?"

정혜는 잠시 홈페이지를 검색해보더니 대답했다.

"각 동마다 입주건물 지하에 있어요. C동은 총 B2까지, 층마다 감시카메라가 있고요."

그가 방화를 계획했던 첫 장소도 주차장이었다. 형진은 지시했다.

"그 CCTV 영상을 확보해야 돼. 경찰보다 먼저."

정혜는 차를 후진시켜 분수대 옆길로 빠져나갔다. 중앙통제센터는 단지와 떨어진 조경길 가장자리에 서 있었다. 그녀는 글로브 박스 위의 기자신분증을 낚아챘다.

"여기 있어요. 내가 다녀올게요."

"아니, 멀찍이서 따라오쇼."

정혜는 얼른 이해를 못한 얼굴이었다.

"놈을 만날지도 모르니까. 혼자는 위험해."

센터는 텅 비어 있었다. 1층의 샤워장, 2층의 피트니스 클럽을 지나 뛰어 올라갈 때까지 아무도 마주치지 않았다. 계단 모퉁이에서 한 손을 들자 뒤따라 올라오던 정혜가 멈추는 기척이 났다. 그는 고개만 내밀어 3층을 살폈다. 중앙등이 꺼진 복도는 고요했다. 〈정보통제실〉이라는 이름표가 붙은 문에서 푸른 불빛만 새어 나오고 있었다. 형진은 정혜를 손짓해 불렀다. "먼저 들어갈 테니, 셋까지 세고 따라와." 소리 죽여 말하자 오케이 사인이 돌아왔다. 문 앞까지 간 그는 손잡이를 돌렸다.

통제실 내부는 컴컴했다. 벽면의 버튼들에서 나오는 불빛이 주기적으로 깜빡거릴 뿐이었다. 책상 뒤쪽으로는 CCTV 스크린과 관제 장비들이 보였다. 32등분으로 나뉜 스크린 안에서 각 구역의 전송 영상이 시시각각 바뀌고 있었다.

"사람이 없어요." 다가온 정혜가 속삭였다. 관리인이 있어야 하는 스크린 앞, 까만 의자에는 앉은 이가 없었다. 그는 CCTV칩 캐비닛에 적힌 숫자들을 순서대로 훑었다. 0003, 0002, 0001, 00B1을 거친 손가락이 00B2에서 멈췄다. 주차장으로 가는 지하 2층, 놈이 찍혀 있을 폐쇄회로 영상이었다.

형진은 이름표가 붙은 캐비닛을 빼냈다. 그러나 칩이 있어야 할 곳에는 아무것도 없었다.

"형진 씨!"

그는 빈 캐비닛을 놓고 돌아섰다. 정혜가 쓰러진 남자를 일으키고 있었다. 관리인의 머리에서 흘러내린 피가 그녀의 손과 옷에도 묻었다.

"책상 밑에 쓰러져 있었어요. 숨은 쉬는데 의식이 없어요."

형진은 그녀를 도와 남자를 부축했다. 뒤통수 부근에 타박상이 있었고, 흔들어도 깨어나지 않았다. 뒤에서 각목 비슷한 둔기로 얻어맞은 것 같았다.

"그 새끼가 한발 빨랐어. 주차장에 CCTV가 있다는 걸 알았겠지. 그래서 이목이 쏠리길 기다리다가……."

말하던 도중, 문득 이상하다는 생각이 들었다. 손에 묻은 피는 아직 굳지 않은 상태였다. 그들이 통제센터 앞에 도착했을 때 나가던 차도 없었다. 사람이 있다면 올라오면서 마주치지 못했을 리가 없는데…….

희미한 인기척이 옆의 어둠 속에서 느껴졌다. 그는 고개를 돌렸다. 그리고 자신의 삶을 송두리째 불태운, 8년 전의 방화범과 마주쳤다.

놈은 기억과 거의 흡사한 모습이었다. 캐나다구스 패딩이 작업복 점퍼로, 스키 세트가 평범한 모자와 마스크로 바뀐 것만 달랐다. 손에는 피가 묻은 알루미늄 배트가 들려 있었다. 형진은 후드를 내리며 인사를 건넸다.

"오랜만이다, 씨발놈아."

방화범은 인사 대신 배트를 휘둘렀다. 머리를 스쳐 간 야구방망이는 벽면의 레버들을 날려버렸다. 그들이 물러서자 놈은 배트를 내던지더니 입구 쪽으로 내뺐다. 정혜가 재빨리 뒤를 쫓고 형진도 뒤따라 달렸다. 문을 열어젖힌 방화범이 돌연 돌아선 것은 그때였다. 동시에, 머릿속의 소방관이 한발 늦은 경보를 발했다. 또 온다, 피해!

그는 자기가 뭘 하는지도 모르면서 정혜를 밀쳐내고 두 팔로 얼굴을 가렸다. 다음 순간 뿌려진 액체가 팔과 뺨에 들러붙었다. 기름 섞인 피비린내도 콧속으로 덤벼들었다.

'이 새끼한테, 두 번이나……'

눈부신 불길이 눈앞에서 터져 나왔다. 거대한 성냥이 성냥갑을 긋고 지나가듯, 놈이 뿌린 액체를 맞은 곳에서부터 느닷없는 화염이 솟아올랐다. 삽시간에 오감이 지워지고 세상이 녹아내렸다. 현실로 뛰쳐나온 환각 속에서, 그는 언젠가의 눈밭처럼 무릎을 꿇었다. 결국 변하지 않은 결말이었다. 불을 피해 도망치다 불에 타서 최후를 맞는. 심장 속에 갇혀 있던 방화범이 맹렬히 날뛰었다. 어서 일어나, 태울 놈이랑 불탈 것들이 얼마나 많은데, 이렇게 죽어버리면…….

소화액이 머리 꼭대기부터 퍼부어졌다. 냉각제와 일산화탄소 세례에 불은 금방 꺼졌다. 형진은 소화가루가 하얗게 달라붙은 팔을 내렸다. 그의 앞에 소화기를 든 정혜가 서 있었다. 그녀는 울 것 같은 얼굴로 폰을 꺼냈다.

"조금만, 조금만 참아요. 지금 구급차를 부를게요."

"잠깐 기다려."

형진은 번호를 누르려는 그녀를 제지했다. 정혜는 잡힌 손을 뿌리치려 버둥거렸다. "이거 놔요. 이러다 정말 죽는다고요!"

"안 죽어. 안 아프다고."

버둥거림이 멎었다. 그제야 지나치게 침착한 환자의 상태를 깨달은 것 같았다. 그녀는 조금 더듬거리면서 말했다.

"팔, 거기…… 안 아파요?"

형진은 대답 대신 타버린 옷을 찢었다. 넝마가 된 소매가 떨어져 나가자 흉터투성이 팔목이 드러났다. 피부 곳곳에서 수포가 부풀어 올랐지만 심각한 정도는 아니었다. 화상을 입은 환부가 벌에 쏘인 듯 희미하게 화끈거릴 뿐이었다. 정혜는 그가 일어서는 것을 보고 입을 벌렸다.

"어떻게……."

지금은 사태 규명보다 탈출이 먼저였다. 형진은 너덜거리는 점퍼 앞섶을 마저 뜯어냈다.

"여기, 이 안을 찍는 카메라를 찾아. 우리가 들어온 것도 다 나왔을 거요."

통제실 외·내부의 CCTV는 6개나 됐다. 정혜는 조심스레 칩들을 꺼낸 뒤 티슈로 계기 주변의 지문을 닦아냈다. 그사이 형진은 기절한 관리인을 의자에 뉘었다. 그들은 소화기의 지문까지 닦아낸 뒤 통제실을 나왔다.

"일단 돌아가요. 어차피 도망쳤을 거예요."

차를 몰아 초소 앞을 지나치면서 정혜가 말했다. 뒷좌석 밑에 숨은 형진은 진물이 흐르는 팔을 올려다보았다. 뱃속은 아직도 절절 끓건만, 육신의 고통은 간 데 없었다.

#양권

정혜의 아파트로 돌아온 뒤, 양권은 고민에 빠졌다. 1년치 연차를 몰아 써도 답이 안 나올 갈등이었다.

처음 아파트에서 두 사람이 나왔을 때는 이제야 잡았구나, 싶었다. 얼굴은 가렸으나 틀림없는 문형진이었다. 이 더위에 후드를 뒤집어쓸 냉방병 환자가 몇이나 있겠나.

둘은 정혜의 차에 올라탔다. 그는 따라 출발하며 무전기를 들었다. 이제 저 두 명은 끝장이었다. 도주한 방화범뿐 아니라 은신처를 제공한 기자도 함께. 허위 진술에 경찰 기만, 용의자 은닉까지 더해졌으니 실형이 떨어지고도 남았다. 지원을 요청하려는데 직감이 말을 걸었다.

'조금만 기다려봐. 다 잡은 고기잖아.'

모두 경찰관이셨던 부모님에게 물려받은 것이 있다면, 검소한 유산과 정확한 직감이었다. 그는 뽑았던 무전기를 다시 꽂았다. 잠시만 더 추이를 지켜볼 생각이었다.

'다음 방화지인가? 아니면 새로운 은신처?'

양권은 곧 둘의 행선지를 알아차렸다. 서쪽 하늘로부터 시커먼 연기가 밀려오고 있었다. 아파트 단지가 있는 방향이었다. 외곽을 돌던 미니쿠퍼는 경비소로 직행했다. 단지로 들어가는 방화범들을 지켜보는 동안, 의문이 꼬리를 물었다. 왜 벌건 대낮에 은신처를 나왔을까. 어째서 불을 지르러 가는 게 아니라 불이 난 곳으로 향했는가. 소방관이라도 되는 것처럼.

소방관…… 소방관이라고? 양권은 기억을 더듬었다. 신상명세서에는 문형진이 소방관 시험에 수차례 응시한 기록이 있다고 적혀 있었다. 소방관이 왜 되려는 거냐, 하는 질문에 대답한 기록도 있었다. 답은 늘 같았다. 죽은 동생에게 속죄하기 위해. 내 삶을 파괴한 방화범을 잡기 위해.

문형진이 용의자로 확정된 이유는 명확한 인과 탓이었다. 모든 정황이 그를 범인으로 지목하고 있었다. 그는 화재사건의 피해자이자 삶을 잃은 노숙자였고, 불이 난 현장마다 목격됐다. 멀쩡한 화재를 방화라고, 입에서 불을 뿜는 방화범의 짓이라고 주장하는 정신 상태도 한몫 더했다. 가정이 바뀐 순간 증거들은 무너져 내렸다. 만약 문형진의 진술이 사실이라면, 그래서 유치장을 밥 먹듯 드나들면서도 화재현장으로 달려갔던 거라면……

그는 핸드폰을 꺼내 성희에게 전화를 걸었다. 여자친구는 받자마자 험한 말부터 늘어놨다.

— 혼나 볼래? 근무 중엔 연락하지 말랬잖아.

"나도 근무 중이야. 부탁할 게 있어서."

그녀는 서울청의 정보 4과에서 일하고 있었다. 목소리가 미세하게 걱정의 빛을 띠었다.

— 급한 일이야?

"급한 건 아니고. 문형진 있잖아, 도주 중인 연쇄방화범. 그 사람 자료 좀 보내줘."

— 너…… 또 이상한 짓 꾸미는 거지? 너희 팀은 어디다 두고 나한테 용의자 신상을 달래?

"그럴 일이 있어. 부탁할게."

그는 잔소리가 쏟아지기 전에 전화를 끊었다. 툴툴대고 투덜대고 무슨 일이냐며 캐묻겠지만, 어쨌거나 성희는 부탁을 들어줄 것이었다. 3년을 만난 애인이 불구덩이로 뛰어드는 꼴을 볼 수 없어서라도.

양권은 몰려든 구름을 올려다보았다. 공기는 숨 막히게 무더웠고 하늘은 피멍들로 검붉었다. 차의 시동을 끄는데 먼 곳에서 사이렌 소리가 들려왔다. 다음 불길을 예보하는 것만 같은, 피와 재의 요령鐃鈴 소리였다.

#정혜

찰칵, 소리와 함께 라이터가 켜졌다. 정혜는 얼굴을 있는 대로 찡그리고 물었다.

"안 뜨거워요?"

아무 느낌도 없다는 대답이 돌아왔다. 그녀는 손에 든 라이터를 5센티미터쯤 올려 다시 물었다.

"지금은요? 이래도 아무 느낌 없어요?"

"아까랑 똑같은데."

정혜는 형진의 손가락을 지지던 라이터를 껐다. 이 불고문은 그가 제안한 확인 절차였다. 방법은 간단했다. 하나, 반팔과 반바지로 갈아입은 형진이 의자에 앉는다. 둘, 정혜가 라이터를 켜 맨살 구석구석을 지진다.

결과는 실로 희한했다. 형진은 아무것도 느끼지 못했다. 통제실에서 불길을 뒤집어썼을 때처럼, 손끝이 까맣게 그을리는데도 남의 몸처럼 지켜보기만 했다. 정혜는 몇 가지 실험 끝에 깨달았다. 그의 피부 통각은 극도로 무뎌져 있었다. 화상뿐만 아니라 꼬집고 찌르는 등의 모든 자극에 대해서도. 조심스레 만져본 살갗의 질감은 기묘했다. 사람 피부가 아니라 말라비틀어진 나무껍질을 만지는 느낌이었다.

"어떻게…… 이럴 수가 있죠?"

정작 당사자는 놀란 기색 없이 담담했다. 예전에도 비슷한 일이 몇 번 있었다는 것이었다. 유리인지 뭔지에 베였는데 감각이 없어, 피에 흠뻑 젖을 때까지 몰랐다가 응급실로 실려간 적도 있었다고 했다. 정혜는 화상투성이 팔뚝에 붙여둔 거즈들을 내려다봤다.

"병원에서는요? 뭐라고 하지 않았어요?"

"전혀. 그땐 이런 줄도 몰랐어."

정혜는 다시 형진의 팔을 쓸어보았다. 흉터가 있는 곳이나 없는 곳이나 감촉은 같았다. 화상을 입은 곳뿐만 아니라, 신체 전반에 걸쳐 변화가 이루어졌다는 소리였다. 거기서 한 가지 추론이 떠올랐다.

"그 불길 때문은 아닐까요?"

눈꺼풀만 남은 눈이 이쪽을 쳐다봤다. 그녀는 본인이 하려는 말에 스스로 황당해하면서 계속했다.

"왜, 8년 전 화곡동에서요. 불길을 뒤집어썼다고 했잖아요. 말도 안 되는 얘기지만, 그 화염에 닿은 사람들은 형진 씨처럼 변한다거나……."

형진은 그녀의 추리를 딱 잘랐다.

"나도 몰라. 중요한 건 놈이 돌아왔다는 거요."

정혜는 앞머리를 쓸어 올렸다.

"정말 불을 뿜을 줄은 몰랐는데."

"그럼 뭐, 가짜로 뿜을 줄 알았나?"

퉁을 주는 말투가 묘하게 누그러져 있었다. 정혜는 눈썹을 모았다. 경황이 없어 여태 잊고 있었으나, 방화범이 뭔가를 뿌렸을 때 형진은 그녀를 밀쳐 내며 앞으로 나섰다. 그리고 자기 대신 놈의 불길에 휩싸였다. 저 인간이 아니었더라면 그녀의 얼굴은 잘 탄 쥐포가 됐을 것이었다.

'왜 날 구한 거지?'

정혜는 흉물스러운 옆얼굴을 흘끔 봤다. 만난 지 3주가 지났건만, 아무리 봐도 속내를 알 수 없는 면상이었다. 동생의 원수를 갚기 위해선 테러라도 불사할 기세더니, 모르는 여자 하나 때문에 목숨을 내놓는 건 무슨 경우란 말인가?

'너한테 반해서 그래. 성격 나쁜 여자가 이상형인가 보지.' 정혜는 말도 안 되는 상상을 접어 넣었다.

"당신을 알아봤을까요?"

형진은 고개를 끄덕였다.

"자기한테 당했던 피해자란 건 알았겠지. 그 혈액팩을 또 써먹은 걸 보면."

그러고 보니, 방화범은 불을 뿜기 전 뭔가를 던졌었다. 정혜는 당시의 기억을 되살리려 애썼다.

"혈액팩이라고요?"

"피 냄새가 났으니, 비슷한 뭐일 거요. 그때 화곡동에서도 그걸 나한테 뿌렸었으니까. 지금은 더 쉽게 터지도록 개조해놓았을 수도……."

형진의 말이 문득 멈췄다. 정혜는 생각해오던 추론을 꺼냈다.

"어디까지나 추측이지만, 불을 뿜는 게 아닐지도 몰라요. 나오는 건 일종의 발화 기체고, 혈액팩이 인화물질인 셈이죠. 그것들이 만나 불이 붙는 거고요."

"맞아. 놈은 그걸 우리 담벼락에 뿌리고 있었어. 내 얼굴이 타오른 것도 그 액체를 맞은 직후였고."

순식간에 의문이 풀려나갔다. 그녀는 빠르게 말했다.

"그럼 모든 게 설명이 돼요. 우릴 보자마자 불을 뿜지 못한 것도, 현장에 흔적이 없던 것도. 소량만으로 불씨를 옮길 수 있으니 증거가 남을 리 없죠."

"그래서 점퍼를 입는 거였군. 탄창을 숨겨야 되니까."

정혜는 고개를 끄덕였다.

"형진 씨 피부가 변한 것도 그것 때문일지 몰라요. 그 이상한 피가 발화하면서요."

형진의 뺨이 혐오감으로 뒤틀렸다.

"그럼, 그게 진짜 자기 피라는 거요?"

"뭘 섞기야 섞었겠죠. 시너나 휘발유 같은."

보유한 혈액팩이 바닥날 때까지, 놈은 언제든 불을 뿜을 수 있는 화염방사기였다. 정혜는 조심스럽게 물었다.

"이젠 어떻게 할 생각이에요?"

형진은 벗어뒀던 점퍼를 걸쳤다.

"수법을 알았으니, 끝장을 볼 거요."

"불이 났다고 다 그놈 짓이라는 보장은 없어요. 기껏 갔다가 박창우 일당이면 어떡하려고요."

"그래서 휘발유도 챙겨 갈 생각인데. 몸에 불을 붙이고 달려들면 도망치겠지."

정혜는 감탄했다. 사람이 미치면 머리가 이렇게 돌아갈 수도 있구나.

"그러지 말고, 협조를 구해보는 건 어때요?"

"누구, 경찰한테?"

"네. 이 상황에서 범인을 추적하는 건 너무 위험해요. 박창우 쪽도 마음에 걸리고요."

형진은 생각에 빠진 것 같았다. 정혜는 기회를 놓치지 않고 설득했다.

"경찰기자 중 지인도 있고, 찍은 사진도 있으니까 방법은 나올 거예요. 대박용역 쪽을 먼저 친다거나……."

"믿는 사람이 있을까?"

쉰 목소리가 끼어 들어왔다. 그녀가 말을 멈추자 형진은 궁금하다는 듯 물었다.

"뭐라고 할 거요? 나는 사실 방화범을 쫓는 중이었고, 당신은 내 결백을 믿어서 날 숨겨줬다고? 그러다 진범의 정체를 알아내고 도움을 청하러 왔다고?"

못할 건 뭐예요, 하려 했지만 형진은 틈을 주지 않았다.

"나는 연쇄방화에 경찰폭행으로 구속, 댁도 허위진술이랑 범죄
자 은닉으로 유치장 신세요. 저런 사진은 수백 장을 가져가 봐야
소용없어."

"그래도 우릴 믿는 사람 몇 명은 있지 않겠어요?"

형진은 코웃음을 쳤다.

"8년간 없었는데, 지금 와서?"

공권력에 대한 그의 불신은 무신론자 수준이었다. 더 강요할 수
도 없었기에 정혜는 입을 다물었다.

"그 명함은? 뭐 나온 거라도 있나?"

"아직 없어요. 같은 종이를 쓰는 인쇄소가 수십 군데에, 명함 도
안을 몇 년씩 보관하는 곳도 드물어서."

"당분간은 거기 집중해. 이쪽은 내가 할 테니까."

그만 빠지란 소리였다. 싫다는 말이 목구멍까지 올라왔지만, 그
녀는 한발 양보해 물었다.

"불이 났다 쳐요. 어떻게 따라갈 건데요?"

"차라도 훔쳐야지. 아니면 돈을 훔치거나."

정혜는 관자놀이를 짚었다. 저렇게 고집을 부리는 형진은 말릴
도리가 없었다. 성난 황소가 따귀를 때린다고 말을 듣겠는가. 일단
진정시켰다가 살살 구슬리는 게 상책이었다.

"그럼 하루만 더 기다려요. 내일 들어와서 얘기하자고요. 알겠
죠?"

입씨름이 끝나자 기운이 쭉 빠졌다. 김정혜 인생사에, 이렇게 다
이나믹한 위기가 겹겹이 찾아온 건 처음이었다. 처음은 야구배트,

다음은 섭씨 140도짜리 불덩이, 거기다 수시로 혈압을 높이는 동거인까지. 곧 그 동거인은 배가 고프다면서 냉장고를 뒤지기 시작했다. 그녀는 한숨을 쉬며 쓰레기봉투를 묶었다. 사람이 늘어나자 나오는 것도 많아져, 한 달에 한 번 버리던 쓰레기를 벌써 세 번째로 내놓는 중이었다.

복도로 나오는데 누가 어깨를 치고 지나갔다. 돌아보니 헬멧을 쓴 피자배달부가 그녀를 빤히 보고 있었다.

"미안합니다. 갑자기 나오셔서."

배달부치곤 떡대가 큼직한 사내였다. 암만 봐도 상대의 덩치 쪽이 문제였지만, 정혜는 괜찮다고 말해준 뒤 엘리베이터를 탔다. 닫히는 문틈으로 초인종 소리가 따라왔다. "807호 되시죠? 피자 배달 왔습니다."

#창우

"찾았습니다."

고대해 마지않던 보고가 들어왔다. 창우는 읽던 책을 덮었다.

"어디라냐?"

"금호4가동, 새터아파트 806호랍니다. 둘이 같이 있는 것 같습니다."

금호라면 사무실에서 멀지 않은 위치였다. 곁에 서 있던 용국이 물었다.

"어떻게 할까요. 바로 덮칠까요?"

창우는 손을 빙빙 돌렸다.

"지금은 안 돼. 준비만 해뒀다가, 내일 아침에 들어간다. 그때까지 달아나지 못하게 감시만 해."

용국은 고개를 숙여 보이고는 사무실을 나갔다. 창우는 의자에서 일어나 창가로 걸어갔다. 꽃이 핀 동양란 화분 옆에는 90년대식 LP 턴테이블이 마련돼 있었다. 판을 바꾸고 바늘을 올리자 블루스가 흘러나오기 시작했다.

이곳이 바로 대박용역의 본점이었다. 청량리 메인 사무실인 만큼, 인테리어는 철저히 창우의 취향에 맞춰졌다. 벽면에 붙은 '돈이 너희를 살리리라' 족자 옆에 일본도와 손도끼가 크기별로 내걸렸다. 이태리제 소파나 난초 화분, LP 턴테이블 같은 물건들은 높으신 분들 처소의 카피였다. 몇 번 가본 장무택의 사무실에서, 놈은 저 LP판을 틀어놓고 사업 얘기를 시작했었다.

"그놈들이 하면 나도 해야지. 같은 사장인데, 안 그러냐?"

대답은 없었고 슬그머니 짜증이 올라왔다. 사장님 말씀을 단체로 씹다니, 뺨 한 대씩으로는 끝나지 않을 중죄였다. 그는 밖에 있는 놈들을 들어오라고 하려다 마음을 바꿨다. 이럴 때는 한번 참는 것도 괜찮았다. 나중에 제대로 돌아버리려면, 그래서 두 배로 애들을 귀여워해주려면.

"칸트 선생도 그랬거든. 참는 자에게 복이 온다. 백번 지당하신 말씀이야."

창우는 창 밑을 내려다봤다. 퇴근시간의 도로를 엄지발톱만 한 차들이 오가고 있었다. 건물 층수가 곧 성공의 척도인 그의 기준에서, 대박용역은 아직 7층 수준에 불과했다. 그러나 곧 10층, 30층,

60층까지 쭉쭉 올라갈 것이었다. 그 쥐새끼들을 싹 잡아들이고, 기회를 봐서 장무택만 밟는다면 100층도 꿈은 아니었다. 미사리 박 사장이 삼성동 박 회장으로 못 올라설 이유가 뭐란 말인가?

쥐새끼의 꼬리를 잡은 건 오전이었다. 그의 지시로 노숙자들을 족치던 애들한테서 연락이 왔다. 문형진의 향방을 묻고 다니던 여자가 있더라는 것이었다. 직업은 기자, 국제일보 소속, 성은 아마도 김씨. 이름과 사는 곳을 알아내서 아파트로 감시조를 보내기까지 두 시간이 채 걸리지 않았다.

어떻게 생겨 먹었는지는 몰라도, 문가놈을 쏙 빼돌려 감춰둔 걸 보면 아주 되바라진 년이었다. '쌍판이 반반하면 아가씨로 써야지. 영 아니면 조 대표한테 넘기고.' 즐거운 상상이 LP판을 타고 흘러나왔다. 박창우에게 있어 계집이란 밥 하고 애 낳고 떡이나 잘 치면 되는 생물이었다. 허약한 맷집에, 사내놈들의 반도 안 되는 체력에, 때릴 때마다 힘 조절이 필요한 것들을 어디다 써먹는단 말인가. 그런 년이 감히 사장님께 어깃장을 놨으니 혼이 나야 마땅했다.

창우는 블라인드를 내리고 책상 앞으로 돌아갔다. 푹신한 의자에 앉아 담배를 한 대 물자 기분이 좋아졌다. 그는 안주머니에서 열쇠를 꺼내 금고를 열었다. 강철 캐비닛 안에는 각종 각서들과 사업증명서, 중요한 서류 몇 종류가 보관되어 있었다. 창우는 구석에 놓인 초소형 녹음기를 집었다.

'의원님'을 보내버리려면 범행모의 녹취본 정도는 필요했으나…… 요즘은 좀처럼 쓸 만한 건수가 나오지 않았다. 조심성은 또 얼마나 많은지, 만날 때마다 오디오를 섞는 통에 목소리를 따기조차 어려웠다.

하지만 기회는 오기 마련이었다. 코앞까지 닥친 선거가 장무택을 조급하게 만들고 있었다. 날짜가 가까워질수록 시킬 일도, 뱉을 말도 많아질 터였다. 요즘 장 의원님은 매스컴에 나가 방화범을 지탄하느라 여념이 없었다.

"그래, 무택아. 많이 처먹고 뒤룩뒤룩 살쪄 있어라. 이 형님이 목을 확 따줄 테니까."

창우는 다시 금고를 잠그고 열쇠를 안주머니에 넣었다. 그런 다음 족자 앞으로 가 손도끼를 고르기 시작했다. 내일 오전, 쥐새끼 뒷다리를 썰어버릴 연장이었다.

#형진

눈을 떴을 때는 베란다 뒤편이 환했다. 정혜의 모습도 보이지 않았다. 형진은 집을 한 바퀴 쭉 돌았다. 문 닫힌 화장실까지 들어가서 정혜가 없는 걸 확인하고는 크로스백을 꺼내 거실 바닥에 던져놓았다.

꾸릴 짐이라 봐야 단출했다. 정혜가 빌려준 카메라, 트레이닝복 상하의, 여벌의 후드와 운동화 한 켤레가 다였다. 그는 이불을 둘둘 말아 넣고 크로스백의 지퍼를 올렸다.

며칠 전부터 생각해온 일이었고, 몇 시간 전 내린 결정이었다. 이젠 이곳을 떠날 때였다. 더 같이 행동해봐야 맞을 결말도 뻔했다. 범인은닉죄로 은팔찌를 차거나, 조폭들한테 잡혀 야산에 묻히거나, 방화범에게 쥐포처럼 구워지거나. 어제 조금만 운이 나빴더라면 정혜는 병풍 뒤로 끌려갔을 것이었다.

형진은 주머니에서 라이터를 꺼냈다. 켜서 손바닥에 가져다 대자 불길이 피부를 간지럽혔다. 감촉은 있되 열도 통각도 없는 불꽃이었다.

그는 라이터를 끄고 불탄 밭고랑처럼 울퉁불퉁한 손바닥을 내려다보았다. 이것이 진짜 그의 패였다. 방화범의 불길을 가르도록 인과가 건넨 칼이었다. 열을 느끼지 못한다는 것은, 그 화염이 잠시 무력화된다는 얘기나 같았다. 곧 재가 되겠지만 몇 분이면 충분했다. 그의 몸이 녹는 동안 놈의 숨통도 끊길 터였다.

들이닥치던 환상이 사라진 것도 청신호였다. 형진은 기억을 더듬었다. 정혜를 만나기 전부터던가, 그녀가 찾아온 직후였나? 어쩐 일인지 심장 속 방화범은 잠들어 있었다. 싸우려거든 지금이 적기였다. 귀찮은 방해꾼들이 휴가를 떠나 있고, 놈이 그의 능력을 모를 이 시점이.

그는 냉장고를 열고 식료품을 있는 대로 끄집어냈다. 이왕 터는 거, 남은 술까지 쓸어 넣고 일어서는데 집주인 생각이 났다. 형진은 맥주 캔을 하나 빼서 음료 칸에 놓았다. 잠시 고민하다 책상 위의 수첩도 한 장 뜯었다. '그간 고마웠수. 몸조심하쇼.' 거기까지 쓰자 더 할 말이 없었다. 그는 펜으로 쪽지를 눌러 놓고는 크로스백을 짊어졌다. 초인종 소리는 막 신발을 신으려 했을 때 들려왔다.

목울대를 오르내리던 피가 차가워졌다. 우유나 신문은 받지 않았고, 정혜는 열쇠가 있었다. 형진은 살며시 운동화에 발을 밀어 넣었다. 그때껏 바깥은 쥐 죽은 듯 고요했다. 그는 소리 죽여 다가가 현관 렌즈에 눈을 댔다. 작업모를 쓴 가스검침원이 인터폰 앞에 서 있었다.

각도를 아래로 내리자 진짜 손님들이 보였다. 작업복 차림의 사내 세 명이 현관문 밑에 웅크리고 있었다. 인터폰 앞 미끼가 초인종을 다시 눌렀다. 나머지 사내들은 팔뚝만 한 기계를 꺼내들었다. 형진은 전기충격기가 도어록에 붙는 광경을 보며 깨달았다. 드디어 창우네 식구들이 온 것이었다.

전기 튀는 소리와 함께 잠금이 풀렸다. 형진은 크로스백을 단단히 둘러메고 몇 걸음 물러섰다. 그러고는 맹수처럼 달려가 막 열리려는 문을 걷어찼다.

문짝이 튕겨나가고 비명이 솟았다. 그는 홱 돌아서며 크로스백으로 맨 앞 놈의 머리를 찍어버렸다. 소주병 깨지는 소리가 울리고 사내는 눈이 뒤집혀 주저앉았다.

아직 적은 셋이나 남아 있었다. 사내 두 명이 회칼을 꺼내들었다. 맨 처음에 문짝과 함께 걷어차인 가스검침원도 코피를 줄줄 흘리면서 일어섰다. 무기로 쓸 만한 게 없나, 살피는데 비치된 내부소화전이 보였다. 형진은 소화전 유리를 깨부수고 안의 소화기를 꺼내들었다. 핀을 뽑고 손잡이를 당기자마자 소화액이 유산탄처럼 터져 나갔다. 흰 서리를 뒤집어쓴 사내들은 얼굴을 감싸고 허우적거렸다. "눈…… 내 눈!" "씨발, 앞이 안 보여!"

산탄총을 거꾸로 들자 훌륭한 둔기가 되었다. 형진은 소화기 밑동으로 맨 앞 놈의 턱주가리를 올려쳤다. 턱이 돌아간 가스검침원은 비명도 못 지르고 넘어졌다. 다음 놈은 명치를 찍혔다. 그는 소화끈째 밀쳐버리고 엘리베이터로 달렸다. 빨리, 더 빨리…… 버튼을 마구 누르는데 올라오는 2호기가 보였다. 저기 누가 타고 있을지는 안 봐도 비디오였다.

그때, 복도 끝에 조그마한 난간이 보였다. 그제야 아파트 외부에 비상계단이 있었다는 게 기억났다. 그는 날듯이 층계를 달려 내려갔다. 세 층쯤 남겨 놨을 때, 아래쪽 계단에서 발자국 소리가 들려왔다. 난간 틈새로 밑을 내려다보자 우르르 달려 올라오는 머리통들이 보였다. 다시 올라가려던 형진은 계단 중간에서 멈춰 섰다. 위쪽 계단에서도 소화액을 뒤집어쓴 남자들이 내려오고 있었다.

곧 그가 선 층계참은 적들에게 포위당했다. 뚫고 내려갈 수도, 위로 돌아갈 수도 없었다. 몇 계단 위에 있던 가스검침원이 부러진 이를 퉤 뱉었다.

"이 개새끼, 아주 뒈질 줄 알아."

작살난 턱 때문에 개새끼는 에헤이로 들렸다. 형진은 난간 밑을 흘끗 내려다봤다. 머릿속에선 치열한 계산이 오갔다. 죽음까지 이르는 방법에 관한 자문이었다. 여기서 뛰어내리는 게 나을까, 칼에 찔려 죽는 게 나을까. 끌려가서 손가락이 한 개씩 잘리긴 싫은데.

고민은 앞뒤의 적들이 달려드는 순간 끝났다. 그는 가방부터 집어던진 뒤 난간 너머로 뛰어내렸다.

비행은 짧고도 잔인했다. 지면이 급속도로 가까워진다 싶더니, 콘크리트 파도가 전신을 후려쳤다. 그는 바닥을 데굴데굴 구르다 간신히 멈췄다. 크로스백 위로 떨어지려던 계획이 무산된 탓에 피해가 막심했다. 왼쪽 손목과 손가락에서 날카로운 고통이 밀려왔고, 떨어지면서 잘못 부딪쳤는지 무르팍이 욱신거렸다. 짐을 챙겨 들며 위를 보자 적들이 계단을 뛰어내려오고 있었다.

그는 절뚝거리면서 골목 앞 삼거리로 나왔다. 마침 마티즈 한 대 가 삼거리 저쪽에서 들어오는 중이었다. 팔을 벌리고 가로막자 노란 마티즈는 속도를 줄여 멈춰 섰다. "야, 지금 뭐하는 짓거리……" 욕을 퍼부으려던 남자는 창문으로 들어오는 손을 보고 눈이 휘둥그레졌다. 남자를 끌어내 팽개치고 운전석에 앉은 형진은 액셀을 밟았다. 곧 마티즈는 불붙은 수탉처럼 내달리기 시작했다.

사이드미러로는 눈에 익은 회색 스타렉스와 경광등을 올린 아반떼가 뒤따라오고 있었다. 조폭에 경찰까지 합류한 삼자대면 현장이었다.

"문형진! 차 세워!"

아반떼에서 고개를 내민 남자가 외쳤다. 잠복 중이던 형사로 보였고, 스타렉스에 탄 무법자들의 존재는 아직 모르는 듯 보였다. 여기서 차를 세우는 순간 저 인간도 변사체로 변할 것이었다.

전방에 8차선, 8차선 도로입니다. 내비가 방금 했던 말을 되풀이했다. 사이드미러의 추격자들을 보자 슬슬 조급해졌다. 시간이 없었다. 무전을 받고 출동한 순찰차들이 도로를 가로막기 전에, 붙은 꼬리를 떼어내야 했다. 형진은 신호를 무시하고 액셀을 밟았다. 다음 순간 횡단보도로 웬 꼬마 하나가 튀어나왔다. 그는 핸들을 꺾으면서 브레이크를 찍어 눌렀다.

아이는 아슬아슬하게 피했으나 다음이 문제였다. 마티즈는 큰 호를 그리며 인도 쪽으로 미끄러졌고, 가드레일 옆으로 튀어나와 있던 볼트에 옆문부터 뒷문까지 찢겨 나갔다. 중심을 잡았을 때는 조수석 문이 너덜거리고 있었다.

숨 돌릴 틈도 없이 8차선 사거리가 펼쳐졌다. 곧 스타렉스가 오른쪽으로, 아반떼가 왼쪽으로 치고 나오며 양옆을 포위했다. 형진은 덫에 걸린 기분으로 좌우를 돌아보았다. 아반떼의 운전석에는 젊은 형사가 핸들을 잡고 있었다. 반대쪽을 보니 차창 너머로 박창우의 얼굴이 나타났다. 눈이 마주치자 그는 씩 쪼개며 제 목을 그어 보였다. 동시에 스타렉스가 급격히 방향을 틀었다. 뭘 하려는 거지? 생각한 찰나 사나운 충격이 차체를 뒤흔들었다.

속절없이 밀려났지만 끝이 아니었다. 창우는 차선을 넘어오다시피 딱 붙어 달리며 그를 밀어붙였다. 공격해온다고 여겼는지, 아반떼도 핸들을 꺾어 맞받아치기 시작했다. 곧 마티즈는 두 차 사이에 끼고 말았다.

철판과 철판이 긁히며 불티가 쏟아져 내렸다. 사이드미러는 진작 다 날아간 뒤였다. 얼굴을 밝히는 불티 사이로, 창문을 내린 형사가 소리 질렀다. "문형진, 차 세워!" 형진은 마주 고함쳤다. "그럼 너도 죽어!" 형사가 뭐라고 더 소리쳤으나 대답할 상황이 아니었다. 옆의 미친놈이 코뿔소처럼 차를 들이박기 시작했던 것이다. 이미 망가져 있던 조수석 문은 두 번, 세 번 충격이 가해지자 활짝 열려 덜렁거렸다. 한쪽 귀퉁이는 거의 떨어져 나가기 직전이었다.

오싹한 소름이 등골에 돋아났다. 창우는 차를 세우려는 것이 아니었다. 저놈들은 문짝을 뜯어내고 이쪽으로 옮겨 타려 하고 있었다.

쾅, 소리가 나며 조수석 문이 떨어져 나갔다. 바짝 붙은 스타렉스에서 회칼을 든 사내들이 모습을 드러냈다. 사시미, 식칼, 손도끼 등 살벌한 흉기들이 강철 덤불처럼 번득였다. 윙윙대는 바람소리 너머로, 신이 난 박창우가 외치는 소리가 들렸다.

"병신아, 넌 이제 뒈졌어!"

그 말을 증명하듯, 날렵한 체구의 사내가 스타렉스의 문을 잡고 일어섰다. 나머지 용역들은 뒤에서 동료를 받쳤다. 회칼을 입에 문 사내는 잠시 휘청대더니 곧 이쪽으로 손을 뻗었다. 무임승차를 보면서도 어찌할 도리가 없었다. 옆은 아반떼가 막고 있었고, 뛰어내리자니 자살행위였다. 몇 차례 헛손질을 하던 사내의 손이 뜯겨 나간 문틀에 닿았다. 좋은 생각이 떠오른 것은 그때였다. 형진은 액셀에서 발을 떼고 브레이크를 힘껏 밟았다.

마티즈가 급정거하자 먹잇감을 밀어붙이던 두 차는 중심을 잃고 서로를 들이박았다. 창우가 핸들을 꺾었지만 이미 늦은 뒤였다. 스타렉스와 아반떼는 왈츠를 추듯 빙글빙글 돌며 미끄러졌다. 불꽃이 튀고, 엔진이 울부짖고, 타이어의 비명이 아스팔트를 후벼 팠다. 형진의 차로 옮겨 타려던 남자는 죽을힘을 다해 스타렉스 뒷문에 매달렸다. 여기서 떨어졌다간 여지없이 으깬 멸치였다.

추격자들은 가드레일을 들이박고서야 멈춰 섰다. 형진은 서둘러 차를 몰아 사고현장을 지나쳤다. 뒤에 남은 패거리들 일이야 알 바 아니었다. 형사가 조폭들을 검거하든, 창우네 패거리가 칼질을 하든.

젊어 보이던 얼굴이 마음에 걸렸으나 어쩔 수 없었다. 그는 속력을 내 간선도로를 탔다. 떨어져 나간 문짝으로 바람이 우우, 우우, 울부짖고 지나갔다.

❖

골목길에 어둠이 내렸다. 낡아빠진 가옥들에서도 하나둘씩 불빛이 비쳐 나오기 시작했다. 구멍가게 차양에 전구가 켜지고, 개 짖는 소리가 들려왔다. 가게 문을 잠근 이발소 주인이 셔터를 내렸다. 가족이 있는 집으로 돌아갈 시간이었다.

거리의 인적이 끊길 무렵, 이발소 간판 아래에 그림자 하나가 나타났다. 그림자는 주변을 둘러보다 한 처마 밑으로 숨어들었다. 잠시 후 유리 깨지는 소리가 났다.

형진은 구멍에 손을 넣어 잠금장치를 풀었다. 문을 열고 들어가 벽을 더듬자 스위치가 만져졌다. 그는 불을 켠 뒤 창문마다 커튼을 쳤다. 이런 동네에는 무단투숙을 할 빈집들이 차고 넘쳤다. 방금처럼 현관문 유리를 깨버리거나 싸구려 자물쇠만 망가뜨리면 끝이었다. 그는 집 안을 뒤져 의약품 가방까지 찾아냈다. 안에는 소염제며 파스 따위가 가지런히 놓여 있었다.

형진은 퉁퉁 부은 왼손에 파스를 들이붓고 길게 찢은 붕대로 꽉 졸라맸다. 무릎에도 비슷한 응급처치를 한 뒤 소염제를 한 움큼 삼켰다. 오는 동안 무릎의 통증은 점점 심해져, 이젠 걷기조차 힘들 지경에 이르렀다. 암만 통각이 무뎌졌다지만 몸 안쪽은 해당사항이 없었다.

차를 버린 것은 간선도로를 내려온 직후였다. 차량이 없을 때를 골라 갓길로 빠진 뒤, 짐만 챙겨 마티즈에서 내렸다. 그는 지나가는 버스에 절뚝대며 올라탔다. 그리고 종점인 동네에서 날이 저물 때까지 기다렸다.

형진은 붕대 감긴 왼손을 내려다봤다. 은신처를 알고 있던 것은 창우만이 아니었다. 그 아반떼는 분명 잠복 중이던 형사였다. 경찰까지 그들을 기다린 거라면, 당장 정혜의 신변도 위험했다. 떠나는 것을 차일피일 미룬 덕에 최악의 시나리오가 펼쳐진 셈이었다.

이제 어쩔 것인가. 막막함이 밀려들었다. 서울의 경찰 절반이 그를 쫓고 있었다. 그나마 경찰은 피할 수라도 있지, 박창우 일당은 상대할 방도가 떠오르지 않았다. 길을 걷다 마주치면 회칼부터 꺼내고 볼 게 아닌가.

온 세상이 숨통을 끊으려 달려드는 지금, 그는 철저히 혼자였다. 도움을 구할 가족도 친구도 없었다. 물심양면으로 그를 돕던 기자는 같은 범죄자 신세가 됐다. 마침내 놈이 돌아왔건만, 할 수 있는 거라곤 도망치는 일뿐이었다. 거리에서는 철천지원수의 불길이 날뛰고 있는데.

형진은 리모컨을 찾아 TV를 켰다. 칼을 맞을 때 맞더라도 돌아가는 상황은 알아야 했다.

심야 뉴스에서는 예상외로 그가 아닌 다른 내용이 나오고 있었다. '신금호 아파트 화재, 총 12명 사망'이란 헤드라인은 소방관 4명 사망, 3명 중태, 2명 경상이라는 소식을 내보냈다. 입주자를 구하려다 고립됐다, 저층 일부의 철골이 무너져 내렸다, 방염복이 녹아 피해가 더 컸다는 기자의 설명도 깔렸다. 뒤이어 자신의 몽타주가 나왔으나 눈에 들어오지 않았다. 병원 침대 앞에서, 소방관의 시신을 껴안고 오열하는 가족들을 본 탓이었다.

격렬한 자괴감과 적개심이 솟아올랐다. 어쩌면 구할 수도 있었을 이들이었다. 동시에 살릴 가치도 없는 방관자의 무리였다. 그를 쓰레기 소굴로 내친 악마들이었고, 진짜 늑대가 나타나자 처참하게 도륙당한 양떼들이었다.

비로소 죗값을 치르는 것이다. 그간 내 경고를 무시한 것에 대한. 애써 합리화해봤지만 기분은 나아지지 않았다. 불쾌감 속에서, 형을 닮은 목소리가 말을 걸었다.

'저들이 무슨 죄를 지었더냐. 네게 침을 뱉었더냐. 아니면 돌을 던졌더냐?'

형진은 이를 갈며 받아쳤다.

"내가 세상 밑으로 떨어지도록 내버려뒀지. 영원히 쓰레기로 살아가게 방조했어."

목소리에 비웃는 기색이 서렸다.

'아예 공범이라고 하지 그러느냐. 너는 부모가 떠나고 동생이 죽는 것을 막지 못했으니.'

"그럼 어쩔까, 가서 한두 명을 구해주고 평생 썩을까? 그놈이 서울을 구워버리는 걸 구경하면서?"

버럭 소리쳤으나 대답은 없었다. 형의 목소리는 어디론가 사라진 뒤였다. 그는 리모컨을 분질러버리고 싶은 충동을 꾹 참았다. 흔들릴 것은 없었다. 등 뒤에서 일가족이 불탄다 한들 무관한 일이었다. 저들 역시 불지옥 밑에 가라앉았던 그를 못 본 체 지나쳤으니, 삶을 망가뜨리고, 선의를 불태우고, 마지막 인간성마저 빼앗은 장본인들이 아니던가?

그때, 타버린 아파트를 비추던 화면이 중년 사내의 얼굴로 변했다. 형진은 몇 초 후에야 그가 누군지 기억해냈다. 창우가 담뱃불을 붙여주던 국회의원이었다. 저놈이 웬일이지, 생각하는데 소개가 깔렸다. 장무택 서울시장 후보, 재해대책본부 결성 특별 담화문. 볼륨을 올리자 낮고 준엄한 목소리가 거실을 메웠다.

"우리는 맞서야 합니다. 이 무차별적 테러와 잔혹한 7월의 재앙에. 동시에 대한민국의 모든 관료들은 반성해야 합니다. 사태가 이 지경이 되도록 감고 있던 눈을 뜨고, 막았던 귀를 열어 국민들의 목소리를 들어야 합니다. 용의자로 추정되는 자가 누구입니까. 과거 방화로 가족을 잃고, 얼굴을 잃었으며, 살아갈 희망마저 빼앗긴 청년입니다. 그를 괴물로 만든 것은 바로 우리였습니다. 약자를 외면한 공권력이, 진정 우리가 이 재앙을 부른 것입니다."

장무택은 눈을 감았다. 다분히 의도적인 침묵 뒤에 연설이 계속됐다.

"저 장무택, 나쁜 놈들만 잡으면 좋은 세상이 올 줄 알고 검사가 되었습니다. 세상을 바꾸려면 돈이 필요하다는 걸 깨닫고 사업가가 되었습니다. 그리고 지금, 정치인이 되어 여러분 앞에 섰습니다. 참 많이 돌아왔지만 이 장무택, 아직 그때의 마음을 잊지 않았습니다. 당장 검문 증대 및 용의자의 수배 전단 배포를 촉구하겠습니다. 또한 유가족들과 피해를 입은 모든 시민들에 대한 재해대책보상을 결의하겠습니다. 정치인, 검사이기 전에 한 명의 시민으로서, 우리에게 닥친 전대미문의 테러에 결연히 맞설 것입니다."

말을 마친 장무택은 깊숙이 고개를 숙였다. 부글대는 혐오 속에서, 방금 들은 말들이 떠돌았다. 병력 증원, 검문 강화, 수배전단 살포. 저것이 의미하는 바는 하나였다. 계획이 바뀐 것이다. 귀찮은 훼방꾼은 배제해버리고 진범과의 공조를 택하기로. 그에게 혐의가 집중된다면 자연히 다른 경계는 느슨해질 것이었다. 다음은 장무택의 의도대로 되는 일만 남아 있었다. 놈이 날뛰고, 도시가 불타고, 성난 민심이 검사 출신 시장후보에게 몰려드는.

그 광경을 상상하자 앞이 캄캄해졌다. 저자는 애당초 놈을 막을 생각이 없었다. 그가 원하는 것은 더 큰 재난과 재해였다. 서울시를 혼란에 빠뜨릴 만한, 또는 저 파란 기와를 뒤집어엎을 정도의. 형진은 채널을 돌렸다. 짐작대로, 장무택의 지지율이 급상승 중이라는 집계가 나오고 있었다. 방화광이 천재지변이라면 장무택은 재앙을 이용하는 거짓 선지자였다.

형진은 무릎의 통증도 잊고 일어섰다. 더는 두고 볼 수 없었다. 놈이 불을 지른 건물로 진입해, 사람들을 대피시키려면 산소호흡기와 작업모부터 챙겨야 했다. 조폭들과 마주칠지 모르니 호신용품도 필요했다. 통에 담은 시너와 라이터, 구조용 로프와 손도끼, 생존자에게 씌울 산소호흡기, 그것들을 싣고 현장으로 달려갈 차량 한 대…… 필요한 물건들을 꼽던 중, 문득 제정신이 돌아왔다. 때를 놓치지 않고 심장 속 방화범이 빈정댔다.

'왜, 소방관 흉내라도 내보려고? 사람들이 죽어나가니까 몸이 근질근질해?'

그는 어금니를 물었다. 옳은 말이었다. 이제 와서 영웅 행세라도 할 셈인가. 순진했던 시절은 오래전 지나갔는데.

지금은 몸을 피하는 것이 최선이었다. 그가 없는 서울에서 계속 화재가 발생한다면 수배도 누그러질 것이다. 불타는 서울을 안주로, 지방 어느 소주방에서 술이나 홀짝이다 움직이면 될 일이었다. 놈의 정체가 밝혀지고 경찰이 표적을 바꿀 때쯤.

알았으면 당장 엉덩짝 떼. 이 집구석부터 싹 털어서 내일 아침 첫차로 뜨라고. 본능이 시끄럽게 재촉했다. 그는 충고를 듣는 대신 TV 앞에 드러누웠다.

'나가지만 않으면 돼. 나가지만 않으면.'

재차 다짐했지만 자신이 없었다. 조금 전, 소방관의 가족들을 보며 그는 생경한 감각을 감지했다. 줄곧 육신을 태워오던 작열통과는 다른 종류였다. 그보다 더 작고 더 뜨거운, 심장 안쪽에서 꿈틀대는 불씨에 가까웠다. 그러나 그것이야말로 어떤 환각보다 위험했다. 언젠가 폭발한 순간, 뇌를 익히고 혈관을 불태워 그를 예전의 병신으로 만들 터였으므로.

피해 뉴스가 재방송되기 시작했다. 형진은 텔레비전을 끄고 리모컨을 던져버렸다. '네가 구할 수 있었어. 살릴 수 있었다고.' 귀를 막자 들려오던 환청이 잠잠해졌다. 이미 너무 늦은 뒤였다. 저들을 살리기에도, 스스로를 구원하기에도, 그의 몸은 지나치게 오래 탔다.

❖

그로부터 열흘이 흘러갔다. 그사이 그의 거처도 몇 번 바뀌었다.

최근 입주한 숙소는 용현동의 낡은 원룸이었는데, 집주인은 어디서 객사라도 했는지 코빼기도 보이지 않았다. 덕분에 불법침입자의 생활은 윤택해졌다. 자동차 트렁크만 한 방이었으나 물도 나왔고 구형 TV까지 한 대 있었다. 죽은 듯 틀어박혀 밖을 엿보기에 딱 맞는 은신처였다.

바깥 상황은 하루가 다르게 악화됐다. 놈은 본격적인 도시 개간 작업에 착수한 것 같았다. 월요일에는 신광자동차와 동호해상이 변을 당했다. 수요일엔 양천의 주유소가 터졌다. 하이라이트는 그 주의 주말이었다. 토요일 새벽, 이태원 근처 호텔에 불이 나 투숙객 30여 명이 떼죽음을 당했던 것이다. 연일 테러방지대책위원회가 열리고 경찰청장이 특별 안전수칙을 발표했다. 장무택의 선언대로 경찰 병력도 시가지 곳곳에 증강됐다. 언론은 혐오가 낳은 테러라며, 프로파일러와 화재전문가를 초빙해 문형진의 심리를 떠들어 댔다.

그는 TV 앞에 앉아 분노와 모멸감을 견뎠다. 당장 뛰쳐나가고 싶었던 적도 한두 번이 아니었다. 주로 어디에 불이 났다는 특보가 들어오는 순간들이었다. 그럴 때마다 허벅지를 쥐어뜯으며 참았다. 기다려라, 기다려, 아직 안 돼, 같은 말들을 주문처럼 되뇌면서.

한편 다른 방화범들도 맹위를 떨치고 있었다. 보도로 미루어, 최근 방화 중 적어도 절반은 박창우의 작품 같았다. 그 와중 장무택은 난세의 영웅처럼 언론을 휩쓸었다. 그가 현역 시절 잡아넣었던 정범들, 과감하게 체제를 비판하는 영상들이 매일같이 뉴스에서 흘러나왔다. 공천을 미루던 당은 이제 전폭적인 지원을 쏟아붓는다는 소식이었다. 며칠 전까지 '해볼 만하다'였던 지지율은 '이길 수 있겠다'로 바뀌는 중이었고, 그 저변에는 대박용역의 지원사격이 깔려 있었다. 서울시장 역사상, 전례 없이 화끈한 선거운동이었다.

어둠 속에서 TV 화면만 졸린 눈을 끔뻑였다. 형진은 텔레비전 앞에 쭈그리고 앉아 끓여 온 라면을 먹었다. 어느 심야 프로에서 방화자들의 공통점이 보도되고 있었다. 대부분이 기업 임원, 준 재벌급의 자택이거나 사유재산이라는 것이었다. 리스트가 쭉 나온 다음에는 패널들의 추측이 이어졌다. 주로 재계의 유력자들이 테러를 당했다. 지금까지의 행보로 예상해보건대, 용의자는 방화 행위로 영웅심을 충족하는 반사회적 인격장애일 것이다.

그는 정혜를 생각했다. 저것들 모두, 그녀가 하루 만에 가져온 자료 리스트였다. 진작 김정혜를 저기 앉혀놨더라면 뭐라도 나왔을지 몰랐다. 피해자들의 다른 공통점이라든가, 원한을 가질 만한 인물 명단이라든가.

그녀에게서는 여태 연락이 없었다. 충전시킨 핸드폰을 켜봤지만 전화는 오지 않았다. 형진은 메시지라도 보내둘까, 하다가 그만두었다. 잠이나 자려고 드러누워도 생각은 떠나지 않았다. 불을 끄면 살쾡이처럼 쫙 째진 눈이 떠올랐고 TV를 끄면 목소리가 맴돌았다. 더 이상 사람들을 미워하지 않는 거요, 하던 때의 표정까지도 생생했다. 그는 벌떡 일어나서 싱크대로 가 냉수를 얼굴에 퍼부었다.

물기를 대충 훔치는데 주머니가 진동했다. 그는 번호를 확인하지도 않고 핸드폰을 귀에 댔다.

"여보세요."

―잘 있었어요?

핸드폰 건너편에선 들을 일 없겠다고 생각한 목소리가 흘러나왔다. 형진은 눈을 깜빡거렸다.

"김정혜?"

— 그럼 누구겠어요. 그새 목소리도 잊었나 보네.

그녀의 말과 섞여, 기차소리 비슷한 굉음이 들려왔다. 정혜는 목소리를 높였다.

— 지금 어디예요?

"용현동 근처인데. 당신은?"

— 월계역요. 차를 찾았으니까 그리로 갈게요.

그녀는 한 시간도 안 돼 도착했다. 형진은 커튼 틈새로 붉은 차가 보이자마자 은신처에서 빠져나왔다. 계단을 내려갔을 때는 헤드라이트 불빛이 속도를 늦추고 있었다.

"살아 있었네요?"

차에 타자 악담 같은 안부인사가 날아들었다. 형진은 눈살을 찌푸렸다.

"얼굴은 왜 그 모양이요?"

정혜는 피딱지가 붙은 입가를 쓸었다.

"그럴 일이 있었어요. 누굴 좀 찾느라."

찾는 이는 서울역 지하도에 있었던 모양이었다. 마지막 봤을 때와 똑같은 차림에, 어디서 굴렀는지 때가 꼬질꼬질했다. 와이셔츠 앞섶에는 갈색 핏자국도 묻어 있었다. 그녀는 골목으로 들어가 시동을 껐다.

"뉴스 봤어요. 운전솜씨 끝내주던데요."

"그때 일은······."

"미안하다는 말은 할 필요 없어요. 나였어도 똑같이 했을 테니까."

"덕분에 댁까지 쫓기는 신세가 됐어."

"예상했던 일인걸요, 뭐."

이젠 명명백백한 공모자가 되었는데도, 꼭 오늘 아침 출근길이 막힐 줄 알았다는 투였다. 형진은 사과할 말을 찾다가 포기했다.

"난 그만둔 줄 알았지. 연락이 없어서."

정혜는 피식 웃다가 인상을 썼다. 다친 입술이 벌어져서 아픈 것 같았다.

"그럴 리가. 내 성격 알잖아요."

"거기선 어떻게 빠져나왔나?"

"사무실에서 당신 뉴스를 봤어요. 그길로 짐 꾸려서 튀었죠. 집까지 들이닥쳤으면 다음은 회사일 테니까."

형진은 고개를 끄덕였다.

"용케 도망쳤군."

"그럼요. 이것만 아니었다면 더 일찍 연락했을 거예요."

정혜는 글로브 박스를 의기양양하게 열어젖혔다. 안에는 두꺼운 서류 뭉치가 다발로 들어 있었다.

"용가리가 불을 지른 곳들, 전부 공통점이 있다고 했던 거 기억나요?"

"기업 비리와 연관된 작자들 소유였다고?"

"네. 그런데 하나가 더 있었어요. 그 사람들 모두, 작년 연말 열린 자선 모금회에 참석했더라고요."

기업 비리와 모금회라니. 당최 연관성을 찾기 힘든 맥락이었다.
형진은 고개를 갸웃거렸다.

"그건 뭘 하는 헛짓거리요?"

"말 그대로 모금 행사예요. 연말연시에 뉴스에 이름 몇 번 올리
고, 사회 환원이랍시고 생색도 좀 내는. 중요한 건 이번 피해자들이
한 명도 빠짐없이 참석 명단에 있었다는 거예요."

깨달음이 찾아왔다. 그는 정혜와 눈을 맞췄다.

"그럼 놈의 범행 대상은……."

"맞아요. 그 중 뒤가 구린 인간만 골라낸 살생부죠."

형진은 서류를 몇 장 넘겼다. 과연 이름 밑으로 각자의 경력들
이 적혀 있었다. 공금 횡령, 무단 땅투기, 거주민 가계약 강제 파
기…….

"이 행사의 주최자가 누구요?"

정혜의 얼굴에 난감한 빛이 떠올랐다.

"그게. 자선단체들이 공동으로 주관한 행사라 특정 주최자가 없
어요. 그 단체들도 수십 개나 되고요."

숫제 모래밭에서 사금을 찾는 격이었다. 형진은 탐문 경로를 약
간 수정했다.

"이들 중 남은 자는?"

정혜는 차를 출발시키며 대답했다.

"깨끗한 사람들이랑 홀랑 탄 인간들 빼고, 한 명 남았네요."

"잘됐군. 그 집 앞에만 죽치면 되겠어."

"그렇게 간단한 문제가 아니에요. 마지막 사람은 이철우라고 증권사 회장의 차남인데, 자기 아파트랑 아빠 회사를 포함해서 건물만 세 채예요."

건물 간 거리도 멀다는 설명이 덧붙었다. 즉, 서울 시내 어딘가에서 불길이 솟을 때까지 잠복해야 한다는 소리였다.

"나머지 서류들은 뭐요?"

"우리가 싸워야 할 적들요. 지금 바깥이 어떤지 형진 씨는 잘 모르죠?"

방 안에만 처박혀 있었으니 알 턱이 없었다. 정혜는 차를 출발시키며 이야기를 시작했다.

상황은 보도되던 것 이상으로 심각했다. 그가 은신해 있던 2주 동안, 서울은 혼란의 도가니가 되어 있었다. 초석은 방화광이 뿌린 불씨였다. 시민들은 공포에 사로잡혔고, 인터넷에는 루머와 괴담이 떠돌았다. 한동안 사라졌던 촛불도 다시 거리로 등장했다. '타기 전에 지켜주세요.', '안전한 집에서 자고 싶어요.' 따위의 표어와 함께.

시의회는 뒤늦게 미봉책을 궁구했다. 뚝뚝 꺾이는 지지율 하락선을 복구하려면 민생부터 안정시켜야 했다. 뉴스에서 본 것처럼, 검문이 늘어나고 경비가 강화됐다. 정혜는 지방의 의경 중대들까지 주야로 동원돼 시내의 주요 시설들을 방비 중이라고 말했다. 경복궁, 보신각, 시청…… 한 차례 불에 탔던 숭례문에는 경찰들로 산성이 구축되어 있다고도 했다. 형진은 의원이란 것들의 어리석음에 혀를 찼다.

"방화범을 찾을 생각부터 해야지, 기껏 데려온 인력은 왜 쓸데없는 곳에 처넣는 거요?"

정혜는 뭘 묻냐는 듯 대꾸했다.

"자기들 밥그릇은 지켜야죠."

덕분에 신이 난 건 보안업체, CCTV 설치 업체, 소화시설 업체 및 소수의 비주류 정치인들이었다. 그들 중에서도 장무택은 단연 돋보였다. 그는 야당 의원들이 국가전복의 조짐이니, 대통령 하야니 떠드는 와중에도 냉정하게 제 소신을 밀고 나갔다. '나는 검사 출신 정치인이며, 정의를 수호하고 시민의 안전을 지키려 이 자리에 섰다.' 선거 전략은 시국과 완벽히 맞아떨어졌다. 대한민국을 바꾸지 못한 비운의 검사, 시를 대변하여 방화범과 싸울 히어로 캐릭터가 대중에게 먹혀들어간 것이었다. 정혜는 말하다 말고 주먹으로 클랙슨을 내리쳤다.

"그 빌어먹을 놈 지지율이 임재규를 넘어섰어요. 이대로라면 시장 당선은 확정이고, 다음 대통령 선거까지 노릴 거라고요."

형진은 파일철에 묶인 서류들을 넘겨보았다.

"이 안의 내용은 뭐요?"

"그놈들이 한 더러운 짓들이죠. 대박용역이 그간 장무택의 명령으로 어떤 악행을 저질렀는지 조사한 거예요."

"그런데 뭘 더 기다려? 당장 터뜨려야지."

정혜는 고개를 저었다.

"아직은 부족해요. 저것들 대부분이 차명계좌나 몇 다리 건너 주고받은 거래거든요. 장무택이 지시한 건 확실하지만 물증이 모자라요."

입가의 상처도 그것 때문이냐고 묻자 정혜는 씩 웃었다.

"이틀 전이었나, 미사리 쪽 업소들을 쭉 돌았어요. 혹시나 박창우랑 친했던 아가씨가 있지 않을까 해서. 그중 한 명이 물어보자마자 따귀를 때리더라고요."

"댁 성격에 그걸 내버려뒀나?"

정혜는 어깨를 으쓱했다.

"그럼 뭘 어떻게 해요? 8 대 1인데. 내 보디가드는 혼자 튀어버렸고."

그는 대답이 궁해져 시선을 돌렸다. 내비의 도착지에는 반포동이 찍혀 있었다.

"지금은 어딜 가는 거요?"

정혜는 대답 대신 되물었다.

"혹시 아까 얘기 기억나요?"

"무슨 얘기?"

"간단한 문제가 아니라는 말요. 사실 우리 형편은 더 나빠요. 당장 이 차도 수배가 떨어졌을 거고…… 비상금을 좀 뽑아두긴 했는데, 오래는 못 버틸 거예요."

그래서 어쩌자고? 하자 정혜는 약간 망설이다 말했다.

"도움을 받아야 할 것 같아요. 우리가 쫓는 방화범이랑 박창우 일당까지 상대하려면."

경찰에 신고는 절대 안 된다고 하려던 찰나, 불길한 예감이 스쳤다. 그는 재빨리 내비게이션의 목적지를 봤다. 신반포로, 270. 불현듯 잊고 있던 기억이 떠올랐다. 형진은 차에서 뛰어내릴 기세로 몸을 틀었다.

"그 인간은 안 돼."

"경찰보다야 가족이 낫잖아요. 이야기는 내가 할게요."

형진은 잠시 말을 잃었다. 어디서부터 그와 형의 관계를 설명해야 할지 막막해진 탓이었다. 뭐라고 말해야 할까. 형제가 아니라 원수라고? 철이 들기 전에는 두들겨 패고 싶었고 들고 나선 파묻어버리고 싶었다고?

"날 보자마자 경찰을 부를 거요."

"그럼 도망치면 되죠."

"안 된다니까. 형한테 갈 바엔 차라리……."

"차라리 뭐요. 그냥 자수나 하겠다고요? 철천지원수가 서울을 불태우는 걸 교도소에서 구경하면서?"

정혜는 쏘아붙이더니 앞 차 두 대를 연속으로 추월했다.

"얼른 그놈부터 잡고 장무택, 그 살인마의 진실도 까발려야죠. 형님에겐 우릴 도울 능력이 있어요."

다만 그 능력을 동생—의 탈을 쓴 원수—에게 빌려주느냐가 문제였다. 형진은 자신 없는 어조로 중얼거렸다.

"마지막으로 본 게 2년 전이었는데."

정혜는 잘됐다는 듯 대꾸했다.

"형님도 반가워하실 거예요."

"그때도 우린 대판 싸웠어. 주먹질만 안 했지."

"무슨 일 때문에 그렇게 다퉜는데요?"

"날 알코올중독자 재활센터에 보내려고 하더군. 자리를 예약해

났다고, 이번이 마지막 기회라면서. 엿이나 먹으라고 하곤 돌아서
니까 호적을 파겠답디다. 그러시라고 했지. 나도 동생을 죽게 놔둔
작자랑은 상종하기 싫다고."

정혜는 그들의 우애에 감탄한 표정이었다.

"애정표현들이 격하시네요."

"그러니 다른 방법을 찾아보쇼. 이건 좋은 생각이 아냐."

갑자기 차가 멈췄다. 정혜는 룸미러로 뒤쪽 도로를 살피더니 시
동을 껐다.

"늦었어요. 도착했거든요."

#정혜

그들은 엘리베이터에 타 23층을 눌렀다. 올라가는 동안에는 두
사람 모두 말이 없었다. 형진은 도살장 가는 소처럼 한숨을 푹푹
쉬었지만 더는 고집을 피우지 않았다. 여기까지 온 이상 돌아갈 수
도 없었다.

누구세요? 벨을 누르자 여자의 목소리가 들려왔다. 정혜는 인터
폰에 대고 생긋 웃었다.

"안녕하세요. 국제일보 기자 김정혜라고 합니다. 문형문 씨를 만
나 뵙고 싶어서요."

곧 잠금장치가 풀리고 문이 열렸다. 현관으로 나온 사람은 차분
한 인상의 미인이었다. 그녀는 앞치마에 손을 닦으며 놀란 미소를
지었다.

"일단 들어오세요. 기자님께서 무슨 일로……."

말을 잇던 그녀의 시선이 정혜 뒤로 옮겨갔다. 사슴처럼 둥근 눈동자에 의혹의 빛이 떠올랐다.

"도련님?"

형진은 뭐라 말해야 할지 모르겠다는 표정으로 시선을 피했다. 거실 쪽에서 발소리가 나더니, 슬리퍼를 신은 키 큰 사내가 모습을 드러냈다.

"누구시오? 이 시간에."

형문의 눈이 손으로 입을 가린 아내를, 야구모자를 눌러쓴 정혜를, 그 뒤에 서 있는 동생을 차례로 훑고 지나갔다. 형진은 한 손으로 후드를 젖혔다.

"오랜만이야, 형."

❖

톡 치면 터질 듯한 정적이 거실을 메웠다. 대리석 테이블을 가운데 두고, ㄷ자형 좌식소파에 불청객 팀과 집주인 팀이 나뉘어 둘러앉았다. 정혜는 슬그머니 형문을 훔쳐봤다. 듣던 대로, 동생과 전혀 닮지 않은 생김새였다. 사고 전의 형진이 선 굵은 미남이었다면 형문은 엄격하고 고지식해 보이는 중년 남자였다. 무표정한 두 눈은 당최 속내가 보이지 않았다. 그들이 총을 겨누며 들어왔어도 '당신들한테 줄 건 없소.' 했을 것 같았다.

'이건 동생보다 심하잖아. 한 달간 합숙해도 기사거리가 안 나오겠는데.'

형진 쪽도 말이 없긴 마찬가지였다. 그는 앉자마자 팔짱을 끼더니 테이블 모서리를 노려보기 시작했다. 잠시 후 형문의 아내가 다과를 가져왔다. 잘 깎인 과일들을 앞에 두고, 형문이 입을 열었다.

"다신 안 보는 줄로 알았다만."

형진은 여전히 테이블을 쏘아보며 대꾸했다.

"형을 보러 온 거 아냐. 저 사람이 형한테 볼일이 있다기에 데려다준 거지."

형문은 정혜 쪽으로는 눈길도 안 주고 말했다.

"뉴스를 봤다. 요란하게도 날뛰고 다녔더구나."

"그럼 내가 왜 왔는지도 알겠네. 우린 지금 누명을 쓰고 쫓기는 중이야."

"방화범에 살인자를 도울 생각은 없다."

형진의 고개가 홱 돌아갔다.

"내가 한 짓이 아니라고 말했잖아. 진아를 죽인 개자식이 다시 나타났어. 지금 불을 지르는 것도 그 새끼라고."

형문은 커피를 한 모금 마셨다. 실로 가당찮은 헛소리를 들은 표정이었다.

"또 그 소리구나."

정혜는 조심스레 대화에 끼어들었다.

"저기, 문 변호사님이라고 부르면 될까요? 잠깐 소개부터 드리고 싶은데요."

형문의 눈길이 이쪽을 향했다. 그녀는 바윗덩이 같은 시선을 맞받으며 명함을 내밀었다.

"저는 국제일보 사회부 기자 김정혜예요. 한 달 전쯤, 형진 씨를 취재하던 도중 이번 일에 휘말리게 됐고요. 오늘 변호사님을 뵙자고 한 것도 저예요."

형문은 말해보라는 듯 팔짱을 꼈다. 여기부터가 중차대한 대목이었다. 정혜는 가지고 온 자료를 책상에 펼쳤다.

"형진 씨가 말한 방화범은 실존해요. 지금은 그 진범뿐 아니라 모방범들까지 나타났고요. 용역 깡패에 국회의원도 엮여 있어서, 변호사님의 도움이 꼭 필요해요."

긴 이야기를 듣고 나서도 형문은 놀란 표정이 아니었다. 그는 보험 가입이라도 권유받은 투로 말했다.

"그래서, 뭘 어떻게 도와달라는 겁니까?"

정혜는 흩어진 서류를 테이블 중앙으로 모았다.

"장무택과 박창우의 범죄 기록들이에요. 이걸로 그놈들만 엮어 주세요."

형문은 서류를 집어 한 장씩 넘겼다. 마지막까지 훑어본 다음에는 예상했던 답이 나왔다.

"이걸로는 안 됩니다."

정혜는 타협을 시도했다.

"확증이 부족하다는 건 알아요. 하지만 그 정도면 어떻게든 연루시킬 수 있지 않겠어요? 특히 제명철강 협박 건은……."

형문은 서류 위 한 곳을 짚었다.

"방금 말한 제명철강 비자금 조성을 봅시다. 박창우가 사장의 내연녀를 폭로하겠다고 협박했다. 그래서 회사 분기이익의 3할이 장무택의 선거자금으로 흘러들어갔다……. 이걸 증명하려면 확실한 물증이 필요합니다. 을에서 갑으로 흘러 들어간 비자금의 유동이나, 피해 당사자의 증언 및 녹취록 같은."

"그래도 여론이 있잖아요. 저 사람은 현직 의원이고요."

형문은 서류를 모아서 정혜의 앞으로 보냈다.

"며칠에 한 번은 대형 화재가 터지는데, 그런 스캔들이 공론화되겠습니까? 저쪽에서도 방어 전략을 준비해뒀을 거고요. 터뜨리는 건 기자님 마음이지만, 큰 성과는 없을 겁니다."

정혜가 침묵하자 그는 동생 쪽으로 고개를 돌렸다.

"깡패 놈들 싸움질에 끼기나 하고, 뛰쳐나가서 한다는 게 고작 이런 짓이냐?"

형진의 눈썹이 있던 자리가 치켜 올라갔다.

"상관 마. 난 그 개자식만 잡으면 돼."

"그래봐야 변하는 건 없다."

"뭐라고?"

형문은 건조한 목소리로 되풀이했다.

"변하는 건 없다고 했다. 넌 여전히 범죄자고, 차기 시장 당선이 유력한 정치인까지 적으로 돌렸어. 와중에 불까지 뿜는다던 방화범은 무슨 수로 잡을 테냐?"

"난 고통을 못 느껴."

형문의 얼굴에 무슨 소리냐는 표정이 떠올랐다. 형진은 집도의처럼 정혜에게 손을 내밀었다. "라이터."

여기서까지 그 미친 짓을 하려나, 싶었으나 안 줄 수도 없었다. 형진이 건네받은 라이터를 켜 손등에 가져다대자 형문의 아내가 숨을 들이켰다. 곧 피부가 벌겋게 달아오르고 살 익는 냄새가 났다.

"봤지? 안 아프다고."

아내는 구급상자를 가져오겠다며 뛰어갔지만, 형 쪽의 반응은 싸늘했다.

"언제 철이 들 셈이냐?"

"개소리 마. 누가 누구한테……."

"넌 늘 그랬지. 항상 네가 하고 싶은 대로 행동하고, 옳다고 여기면 아무것도 들으려 하지 않아. 그러니 봐라. 또 두들겨 맞은 개새끼 꼴로 도망쳐 온 것 아니냐."

눈 하나 깜빡이지 않고 폭언이 쏟아졌다. 형진은 거실을 휘둘러보곤 고개를 끄덕였다.

"형도 여전해. 바른 생활 사나이로 사시느라 주변은 안중에도 없는 거 말야. 아무리 아빠 피를 물려받았다지만 그래, 엄마가 도망쳤으면 깨달은 게 있어야지."

폭력적인 정적이 내려앉았다. 잠시 침묵이 흐른 뒤, 형문이 천천히 말했다.

"못 본 사이 패륜아가 다 됐구나."

"나도 보고 싶은 생각 없었어. 오자고 해서 따라온 거지."

"그럼 남들 인생까지 망치지 말고 그만둬라. 지방에 내려가서 몇 달만 숨어 있으면 혐의도 풀릴 거다. 필요한 것들은 마련해주마."

"진아의 원수는?"

무뚝뚝하던 표정에 처음으로 어떤 변화가 스쳤다. 그는 가시에 찔린 듯한 어조로 대답했다.

"나는 지켜야 할 가족이 있다."

형진은 느리게 눈을 감았다가 떴다. 관자놀이의 혈관이 목울대처럼 오르내리는 것이 보였다.

"나도 그렇게 생각했어. 어차피 버린 인생, 진아의 복수만 하면 할 일은 끝난 거라고. 근데 세상에는 더한 것들이 득실거리더라. 사람 목숨을 좆으로 아는 파렴치한, 아무렇지 않게 사람을 태워 죽이는 쓰레기들이. 진아는 그놈들한테 죽은 거나 마찬가지야."

"넌 경찰이 아니다. 이제 될 수도 없고."

"그딴 게 무슨 상관이야!"

탁자를 내리친 형진은 이글대는 눈으로 형을 노려보았다. 엎질러진 커피가 테이블 위를 흐르다 멈췄다.

"마음대로 해라. 말린다고 듣지도 않을 텐데, 소 귀에 경을 읊었구나."

화상투성이 뺨이 뒤틀렸다. 당장 한 방 먹이고도 남을 기세였으나, 형수를 봐서 참는 기색이 역력했다.

"하나만 물어보자. 왜 검사를 때려친 거야?"

형문은 잠시 멈칫했다.

"내 가족이 행복해지는 데, 그편이 더 나을 거라 생각했다."

형진은 소파를 밀어젖히며 일어섰다. 정혜도 따라 일어서려는데 뜻하지 않은 제안이 들려왔다.

"자고 가라. 며칠 전에 경찰이 왔다 갔으니, 하루 이틀은 안전할 거다."

"그렇게 해요, 도련님. 일행분도 피곤해 보이시고요."

형문의 아내도 거들었다. 형진은 엿이나 드쇼, 하는 얼굴로 돌아서다 정혜의 표정을 보고 움찔했다. 정혜는 정말 감사하다는 듯 두 손을 모았다.

"그럼 하룻밤만 신세질게요. 형진 씨도 괜찮죠?"

"아니. 난 안 괜찮……."

도움 안 되는 인간이 반발했지만 발을 꽉 밟자 조용해졌다. 정혜는 늦기 전에 쐐기를 박았다.

"저, 화장실은 어디로 가면 되나요?"

❖

그들은 주방 식탁에서 저녁을 먹었다. 형문의 아내(그녀는 자신을 정윤희라고 소개했다)는 친절하게도 두 명분의 음식을 더 준비해 주었다. 식사가 끝난 뒤에는 과일과 차가 나왔지만, 형진은 피곤하다며 자기 몫의 방에 틀어박혔다.

문제아가 사라지자 분위기는 화기애애해졌다. 돈도 없고, 차는 수배됐고, 그러다 부득이하게 찾아온 거라고 말하자 정윤희는 선뜻 자기 소나타를 쓰라고 했다. 요즘은 탈 일도 없으니 필요하면 가져가라는 것이었다. 정혜는 거절처럼 들리지 않도록 신중히 단어를 골랐다.

"정말 감사하지만…… 폐가 되지 않을까요? 번호를 조회해서 언니 차라는 게 나오면요."

정윤희는 걱정 말라는 듯 미소 지었다.

"도난당했다고 하면 돼요. 함께 탄 게 아니면 공모공조의 증거로는 불충분하거든요."

들고 있던 형문도 고개를 끄덕였다. 정혜는 딸기를 포크로 찍으면서 감탄했다. 변호사 남편과 살다 보면 저런 수완쯤은 절로 생기는 모양이었다.

그들은 얼마간 한담을 나누다 일어섰다. 형문은 일할 것이 있다며 서재로 갔고, 정윤희와 정혜도 인사를 나눈 뒤 헤어졌다. 배정받은 숙소는 침실 맞은편 옷방이었다. 그녀는 침대에 앉아 노트북을 켜고 쓰던 기사를 불러왔다. 이번 사건의 진상을 조목조목 담은, 증거를 잡는 순간 투하할 핵폭탄이었다.

한참을 작업하다 고개를 드니 3시였다. 정혜는 노트북을 닫고 드러누웠다. 회사를 탈출한 뒤 지금껏 제대로 쉰 적이 없었다. 밥은 분식집 김밥으로 때웠고 잠은 차에서 자거나 여성전용 한증막을 이용했다. 이 짓을 어떻게 몇 년간 해왔나, 새삼 형진이 존경스러울 지경이었다.

다른 의미에서, 형도 동생만큼 존경스럽긴 했다. 그녀는 몸을 빙글 돌려 엎드렸다. 문형문은 칼로 찔러도 피 대신 돌가루가 떨어질 것 같은 사내였다. 사이가 안 좋다 안 좋다 하더니, 숫제 원수지간이 따로 없었다. 여동생의 죽음 때문일까. 단지 그 이유만이라기엔 과한 느낌이었다. 아무리 10여 년간 감정의 골이 깊어졌다 해도, 못난 동생과 잘난 형 사이의 열패감이 작용했다 한들.

'김개, 네가 할 말은 아니지. 남 집안일에 관심 꺼.' 정혜는 마음속 충고에 동의했다. 형문을 끌어들이는 데는 실패했어도 차를 빌렸으니 온 보람은 있었다. 졸음이 쏟아졌지만 그녀는 몸을 일으켰

다. 언제 또 씻을지도 모르는데, 뜨거운 물로 샤워나 할 생각이었
다.

거실의 불은 부엌만 빼고 모두 꺼져 있었다. 정혜는 도둑고양이
처럼 발뒤꿈치를 들고 화장실로 가다가 멈춰 섰다. 식탁에 형문이
혼자 앉아 있었던 것이다.

"아직 안 주무셨어요?"

"잠이 안 와서요. 왜 나오셨습니까?"

"저도 잠이 안 와서요."

거기까지 얘기하자 할 말이 뚝 끊겼다. 형문은 앞에 놓인 큰 병
을 잔에 기울이더니 한 모금 마셨다. 정혜는 잠깐 고민하다가 다가
가 앉았다.

"변호사님도 가끔 한잔씩 하세요?"

"술이 아니라 홍차입니다. 알코올을 싫어해서."

형진과 사이가 안 좋은 이유가 달리 있는 게 아니었다. 아저씨,
섹스는 하고 살죠? 정혜는 묻고 싶은 걸 꾹 참고 식탁 모서리를 만
지작거렸다. 서로를 재는 침묵 끝에, 먼저 입을 연 쪽은 형문이었다.

"어쩌다가 저런 놈이랑 얽히셨습니까."

정혜는 일부러 모호한 답을 택했다.

"저런 놈이라면……."

"내 동생 말입니다. 다시 태어나도 못 고칠 녀석인데."

그 인간의 사회성이 결여된 것은 사실이었다. 그녀는 형진과 꼭
닮은 눈을 마주 보며 웃었다.

"형진 씨 성격이 친해지기 어렵긴 하죠."

"원래는 저렇지 않았습니다. 여동생이 죽은 뒤부터 달라졌죠."

얼씨구. 웬 변호? 쌍욕을 예상했던 터라 호기심이 일었다. 정혜는 자세를 고쳐 앉았다.

"예전에는 어땠는데요?"

"지금이랑 반대였습니다. 쓸데없이 착해빠져서 사람 구실은 할수 있을까 싶었는데, 결국 저 꼴이 되더군요."

"저도 변호사님 이야기를 들었어요. 형진 씨가 가끔 말했거든요."

형문은 신기할 것도 없다는 듯 물었다.

"찢어 죽일 놈이라고 하던가요?"

정혜는 고개를 끄덕였다.

"대충 비슷해요. 무슨 일이 있었던 거예요?"

"어릴 때부터 자주 싸웠습니다. 많이 혼을 냈었죠. 입에 풀칠도 못 하는 백수 주제에 경찰이 되겠다느니, 남을 돕겠다느니 헛소리를 지껄이니까."

경찰이 되겠다. 남을 돕겠다……. 불만 보면 돌아버리는 복수의 화신과는 어울리지 않는 수식어였다. 정혜는 문득 형진을 처음 봤을 때를 떠올렸다. 유일하게 멀쩡했던 오른쪽 눈도 뒤늦게 생각났다. 그 안에서 무엇을 보았던가?

"많이 변했나 봐요. 다친 뒤로."

형문은 동생이 있을 방 쪽을 바라봤다.

"그 방화범을 쫓아다니기 시작할 즈음일 겁니다. 화상 후유증의 영향도 있을 거고요."

"그런데 그냥 내버려두셨어요?"

형문은 당연한 것을 묻는다는 표정으로 대답했다.

"도왔습니다. 생활비를 부쳐주고, 상담사를 소개해주고, 일자리를 구할 수 있도록 장애인복지센터까지 추천해줬죠. 생활비로는 술을 퍼 마시고 상담사는 필요 없다며 내쫓더군요. 그런 놈에게 뭘 더 해줘야 합니까."

정혜는 속으로 한숨을 내쉬었다. 첫인상대로, 모세혈관 하나까지 꽉꽉 막힌 인간이었다. 바로 얼마 전 인생을 잃은 동생이 아닌가. 거기다 적선하듯 돈을 뿌리고 복지센터를 추천해주다니, 싸움이 날 만도 했다.

"그러니, 기자님도 늦기 전에 손을 떼는 게 좋을 겁니다. 모진 놈 옆에 있다 벼락 맞지 마시고."

듣다 보니 슬며시 기분이 나빠졌다. 정혜는 벼락도 피해 갈 듯 엄격하게 뻗은 눈썹뼈를 째려봤다. 암만 사이가 안 좋아도 그렇지, 친형이란 인간이……

"그 덕분에 전 목숨을 부지했는걸요."

"무슨 말입니까?"

당신 동생이 방화범에게서 날 구했다고 말하자 형문은 고개를 저었다.

"그렇게 말했는데, 또 미련한 짓을 했군."

정혜는 참을성이 바닥나기 전에 일어섰다. 밉상은 홍차를 쪼르륵, 따르더니 들어가시라는 인사를 건넸다.

샤워를 하고 나왔을 때 부엌 식탁은 비어 있었다. 정혜는 방으로 돌아가 곯아떨어졌다. 아침이 되어 짐을 챙겨 나가자 진수성찬이 그녀를 반겼다. 잡채, 갈비, 생선구이에 해물전골까지 냄비에서 끓고 있었다. 어슬렁어슬렁 나온 형진도 이게 뭔가 싶은 얼굴이었다. 정윤희는 불에서 냄비를 내리다가 그들을 보고 반갑게 인사했다.

"일찍 일어나셨네요. 더 주무시지."

정혜는 열 명은 먹겠다 싶은 아침상을 둘러보았다.

"아니, 뭘 이런 걸 다……."

"간단히 차렸어요. 오랜만에 오신 손님들이잖아요."

'간단히' 차린 음식은 눈이 돌아가도록 맛있었다. 정혜는 밥을 두 공기나 해치우고 숭늉까지 비웠다. 정작 집주인은 식사가 끝나도록 얼굴도 비추지 않았다. 출근 준비를 한다는 것 같았는데, 누가 봐도 동생과 겸상하기 싫다는 뜻이었다.

아침을 먹은 뒤 정윤희는 도시락을 챙겨주었다. 정혜는 미안해 죽겠다는 얼굴로 손사래를 쳤다.

"이렇게 신세를 져서 어떡해요."

"하는 김에 싼 건데요. 별거 아니에요."

형진이 가증스럽다는 듯 지켜보는 가운데, 4단짜리 도시락은 정혜의 품으로 들어갔다. 정윤희는 남편 대신 현관 앞에 나와 그들을 배웅했다.

빌리기로 한 소나타는 지하주차장 3층에 있었다. 정혜는 시동을 걸고 조수석을 돌아보았다.

"형님이 수완 하나는 좋네요. 성격 착해, 음식 잘해, 저런 미인 언니를 어떻게 만나셨대."

형진은 코웃음을 쳤다.

"나 어릴 적엔 더 예쁜 애들이 따라다녔어. 내가 형보다 훨씬 잘생겼었거든."

꼭 짝꿍을 질투하는 초등학생 같았다. 그녀는 웃음을 꾹 참고 물었다.

"공부는 누가 더 잘했는데요?"

이번엔 대답이 신통찮았다.

"그게 중요한가, 사람 됨됨이가 중요하지."

"오지랖이 엄청 넓었다고 들었어요. 돈도 없는 주제에 독거노인들 밥을 사 먹이고, 자칭 방범대라며 매일같이 싸돌아다니기만 했다고."

형진이 갑자기 점퍼를 털기 시작했다. 정혜는 용의자의 코앞에서 프로파일링을 계속했다.

"딱 알겠던데요. 동네마다 몇 명씩 있잖아요? 뭣도 없이 정의감만 투철한 동네 한량들. 멍청하게 착해빠져서 주변 사람들 복장 뒤집는 인간요."

형진은 입을 몇 번 벙긋거렸다.

"아주 대놓고 악담을……."

"근데 난 싫지 않아요, 그런 사람. 귀엽잖아요."

그는 이게 선전포고인지, 화해 요청인지 헷갈린다는 표정이 됐다. 정혜는 궁금했던 질문을 던졌다.

"형이랑 왜 그렇게 사이가 나빠요?"

"얘기해봤으니 알 거 아뇨."

"그런 것치곤 꽤 호의적이던데요."

형진의 입가가 경멸로 비틀렸다.

"자기 가족을 해코지할까 봐 그런 거겠지. 불이라도 지르고 도망갈까 무서워서."

정혜는 어제 본 변호사를 떠올렸다. 동생을 빼다 박은 고집불통에, 끔찍한 원칙주의자긴 해도 겁쟁이처럼 보이지는 않았다. 형문이 다른 마음을 먹었더라면 그들은 잠든 사이 체포당했을 터였다.

'뭐랄까, 표현이 서툰 아버지 같단 말이지.'

차는 주차장을 빠져나왔다. 정혜는 중구 쪽으로 방향을 틀었다. 어젯밤, 상대에 따른 맞춤형 작전을 세운 참이었다. 불 뿜는 용가리 쪽은 형진에게 맡겼다. 그는 이철우의 건물 앞에서 잠복하며 놈이 움직일 때까지 기다리기로 했다. 정혜는 장무택 패거리의 마크였다. 할 일은 잠복보다 자못 구체적이었다. 박창우의 동향을 파악하고, 계획을 알아내고, 두 모방범을 구속시킬 증거를 확보하는 것.

"그 이철우란 자, 가진 건물만 세 채라지 않았나? 어디서 나타날지 어떻게 알고."

"공권력의 도움을 받아야죠. 나머지 두 곳에다 감시를 늘리면 알아서 올 거예요."

"경찰들이 우릴 도울까?"

"근처 파출소에 전화 한 통만 넣으면 돼요. 수상한 사람을 봤으니 주의해달라고."

"경찰 몇 명 늘었다고 겁을 먹진 않을걸."

"대신 목표를 바꾸겠죠. 더 쉬운 곳으로."

형진은 이해했다는 표정이 되었다. 그녀는 지하철역 출구 옆으로 차를 붙였다.

"난 저기서 내려야 해요. 성수로 가서, 박창우네 가게에 있던 아가씨들이랑 만나기로 했거든요."

"그런데 왜 댁이 내리나?"

"당신은 차가 있어야 잠복을 하든 말든 하죠. 얼굴도 다 팔렸는데, 길 한복판에 서 있을 순 없잖아요."

같은 도망자라도 둘의 처지는 달랐다. 형진은 잠시 고민하는 것 같더니 조심하라고 중얼댔다. 정혜는 속도를 줄이며 대꾸했다.

"형진 씨나 조심해요. 잘못하면 진짜로 죽는다고요."

"나는 안 아프다니까."

"아니, 그건 통증만 못 느끼는 거잖아요. 또 그 혈액팩이라도 맞았다간……."

"그전에 잡을 거요. 반드시."

정혜는 옆을 돌아보았다. 지금 조수석에 탄 사람이 출동을 나온 형사인지, 방화범을 쫓는 노숙자인지 헷갈렸던 것이다. 형진은 할 말 있느냐는 표정으로 물었다.

"뭐, 왜?"

"믿음직해서요. 반할 뻔했네요."

멀쩡한 오른쪽 눈가가 해괴하게 찌푸려졌다. 정혜는 차를 인도에 붙여 세웠다.

"필요한 물건들은 뒷자리에 뒀어요. 소화기도 있으니까 급할 때 꺼내 쓰고요."

"내가 소방관도 아니고, 그딴 건 쓸 일 없어."

저 말투도 듣다 보니 좀 귀여웠다. 정혜는 가방을 둘러메고 차에서 내렸다. 이제부터는 '언니'들의 비위를 맞추러 가야 했다.

"아무튼 고생하고 있어요. 우리 창우 씨 속옷 색깔까지 알아 올 테니까."

#형문

하얀 소나타가 아파트 앞마당을 빠져나갔다. 형문은 창가에서 돌아섰다. 수상한 자들은 보이지 않았으나, 그렇다고 마음을 놓긴 일렀다. 못난 동생을 잡아 죽이려 달려드는 것은 경찰들뿐만이 아니었다.

전날 밤, 그는 어제 들은 이름들을 밤새 찾았다. 검사 시절 정보망을 동원하자 그 기자가 말했던 모방범들의 경력이 줄줄이 밝혀졌다. 대박용역의 사장, 박창우는 위험한 인물이었다. 길바닥에서 잔뼈가 굵은 정치 깡패……. 거기다 사람 한둘쯤 담그는 일을 마다하지도 않았다. 현직 의원의 비호를 받고 있다면 위험도는 한층 높아졌다. 긴급체포가 고작일 형사들과 달리, 그놈은 손도끼를 들고 와서 동생을 썰어버릴 수도 있었다.

'돌발행동을 염두에 둬야 해. 여차하면 사고를 치고 해외로 뜰 수도 있다.'

장무택의 경우엔 골치가 더 아팠다. 유력한 시장 후보로 주가가 오를 대로 오른, 전 차장검사 출신 국회의원을 어설프게 찌르기는 어려웠다. 그 와중에 속없는 동생놈은 약장수 차력쇼나 하고 있었다. 통증을 못 느낀다며 자기 손을 지지는 꼴을 보면서, 형문은 뺨을 날리지 않기 위해 노력해야 했다. 게다가 저런 눈빛이 된 동생은 반드시 사고를 쳤다. 유모차를 구하다가 차에 치여 죽을 뻔한 적도 있었고, 비 오던 날 실족한 취객을 구한답시고 강에 뛰어든 적도 있었다. 그때는 겨우 목숨을 건졌다지만 지금은 상황이 달랐다.

그는 옷장 문을 열고 양복 안주머니를 뒤졌다. 지난 8년간 입에 댄 적 없는 담배쌈지가 잡혔다. 한 대 물고 불을 붙여 빨자 독 품은 연기가 폐로 밀려들었다.

누구에게도 말하지 않았으나, 검사를 그만둔 진짜 이유는 하나가 더 있었다. 연수원 졸업 이후, 첫 근무지는 인천지검 공안부였다. 학익동 생활 3년 만에 중앙지검으로 발령이 떨어졌다. 죄 지은 놈과 지은 것 같은 놈, 예전에 지었던 놈들을 닥치는 대로 감방에 처넣은 보상이었다. 부작용은 소위 '승진 라인'에 들어가고부터 나타났다. 사무실로 사건이 날아올 때마다 사족이 붙기 시작한 것이다.

부부장급의 선배는 구내식당에서 밥을 뜨며 흘렸다. 문프로, 이 번엔 적당히 해. 잘 좀 봐달라고.

선배가 '봐달라던' 놈은 전과 4범의 방화범이었다. 그는 알겠다고 대답한 뒤 공판에서 15년을 구형시켰다. 같은 일을 두어 번 반복하자 수사 자료가 누락되기 시작했다. 올린 서류가 결재되지 않은 적도 있고, 영장이 나오지 않아 용의자가 해외로 뜬 적도 있었다. 딱 석 달 만에 그는 공안통 라인을 내버리고 옷을 벗었다. 선배들은 무슨 그 나이에 변호사 개업이냐고 말렸지만 이미 선택의 여지는 없었다. 공판에 설 때마다 동생의 비웃음이 들려왔다. '대한민국 나쁜 놈은 다 잡을 것처럼 얘기하더니, 진아가 하늘에서 통곡하겠다.'

그렇게 옷을 벗은 게 한참 전이었다. 검사석에서 변호인석으로, 법치의 칼잡이에서 방패를 쥔 겁쟁이로 옮겨 가자 환청도 사라졌다. 그런데 저 모진 놈이 또다시 제 형의 신경을 긁고 있는 것이다. 목숨 하나 남은 자기 인생을 내걸고.

자욱하던 연기가 창틈으로 빠져나갔다. 그는 불이 난 듯한 방 안에 주먹을 쥔 채 서 있었다. 한 개비 더 태워 물자 분노가 빠져나가고 나른함이 밀려왔다. 형문은 전축을 틀고 안락의자에 기대앉았다. 담배 연기 그득한 귓구멍으로, 노래가사가 띄엄띄엄 흘러들어왔다.

인생은 연기 속에 재를 남기고
타다가 꺼지는 그 순간까지
우리들의 이야기는 끝이 없어라.

진아, 진아. 그 애가 가져왔던 박인희의 명반이었다. 형진은 두어 곡 듣더니 취향이 아니라며 던져놨지만 그는 그 흘러간 노래들이 퍽 정감 있게 들렸다. 발령이 난 뒤, 야근 중이던 사무실에서 테이프가 늘어질 때까지 들은 것도 진아의 카세트였다. 전소된 잿더미 사이에서도 물건 몇 개는 남아 있었다. 앨범 사진, 카세트테이프, 열여섯 번째 생일날 사줬던 운동화. 그는 형진이 경찰서를 들락거리는 동안 그것들을 하나하나 챙겨 유품상자에 담았다. 진아를 애도하는 것은 이런 방식이어야 마땅했다. 여동생의 복수라며 불탄 무덤들을 들쑤시고 다니는 게 아니라.

'글쎄. 과연 그 애 생각도 그럴까?'

작은 목소리가 물었다. 별 이유도 없이, 잘 들어가던 연기가 목을 막았다. 그는 기침을 하다가 담배꽁초를 떨어뜨렸다. 재빨리 주웠지만 원목 바닥에 그을린 자국이 생겼다. 옷에 난 구멍처럼 작고 검은 흔적이었다.

#창우

바람도 말라버린 한낮이었다. '민주국민당의 아들', '인간소화전 장무택' 따위가 프린팅된 깃발들이 건조한 대기 속에서 축 늘어져 있었다. 마이크를 쥐고 단상에 올라가 있던 사내가 목청껏 고함을 쳤다.

"우리의 희망이 누구입니까!"

장무택, 하는 함성이 무대를 둘러싼 군중들에게서 솟아올랐다. 사내는 손나팔을 만들어 귀에 붙이고 소리쳤다.

"나쁜 놈들 다 잡아줄, 우리의 시장님은 누구입니까!"

이번에도 광장의 군중들은 장무택을 연호했다. 기다렸다는 듯 음악이 나오고 파란 선거조끼를 입은 캠프 단원들이 무대로 올라 갔다.

무대 뒤쪽에 대둔 차 안에서, 창우는 담배 두 개비를 쭉 빨았다. 조 대표 사무실을 통해 데려온 선거꾼들은 제값을 했다. 공격적인 표심 공략에 들어간 지 일주일도 안 돼 지지층이 늘기 시작했다. 장을 보러 나왔다가 미중년 후보에게 홀딱 반한 주부들, 뉴스는 안 봐도 페이스북은 챙겨 보는 대학생들이 부대원으로 전입해온 것이었다.

본격적인 유세가 시작되며 할 일도 많아졌다. 사흘 전에는 직원들을 진두지휘해 주 시가지 선거를 지원했다. 그제는 트럭을 타고 서울 외곽을 돌며 전단지를 뿌렸다. 바로 어젯밤에는 오랜만에 사람을 잡았는데, 임재규에게 부지를 청탁한 모 건설업체 회장의 사위였다.

그 애송이는 뭘 하기도 전에 죄다 불었다. 자기 장인이 임 시장 말고도 누구한테 촌지를 찔렀네, 그 늙은이들이 어느 요정에 가서 날 불렀네, 그날 아가씨들을 잔뜩 데려다 한 번씩 박아 가며 놀았네……. 창우는 다 듣고 나서 증거를 가져올 수 있느냐고 물었다. 애송이는 마누라 앞에서 똥을 싸서라도 가져오겠다고 답했다. 그는 아쉬움을 뒤로하고 놈을 보냈다. 고작 손가락 하나 분질렀다고 항복하다니, 요즘 것들은 깡다구가 약해도 너무 약했다.

그 외에도 '장 의원님' 서포트 업무는 넘쳐났다. 무택은 그를 램프에서 나온 종놈으로 생각하는지 별의별 일을 다 시켰다. 유세팀을 지원해라, 누구의 내연녀 사진을 가져와라, 선거자금을 대줬던 사장들 입단속을 다시 시켜라. 창우는 임무를 수행하며 다른 일도 병행했다. 놈을 추락시킬 자금유통내역 사본은 사무실 금고에 차곡차곡 쌓여가고 있었다. 피해자와 공조자, 공모자에게서 뜯어낸 증거들과 함께.

요즘 얻은 건수 중, 최고로 굵직한 금괴는 강직철강 비자금 조성 문서였다. 회장인 김종갑과 아들 둘이 강남의 어느 룸살롱에 들어갔다는 정보가 들어왔다. 창우는 혁대 허리춤에 손도끼를 차고 출동했다. 무장한 직원 스무 명이 건물을 둘러싸는 사이, 그와 심복들은 안으로 들어갔다. 문을 열어젖히자 세 부자는 한창 떡이 돼서 떡을 치고 있었다. 그는 손도끼부터 빼들어 테이블에 내리꽂았다. 대리석 탁자가 쩍 갈라지며 양주병과 술잔들이 좌우로 쓸려 내려갔다. 계집애들을 쫓아버린 창우는 친절하게 인사를 건넸다.

"오랜만이우, 회장님. 나 기억하시지?"

김종갑은 덜덜 떨리는 손으로 그를 가리켰다.

"자, 자, 장 의원 일은 아무한테도 발설하지 않았네. 맹세할 수 있어."

창우는 좌중을 휘둘러보았다. 똑같이 벌거숭이에, 똑같이 정수리 머리털이 듬성듬성한 두 아들도 아비와 같은 자세로 떨고 있었다.

"우리 회장님 입 무거운 건 잘 알지. 근데 있지, 그걸 말해야 할 일이 생겼어. 비자금을 어디서 조성해 바쳤고 입막음이랍시고 어떻게 공구리를 쳤고, 이런 사연들을 쫙 뽑아줬으면 좋겠는데."

"아니, 그때는 무덤까지 가져가라고……."

이 영감탱이가 말귀 한번……. 슬그머니 짜증이 올라왔다. 창우는 손도끼를 뽑아서 그의 수염 밑으로 가져갔다.

"자식놈들이랑 관짝 구경 한번 할래, 아니면 그 좆같은 약속을 깰래?"

김종갑은 후자를 택했다. 요청한 자료는 바로 이튿날 대박용역 사무실로 날아왔다. 창우는 서류를 훌훌 넘기며 다음 일정을 준비했다. 이것으로 '장 의원님'의 도축일은 또 하루, 앞당겨질 것이었다.

"사장님, 조 대표한테 전화가 왔답니다. 연결할까요?"

뒷자리의 부하 한 놈이 물었다. 창우는 꽁초가 된 담배들을 내버렸다.

"바쁘다고 해. 내일 전화하라고."

부하는 알겠습니다, 하더니 잠시 후 또 불렀다. 이번에는 을왕리노 사장이 찾아왔다는 것이었다. 창우는 꾹 참고 아까 했던 말을 반복했다. 그리고 다시 그를 부르는 소리가 들렸을 때, 기어박스 옆에 놓여 있던 재떨이를 집어 던졌다.

"이번엔 어떤 빌어먹을 사장인데? 강 사장? 최 사장?"

부하는 줄줄 흐르는 코피를 막으면서 대답했다.

"장무택 의원입니다. 오늘 시간 되시냐고……."

드디어 왔구나. 사지의 털들이 일제히 곤두섰다. 최근 무택은 신원 보호에 극도의 주의를 기울였다. 일을 지시할 때는 전화로만 전달했고, 그마저도 제 비서를 시켰다. 덕분에 새로 산 선물은 개시도 못하고 있었는데, 이번에야말로 기회가 온 모양이었다.

"된다고 해. 여기 캠프도 곧 접을 시간이라고."

평소처럼 시간과 장소가 전해져 왔다. 저녁 8시, 연희동, 운전기사 없이 혼자서만. 생소한 옵션에 의아해하는데 어떤 기억이 떠올랐다. 연희동이라면 무택의 사택이 있는 곳이었다.

창우는 운전석에 앉은 부하에게 물었다.

"야, 한번 찍어봤냐?"

부하는 앞의 놈 눈곱까지 나오더라고 대답했다. 그는 달아봐, 한 다음 가슴을 쭉 내밀었다. 털이 숭숭 난 손이 꾸물거리다 물러나자 새 넥타이핀의 자태가 드러났다. 오늘을 위해 준비한 초소형 카메라였다.

부하들과 저녁을 먹고 일어난 게 7시경, 연희동에 도착했을 때가 한 시간 뒤였다. 창우는 비서의 번호로 문자를 보냈다. 도착했습니다. 답장은 즉시 날아왔다. '2306호.'

그는 유리로 된 엘리베이터를 타고 올라가면서 전망을 구경했다. 여기가 통째로 무택의 소유인 것도, 최고 높이가 30층이나 되는 것도 부러웠다. 부유감 속에서 단꿈이 함께 떠다녔다. 여기서 결정적인 녹취록을 한 곡조 뽑고, 그걸로 우리 의원님을 담가버리고, 임자 없는 이곳을 꿀꺽하면······.

엘리베이터 벨이 공상을 일깨웠다. 창우는 내려서 2306호를 찾았다. 문은 열려 있었다.

오피스텔 안은 뱀의 소굴처럼 어두컴컴했다. 블라인드 틈새로 들어오는 바깥 불빛이 유일한 조명이었다. 그는 느리게 눈을 깜빡거렸다. 어둠에 동공이 익자 기억 그대로인 뱀굴 내부가 나타났다. 블라인드가 내려간 통유리창에 창가 앞의 LP판, 그 옆에 서 있는 의뢰인의 포즈까지 꼭 같았다. 창 밑을 바라보던 무택이 이쪽으로 돌아섰다.

"왔나."

창우는 고개를 숙이고 음악이 흘러나오길 기다렸다. 그러나 상대는 레코드판에 바늘을 올려놓지 않았다. 대신 책장 앞의 탁자 쪽으로 손짓했다.

"앉게. 왜 그러고 서 있나."

지금까지 한 번도 앉힌 적이 없으니까 그러지, 병신아. 창우는 공손하게 대답했다.

"아, 예."

두 방화범은 긴 탁자에 마주 앉았다. 창가를 흘끔 본 뒤, 창우는 의뢰인이 잘 보이도록 자세를 고쳤다. 무택은 그를 가만히 쳐다보다 물었다.

"못 보던 넥타이핀이군. 새로 산 건가?"

창우는 하얗게 반짝이는 구슬을 내려다봤다.

"엊그제 하나 장만했습니다. 곧 시장이 되실 분을 모시는데, 이 정도는 달고 다녀야죠."

무택은 웃지도 않고 고개를 끄덕였다. 하여간 아부를 해줘도……. 핏대가 솟았지만 성질을 부릴 때가 아니었다. 그는 조심스레 질문을 골랐다.

"그런데 무슨 일로 여기까지 부르셨습니까. 공사가 다망하실 시기에……."

"자네, 이 생활이 몇 년째인가?"

창우는 허공을 보며 셈해봤다. 집을 뛰쳐나온 게 중학교 2학년 때니까, 햇수로는 20년이 넘어갔다. 대충 스무 해라고 대답하자 생뚱맞은 선언이 나왔다.

"이번 선거는 끝났네. 내일 오전이면 검찰에서 임재규를 출두시킬 거야."

그것을 만든 장본인이 바로 미사리 박이셨다. 과천 개발부지 청탁, 대학교 부총장을 통한 비자금 조성, 특성화고 부정입학 방조. 창우가 입수한 자료들은 특급 등기로 검찰까지 날아갔다. 나머지는 실적에 목마른 그 동네 검사들이 알아서 할 것이었다.

"물론입죠. 그 늙은이, 혼백까지 탈탈 털렸으니까요."

"난 그다음 대선에 나갈 거고. 당 대표 공천으로."

"그럼요. 의원님이야말로 대통령 감……."

창우는 신나게 추임새를 넣다 문득 멈췄다. 무택은 상체를 숙이며 그와 눈을 맞댔다.

"그러려면 자네가 필요해. 저 밖의 방화범, 그놈은 당분간 검거되지 않을 거야. 민심은 더욱 흉흉해질 테고. 벌써 시민단체 몇 군데가 시위를 시작했네. 청와대로 진군해 무능한 대통령에게 책임을 물어야 한다면서."

창우는 구둣발을 까딱거리며 생각했다. 이 재수탱이가 고작 이런 얘길 하자고 그를 불렀을 리 없었다. 누구를 패라, 어딜 부숴라, 딱 떨어지는 명령이 없다는 것도 불길했다. '이 새끼, 대통령이라도 담그고 오라는 거 아냐?'

"얼굴을 갈아엎게. 이름도 바꾸고. 필요한 건 안 실장이 준비해줄 걸세."

누굴 죽이라는 것보다 더 황당한 지시였다. 무택은 그의 표정에도 아랑곳 않고 계속했다.

"자네와 내 커넥션을 조사하는 자들이 있어. 아직 꼬리가 잡힌 건 아니라지만, 안전을 위해서는 어쩔 수 없네."

"어, 그래도 대장부가 얼굴에 칼을 대긴 좀……."

"자네가 지금 하는 물장사, 그걸로 얼마나 벌겠나. 기껏해야 가게 몇 개 돌리면서 사장님 소리 듣는 게 다지."

무택은 잠시 뜸을 들였다. 같잖은 TV 쇼에 나와, 사람들을 현혹시킬 때 주로 쓰던 술수였다.

"나와 같이 가세. 남의 밑은 그만 닦고, 사람답게 살아봐야지."

시계가 째깍, 째깍, 흘러갔다. 창우는 가만히 생각했다. 아버지만큼 쳐 죽이고 싶은 놈 앞에서, 아버지가 매일같이 하던 말을 듣고 나니 옛 추억들이 하나둘 떠올랐다. '사람답게'는 그 작자가 입에 달고 다니던 신조였다. 마누라와 아들놈을 쥐어 팰 때도, 멍투성이 아내를 발가벗겨 강간할 때도, 자신의 은혜를 생색내는 핑계가 따라붙었다. 이게 다 너희를 사람답게 만들려고 그러는 거야.

인간교정 전문가의 본업은 용역회사 말단이었다. 말이 좋아 말단이지, 온갖 똥을 치우는 따까리였다. 창우는 현관에 숨어 아버지가 두들겨 맞는 꼴을 수도 없이 지켜봤다. 비굴하게 싹싹 빌던 병신은 문지방을 넘는 순간 폭군으로 변했다. 그런 날은 '교정'의 강도도 거셌다. 어머니는 앞니가 날아갔고 그는 갈비뼈가 부러졌다. 그런데 창우가 열다섯 살이 되던 해, 인생을 뒤바꾸는 사건이 벌어졌다. 타조직과의 칼부림에 끌려 나갔던 아버지가 시체로 돌아왔던 것이다.

그는 아버지의 유골함 앞에서 마음먹었다. 이런 인간처럼 살다 가지는 않기로. 사내놈은 패고 계집애는 따는 방침은 유지하되, 아버지와는 달리 머리를 쓰기로.

창우는 우선 아버지가 다니던 용역회사로 갔다. 먹여주고 재워주면 뭐든 하겠다고 말하자 사장은 흔쾌히 받아들였다. 일은 다양했지만, 뭐든 지저분했다. 머리띠 두른 노조 놈들을 쇠파이프로 패고, 재개발부지 늙은이들에게 똥물을 퍼붓고, 밤에는 술을 나르면서 몇 년간 버틴 끝에 사장의 아랫자리까지 승진할 수 있었다. 그는 세력을 키우며 때를 기다렸다. 그리고 사장의 생일날, 잔치가 벌어지는 회사 소유 가게로 쳐들어갔다. 그날 사장을 포함한 수뇌부 전원이 도륙당했다. 창우는 한 손에 손도끼를, 다른 손에 머리통을 들고 회사를 접수했다. '미사리 심부름센터'가 '대박용역'으로 바뀌는 순간이었다.

그런데 지금, 저 버러지가 인생을 내버리라 명령하고 있었다. 다른 사람도 아닌 미사리 박의 인생을.

셔츠 속 팔뚝이 부풀어 올랐다. 안주머니의 회칼을 쥔 순간, 조폭 생활 18년의 짬밥이 의문을 제기했다. '창우야, 네 짱구도 생각한 걸 저 구렁이가 생각 못했을까?'

"어쩔 텐가."

무택이 다시 한번 물었다. 창우는 고심하는 척 고개를 숙였다. 뒤쪽 화장실과 왼쪽의 작은 방문, 입구 옆 붙박이식 옷장 문이 조금씩 열려 있었다. 투견처럼 예민한 코는 저 뒤에 숨은 것들의 냄새를 맡았다. 전기총과 삼단봉으로 무장한 경호원, 협상이 결렬되자마자 우르르 몰려와 그를 족칠 개장수들이었다.

창우는 만면에 웃음을 띠고 대답했다.

"이 박창우, 함께 가겠습니다. 애들도 있고 보는 눈도 있으니, 의원님 당선부터 해결하고요."

이것마저 엎어지면 이판사판이었다. 저기 숨은 놈들이랑 한판 붙든, 무택이를 잡고 인질극을 시작하든. 무택은 한동안 그의 눈을 들여다보았다. 창우는 회칼 손잡이를 슬슬 쓸며 시선을 맞받았다. 초침이 몇 바퀴쯤 돌았을까. 무택이 먼저 의자 등받이에 몸을 기댔다.

"고맙네. 자네라면 그래줄 줄 알았어."

당장 수술대로 올라가라며 강짜를 안 부리는 게 천만다행이었다. 무택은 탁자 위의 리모컨을 집었다. 음소거된 TV가 창우의 등 뒤에서 켜졌다.

"자넬 처음 만났을 때가 기억나는군. 초주검 하나를 끌고 와서 부려 놓는데, 눈빛이 참 좋았어. 여기서 이런 일이나 하긴 아쉽다는 생각이 들었지."

창우는 귀 밑을 벅벅 긁었다. 산송장을 만든 적이 워낙 많아서, 저게 언제였는지 기억도 잘 나지 않았다.

"내가 검사질 8년간 느낀 게 뭔 줄 아나?"

"어, 제가 워낙 눈치가 느려놔서……."

무택은 채널을 돌렸다.

"작은 폭력은 폭력일 뿐이야. 시정잡배나 불량 경찰들이 휘두르는. 그러나 큰 폭력은 명분이자 정의일세. 성폭행범 하나를 피땀 흘려 잡고, 고생 끝에 형을 때려봐야 아무도 알아주지 않아. 그런데 지금은 어떤가. 수십 명을 태워 죽이니 민중의 영웅이 됐네. 그들을 위해 분골쇄신할 때는 상상도 못 했던 일이지."

뉴스 화면에서는 선거전에 나온 장무택 본인이 열변을 토하고 있었다. 무덤덤한 목소리가 이어졌다.

"현역 때 사수가 말하길, 대중은 가장 사회적인 돼지새끼들이라더군. 맞는 말일세. 누가 목동이고 누가 늑대인지도 모르면서 목소리만 크면 따라오니까. 우린 그 방화범이 목장을 다 태울 때까지 기다리면 돼."

무택은 그만 들어가라는 듯 손짓했다.

"준비하게. 다른 지시사항은 안 실장이 전해줄 거야."

나오는 길에는 회칼을 꽉 쥐고 있어야 했다. 차로 돌아와, 뒷좌석에 아무도 없는 걸 확인하고서야 안심이 좀 됐다. 창우는 오피스텔을 올려다보며 넥타이핀을 뽑았다. 감히 박창우에게 목줄을 채우려 들다니, 이 수모는 톡톡히 갚아줄 것이었다.

'무택아, 넌 오늘 나랑 끝을 봤어야 했어. 사자한테 밥을 주던 조련사가 왜 물려 죽겠냐.'

넥타이핀은 안전하게 호주머니로 들어갔다. 20년 전 아버지께 그랬고 15년 전에 보스에게 그랬듯이, 이제 장 의원의 장례를 치러줄 날도 얼마 남지 않았다.

#형진

형진은 핸들에 대고 있던 이마를 들었다. 차들이 꼬리를 문 퇴근길의 도로가 앞유리에 보였다. 이곳에 차를 박고 감시를 시작한 것도 벌써 열네 시간째였다.

그는 소형 쌍안경을 눈에 갖다 댔다. 앞에 보이는 회오리감자 모양 건물이 오늘의 경호 목표였다. 이철우의 건물은 세 구역에 나뉘어 있었다. 성북의 자택, 서초에 있는 신축 아파트, 지금 그가 감시하는 강남의 증권회사 사옥.

높다란 빌딩에 시선을 박은 채로, 형진은 찬합 뚜껑을 열었다. 헤어질 때 형수가 떠안긴 도시락이었다. 주먹밥을 우적우적 씹는데 형의 얼굴이 떠올랐다.

그가 지난 3년간 달라진 게 없듯, 형도 똑같았다. 욕을 퍼붓고 헤어졌을 때 모습 그대로였다. 형진은 잠시 후 정정했다. 하긴 성질머리가 한풀 꺾인 것도 같았다. 쫓아내지도 않고 식사에 잠자리에, 차까지 내준 걸 보면.

늙어서 그래. 갱년기가 와서 순해졌나 보지. 그렇게 생각하자 납득이 됐다. 그는 서른을 넘어섰고 형은 마흔 줄로 접어들고 있었다. 언제까지 꼬맹이들처럼 주먹다짐이나 할 순 없는 노릇 아니겠는가. 한 명은 노숙자로, 한 명은 성공한 사회인으로 늙어가는 처지에.

'너 같은 놈, 죽은 사람이다 치고 살련다. 굶어 죽든 불타 죽든 마음대로 해라.'

형의 목소리가 희미하게 들려왔다. 하루가 멀다 하고 싸움박질을 한 터라 언제 들은 말인지도 기억이 안 났다. 그와 형은 눈만 마주쳐도 싸울 수 있는 불과 기름이었다.

왜 그리도 서로를 싫어했던가?

형진은 기억을 더듬었다. 형은 그의 모든 것을 구제불능이라 여겼다. 짐수레라도 밀어주다 늦게 들어오면 불호령이 떨어졌다. 또 그 짓을 하다 왔냐느니, 그럴 시간에 책 한 권을 더 보라느니……. 잔소리 뒤에는 진아의 윙크가 따라왔다. 문제집을 풀던 동생은 입술만 움직여 속삭였다. 오빠가 참아, 알았지? 형진은 씩 웃으며 마주 윙크를 날렸다.

어린 시절부터, 형은 독종 공부벌레였다. 반면 그는 태평한 한량이었다. 인생 설계야 천천히 해도 되지 않겠는가. 젊음은 길고 시간은 넘치는데. 게다가 문형진은 확실한 목표가 있는 사나이였다.

"경찰을 하겠다고?"

오전 아르바이트가 끝난 뒤, 집으로 돌아와 점심을 먹으려던 참이었다. 진아는 친구를 만나러 가고 없었다. 형진은 양은냄비 뚜껑에다 놓고 불던 라면을 한입 물었다.

현관문을 닫은 형은 저벅저벅 걸어와 냄비 앞에 섰다.

"대답 안 할 거냐?"

"뭘 새삼 물어. 전에도 말했잖아."

그는 눈도 안 들고 볼멘소리로 대꾸했다. 형의 양말에는 엄지손가락만 한 구멍이 나 있었다. 양말은 화를 억누른 목소리로 말했다.

"나도 말했을 텐데. 차라리 대학을 가라고. 요즘 경찰 공채가 얼마나 어려워졌는지……."

"형이 알 바 아냐. 간섭 마."

"뭐가 어째?"

형진은 젓가락을 신경질적으로 팽개쳤다.

"형도 알잖아, 내가 한다면 하는 거. 딱 1년만 공부하면 붙을 수 있어."

형은 고개를 저었다.

"누굴 돕고 싶거든 학교나 졸업해서 자격증을 따라. 그런 다음에야 뭐가 되든 상관 않을 테니까."

또 그놈의 훈계질이었다. 방금 먹은 라면을 배 속에서 끓게 만드는 문형문표 빈정거림. 형진은 몸을 일으켰다.

"좋아. 대학에 간다 쳐. 그럼 등록금은? 다달이 나가는 교통비랑 식비랑 빚 이자는 어쩔 건데? 내가 일을 그만두면 당장 우리 월세도 못 맞춰. 진아 학비는 뭐, 형이 장기라도 팔아서 마련할래?"

일목요연한 반격이 형문을 후려쳤다. 이미 대화는 목적을 잃은 뒤였다. 형진은 형의 눈을 노려보고 형문은 동생의 입을 쏘아보며 침묵이 흘러갔다. 먼저 등을 돌린 쪽은 형문이었다.

"그만하자. 남들이 듣겠다."

형진은 돌아서는 등짝에 대고 쏘아붙였다.

"아빠 흉내 좀 집어치워. 애초에 날 동생으로 생각한 적도 없으면서, 안 그래?"

흘러가던 회상이 흐려졌다. 좁은 원룸이 사라지고, 앞유리와 핸들과 대시보드가 나타났다. 형진은 쓰게 웃었다. 이번에도 형이 옳았고 그가 틀렸다. 날려 먹은 인생의 막바지까지, 그는 경찰보다 범죄자에 가까웠다.

손을 잡은 연인들, 젊은이들, 회사원들이 삼삼오오 밤거리를 가로질렀다. 형진은 그 무해한 양떼를 차창 너머로 건너다봤다. 저것들을 죄다 태워 죽이고 싶던 때가 있었다. 웃음소리만 들어도 피가 거꾸로 솟던 시절이었다. 그가 빼앗겼고 평생 되찾지 못할 것들, 세상의 행복에 찔려 신음했던 나날들이었다. 심장 속 방화범과 가장 치열히 싸운 시기이기도 했다. '해, 그냥 질러버려. 네가 그 꼴이 됐으면 똑같이 만들어줘야지. 넌 저것들이 밉지도 않냐?'

형진은 점퍼 호주머니에 손을 찔렀다. 늘 지니고 다니는 라이터가 손아귀에 착 붙었다. 지난 8년간, 누구를 그토록 증오했는지 알 수 없었다. 재수사를 거절한 경찰이었나, 습관처럼 미워해온 형이었나, 멀찌감치 서서 번화가를 지켜보던 문형진 본인이었나.

몸이 수십 갈래로 찢기는 기분이었다. 한쪽에는 철없이 선량했던 예전의 그가 있었다. 다른 한쪽에는 증오로 활활 타는 방화광이 있었다. 그리고 지금, 또다시 갈등하는 자신이 있었다. 산 몸도 죽은 시체도 아닌 채로. 8년 전의 적과 8년 동안의 적 중 누구를 태워야 할지 고뇌하면서.

형진은 점퍼 옷깃에 턱을 묻었다. 문득, 자신을 아는 유일한 사람이 보고 싶어졌다.

#정혜

"김정혜 씨라고요?"

명함을 들여다보던 여자가 물었다. 정혜는 다저스 모자 밑의 예쁜 얼굴에게 미소 지었다.

"네, 국제일보 사회부 김정혜. 혹시 성함이……."

옆자리의 검정 선글라스가 끼어들었다.

"알아서 써주세요. 민지나 채영이나, 뭐 그런 걸로."

정혜는 고개를 끄덕였다. 먼젓번의 다저스 모자가 말했다.

"우리 금방 일어나야 돼요. 궁금한 게 뭐예요?"

그녀는 최단거리로 질러 들어갔다.

"두 분, 미사리 박 아시죠? 대박용역 사장 박창우."

"당연히 알죠. 그 자식 가게에서 2년을 일했는데."

옆의 선글라스가 아냐, 2년 반이야, 했다. 정혜는 방해꾼을 무시하고 물었다.

"그럼 집이 어딘지도 아시나요?"

"그 새낀 집 같은 거 없어요. 항상 가게에서 자거든요. 퇴근한다고 가는 꼴을 못 봤어요."

"단골 술집은요? 만나는 애인이 있다거나."

두 여자는 서로를 마주 보더니 웃음을 터뜨렸다. 깔깔대던 선글라스가 자기 안경을 조금 내렸다.

"언니, 걔 술집 사장이에요. 자기 가게에서 놀면 되지 다른 데를 왜 가. 그리고 걔는 애인 안 키워요. 여자를 돈 버는 고깃덩이로 보는 놈이라니까."

정혜는 다른 각도에서의 접근을 모색해보았다.

"평소 친하게 지내는 사람들은요?"

"아무도 없어요. 그 쓰레기한테 친구는 무슨."

없던 힘이 쭉 빠졌다. 이번에도 허탕인가, 생각할 때 다저스 모자가 상체를 숙였다. 그녀는 호기심 어린 눈동자로 정혜를 살피다가 물었다.

"언니, 솔직히 말해봐요. 기사 쓰려는 거 아니죠?"

"네?"

"지금 뒷조사 중인 거잖아요. 그 새끼 묻어버리려고. 내 말이 틀렸어요?"

긍정도 부정도 하지 않자 다저스는 선글라스와 의미심장한 눈짓을 주고받았다. 그러더니 소리를 낮춰 속삭였다.

"언니는 예쁘니까 특별히 말해줄게요. 옛날에 돌던 소문인데, 박창우한테 비밀 금고가 있다는 거예요."

"비밀 금고요?"

"응, 언니가 생각하는 그거. 지금까지 모은 통장이랑 땅문서랑, 온갖 중요한 건 전부 거기 넣어놨다고요. 현찰로 바꾸면 억 소리는 우스울 거라던데."

돈은 얼마가 있든 상관없었다. 대신 다른 단어 하나만 귀에 들어왔다. 창우에게 중요할 만한 서류라면…….

"그 금고는 어디 있다던가요?"

다저스 모자는 하품했다.

"그거야 모르죠. 업장 어디 있지 않겠어요?"

그녀들이 자리를 뜬 뒤 정혜는 흡연실로 들어가 담배에 불을 붙였다. 비밀금고 이야기를 듣는 순간, 어떤 계획이 떠올랐다. 몇 주간 온갖 욕을 보고서도 쌩쌩한 목표의식의 목소리였다. 찾아내서 훔쳐, 무슨 수를 써서라도. 문제는 그 '무슨 수'가 하나뿐이란 사실이었다.

얼마나 위험한 짓인지는 알고 있었다. 가게에 잠입했다가 신분이 발각되면? 사무실을 뒤지던 중 들키기라도 하면? 아마 쫓겨나는 정도로는 끝나지 않을 터였다.

'정신 차려, 미친것아. 그놈한테 차이고 정신머릴 놓더니, 이젠 무덤까지 파고 들어가시게?' 이성의 목소리가 충고했다. 그녀는 마셨던 연기를 뿜었다. 어차피 더 잃을 것도 없었다. 인생과 바꾼 약혼이 진단서 한 장에 무너졌을 때부터, 삶은 좌초된 구명보트였다.

불현듯, 잠복 중일 형진이 떠올랐다. 아직까지 별 소식이 없다는 건 그쪽 방화범도 잠잠하다는 뜻이었다.

'눈 딱 감고 신고해버려. 방화범과의 동고동락, 이런 기사만 써도 특종은 맡아둔 거 아냐' 이성이 다시 지껄였지만 무시했다. 이미 이것은 기사를 위한 취재가 아니었다. 다 찢어진 경력 때문도, 알량한 정의감 탓도 아니었다. 그보다는 오래전부터 버릇이 된 인생 습관에 가까웠다. 학창 시절, 신물이 나도록 곱씹던 좌우명이 속삭였다.

'남한테는 져도 나한테는 지면 안 돼. 알지?'

그녀는 꽁초를 재떨이에 비벼 끄고 일어섰다. 목표는 청량리, 대박용역 본점이었다.

#강력 1팀

걸려 있던 무전기가 잡음을 뱉었다. 뒤에서 목베개를 고쳐 베던 박 팀장이 웅얼거렸다.

"주혁아, 소리 좀 줄여라."

절절 끓던 가래소리가 반으로 줄어든 뒤, 차 안은 다시 졸음에 빠져들었다. 선팅된 SUV에는 강남경찰서 강력 1팀 전원이 타고 있었다. 박필중 팀장을 비롯해, 평소 2인 1조로 움직이던 팀원들이 총동원된 참이었다.

조수석의 한상식이 불평했다.

"팀장님, 우린 대체 왜 이러고 있는 겁니까? 관내에서 살인사건이 난 것도 아닌데."

"그러게 말입니다. 이 아까운 시간에요."

운전석의 홍주혁이 말을 받았다. 그들 둘 모두 3년차와 4년차의 젊은 피였다. 뒷좌석에 앉아 눈을 감고 있던 강진구가 말했다.

"신고가 들어왔다잖아. 다음 타깃이 여기란다."

"그래도 그렇죠. 어떻게 전화 하나로 우리를 여기다 짱박습니까. 분명히 그냥 장난일 거예요."

오늘따라 막내의 불평불만이 거셌다. 옆을 흘끔 본 강진구가 혀를 찼다.

"그만해, 인마. 팀장님 심사도 사나우신데……."

"사납기는 우리 엄마 심사가 더 사납죠. 오늘 나오기 전에 운세를 보니까 대흉이랬어요. 대흉."

기어이 한 대 얻어맞았는지, 뭐라고 꿍얼대는 소리가 나더니 앞쪽이 조용해졌다. 대신 핸드폰이 울었다. 아내에게서 온 문자였다. '당신, 오늘 못 들어온댔지?' 박 팀장은 응, 이라고 보내고는 액정을 껐다.

화재 예보가 들어온 것은 오늘 오전이었다. 익명의 제보자는 방화범의 다음 표적을 알고 있다며, 목표 건물과 불을 놓을 만한 위치를 상세히 브리핑했다. 허위신고로 치부하기에는 세세한 디테일들이 전문가 뺨치게 정확했다. 결국 반장은 결단을 내렸다. 나타날지조차 모를 문형진의 검거에 강력반 3개 팀을 배치한 것이다.

젊은 여자로 추정되는 신고자는 용의자의 인상착의까지 남겼다. 키는 175센티미터가량, 보통 체형, 점퍼와 마스크에 모자를 착용했을 가능성 높음. 문형진의 몽타주와는 조금 달랐으나 수상해 보이긴 했다.

'그래, 딱 저놈처럼.' 박 팀장은 주차장에서 막 나오는 점퍼를 보며 생각했다. 까만 모자에 하얀 마스크, 점퍼를 입은 중키의 남자. 정신이 퍼뜩 들었다. 신고자가 뭘 입을 거라 예고까지 해준 그놈,

방화범이 코앞을 지나가는 중이었다.

"야, 앞에. 앞에!"

"네? 앞에요?"

앞의 얼간이들이 멍청한 얼굴로 돌아봤다. 박 팀장은 설명 대신 등받이를 걷어찼다.

"저기 신호등 앞. 그놈이잖아. 당장 내려!"

차 문이 양쪽으로 열리고, 홍주혁과 한상식이 굶주린 표범처럼 뛰쳐나갔다. 놈의 반응은 잽쌌다. 발소리를 듣기라도 한 양 돌아보더니, 냅다 뛰기 시작했던 것이다. 무전기를 뽑은 한상식이 외쳤다.

"여기 형1. 용의자로 보이는 모자 쓴 남성이 도주 중이다. 반복한다. 모자와 마스크를 쓴 용의자가 도주 중이다."

4차선 위의 추격전이 펼쳐졌다. 하얀 마스크가 도로를 가로질러 달려가고, 그 뒤로 형사 다섯 명이 죽어라 따라붙었다. 오가던 차들은 급히 브레이크를 밟거나 방향을 틀었다. 맨 앞에서 달리던 홍주혁은 아슬아슬하게 택시 보닛을 타넘었다.

마스크는 상가 사이 골목으로 쏙 들어갔다. 그때쯤엔 근처 순찰차에서 달려온 지구대 순경 둘도 합류해 있었다. 박 팀장은 팀원들에게 지시했다.

"진구랑 상식이, 반대로 돌아가. 나머진 따라오고."

아직 놈은 시야 안에 있었다. 점퍼 뒷모습이 벽 뒤로 사라졌다 보이고, 또 사라졌다 나타나길 반복했다. "거기 서, 이 새끼야!" 냅다 지른 고함은 여지없이 무시당했다. 좌우를 살핀 마스크는 갑자기 주택과 주택의 사잇길로 들어갔다. 몸을 벽에 붙여야 간신히 옆

걸음질칠 너비였다. '저 미친놈이……' 욕지거리가 치밀었지만 어쩔 도리가 없었다. 박 팀장을 선두로, 추격대는 한 명씩 빌라 틈새로 진입했다.

길은 좁고 고약한 냄새가 났다. 벽을 만진 손에는 질척거리는 기름까지 묻었다. 몇 미터 앞에서는 희대의 방화범이 잡힐 듯 말 듯 도망치고 있었다.

다만 어딘가 수상했다. 형사의 육감은 걸리는 단서들을 죽 배열했다. 성인 한 명이 지나가기조차 좁은 골목, 아까부터 나는 휘발유 냄새, 꼭 일부러 그들을 유인한 듯한 용의자의 도주 루트…… 오늘 오전, 신고자가 몇 번이나 당부했다던 말이 불현듯 떠올랐다. '출동하는 경찰분들, 꼭 조심하라고 전해주세요. 꼭이요.'

골목 끝에 이르렀을 때, 박 팀장은 흠칫 멈췄다. 도망친 줄 알았던 용의자가 서 있었던 것이다. "팀장님, 왜 그러세요?" 뒤따라오던 홍주혁이 물었지만, 섬뜩한 깨달음이 입을 막았다. 이곳은 놈이 파둔 함정이었다. 앞으로 나갈 수도, 뒤로 물러설 수도 없었다. 재빨리 테이저건을 뽑았으나 이미 늦은 뒤였다. 올라간 손이 흰 마스크를 끌어내렸다.

"다들 피해!"

박필중 팀장은 목청껏 고함질렀다. 다음 순간, 양쪽 돌벽을 타고 내달려 온 화염이 사냥감들을 집어삼켰다.

#형진

먼 곳에서 타는 냄새가 났다. PTSD가 찾아들기 전, 예고처럼 밀려오던 전조였다. 그래, 올 때도 됐지. 그는 선잠 속에서 생각했다. 그깟 환각쯤이야 백 번이고 천 번이고 받아줄 수 있었다.

하나, 둘, 셋, 넷……. 꼬박 열까지 셌으나 작열통은 들이닥치지 않았다. 아까부터 코를 찌르던 연기 냄새만 진해졌다. 귓가에서는 동생의 비명 대신 현실의 소음이 들렸다. 무언가 부서지는 굉음에 이어, 사이렌 소리가 의식을 파고들었다. 모처럼 꾸는 꿈치고는 그럴싸한…….

형진은 망치에 얻어맞은 것처럼 눈을 떴다. 술과 약이 합작한 주정뱅이의 환각이 아니었다. 그는 차에서 뛰쳐나가려다 멈칫했다. 주변이 지나치게 환했던 것이다. 가로등이 원래 이만큼 밝았던가? 그 순간, 불타는 철골이 떨어져 저만치 주차된 차를 관통했다. 뒤이어 낙하한 함석은 차 앞의 소화전을 납작하게 깔아뭉갰다. 형진은 더 생각할 것 없이 문을 박차고 뛰어나왔다.

보이는 온 세상이 불타고 있었다. 거리 양옆으로 늘어선 빌딩숲이 불장대처럼 타들어가는 중이었다. 거대한 홰 아래로는 도망치는 사람들과 길이 막힌 차들이 엉켜 지옥도를 이뤘다. 빌딩 상층부를 뚫고 불기둥이 뿜어져 나오자 아래에서 비명이 올랐다. 유리파편들이 벚꽃잎처럼 비산하고 파석을 맞은 가로등은 고목나무 꺾이듯 쓰러졌다. 도로 건너편에서 불길에 휩싸인 남자 하나가 사지를 휘두르며 달려나왔다. 마주 오던 택시는 그를 피하려다 가드레일을 들이받았다. 방향을 틀던 승용차와 뒤따라오던 경찰차, 물탱크를 실은 화물트럭이 연달아 택시를 덮쳤다. 불비는 죄 있는 자들과 죄 없는 자들을 구분하지 않았다. 형진은 도심 한복판의 아수라장을 멍하니 바라봤다. 지난 세월, 하루도 빼놓지 않고 그려왔던 장면이었다. 알코올중독자의 환각을 찢고 뛰쳐나온 업화의 도래였다.

그는 홀린 듯 걸음을 옮겼다. 파편을 맞은 머리에서 피가 흘렀지만 느끼지 못했다. 불붙은 가로수들 사이로 들어가고 있다는 것도 알지 못했다. 의기양양한 목소리가 열풍을 타고 밀려왔다.

'어때? 내가 네 소원을 이뤘어. 속이 시원해?'

정신이 들었을 때는 불길 속이었다. 두 팔은 뼈를 보이며 타들어가고 있었다. 환각이란 것은 알았지만 몸이 움직이지 않았다. 그는 맥없이 무릎을 꿇었다. 사냥개처럼 화재를 쫓던 소방관은 사라지고 옛 친구가 찾아왔다. 타는 냄새를 맡으면 웅크려 귀부터 틀어막던 겁쟁이, 불이 날까 무서워 강둑에서 잠들던 알코올중독자가.

의식이 훌쩍 멀어졌다. 덜덜 떨리는 손가락은 아스팔트를 긁었다. 8년 전, 눈밭에 쓰러져 불렀던 이름들이 흘러나왔다. 아무나 좀 구해줘요. 아버지, 어머니, 진아야……

"누구 없어요! 누가 좀 도와주세요!"

형진은 눈을 번쩍 떴다. 어디선가 동생의 목소리가 들린 것 같아서였다. 내려다보자 두 팔은 멀쩡했다. 몸에 붙었던 불길은 벗겨낸 듯 사라져 있었다.

그는 재빨리 일어섰다. 도로 위는 전쟁터가 따로 없었다. 굵은 불티가 탄피처럼 날고, 포격 소리 같은 폭발음이 지축을 뒤흔들었다. 범람해온 그림자로 거리는 검고 붉게 일렁거렸다. 어디 있는 거냐. 대낮같이 훤한 대로를 둘러보는데 울음소리가 들렸다. 빌딩 회전문 앞, 회사원 차림의 여자가 주저앉아 흐느끼고 있었다.

"뭡니까."

그녀는 공포와 걱정 때문에 정신이 반쯤 나가 보였다. 형진의 얼굴을 보고 흠칫하는 것 같더니, 울음기 섞인 목소리를 떠듬떠듬 늘어놓았다.

"우, 우리 부서 팀원들이 저 위에 갇혔어요. 다 같이 야근 중이었는데, 갑자기 화재경보가 울리면서 연기가 올라왔어요. 저는 화장실에 있다가 비상계단으로 도망쳤거든요. 그런데 엘리베이터가 중간부터 안 내려와요. 계속 기다렸는데……."

불이 난 고층빌딩에서 간혹 발생하는 사고였다. 발화지로부터 밀려든 열기가 변전실 설비에 이상을 일으켰고, 그 바람에 사람들을 태운 엘리베이터가 멎어버린 모양이었다.

"몇 명, 몇 층이요?"

"여섯 명이에요. 몇 층인지는 연기 때문에 못 봤고요. 아저씨, 제발 우리 팀원들 살려주세요."

20층 이상의 고층빌딩, 밀폐된 채 멈춘 승강기, 갇힌 성인 여섯 명. 불이 난 지 얼마나 됐는지는 몰라도 시간이 없었다. 열기가 승강기 개폐구까지 올라오는 순간, 그들이 탄 엘리베이터는 프라이팬이 될 터였다.

형진은 건물 주변을 휘둘러봤다. 입구 쪽 노변에 설치된 비상소화장치함이 보였다. 그는 철골이 떨어져 생긴 파석을 집어 들고 자물쇠를 내리쳐 부쉈다.

"여기서 피해요. 내가 알아서 할 테니까."

그녀는 눈물로 범벅된 얼굴을 닦더니, 고개를 끄덕이곤 일어나

달려갔다. 소화함 안에는 구불구불한 호스와 중형소화기 두 대가 들어 있었다. 형진은 소화기를 양 옆구리에 끼고 회전문 정면으로 진입했다.

로비부터 유독가스가 자욱했다. 이삼 분만 흡입해도 질식에 이르는 농연이었다. 형진은 숨을 참고 주변을 살폈다. 복도 중간쯤 '관계자 외 출입금지'라고 적힌 철문이 있었다. 소화기로 한 방 내리찍자 손잡이는 떨어져 나갔다. 그는 관제실 안으로 뛰어 들어가 계기판을 훑었다. 엘리베이터의 현재 층을 나타내는 불은 12번 버튼에 들어와 있었다. 우선 언제 추락할지 모르는 승강기부터 고정시켜야 했다. 비상차단기를 모조리 내린 뒤, 방화 셔터 레버를 끌어당기자 둔중한 진동이 손잡이를 타고 올라왔다. 형진은 레버 밑에 걸린 비상열쇠 꾸러미를 낚아챘다.

동쪽 비상계단으로 뛰어 올라가던 도중, 새까만 연기가 앞을 막아섰다. 위층의 문과 천장이 박살난 채 불타고 있었다. 천장에 모인 열기가 불줄기가 되어 폭발한 플래시오버Flashover의 흔적이었다. 그는 소화기 두 대를 기관총처럼 분사했다. 쌍포의 화력에 불길은 가까스로 수그러들었다. 시커멓게 타서 너덜거리는 천정 합판이 마음에 걸렸지만 방도가 없었다.

다시 독가스 밀집지역을 달려 올라갈 때, 위쪽 어디선가 폭음이 울렸다. 건물을 물어뜯는 화마는 이제 최성기로 들어서고 있었다. 형진은 멈추지 않고 계단을 뛰어올랐다. 하얗게 뜬 비상등이 획획 밀려 나갔다. 5F/6F, 6F/7F, 7F/8F…… 한 층 한 층 올라갈수록 호흡이 가빠졌다. 소방관의 목을 조르는 연소 연기가 효력을 발휘하기 시작한 것이었다.

그는 10층 초입에서 고꾸라졌다. 숨은 턱에 차고, 심장은 흉벽을 부술 듯 요동치고, 머릿속은 새하얘졌다 시커매지길 반복했다. 목을 틀어쥔 채, 형진은 뭍으로 나온 고기처럼 입을 뻐끔거렸다. 고통이 심장을 쥐락펴락하는 와중에도 욕지거리가 튀어나왔다. 빌어먹을 놈의 몸뚱어리, 마지막까지 쓸모 하나가 없어서야······.

그때, 천정 일부가 무너지며 합판의 잔해들이 쏟아져 내렸다. 동시에 목을 조르던 손아귀도 떨어졌다. 꽉 차 있던 연기가 무너진 틈새로 빠져나간 덕이었다. 뇌에 산소가 공급되자 집을 나갔던 의식이 돌아왔다. 형진은 끊어진 고무줄 같은 사지를 하나하나 끌어당겼다. 손을 짚고 팔을 뻗어, 소화기를 주워 드는 동작이 수만 년은 걸릴 듯 힘겨웠다. 머릿속의 재해대책본부는 연방 무전을 쳐댔다. 얼른 움직여, 더 꾸물거렸다간 너도 그 사람들도 끝장이야.

형진은 난간을 붙잡으며 위층으로 올라갔다. 11F/12F. 깨져 있는 비상등을 지나치자 드디어 문제의 층이었다. 문을 밀어젖힌 뒤, 그는 덤벼드는 열기에 한발 물러섰다.

현장의 상황은 예상보다 더 나빴다. 12층 복도 전체가 누런 화염에 휩싸여 있었다. 벽을 타고 천장까지 올라간 불길에서 검은 연기가 맹렬히 쏟아졌다.

그는 코와 입을 틀어막고 주위를 둘러봤다. 겨우 몇 미터 앞만 보이는 시야에, 도착한 층을 알리는 엘리베이터의 푸른 불빛이 아른거렸다.

걸음을 옮기려 하자 발아래서 뼈마디만 남은 손가락들이 달각거렸다. 어서 오라고, 네 동생에게 데려가주겠다고 아우성치는 방화광의 화염이었다. 형진은 소화액을 쏘려던 손을 멈췄다. 탄약은 충분했으나 불을 끄면서 갈 시간이 부족했다. 이제부터는 1분마다 갇힌 이들의 굽기가 달라질 것이었다. 레어에서 미디엄으로, 곧 까맣게 탄 웰던으로. 그는 숨을 멈추고 불길 속으로 뛰어들었다.

진입하자마자 불타는 손가락들이 발목을 붙잡았다. 당장 옷에 불이 붙었지만 의식은 어느 때보다 또렷했다. 내려다본 두 손에서는 화염이 일렁이고 있었다. 형진은 목마른 열기를 느꼈다. 그것은 살을 태우는 불이 아니었다. 혈관 속의 불이었다. 신경절을 달리며 피를 끓게 하고, 언 심장을 데우고, 그를 세상으로 휩쓸고 갈 불길의 와류였다.

오랜 잠에서 깬 것처럼 가슴이 뛰었다. 수많은 발들이 밟고 지나간 대합실 바닥, 그 거대한 관에서 깨어날 때면 자문하곤 했다. 나는 왜 나를 살려두는가. 미련도 염치도 남아 있지 않은 구덩이 밑바닥에서. 심장 속 방화범은 조용했고 그는 다시 잠을 청했다. 그의 삶은 불 속에서 추락했으나 불로써 죽음에 이를 수는 없었다.

이제는 비로소 알 것 같았다. 그가 살아남은 이유는 복수를 위해서가 아니었다. 방화범이 되어 도시를 불사르기 위해서도 아니었다. 최 전무의 목소리가 연기를 뚫고 날아왔다. '우린 언젠가, 내가 나를 구하리란 희망으로 하루를 살아가는 유배자들일세. 때가 오면 자네도 그렇게 될 거야.'

지금, 불바다 한복판에서, 형진은 불현듯 깨달았다. 그는 자신의 구원자로서 이곳에 서 있었다.

쉬어터진 외침이 타버린 목을 찢고 터져 나왔다.

"덤벼, 이 새끼들아! 어디 덤벼봐!"

말을 알아듣기라도 한 듯, 복도의 창문들이 일제히 깨지며 굵직한 화염줄기가 사출됐다. 전신이 화염에 휩싸였으나 그를 태우기에는 부족했다. 그는 야수처럼 으르렁대며 불붙은 점퍼를 벗어 내던졌다. 불가사의한 힘이 배 속에서 휘돌았다. 혈관마다 불길이 내달리고 신경은 활활 타며 폭주했다. 생명을 연료로 질주하는 증기기관차가 된 기분이었다.

그는 불바다를 뚫고 반대편으로 뛰쳐나왔다. 엘리베이터는 그 층 한가운데 멎어 있었다. 가져온 키를 열쇠구멍에 꽂아 비틀자 돌아가는 감각이 느껴졌다. 형진은 소화기를 내던지고 온 힘을 다해 철문 사이를 잡아 벌렸다.

승강기 안에는 땀범벅이 된 남녀 대여섯 명이 앉아 있었다. "어, 저기!" 한 명이 소리치자 다른 사람들도 고개를 돌렸다. 그는 문을 열어젖힌 채 고함을 질렀다.

"뭐 해, 빨리 나와!"

사람들은 믿을 수 없다는 표정으로 뛰어나왔다. 다들 가벼운 탈진 상태였으나 큰 부상자는 없었다. 형진은 돌아서서 불타는 사무실로 뛰어들었다. 쓰러진 기물들 사이, 우뚝 서 있는 정수기 윗부분에 생수통이 꽂혀 있었다. 물통만 분리해 나가자 여자들 몇몇이 불붙은 그의 바지를 보고 비명을 질렀다. 형진은 하반신에 대강 소화액을 뿌리고 생수통 마개를 열었다.

"윗옷들 벗어요."

가까이 있던 남자 직원들이 서로를 마주 봤다. 그는 너덜거리는 후드티 밑단을 쭉 찢으며 으르렁거렸다.

"입을 막아야 되니까, 빨리!"

그제야 사람들은 옷을 벗기 시작했다. 형진은 그들이 내놓은 옷가지에 물을 퍼부었다. 다음으론 아까 뜯었던 후드티를 적셔 복면처럼 코와 입을 가렸다. 한 방울까지 알뜰히 쏟은 뒤, 복도로 돌아서자 앞이 막막해졌다. 유일한 탈출로는 봉쇄되어 있었다. 아까의 몇 배로 커진 불길이 천장을 휘감았고, 녹아버린 천정재들도 간헐적으로 떨어졌다. 이대로라면 천장을 지날 배선과 덕트들이 언제 무너질지 몰랐다.

형진은 자신이 구해낸 사람들을 돌아보았다. 불안과 희망이 뒤섞인, 땀투성이 얼굴들이 그를 바라보고 있었다. 일일 소방관은 양손에 쥔 소화기를 들어올렸다.

"내 뒤에 딱 붙어요. 뒤처지면 죽습니다."

복도를 점거했던 불의 장벽은 소화액 세례에 한발 물러섰다. 화염은 후퇴했으나 놈이 남긴 독은 여전했다. 유독가스가 폐를 쏠아대고, 시커먼 농연이 시야로 덤벼 한 치 앞도 보이지 않았다. 필사의 전진은 벽에 부딪치고서야 멈췄다. 그가 처음 올라왔던 비상계단 입구였다.

형진은 모두 왔는지 확인하고 사람들을 내려보냈다. 길이 막힌 것은 5층에서 4층으로 내려갈 때였다. 앞서가던 남자 직원이 허겁지겁 그를 불렀다.

"밑으로 갈 수가 없어요. 천장이 무너진 것 같은데……."

내려가보자 불길한 예감이 현실로 변했다. 천장 한쪽이 무너져 내렸고, 그 위에 그을린 환기 덕트가 뱀 허물처럼 쌓여 있었다. 이음새 약한 연결 부분이 주저앉은 것이었다.

형진은 소화기를 놓고 덕트에 달라붙었다. 나머지 사람들도 거들었지만 길을 뚫긴 무리였다. 다른 통로가 없냐고 묻자 남자는 손가락을 튕겼다.

"5층까지 중앙계단이 연결돼 있어요. 엘리베이터가 고장 나거나 급한 일이 있을 때만 쓰는데, 평소엔 닫아두고요."

지금이 바로 그때였다. 그들은 5층으로 들어가 난장판이 된 복도를 가로질렀다. 과연 층 중간쯤에 문 하나가 있었다. 형진은 사람들을 물러서게 한 뒤 손잡이를 돌렸다.

그 소리는 문을 밀 때 들려왔다. 좁은 홈통으로 바람이 빠져나가는 듯한, 인화가스가 산소를 빨아들이며 내는 흡착음이었다. 머릿속의 소방관이 고함쳤다. 그거 닫아, 당장!

급히 닫았지만 늦은 뒤였다. 다음 순간 뿜어져 나온 불기둥이 그와 문짝을 날려버렸다.

끈 떨어진 연처럼 날아가며, 형진은 수백 분의 일 초로 느려진 시간에 사로잡혔다. 눈앞에서는 파노라마가 펼쳐졌다. 구겨진 문짝과, 허공을 나는 불티와, 유리창들을 가루로 만들며 달려나가는 화염이 발아래를 스쳐 갔다. 생존자들이 얼굴을 가리고 돌아선 다음…… 그는 복도 끝까지 날아가 캐비닛 사이에 처박혔다. 곧바로 무지막지한 통증이 뼈마디를 바스러뜨렸다. 거대한 압착기에 짓이겨진 느낌이었다.

소화액이 분사되는 소리가 아스라이 들려왔다. 일어서려 했지만 눈꺼풀 하나 옴짝할 수 없었다. 핏빛 연기가 형의 목소리로 말하고 있었다. '결국 이렇게 됐구나. 저들 대신 죽으려 그 모멸을 견딘 것이더냐?'

그는 점점 무거워지는 입술을 달싹였다.

아니, 저들을 살리려던 게 아냐. 진아의 복수 때문도 아냐. 난 나를 구하기 위해 버티고 있었던 거야.

"…요, 정신 차려요!"

누군가가 마구 몸을 흔들었다. 그 와중에도 눈치 없는 방해꾼에게 울화가 치밀었다. 이 지긋지긋한 인생을 막 탈출하려던 참인데, 폼 나는 작별인사까지 남기면서.

"일어나요. 정신 좀 차려보라고요!"

형진은 눈꺼풀을 힘겹게 밀어 올렸다. 방해꾼은 하나가 아니라 둘이었다. 아까 길이 막혔다고 말한 남자. 엘리베이터에서 맨 처음 끌어냈던 여자. 울 것 같은 눈동자들이 불길인지 연기인지로 붉었다.

"시간 없어. 그냥 가."

"안 돼요. 어떻게 혼자 두고 가요!"

여자 쪽이 소리를 빽 질렀다. 형진은 파리 쫓듯 손을 내저었다.

"그러다가…… 댁들까지 죽어. 얼른 꺼지라고."

대답은 없었고, 대신 몸이 들리는 느낌이 났다. 또 폭발이 일어난 건가? 눈을 뜨려 했으나 이젠 한계였다. 오감이 차례로 닫히고 있었다. 빛도, 소리도, 감촉도, 혈관 안에서 타오르던 불길까지 꺼졌다. 저들 중 몇 명이나 살아 나갈까. 궁금증이 솟았다가 졸음에 쓸려 갔다. 밖의 방화범들과 결착을 짓지 못한 것은 아쉬웠지만…… 똑똑한 김 기자가 무슨 수든 내겠지. 지금은 아무 대합실에나 드러누워 잠들고 싶었다.

의식이 곤두박질쳤다. 시야가 암전되기 직전, 진아의 얼굴이 보인 것도 같았다.

#정혜

정혜는 추잉껌을 세 개째 뜯었다. 입속 껌뭉치를 질겅질겅 씹으면서 눈앞의 건물을 올려다봤다. 외벽이 새빨갛게 도색된 창우네 룸살롱이었다.

위장이 또다시 메슥거렸다. 오기 전 커피를 큰 컵으로 들이켰는데도 속은 진정되지 않았다. 그럼 원두가 상했었나 보네, 긴장한 게 아니라. 그녀는 당당하게 합리화했다. 오늘 오후, 신사동 미용실로 출동했던 것이 시작이었다. "어서 오세요, 손님." 정혜는 직원들의 합창 속에서 의자로 걸어갔다. 다리를 꼬고 앉은 다음에는 방문 목적을 전달했다.

"텐프로처럼 해주세요."

급히 따라왔던 디자이너의 턱이 헤벌어졌다. 정혜는 다시 또박또박 말했다.

"텐프로처럼 해달라고요. 여기 그런 언니들 많이 오잖아요."

디자이너는 그녀를 가게 에이스처럼 바꿔놨다. 머리에 컬을 주고, 눈썹을 염색하고, 네일과 페디큐어까지 새로 받는 데 꼬박 다섯 시간이 걸렸다. 미용실을 나와서는 모처럼 집에도 들렀다. 잠금장치가 망가진 문짝은 덜렁거리며 열렸다. 그녀는 콧노래를 흥얼대면서 옷장을 뒤졌다. 신나는 파혼 쇼 이후 들춰보지도 않았던 것들이었다. 가슴이 푹 파인 레드 원피스, 같은 색 란제리 세트, 굽이 붉은 스틸레토 힐에 큰맘 먹고 샀던 프라다 클러치.

옷을 갈아입은 뒤, 정혜는 거울 앞에서 한 바퀴 돌아보았다. 등이 좀 끼긴 했지만 이만하면 훌륭했다. 뭐 먹을 건 없나, 해서 열어본 냉장고에는 맥주 캔 하나만 덩그러니 놓여 있었다. 그녀는 딴 자리에서 끝까지 들이켰다.

룸살롱 앞 스타벅스로 들어가니 주변 남자들의 눈동자가 우르르 끌려왔다. 정혜는 구석에 처박혀 핸드폰을 켰다. 가만있자, 헬프를 칠 인간이…… 연락처를 내리고 또 내렸지만 눈에 띄는 이름이 없었다. 전화를 건다 한들 꺼낼 말이 문제였다. 안녕, 나 김정혜인데. 지금 텐프로로 잠입할 거니까 와서 좀 도와줄래?

엄마, 아빠, 태준 씨를 지난 손가락이 '주훈 선배' 위에서 멈췄다. 정혜는 서둘러 문자를 전송했다. '선배, 나 좀 도와줘요.' 답장은 없었고 어이도 없었다. 하긴, 두 발 달린 짐승이라면 아무한테나 뒤통수를 맞는 게 김정혜 아니던가. 그 인간 호언장담을 믿은 것이 잘못이었다.

'잘 살았다, 참 잘 살았어.'

사실 큰 불만은 없었다. 지나온 삶이 새삼 후회스럽지도 않았다. 그저 가끔씩 쓸쓸하기만 했다. 항상 혼자 마시고 혼자 잠들었다가, 다음 날 또 혼자 해장술을 따는 게. 그렇게 진탕 마시면 며칠은 속이 쓰려 잠도 잘 안 왔다.

가게 입구로 들어가려다, 정혜는 핸드폰을 내려다봤다. 생각해보니 최근 생긴 술친구가 한 명 있긴 했다. 지금쯤 한창 잠복 중일. 입 험하고 성질 더러운 고집불통이.

문을 밀고 들어가자 심플한 내부가 나왔다. 좌측에는 엘리베이터, 우측에는 계단, 입구 바로 앞에는 프론트. 복도를 가로지르려는데 프론트의 남자가 그녀를 저지했다.

"실례합니다. 어떻게 오셨죠?"

정혜는 껌을 질겅질겅 씹으면서 대꾸했다.

"저 주영이 땜빵인데요."

남자는 아리송한 표정이 됐다.

"주영이? 처음 듣는 이름인데……."

"여기서 쓰는 이름을 모르겠네. 주영인가, 주희인가. 아무튼 올라가면 되죠?"

"잠깐만. 확인은 해봐야지."

그녀는 인상을 확 구겼다. 조급한 마음까지 합쳐져, 실감나는 짜증이 튀어 나갔다.

"오빠, 나 고급인력이거든. 오늘 페이 오빠가 줄래?"

남자는 순순히 그녀를 보내줬다.

2층 복도에 섰을 때 새로운 고민이 생겼다. 숨겨놨을 법한 곳을 찾아야 하나, 아니면 그냥 박창우 사무실로 올라가야 하나?

옆방 문을 열자 거울 앞에서 화장을 고치던 여자들이 일제히 돌아봤다. 정혜는 상냥하게 사과했다.

"미안. 번지를 잘못 찾았네."

2층의 다른 방들은 전부 아가씨 대기실이었고, 위층부터 본격적인 물장사가 시작됐다. 룸마다 만취한 남자들이 노래를 부르거나, 잔을 부딪치거나, 아가씨 가슴을 더듬느라 여념이 없었다. 정혜는 손톱만큼 열었던 문을 닫았다. 박창우가 저 어딘가에 금고를 뒀을 것 같진 않았다. 아무렴 자기 가게의 룸에다 숨겼을까, 그 철두철미한 능구렁이가.

'맨 꼭대기겠지. 거기 금고든 뭐든 있을 거야.'

막 돌아서려는데 엘리베이터가 와서 멈췄다. 문이 열리고 내린 남자는 정혜를 보자마자 화부터 냈다.

"여기서 뭐 하고 있어, 바로 들어오랬잖아."

그건 제가 아닌데요? 해명할 겨를도 없었다. 정신을 차렸을 때는 테이블 앞에 서서 다른 아가씨들과 초이스를 기다리고 있었다. 그녀를 찍은 파트너는 머리에 피도 안 마른 애송이였다. 도살장에 온 기분으로 옆에 가 앉자 싱글대는 눈웃음이 날아왔다.

"누나, 몇 살?"

새파란 게 반말은…… 정혜는 양주병을 들어 애송이의 머리를 깨버리려다 참았다. 대신 양심적으로 세 살만 줄였다.

"스물여덟이요."

애송이는 못 믿겠다는 듯 그녀를 뜯어봤다.

"에이, 말도 안 돼. 우리 아빠가 성형외과 원장이거든. 딱 봐도 서른은 넘었는데?"

그녀는 대꾸 없이 돔페리뇽을 콸콸 따랐다.

"잠깐, 그렇게 마시면 나 취해. 내일 오전 강의란 말야."

애송이의 입이 헤벌어졌다. 정혜가 맥주잔 가득 따른 양주를 숨도 안 쉬고 들이켰던 것이다. 그녀는 빈 잔을 내려놓고 속삭였다.

"누나 금방 갈 거니까 닥치고 있어. 고추를 확 잘라버리기 전에."

룸 밖으로 나와, 엘리베이터를 타고 7층에 도착할 때까지는 아무도 마주치지 않았다. 다만 모든 문들이 잠겨 있다는 게 문제였다. 거듭 허탕을 치자 슬슬 열이 올랐다. 이놈의 건물은 도통 침입자에 대한 존중이 없었다. 아래층에는 쓸 만한 게 없고, 꼭대기 층은 볼 수가 없고.

"야, 사장님이 말했지. 매사 조심하랬잖아."

그때, 기둥 뒤에서 굵은 목소리가 들려왔다. 그녀는 서둘러 머리를 풀어헤치고 입술을 문질렀다. 출근한 언니에서 떡이 된 언니로 변신을 마치자마자 정장 입은 사내들이 나타났다. 가운데의 회색 양복은 그녀가 익히 아는 얼굴이었다.

'하필, 여기서 저놈이랑……'

얼굴의 피가 싹 말라붙었다. 알아볼까, 알아보지 못할까. 만에 하나라도 기억한다면 끝장이었다. 형진과 붙어 다니던 그 기자가 그녀임을 알아차리는 순간 펼쳐질 일을 생각하자 목이 바짝 말랐다. 보복, 감금, 신체훼손, 강간……. '미사리 박'의 사업 영역은 끔찍하게 무궁무진했다.

그 사이 사내들은 그녀 앞까지 이르렀다. 창우는 별말이 없었고 콧수염 남자가 호들갑을 떨었다.

"강 실장, 아가씨 관리를 어떻게 하는 거야? 꼭대기로는 올라오지 못하게 하라고 했잖아."

정혜는 풀린 눈으로 그를 올려다보면서 히죽거렸다.

"죄송해요. 제가 술을 너무 많이 마셔서…… 근데 화장실이 어디예요?"

남자는 창우의 눈치를 보더니 저리 내려가, 했다. 가지 말라고 빌어도 꺼져줄 생각이었다. 멋들어진 팔자보행을 선보이며 걸어가는데 부르는 소리가 들렸다.

"어, 잠깐만."

정혜는 무심코 발을 멈췄다. 동창이라도 만난 것 같은 목소리가 뒤따라왔다.

"너 지난번 개 맞지? 사장님 만나러 찾아왔다던. 오빠가 가게 명함도 줬잖아."

눈앞이 아찔 돌았다. 날아간 기억은 몇 주 전에 도착했다. 창우를 찾으러 간 청량리의 가게에서 웨이터들과 수다를 떤 적이 있었다. 그중 한 명이 여기 와 있을 줄은, 심지어 그녀를 알아볼 줄은 상상도 못한 터였다.

구둣발 소리가 등 뒤로 다가왔다. 정혜는 달아나고픈 충동을 간신히 억눌렀다. 곧 부드러운 음성이 속삭여왔다.

"너, 누구니?"

저 목소리를 직접 듣자 온몸의 털이 곤두섰다. 창우는 그녀 옆을 천천히 돌기 시작했다.

"날 찾아오는 애들은 거의 없어요. 나한테 도망쳤으면 도망쳤지, 다시 기어들어올 생각은 안 하거든. 그래서 재가 기억하는 거야. 대체 어떤 간 큰 년이 미사리 박 밑에서 일하려 드나, 하고."

혼잣말을 빙자한 심문은 계속됐다.

"얼굴도 반반하고, 몸매도 괜찮고…… 근데 이상하게 낯이 익네. 어디서 봤을까, 무택이네 오피스텔 앞?"

필사적으로 변명을 궁리할 때, 머리거죽이 찢어지는 고통과 함께 고개가 젖혀졌다.

"안 취한 거 알아, 쌍년아. 누가 보냈냐?"

이를 악문 정혜는 번들거리는 눈깔을 쏘아봤다.

"좆 까, 병신아."

창우는 눈을 몇 번 깜빡거렸다.

"야, 얘가 지금 뭐라고 한 거냐?"

그녀는 마지막 남은 깡다구를 싹싹 긁어모았다. 어차피 죽을 거, 욕이나 시원하게 해줘야 덜 억울할 것 같았다.

"좆이나 까시라고요, 박 사장님. 욕을 하도 처먹어서 귓구멍이 막히셨나."

창우가 고개를 갸웃한 순간, 창가 밑에서 사이렌 소리가 들려왔다. 쭉 찢어진 눈동자에 알겠다는 빛이 떠올랐다.

"그래, 믿는 구석이 있으셨어. 연락이 없거든 쳐들어오라고 약속해두셨나? 우리 형사님 친구들이랑?"

이제 잡힌 머리카락 쪽은 감각도 없었다. 정혜는 눈을 깜빡여 맺히려는 눈물을 짜냈다. 창우는 그녀의 머리채를 놓아주며 씩 웃었다.

"형사님. 언제 발령이 나셨는지는 모르겠는데, 이쪽 서에선 우릴 안 건드리는 게 관례야. 깜빡이 없이 들어와봐야 소용이 없어요. 응?"

희망 비슷한 것이 퍼뜩 생겨났다. 저놈은 그녀가 경찰인 줄로 착각하고 있었다.

"그러니까, 이럴 시간에 애인이나 만드쇼. 남자가 없거든 가게가 아니라 사무실로 오고. 저기 청량리 쪽, 영장 갖고 방문하면 재밌는 걸 보여드릴게."

창우가 대신 예약은 하루 전에 하쇼, 하자 폭소가 일었다. 그는 정혜를 돌려세우더니 산발이 된 머리카락을 매만졌다.

"예쁜 머리 다 망가졌네. 그러게 내가……."

"야, 박창우."

쭉 찢어진 눈매가 그녀를 봤다. 저 눈깔도 이젠 무섭지 않았다. 정혜는 껌을 뱉어버리고 또박또박 말했다.

"조금만 기다려. 진짜 재밌는 걸 보여줄 테니까."

잠시 침묵이 흘렀다. 그녀를 내려다보던 창우는 웃음을 터뜨렸다.

"들었냐, 얘들아? 형사님께서 재밌는 걸 보여주신단다. 다음엔 스트립쇼라도 하시려나?"

말이 끝난 순간, 웃음기는 싹 걷혔다. 그의 유머에 억지로 웃던 사내 몇은 급히 입을 다물었다.

"끌어내. 저년 들여보낸 놈은 나한테 오라고 하고."

축객 서비스는 신속했다. 남자 두 명이 그녀의 양팔을 붙잡고 입구 앞 계단까지 끌고 갔다. 뒤이어 나온 양복쟁이가 지갑을 열더니 5만 원권 몇 장을 뿌렸다.

"사장님이 드리시랍니다. 오시느라 수고했다고."

정혜는 계단 여기저기 흩어진 지폐를 주워 모았다. 지나가는 행

266

인들이 흘끔거렸지만 신경 쓰지 않았다. 호랑이굴에서 살아 나온 걸로 모자라, 결정적인 단서까지 얻은 참이었다.

'그래, 거기다 숨겨뒀단 말이지.'

박 사장님이 친절하게 말씀해주신 바, 금고가 있는 곳은 청량리의 대박용역 사무실이었다. 그녀를 형사로 착각했던 만큼 허튼소리일 리도 없었다. 영장이 나오리라는 생각조차 안 했겠지. 든든한 연줄들에, 포섭해둔 공권력에, 이젠 어엿한 시장님까지 등에 업은 참이니.

지폐는 다 합쳐 여섯 장이나 됐다. 그녀는 목숨 값 30만 원을 클러치에 쑤셔 넣고 일어섰다.

조금 전, 창우는 그녀를 죽일 생각이었다. 눈만 봐도 알 수 있었다. 그곳에서 죽이든 끌고 가서 죽이든, 정혜가 누구며 왜 찾아왔는지는 상관없이. 마침 들린 사이렌이 아니었다면 어떻게 됐을지 상상하자 모골이 송연했다.

이제 다 끝난 일이었다. 아마 형문이 도움을 줄 것이다. 그를 통해 믿을 만한 검사에게 파일을 넘기고, 대박용역 본점에 수색영장을 때려서, 짐 뺄 틈도 없이 털어버리면…… 통쾌한 상상은 핸드폰을 확인하느라 잠깐 멈췄다. 메시지가 4통, 부재중전화가 7통이나 찍혀 있었던 것이다.

정주훈이 속죄의 편지라도 보냈나? 정혜는 맨 위의 메시지부터 읽기 시작했다. 몇 초 후, 그녀는 도로변을 지나친 택시를 쫓아 뛰고 있었다.

#형진

형진은 눈을 떴다. 마지막 잠의 재가 날아가고 있었다. 무슨 꿈을 꾼 것 같긴 한데, 기억이 잘 나지 않았다. 불길이 진 자리에서 희미한 목소리만 맴돌았다. '축하해, 오빠.'

그는 일어나려다가 비명을 지를 뻔했다. 어깻죽지가 떨어져나가는 통증이 밀려들었던 것이다. 그의 오른팔은 석고붕대 비슷한 것으로 칭칭 감겨 있었다. 팔과 연결된 호스 꼭대기에서 링거액이 한 방울씩 떨어졌다. 눈동자만 굴려 옆을 보자 지긋지긋한 도구들이 시야에 들어왔다. 심전도기, 허여멀건한 침대, 소독 기구를 잔뜩 실은 철제 트레이. 한때 갇혔었던 중환자실의 풍경이었다.

내가 얼마나 다친 거지? 자문해봤지만 더럽게 아프다는 것만 알 수 있었다. 붕대 감긴 오른팔뿐 아니라 꼬리뼈와 정강이 쪽에도 통증이 느껴졌다. 불길에 노출됐던 하반신도 필시 화상을 입었으리라. 그나마 산소호흡기가 물려 있지 않은 것이 다행이었다. 그는 창문 쪽을 보며 이를 갈았다.

'그래도 벨은 달아줘야지. 환자의 인권인데.'

곧 병실 문이 열리고 정혜와 처음 보는 남자 하나가 들어왔다. 그녀는 형진이 깨어난 것을 보더니 눈을 커다랗게 떴다.

"형진 씨."

반가움이 솟았지만 일어설 기운이 없었다. 그는 힘없이 대답해주었다.

"얼굴도 못 보고 가나 했네."

둘은 말없이 서로를 마주 보았다. 분위기가 묘해질 때쯤, 요란한 재채기 소리가 들려왔다. 정혜와 같이 들어온 남자는 맹한 눈으로 코를 훌쩍였다.

"아, 죄송해요. 제가 여름 감기가 들어서⋯⋯."

정혜는 쪽팔려 죽겠다는 얼굴이 되어 눈을 돌렸다. 형진은 남자에게 궁금한 걸 물었다.

"댁은 뭐요?"

남자는 만면에 화색을 띠고 악수를 청했다.

"스타내셔널 연예부 정주훈이라고 합니다. 실물로 보니 더 잘생기셨네요."

형진은 붕대로 칭칭 감긴 두 손을 내려다봤다.

"지금 악수는 못 하겠는데."

남자는 아차 하는 표정이 됐다. 정혜가 그들 사이로 끼어들었다.

"자, 그럼 선배는 이따 와요. 그 동네 아이돌 공개방송 시간 다 돼 간다면서."

남자가 측은한 눈빛으로 쳐다봤으나 정혜는 단호했다. 결국 그는 자기 가방을 챙겨 병실을 나갔다. 그러면서도 한 마디 남기는 걸 잊지 않았다. "나중에 술 한잔해요, 꼭이요!"

촉새가 나가자 병실은 조용해졌다. 정혜가 갑자기 핸드백을 뒤지는 동안, 형진은 애꿎은 링거병만 올려다보았다. 낯 뜨거운 민망함이 뒤늦게 밀려왔다. 그러니까 왜 그리 느끼한 말투로 이름을 불러서⋯⋯.

"어쩌자고 그랬어요?"

난데없는 질문이 멱살을 잡았다. 그는 멍청히 되물었다.

"내가 뭘?"

"불타는 빌딩으로 뛰어들었다면서요. 지금 자기 몸이 어떻게 됐는지 알아요?"

어떻긴, 반병신으로 뻗어 있지. 형진은 치켜뜬 도끼눈을 외면했다. 그가 말이 없자 정혜는 본격적으로 화를 내기 시작했다.

"보나마나 그놈의 오지랖이 도지셨겠지. 옆에서 건물이 무너지는데도 사람이 위험하다니까 달려가셨을 거야. 걱정하는 사람은 생각도 안 하냐고요."

형진은 잔소리가 끝나길 기다려 물었다.

"그 사람들은 무사한가?"

정혜는 두 손 두 발 다 들었다는 표정이 됐다.

"네. 거기 있던 사람들 중 형진 씨가 제일 심하게 다쳤어요."

그는 기억을 더듬었다. 중앙계단 문을 연 순간, 백드래프트*에 휘말려 복도 끝까지 날아간 것은 기억났다. 내가 어떻게 나온 거냐고 묻자 정혜가 대답했다.

"형진 씨가 구한 사람들 있죠? 그중 두 명이 건물 입구까지 데려왔어요."

"내가 거기 있는 줄은 어떻게 알았고?"

정혜는 어깨를 으쓱였다.

"어떤 여자가 당신 핸드폰으로 나한테 연락했어요."

자초지종은 이러했다. 그 인간들이 혼절한 형진을 들쳐 메고 내려왔고, 바지 뒷주머니에서 핸드폰을 발견했으며, 정혜에게 전화를

---

* 밀폐된 화재공간에 산소가 공급되었을 때 발생하는 불길역류현상.

걸었다. 거기서 두 번째 의문이 떠올랐다.

"여긴 어디요?"

"주훈 선배 친척분이 하는 외과예요. 사정을 이야기하고 도움을 좀 받았죠."

아까 본 멀대가 주훈 선배라는 작자인 모양이었다. 정혜는 그의 표정을 보고 덧붙였다.

"이만하긴 저 선배 덕분이에요. 당장 숨은 넘어갈락 말락 하지, 데려갈 병원은 없지, 그 와중에 여길 수배해줬으니까. 개인병원이라 경찰이 올 일도 없을 거고요."

형진은 눈을 몇 번 깜빡거렸다. 링거에 진통제가 섞였는지 졸음이 쏟아졌지만, 더 중요한 게 있었다.

"밖은 어떻게 됐지?"

정혜는 짜증을 왈칵 냈다.

"밖은 무슨, 지금 그딴 게 중요해요?"

갈 때 가더라도 알 것은 알아야 했다. 그는 뉴스를 틀어달라고 부탁했다. 정혜는 고민하는 것 같더니 결국 리모컨을 가져왔다. 침대 맞은편의 텔레비전이 켜지고, 채널이 9시 뉴스에 맞춰졌다. 이윽고 익숙한 빌딩과 가로수들이 나타났다. 그날 그가 잠복하고 있었던 거리의 건물들이었다. 다만 모습은 기억과 사뭇 달랐다. 까맣게 그을렸거나, 폭격을 맞은 듯 반파됐거나, 아예 녹아 허물어졌거나. 연기가 오르는 도심 위를 헬리콥터 몇 대가 날아다녔다.

형진은 전후의 폐허를 멍하니 쳐다봤다. 을씨년스럽던 풍광이 다음 속보로 바뀌었다. 소방관들이 문짝을 부수고 진입하는 장면 아래로. 뉴스라인 몇 개가 지나갔다.

'강남 연쇄 화재. 처참했던 6시간'

'방화인가, 재앙인가?'

'추가 피해 우려, 사상자 집계 불가능'

'충격의 물결… 대통령, 국가 차원의 조의 표명'

더 이상은 보고 싶지 않았다. 형진은 초유의 재해에서 시선을 돌렸다.

"수백 명이 죽었겠군. 난 고작 여섯을 구했는데."

TV를 꺼버린 정혜가 그를 돌아보았다.

"어쩔 수 없었잖아요. 누구라도 막지 못했을 거예요."

이번 테러는 규모부터가 전과 달랐다. 놈은 시가지 하나를 불바다로 만듦으로써 제 힘을 공표한 셈이었다.

"왜 갑자기 패턴을 바꾼 거지?"

정혜는 하얗게 부르튼 아랫입술을 깨물었다.

"모르겠어요. 처음 나타난 곳은 성동구였는데, 그쪽 서 강력팀 하나가 몰살당했어요. 폭주를 시작한 건 그 이후였고. 경찰에게 발각됐다는 사실에 흥분했는지도 몰라요."

형진은 신음을 삼켰다. 무의미한 가정들이 떠돌았다. 감시지를 반대로 정했다면, 그래서 형사들 대신 자신이 거기 있었더라면. 그는 쉰 목소리로 물었다.

"당신 쪽은?"

정혜는 엉뚱한 대답을 했다.

"형진 씨는 열흘이 넘게 기절해 있었어요. 유독가스를 너무 많이 마신 데다 부상도 심해서."

그게 어쨌다는 거요? 눈으로 묻자 정혜는 한숨을 내쉬었다.

"사고 후 둘째 날, 임재규가 시장직을 내려놨어요. 이 참사에 대한 책임을 통감한다며. 그 자릴 누가 꿰찼을 것 같아요?"

그는 잘 움직이지 않는 미간을 일그러뜨렸다.

"맞아요, 장무택. 압도적인 차이로 당선됐죠. 지지율이 자그마치 투표자의 8할이었어요."

그가 진통제의 바다를 헤엄치는 사이 장무택은 서울을 집어삼킨 것이었다. 정혜는 시선을 그와 맞췄다.

"형진 씨, 우리가 졌어요."

말도 안 되는 말이 귓가를 후려치고 도망쳤다. 잘못 들었겠지, 생각하는데 목소리가 이어졌다.

"더 이상 방법이 없어요. 박창우의 비밀금고, 그걸 찾아낸다 해도 이젠 너무 늦었어요. 소식통 말로는 벌써 스폰서들이 붙었대요. 밀어볼 만한 대선 주자 중 하나로."

"그래봐야 한때야. 놈만 잡으면 여론도 돌아서겠지. 그때 모든 비리를 까발려서……."

"그렇게 죽고 싶어요?"

기어이 고함이 터졌다. 정혜는 입술을 깨물고 소리쳤다.

"지금 당신 꼴을 봐요. 팔은 부러졌고, 다리뼈엔 금이 갔고, 골절된 부분들이 열두 군데나 돼요. 그 몸으로는 걷지도 못한다고요."

형진은 가느다랗게 떨리는 그녀의 목을 보았다. 얼른 실감이 나지 않았다. 우리가 졌다고? 저 불쟁이랑 그놈을 흉내 내는 쓰레기

273

들한테?

'응. 졌어.' 서서히 돌아온 현실감각이 대답했다. 정혜의 말이 맞았다. 지금 그는 동네 꼬마 하나 혼쭐낼 수 없는 처지였다. 목숨만 붙어 있다뿐이지, 이만하면 산송장이나 다름없었다. 예전처럼 거동하려면 며칠이 걸릴까. 3주, 어쩌면 4주?

문 밖에서 발소리가 들려왔다. 정혜는 트레이를 밀고 들어온 간호사 옆으로 비켜섰다.

"쉬고 있어요. 일 좀 보고 올게요."

안심하라는 듯, 미소를 지어 보인 간호사가 주사기를 들었다. 곧 투여된 진정제가 그를 고통 없는 세상으로 데려갔다.

❖

정신을 차렸을 때는 밤이었다. 병실 불은 꺼져 있었고 예비등 빛만 푸르스름했다. 머리맡에 놓인 가습기가 소화액 같은 수증기를 뿜어내는 중이었다.

"오래 잤네요."

형진은 무거운 머리를 들었다. 안경을 쓴 정혜가 간병인용 의자에 앉아 있었다.

"내내 누굴 불렀어요. 악몽을 꾸는 것 같던데, 아는 사람이라도 나왔어요?"

"글쎄, 기억이 잘 안 나서."

꿈에 당신이 나왔다고는 말할 수 없었다. 그놈이 이번엔 병실을 습격했고, 불구덩이에 갇힌 댁을 구하느라 소릴 지른 거라고도. 정혜는 안경을 벗어놓고 일어섰다.

"한잔 마셔야겠어요. 환자는 냄새만 맡아요."

정혜는 가습기의 습도를 조절한 뒤 냉장고를 열었다. 뭐가 들어갈까 싶을 만큼 조그만 냉장고에서는 아사히 캔이 나왔다. 형진은 중독자 선배로서 충고했다.

"적당히 마시지. 나처럼 되면 후회해도 늦어."

정혜는 대답하는 대신 맥주캔을 들여다봤다. 그러더니 뜬금없이 물었다.

"내가 왜 술을 마시기 시작했는지 알아요?"

그걸 알면 노숙자가 아니라 예언자였다. 그녀는 자기 물음에 답했다.

"담배는 그 집 애들이 다 피웠거든요. 곧 죽어도 개들이랑 같은 건 하기 싫은 거예요. 그래서 고등학교 1학년인가, 밤마다 사다 홀짝대기 시작했어요. 뚫릴지 안 뚫릴지 궁금해서 사본 거였는데, 마시고 나니 신세계더라고요. 혼자 마셔도 혼자가 아닌 기분이 드니까. 어른들이 왜 술을 먹는지 그때 알았어요."

그 집 애들? 나이를 보니 회사나 동아리 얘긴 아닌 모양이었다. 정혜는 캔을 따서 한 모금 마셨다.

"우리 집엔 다른 집 가족들도 살았어요. 큰아빠, 큰엄마, 삼촌들이랑 고모랑 그 집 애들. 삼십 평짜리 집에서 애 다섯이랑 어른 일곱이 부대꼈죠. 왜, 그런 사람 있죠? 날 때부터 등에 빨대가 꽂혀서, 자기 골수가 빨리는 것도 모르는 인간들. 우리 엄마랑 아빠가 그런 호구였어요. 나 초등학교 때였나, 한 칸 한 칸 세간이 들어오더니 나중엔 사람들이 쳐들어오더라고요. 코를 질질 흘리는 꼬맹이들을 앞세워서."

담담한 목소리가 계속되었다.

"난 딱히 부모님을 닮지 않았던 모양이에요. 대체 왜 쟤들이 내 방을 쓰고, 나랑 같이 자고, 내 간식을 가져다 먹는지 이해가 안 갔으니까. 한번은 허락 없이 피아노를 친 사촌이랑 싸웠어요. 그날 밤엔 아빠의 묵인 아래 큰아빠한테 종아리를 맞았고. 이불을 뒤집어쓰고 문제집을 푸는데 눈물이 나더라고요. 아마 그때 다짐했던 것 같아요. 내 편은 세상에 아무도 없다고, 살아남으려면 독해지는 길밖에 없다고."

"성격이 더러워진 이유가 다 있었군."

정혜는 깔깔 웃었다.

"정답. 그런데 난 원래부터 이랬어요."

"공부는 잘했을 것 같은데."

"다 소용없더라고요. 살면서 느낀 게 있다면, 인간은 미워할 거리를 기막히게 찾아내는 동물이란 거예요. 학창시절 동안 온갖 따돌림은 다 당해본 것 같아요. 근데 웃긴 건, 아직까지도 이유를 모르겠어요."

그는 옛 기억을 헤아렸다. 문형진의 삶은 살아 있는 추락의 역사였다. 무해한 한량에서 방화용의자로, 경찰 지망학도에서 강력범으로. 유치장을 옮겨다니면서 느낀 적의는 무참했다.

"파혼은 어쩌다 한 거요?"

정혜는 어이없는 표정으로 그를 쳐다봤다.

"예절교육을 잘 받으셨네요. 그 얘길 면전에다 묻는 사람은 처음 봤어요."

뭐가 어때서, 하듯 으쓱했을 때 생뚱맞은 대답이 나왔다.

"애를 못 가져서요."

형진은 눈을 몇 번 깜빡였다.

"뭐라고?"

"애를 못 가져서 파혼당했다고요. 결혼식 직전에, 검진을 받으러 같이 갔던 병원에서."

그는 의문에 빠졌다. 요즘 사람들은 애를 못 낳으면 결혼도 못 하나?

"바로 작년 초에 만났던 사람이었어요. 중소기업 회장 외동아들. 만난 날부터 푹 빠졌고 석 달 만에 결혼 얘기가 오갔죠. 저쪽 집안 에서 난리가 나긴 했어요. 변변찮은 계집애한테 아들을 빼앗길까 봐. 그런데 이미 홀딱 반한 걸 어떡해요? 1년간 그 집에 들어가는 조건으로 직장까지 그만두곤 결혼을 밀어붙였어요. 그때껏 쌓은 모든 걸 내팽개친 거죠. 미친년처럼 눈이 돌아가서."

목소리에 희미한 자조가 섞였다.

"일이 잘못됐다는 건 검진결과를 받고 알았죠. 선천성 난임이라 는 말을 듣는데, 그 사람 표정이 생각보다 더 안 좋더라고요. 가족 약속이 있어서 먼저 일어나겠다며 가버린 게 마지막이었어요. 다 음 날 문자가 오더군요, 아무래도 결혼은 다시 생각해봐야 할 것 같다고. 알고 보니 자식농사가 꿈이던 사대독자였어요. 난 내 몸의 이상을 알면서도 그 집안을 속이려던 파렴치한 년이 됐고."

뒤늦게 정혜의 백 속 약들과 진단서가 떠올랐다. 정혜는 어깨를 으쓱해 보였다.

"뭘 놀란 척해요? 가방까지 뒤져놓고."

불시의 공격이라 둘러댈 말이 궁했다. 정혜는 그의 표정을 보더니 씩 웃었다.

"방금 어떻게 알았나, 생각했죠? 사실 보고 있었어요."

"정말로?"

"당연히 뻥이죠. 그냥 해본 소리였는데."

멍청하게 속아 넘어간 걸 반성하는 사이, 정혜는 다 마신 맥주캔을 구겨서 쓰레기통에 던졌다.

"형진 씨는 어땠는데요? 인터뷰라고 생각 말고, 그냥 말해봐요."

이제 와서 못 말할 것도 없었다. 그는 대쪽처럼 엄한 일용노동자였던 아버지를, 그 대쪽 같음에 질려 도망치고 만 어머니를, 아버지를 닮았던 형과 어머니를 닮았던 그와 아무도 닮지 않았던 진아를 이야기했다. 아버지란 작자는 그가 여덟 살이 되던 해에 공사판에서 낙사했는데, 사망보험금을 제한 빚이 1억 7천만 원이었다고도 말했다. 나는 어릴 때부터 남 돕는 게 좋았다고. 그런데 돈을 벌긴 귀찮았다고. 그래서 형이랑 매일같이 싸웠다는 이야기도 했다. 사실 조금 더 나쁜 쪽은 형이었다. 사시를 앞둔 수재가 평범한 동생을 뭣 하러 쪼아대나. 사람마다 각자의 포부가 다른 법인데. 헐렁헐렁 살다 가든 아버지처럼 살다 가든, 어차피 똑같은 죽음이거늘.

듣고 있던 정혜가 불쑥 말했다.

"당신 형도 불쌍한 사람이네요."

"그 인간이 왜?"

"철도 들기 전에 아빠 노릇을 해야 했잖아요."

"그건 아빠 노릇이 아니라 꼰대질이요."

정혜는 간단히 정리했다.

"그걸 보고 자랐을 테니까요."

형진은 곰곰이 생각해보았다. 생각해보니 형 쪽에서 대화를 시도한 적이 있었던 것도 같았다. 자정쯤 들어와, '일어나 앉아봐라.' 하는 것도 화해의 제스처라면.

"부질없는 얘기요. 너무 늦었어."

"아마 형도 똑같이 생각했을 거예요. 늦지 않았던 때부터."

아깐 졌다고 하더니 지금은 남보다 못한 인간 타령이었다. 그는 매몰차게 쏘아붙였다.

"그럼 그 인간한테 가시지. 운신도 못하는 병신 옆에 붙어 있지 말고."

"왜요? 난 이쪽이 더 좋은데."

뱉으려던 독설이 도로 말려 들어갔다. 정혜는 재미있다는 눈빛으로 그를 쳐다보았다.

"있죠, 이번에 하나 느낀 게 있어요. 그 룸살롱에 들어갔다 박창우랑 마주쳤거든요. 금고를 찾아 돌아다니다가, 하필 맨 꼭대기에서 딱."

"그놈이 거기 있었다고?"

"내가 누군지는 몰랐지만요. 하여튼 그놈 눈을 보는데, 여기서 죽는구나 싶으면서 서러워지는 거예요. 이런 상황에도 구하러 오는 인간 하나 없고."

이야기의 방향이 기괴하게 흘렀다. 저게 뭔 소린가, 하는 사이 더 당혹스러운 말이 들려왔다.

"그러니까 다 나으면 커피나 마시죠. 특별히 한잔 살 기회를 줄게요."

미친 여자는 답이 없어. 그는 속으로 중얼거리고 돌아누우려다 비명을 지를 뻔했다. 꼬리뼈 쪽이 끔찍하게 아팠던 것이다. 정혜는 청바지 뒷주머니에서 핸드폰을 꺼냈다.

"피곤하겠다. 그럼 푹 쉬어요."

그녀의 뒷모습을 보자 문득 대답하지 못한 말이 떠올랐다. 그 불구덩이로 뛰어 들어갔던 진짜 이유였다. 거기 갇혀 있던 것은 다른 누군가가 아니었다. 그가 불붙은 엘리베이터에서 구해낸 것도, 고립됐던 직장인들이 아니었다.

"나는 나를 구했어."

막 문을 열려던 정혜의 손이 멈췄다. 형진은 세상을 향해 되풀이했다.

"난 나를 구했어. 그러니 아직 끝난 게 아냐."

정혜는 한동안 그의 눈을 바라보았다.

"돌아와서 다행이에요."

#형진

다음 날, 제3차 대국민담화문이 발표됐다. 카메라 앞으로 나온 양반은 경찰청장도 검찰총장도 아닌 대통령이었다. 연설 내용은 애처롭고도 부질없었다. 국가의 수장으로서 책임을 통감한다. 모든 방법을 동원하여 노력 중이니, 국민 여러분께서는 조금만 기다려 달라…….

"똥줄이 타긴 타나 보네요. 방화범 한 명 때문에 각하께서 다 나서시고."

팔짱을 낀 채 지켜보던 정혜가 중얼거렸다. 장면이 바뀌고 오늘 밤 토크쇼의 예고편이 흘러나왔다. '새로운 시의 목소리 장무택 시장, 목표는 다음 대선인가?'

서울은 벌집처럼 들끓고 있었다. '8월의 참사'라 명명된 비극은 도시에 보이지 않는 불을 질렀다. 타는 냄새를 맡은 대중은 거리로 쏟아져 나왔다. 광화문 광장에도 현수막이 내걸리고 깃발들이 모여들었다. 붉은 깃발 위로 확성기 메아리가 쩌렁쩌렁 울렸다. 정부는 너희가 만든 괴물을 처단하라. 안전한 집을 돌려달라. 광장을 메운 시민들은 소리 높여 후렴을 따라 불렀다. 처단하라, 처단하라. 열띤 합창 속에서 광화문의 기치들이 너울거렸다.

방화범이 불을 지른 것은 건물뿐이 아니었다. 과격한 이들은 소방서 앞에서 난동을 벌이거나 화염병을 만들어 던졌다. '불을 지른다'는 이제 전국민적 유행어가 되었다. 누가 불을 지르려 했다느니, 방화범을 봤다느니 하는 신고 전화가 파출소 콜센터마다 폭주했다. 시너 통을 들고 지하철에 타려다 시민의 신고로 잡힌 부랑자도 있었다. 대상 없는 분노가 불타는 도시에 번지고 있었다.

정혜는 아침마다 나가서 밤늦게 들어왔다. 뭘 하고 왔냐고 묻자 피곤한 얼굴로 일이 있다고만 했다. 그 뒤로는 형진도 행선지를 묻지 않았다. 안다 한들 무얼 돕겠나. 걷지도 뛰지도 서지도 못하는 처지에.

"형진 씨가 구한 사람들, 당신 얼굴을 봤어요?"

오랜만에 함께 저녁을 먹던 중이었다. 형진은 죽을 뜨던 숟가락을 내려놨다.

"눈이 있으면 봤겠지."

"됐네요. 그럼 며칠 내로 기사가 뜰 거예요."

"기사는 왜?"

정혜는 확신에 찬 동작으로 젓가락을 치켜세웠다.

"유력한 용의자가 사람들을 살렸잖아요."

그녀의 장담과 다르게, 며칠이 지나도 기사는 올라오지 않았다. 정정보도의 기미가 없자 정혜는 화를 버럭 냈다.

"이럴 줄 알았어요. 자기들 목숨만 건졌다고, 구해준 사람은 아주 싹 잊어버렸어."

정작 형진은 아무렇지 않았다. 평생을 겪어온 바, 한번 낙인이 찍힌 쓰레기는 영원한 쓰레기였다.

단, 그 쓰레기가 앞으로 할 일만은 명확했다. 다 죽어가는 꼴로 병실에 누워 있으면서도 정신만은 맑았다. 철없던 한량 시절과도, 세상을 증오하던 노숙자 시절과도 달랐다. 흩어져 타던 불길이 한 점으로 모여든 기분이었다.

지난 2주간, 다른 방화는 일어나지 않았다. 이대로 끝날 리가 없다는 건 그가 더 잘 알았다. 방화광이 도시로 돌진하는 폭주기관차라면 장무택과 박창우는 거기 탄 무장 강도였다. 놈들은 멈추지 않을 것이었다. 정거장에 들이닥치고 대합실을 불살라. 마침내 역의 모두가 탄화될 때까지.

'막을 수 있겠어, 너 혼자?' 머릿속의 소방관이 물었다. 형진은 늘어진 육신을 내려다보았다. 금이 간 꼬리뼈는 붙는 중이었고 오른팔은 겨우 쓸 수 있었다. 바깥의 적들과 싸우기는 아직 무리라는 소리였다.

'사람을 구해야 하나. 아니면 정혜의 선배라던 멀대를 불러볼까?' 조력자를 찾던 도중, 어떤 얼굴이 떠올랐다. 딱 한 명. 그가 아는 인간이 남아 있긴 했다. 남부럽잖은 돌주먹과 잘 도는 머리를 두루 겸비한.

형진은 고개를 저었다. 그가 달라졌다고 형까지 변했을 리는 없었다. 가진 게 워낙 많은 분이시니, 자기 밥그릇 지키기도 바쁘겠지. 그들의 관계는 지난번 가택방문에서 완전히 정리된 바였다.

'그러니까 기대 말자. 호적에도 없는 사이잖아.'

#형문

책상 위의 핸드폰이 진동했다. 장 대표가 보낸 미팅 장소 변경 문자였다. '확인했습니다.' 형문은 답을 보내고 읽던 책으로 시선을 내렸다. 스탠드 불빛에 얼핏 책등이 드러났다.

『지능방화와 목적방화의 이해』

그의 서재에는 책이 많았다. 주로 법학이나 법전 위주였고, 간혹 범죄심리학과 분야별 교양서도 있었다. 사시 공부를 할 적 독서량은 더 이상의 수학修學이 필요 없어지고 나서도 습관으로 남았다.

동료 법조인들은 골프나 테니스, 요트 같은 취미를 즐겼지만 그는 일주일에 두 번 헬스클럽에서 PT를 받을 뿐이었다. 취미생활이란 죄 없는 인간들의 사치였다.

'취미라고 하지 마. 나한테는 인생이야.'

저 멀리서, 언젠가의 카랑카랑한 목소리가 들려왔다. 동생은 늘 저런 식이었다. 하해와 같은 오지랖에, 무책임한 정의감에, 속 터지는 선량함으로 무장하고는 내 인생에 간섭 말라며 쌈닭처럼 대들었다. 그럴 때마다 그는 어이가 없었다. 뭘 하고 다니는지는 알 바 아니었지만 보이는 것까지 안 볼 수는 없지 않나. 억울하면 집을 나가든가, 네가 형을 하든가.

사실, 알 바가 아니지 않았다. 아버지가 있었을 때는 형이니까 의무를 다했고 돌아가시고 난 뒤에는 가장으로서 훈계를 했다. 허튼 짓 말고 공부를 해라, 우리 형편에 남을 돕는 건 자제하도록 하자. 잘 알아듣게 말했는데도 동생의 취미생활은 멈추지 않았다. 동네 양아치들과 싸움박질을 일삼고, 노인네 리어카를 밀어주느라 시험에 늦고, 호통을 치면 머리가 좀 컸다고 형을 들이받고……

그리고 불이 났다. 형진이 크게 다쳤지만 살아남았다는 소식을 들었을 때, 그는 안도와 증오를 함께 느꼈다. 어리석은 생각임을 알면서도 원망을 떨치기 어려웠다. 그날 동생이 조금만 더 일찍 돌아왔다면, 그랬으면 진아를 구할 수도 있었을 텐데.

물론 동생놈도 똑같이 생각하고 있었다. 진아가 죽은 건 형 때문이라고, 형이 우리를 조금만 더 챙겼어도 이렇게는 되지 않았을 거라고. 그 후로는 끝없는 악화일로였다. 형진은 술독에 들어앉아 폐인이 돼갔다. 방화범을 잡으라며 경찰서에 가서 행패를 부리다 송치된 적도 많았다.

'야, 이 새끼들아. 진짜로 그놈이 우리 집에다 불을 질렀다니까. 왜 사람 말을 안 믿어, 응?'

연락을 받고 경찰서로 달려가, 잔뜩 취한 동생을 보자 한심함에 치가 떨렸다. 보석금을 내고 돌아오던 밤, 그는 몇 년 만에 술을 마셨다. 지인의 가게에서 위스키 한 병을 홀로 비웠다. 그들 중 누구를 겨눴는지 모를 혐오가 독주와 섞여 질척거렸다. 차라리 그때 함께 죽었더라면…… 못난 상상은 취한 머릿속에 주저앉아 잠들었다.

그 이야기를 우연히 듣고 난 뒤, 아내는 보기 드물게 엄격한 눈빛으로 말했다.

'여보, 그런 일로 도련님을 미워하면 안 돼요. 도련님은 자기가 진 짐을 견디고 있는 거예요.'

그날 이후, 윤희는 부쩍 동생을 챙기기 시작했다. 가끔 잔소리 비슷한 걸 할 때도 있었다. '한번 데려와서 밥이라도 먹이고 해요. 그래도 피붙이잖아요.'

그래서 종종 신경이 쓰였다. 아니, 쓰였던가?

그는 인상을 찌푸렸다. 동생을 미워했던 시간은 너무 길어서, 이제 그 애를 언제부터 미워했는지조차 알 수 없었다. 어쩌면 증오는 습관이었을지도 모른다. 미움이란 놈은 보통 그렇게 오지 않는가. 어린 시절엔 가난과 궁핍을 버티기 위해. 진아를 잃고 나서는 책임을 돌릴 대상이 필요했기에.

그러나 바뀔 것은 없었다. 이것은 형법 164조 1항처럼, 또는 250

조 2항처럼, 죄와 형이 규정된 법전의 조문들이 아니었다. 과거가 과오였다 한들 형진을 증오해온 한평생이 사라지지는 않았다. 여전히 그는 동생을 미워했고 그 미움을 미워했다. 한참 전 폐정된 그의 법정에서, 동생은 재심도 포기도 불가능한 미결수로 남아 있었다.

'형진 씨가 사람을 구하다 많이 다쳐서, 지금 병원에 입원했어요. 마포 한림병원 601호예요.'

김정혜라는 기자가 보낸 문자를 보면서도 그는 놀라지 않았다. 역시 그 꼴이 됐구나. 미련한 짓은 그만두라고 했는데. 그렇게 생각하다가 공판을 들어갔을 뿐이었다. 그 사고뭉치는 병실에 누워서까지 형에게 똥물을 튀겼다.

지난 사흘간, 손님 두 패가 로펌 사무실로 찾아왔다. 첫 번째는 처음 보는 형사였다. 키 큰 형사는 형진이 여기 왔던 걸 안다면서 동생을 위해 솔직히 얘기하라고 설득했다. 그는 변호사를 수임하겠으니 영장부터 끊어 오라고 말한 뒤 사무실에서 내보냈다. 두 번째 손님이 찾아온 건 어젯밤이었다. 아파트 지하주차장에서 차 문을 닫고 나온 순간, 형문은 함정에 빠졌음을 직감했다. 검푸른 작업복들이 주차장 곳곳에서 나타났던 것이다. 이윽고 그는 10여 명의 사내에게 에워싸였다. 가운데 있는 회색 양복은 사진에서 봤던 남자였다.

박창우는 한쪽 눈을 느끼하게 감았다 떴다.

"헬로우, 변호사님."

그의 키도 큰 편이었으나 상대는 위와 옆, 앞이 전부 다 거대했다. 형문은 서류가방을 쥔 손에 힘이 들어가는 것을 느꼈다.

"무슨 일이오?"

"얼마 전에 변호사님 동생이 찾아왔지? 옆에 깔치도 하나 끼고."

박창우가 노골적인 손놀림을 허공에 해 보이자 일당들에게서 폭소가 터졌다. 형문은 미동도 않고 물었다.

"원하는 게 뭐요?"

두꺼운 목이 뱀처럼 휙 돌았다.

"내버려두쇼."

"누굴……."

"우리 장 의원님. 그냥 내버려두라고. 당신 동생놈이 애새끼처럼 꼰질렀을 거 아냐. 창우라는 형아가 쫓아와요. 무택이란 나쁜놈도 혼내줘요. 무서워서 잠이 안 와……."

아이를 흉내내던 코맹맹이 목소리가 잦아들었다. 창우는 성큼성큼 걸어와 그에게 얼굴을 디밀었다. 형문은 코가 닿을 거리에서 개기름으로 번들대는 눈동자를 마주 봤다.

"댁이 무택이를 찌르면 우린 댁 와이프를 찌를 거야. 그리고 장모도. 장인이랑 처제도. 늙은것들은 때려죽이고, 젊은것은 팔아버릴 거라고. 그러니까 괜히 들쑤실 생각 마쇼. 내 말 알아듣겠수?"

핏발 선 눈동자 속에서, 광기와 이성이 맹렬하게 실랑이하고 있었다. 얼굴을 물린 박창우는 다 장난이라는 듯 씩 웃었다.

"그럼 난 갑니다. 많이 파쇼."

포위망은 해산되었다. 박창우는 뒤돌아 걸어가다가 따라오던 부하의 정강이를 걷어찼다. "이 새끼, 아까 안 웃었지? 사장님이 모를 줄 알았냐?" 형문은 선팅된 차들이 꼬리를 물고 떠나는 걸 지켜보다가 아파트 관리사무소로 전화를 걸었다. 보안팀과 시설관리업체에 모조리 클레임을 걸고 인력을 확충하는 데 하루가 채 안 걸렸다.

그는 스탠드의 조도를 낮췄다. 얼굴을 밝히던 빛 일부가 새카맣게 그슬렸다. 박창우는 이른바 경고의 사절이었다. 놈이 그에게 찾아왔다는 건, 시장도 이 전쟁에 참전하겠다는 의미였다. 운명이 동생의 턱 밑까지 조여들었다는 뜻이기도 했다. 너덜너덜해진 숨통을 이번에야말로 끊어버리려고.

핸드폰이 다시 울렸다. 이번에는 문자가 아닌 전화였다. 그는 초록색 수화기 버튼을 눌렀다.

―어, 문검. 문자 봤어. 어쩐 일이야?

형문은 무뚝뚝하게 답했다.

"부탁할 일이 좀 생겨서. 도와줄 수 있겠나."

―내일 대검찰청에 불이 나겠군. 문프로께서 청탁을 다 하고.

"도와줄 수 있겠나."

전화 저편의 상대는 웃음을 터뜨렸다.

―알았네, 알았어. 얘기나 해봐.

사정 설명은 몇 마디면 충분했다. 이야기를 다 들은 상대는 힘써보겠다고 했다. 그는 힘쓰는 게 아니라 해야 한다고 말하고 전화를 끊었다. 타락한 선배의 목을 치는 건 현직 칼잡이들이 할 일이었다.

'하지만 놈은 안 돼. 이건 내 가족의 일이다.'

그는 그렇게 생각하면서 주소록을 뒤졌다.

―여보세요.

이미 한번 들은 바 있는 목소리가 전화를 받았다. 형문은 책을 덮고 일어섰다.

"문형문입니다. 잠깐 시간 괜찮습니까?"

#정혜

'환승입니다.' 지갑을 댄 버스 카드기가 말했다. 정혜는 비어 있는 맨 앞자리에 털썩 앉았다. 그깟 천 원을 아끼자고 죽어라 뛰다니, 꿀릴 것 없던 김정혜 인생도 살벌한 내리막이었다.

창문을 열자 왱왱대는 확성기 메아리가 들려왔다. 퇴진하라, 하야하라, 뭘 또 어찌해라. 그녀는 창틀에 이마를 기댔다. 오늘은 저것들을 한 대씩만 쥐어박고 싶었다. 피곤해 죽겠는데 길까지 돌아가게 하고, 저럴 시간이 있으면 나한테나 기부해줄 것이지.

광화문 쪽에서는 화재사망자를 위한 추모 집회가 한창이었다. 을지로와 종각을 잇는 방면으로는 시위대의 행진으로 도로가 통제되었다. 요즘 서울의 거리는 슬럼가를 방불케 했다. 험악한 고함이 오가기 일쑤에, 멱살잡이와 주먹다짐도 심심찮게 일어났다. 시국이 흉흉하니 들리는 소식이라곤 사건사고뿐이었다. 삼청동 쪽에서 극렬분자들이 화염병을 던졌네, 시위대가 저지선에 충돌해 한 명이 죽고 수십 명이 다쳤네, 머리를 맞은 의경이 뇌사 상태에 빠졌네……

'미친 새끼, 뭘 어쩌자는 건데.'

정혜는 수첩을 신경질적으로 넘겼다. 근 10년간, 기자질을 하며 별의별 흉악범죄를 봐왔다. 그러나 이 정도로 시국을 뒤흔드는 사이코는 처음이었다. 벌써 두 달 가까이 쫓았건만 잡힌 꼬리도 없었다. 경찰이 헛물을 켜는 동안 방화범은 서울을 수월히 장작 위에 올렸다. 도시는 내부로부터 붕괴되고 있었고, 부수는 손들은 하나가 아니었다.

문자 두 개가 연이어 들어왔다. 하나는 정주훈의 보고였고 다른 하나는 새 조력자의 문자였다. 당연하지만, 아직 포기하긴 일렀다. 패배를 시인한 것은 형진을 진정시키기 위한 충격요법이었다. 그 성격을 얌전히 눕혀 두려면 다른 수가 없었다.

신호에 걸린 버스가 정차했다. 맞은편 도로에서는 차들이 우회전을 하고, 행인들은 횡단보도를 건넜다. 창밖을 보자 누렇게 낡은 종로의 간판들이 보였다. 저기도 '회복'이 있네. 그녀는 무심히 생각했다. 일단은 진범부터 잡는 것이 급선무였다. 장무택과 박창우는 그런 다음 쳐도 늦지 않았다. 적어도 저 둘은 반나절 만에 서울을 잿더미로 만들지는 못할 테니까. 그러려면 무슨 단서라도 나와야 하는데…….

신호가 바뀌고 차들이 움직였다. 옆에 있던 트럭이 나아가며, 이삿짐에 가려져 있던 나머지 간판이 드러났다.

〈느티나무 사회복지센터〉

깨달음은 벼락같이 덮쳐왔다. 정혜는 눈을 크게 떴다. 현장에서 발견했던 명함의 글자는 개별적인 단어가 아니었다. 앞과 뒤가 떨어져 나간 음절의 집합이었다.

지금껏 이해되지 않던 공식들이 순식간에 풀려나갔다. 모금회에 참석한 기업들이 타깃이 된 이유, 공통으로 원한을 가진 단체가 없었던 까닭, 그중 뒤가 구린 임원의 사택만 불탔다는 점……. 추리는 눈 깜짝할 사이 종착역에 다다랐다. 그녀는 튀어오르듯 일어섰다.

"기사님, 기사님! 잠깐만 세워주세요!"

#형진

"사회복지사가 범인이라고?"

정혜는 숨이 턱에 차 고개를 끄덕였다. 그녀가 뛰어 들어오면서 열어젖힌 문이 흔들리고 있었다.

"뜬금없이 무슨 소리요?"

"예전에요. 명함 종이가 불에 타 있었다고 한 거 기억나요?"

지난번 동료 기자에게 슬쩍했다던 증거였다. 기억한다고 대답하자 숨 가쁜 설명이 쏟아졌다.

"그 회복이란 거, 단어의 일부였어요. 불탄 부분에 나머지 글자들이 있던 거예요. 누가 사회복지사가 범인일 거라고 생각하겠어요?"

"거기 참석한 복지단체 목록은?"

정혜는 가방을 팽개치듯 내려놓고 노트북을 꺼냈다.

"안 그래도 오면서 확인해봤어요. 남이복지원, 참사회복지센터, 이 두 단체만 그날 자선회에 참가했어요. 직원 명단을 뽑아서 신상을 캐니까…… 봐요."

말과 함께 노트북 화면이 켜졌다. 정혜가 엔터를 누르자 웬 남자의 신상명세서가 떠올랐다.

"이 사람이 나오더라고요. 남이복지원 소속 사회복지사."

형진은 눈을 가늘게 뜨고 글자들을 읽었다. 이선길, 1983년생, 서울 출생. 세 살 때 원인미상의 화재로 부모가 사망. 목사 아버지와

선교사 어머니에게 입양된 뒤 거주지를 이전. 열두 살이 되던 해 또한 번의 화재 발생. 양재대 사회복지학과를 졸업하고 현재는 미혼.

"복지원 위치도 알아냈어요. 지금 신고하면 퇴근 전에 체포할 수 있을 거예요."

그는 명서서 증명사진을 노려보았다. 서글서글한 인상의 남자가 미소 짓고 있었다. 몇 번 내려앉았던 어금니에서 뼈 갈리는 소리가 났다. 네놈이 이 지옥도를 불러왔단 말이더냐. 그 아가리를 벌려서.

"경찰은 안 돼. 믿지 않을 거요."

"믿게 만들면 되죠. 증거를 잡아서."

"그러다 놈이 다시 날뛰기라도 하면? 그때 잠복했던 형사들이 어떻게 됐는지 잊었나?"

정혜는 아랫입술을 깨물었다. 형진은 선언했다.

"내가 가지. 청산할 빚도 있고."

"웃기지 마요. 걷지도 못하는 사람이 어딜 가요?"

형진은 침대 옆으로 발을 내렸다. 나흘 전부터, 그녀가 나갈 때마다 연습했던 재활의 성과였다. 정혜는 그가 걸어오는 걸 보고 눈이 휘둥그레졌다.

"미쳤어요? 의사가 걸으려면 2주는 더 걸린다고……."

"2주 후면 서울이 날아갈걸."

침묵 속에서 두 쌍의 시선이 얽혔다. 갈등하는 눈동자를 보면서, 형진은 그녀와 처음 만났을 때를 떠올렸다. 그때의 김정혜는 성가신 파리떼에 불과했다. 지금은 소주보다 소중한 친구가 되어 있었다. 불 속으로 끌려가던 그를 몇 번이고 붙들어준 동료였다.

형태만 겨우 남은 입술이 올라갔다. 그는 자신이 웃는다는 것도 모른 채 웃어 보였다.

"난 괜찮아. 갈 수 있어."

정혜는 말릴 수 없음을 느낀 모양이었다. 노트북 가방을 둘러메며 돌아섰다.

"5분 줄게요. 준비해서 내려와요."

❖

금요일 오후, 5시 30분.

놈이 일하는 복지원은 서대문 부근에 있었다. 러시아워까진 아직 시간이 남았건만, 도로는 영 시원하게 뚫리질 않았다. 그들이 탄 차도 가다 서다를 반복하며 달렸다. 열어둔 창문으로 바람에 섞인 확성기 소리가 날아들었다.

광장 쪽을 건너다보던 정혜가 인상을 썼다.

"오늘 광화문에서 대규모 집회가 있어요. 6시부터 행진을 시작한다던데, 진야제랍시고 저렇게 모인 거예요."

섬뜩한 광경은 세종로를 지나칠 때 나타났다. 광화문 광장 초입부터 군중들이 빼곡하게 운집했고 가운데에 웬 제단 같은 것이 서 있었다. 금줄 쳐진 제단에서는 대형 밀짚인형이 연기를 뿜으며 타들어갔다. 불티와 연기 속에서, 시뻘건 화염은 수 미터까지 치솟아올랐다. 확성기를 들고 화형대에 올라서 있던 남자가 소리쳤다.

"여러분, 이 사태가 벌어지는 동안 대통령은 뭘 하고 있었습니까. 경찰청장은 무얼 하고 있었습니까. 저들에게 책임을 물어야 합니다. 까놓고 말해, 저놈들과 방화범이 한패일지도 모르지 않습니까!"

뒷말은 열화와 같은 함성에 묻혔다. 그들의 차가 광화문 일대를 벗어나는 동안 광기 어린 구호가 휘몰아쳤다. 가족들이 죽어간다. 더 이상은 못 참겠다. 책임지고 사퇴하라!

차창을 올려버린 정혜가 중얼거렸다.

"다들 미친 것 같아요. 누구라도 달아매고 싶어서 안달난 사람들처럼."

"당연한 거요. 나도 그랬으니까."

정혜의 눈동자에 의문이 떠올랐다. 형진은 창문 밖을 바라보았다. 제물을 태우는 연기가 하늘로 섞여 들고 있었다.

"살다 보면 화풀이할 대상이 필요해지거든. 그래야 내 인생이 덜 억울하니까. 마음속으로 불 한번 안 질러본 사람이 얼마나 되겠어?"

정혜는 그녀다운 소견을 내놨다.

"그래서 저 사람들이 겁쟁이란 거예요."

"맞아. 우린 겁쟁이요. 도망만 다녔던 나나, 약혼자 뺨이라도 시원하게 못 갈긴 당신이나."

"뭐라고요?"

정혜의 눈꼬리가 활시위처럼 치켜 올라갔다.

"그러니까 나랑 댁이 여기 있는 거지. 겁쟁이끼리 힘을 모아서, 뭐라도 한번 해보려고."

그녀는 한참 만에 퉁명스레 대꾸했다.

"뭐 또, 어디서 불이 났다고 뛰어들기만 해봐요."

오늘은 그럴 생각이 손톱만치도 없었다. 정혜는 빌딩 입구에 차를 세웠다. 검색한 대로라면 남이복지원은 이 건물 5층이었다. 형진은 후드를 뒤집어쓰고 점퍼 지퍼를 목 아래까지 올렸다. 출발하기 전 붕대로 얼굴도 칭칭 감아, 누군가 그를 알아볼 일은 없었다.

내리기 직전 정혜가 그를 불렀다. 줄 게 있다며 내민 물건은 묵직한 수갑이었다. 엘리베이터를 타고 올라가면서, 형진은 파트너에게 지시했다.

"시선만 끌면 돼. 나머진 알아서 할 테니까."

복지원 사무실은 5층에 내리자마자 있었다. 그에게 눈짓한 정혜가 먼저 문을 열고 들어갔다. 형진은 자동문 스위치를 누른 채 안쪽 상황을 엿봤다. 놈으로 보이는 남자가 일어서는 즉시 뛰어 들어갈 요량이었다.

"안녕하세요. 혹시 이선길 씨가 어떤 분이신가요?"

일어난 사람은 40대 중반쯤 된 여자였다. 파란 복지사복을 입은 그녀는 어리둥절한 얼굴로 정혜를 쳐다봤다.

"지금 자리에 안 계신데요, 무슨 일로……."

2안을 꺼낼 차례였다. 형진은 따라 들어가 정혜 옆에 섰다.

"금천서 강력 1팀입니다. 도망친 연쇄방화범을 수색 중인데, 이선길 씨가 유력한 용의자로 지목됐어요. 어디로 갔는지 아십니까?"

여자는 붕대를 칭칭 감은 얼굴과 쉰 목소리, 부서 동료가 방화 용의자란 사실 중 무엇부터 놀라야 할지 모르겠다는 표정이 되었다.

"아까 퇴근하셨어요. 한 시간 전쯤? 갑자기 급한 일이 생겼다면서요."

어깨의 힘이 탁 풀렸다. 서두른다고 서둘렀는데도 한발 늦은 것이었다.

"평소랑 다른 점은 없었습니까? 무슨 가방 같은 걸 메고 왔다거나."

"그런 건 없었어요. 오늘도 마스크를 쓰고 출근하셨고요."

두 가짜 형사는 서로를 마주 보았다. 정혜가 물었다.

"오늘도라고요?"

"네. 어렸을 때부터 천식이 심해서, 밥 먹을 때 빼고는 항상 끼고 있어야 한다더라고요. 저희도 벗은 얼굴은 많이 못 봤어요. 무슨 특수 재질이라던데……."

추론이 확신으로 변했다. 일상적으로 마스크를 쓰고 다닌다면 까닭은 하나였다. 입만 열면 줄줄 샐 인화가스를 막기 위해. 유년 시절의 잦은 화재는 입김을 조절하지 못한 불상사가 틀림없었다.

"어디로 간다는 말은 없었습니까?"

"그런 말은 안 했던 것 같아요. 민주 씨, 혹시 몰라? 오늘 같이 나갔다 왔잖아."

지목당한 젊은 복지사가 말을 받았다.

"저한테도 별 얘긴 없었어요. 그냥 일찍 들어가야겠다고만 했는데요."

이유는 뻔했다. 금요일 밤, 대대적인 집회, 시민과 경찰들로 북새통이 될 시내. 시 하나를 전소시키기에 이보다 좋은 기일도 없었다. 형진은 책상 위의 수첩 한 장을 찢었다.

"그 사람 주소를 적어주십시오. 저희가 간 다음에도 절대 연락하시면 안 됩니다."

방화범의 집으로 가는 길은 형진이 운전대를 잡았다. 그사이 날
은 다 저물어 있었다. 땅거미가 깔리고 불빛들이 하나둘씩 켜졌다.
먼 곳에서는 불길한 북소리가 도시의 심장박동처럼 맥박쳤다.

"틀림없어요. 이놈이에요."

옆자리에서 노트북을 두드리던 정혜가 말했다.

"뭘 좀 찾았나?"

"예전 기사요. 이 이선길이란 사람, 근처에서 발생했던 화재들이
지금이랑 똑같아요. 세 살 때는 살던 아파트가 전소, 열두 살 때는
연립주택이 잿더미가 됐어요."

"그놈은 어떻게 살아남았고?"

정혜는 뭔가 입력하는 것 같더니 고개를 흔들었다.

"그것까진 모르겠어요. 부모가 목숨을 바쳐 구한 건지, 아니면
운이 좋았는지."

"형제자매는?"

"없어요. 양부모는 20년 전부터 해외에서 살고 있고, 혼인신고자
나 동거자도 없고요."

인과가 맞아떨어졌다. 그는 양떼 틈에서 자라난 늑대 새끼였다.
가족을 죽이고, 거둬준 양부모를 내쫓고, 송곳니가 날카로워지자
세상을 물어뜯기 시작한.

복지원에서 만난 팀장은 이선길이 친절하며 사려 깊은 동료라고
말했다. 가장 먼저 출근해 가장 늦게 퇴근하는 데다, 불우이웃들의
권익을 위해 헌신적으로 일한다고도 덧붙였다. 사회복지사란 직업

은 의심을 피하기 위한 눈속임이었나? 그랬을 것 같지는 않았다. 그에게는 이 방화가 제 업무의 연장이었으리라. 더욱 효율적으로, 보다 많은 행복을 전파할 수 있는.

형진은 속도를 올렸다. 왜 그랬는지, 어째서 그때의 화곡동이었는지, 거기 불을 지른 것도 사회 환원의 일부였는지……. 물을 것은 많았으나 곧 무용해질 의문이었다. 놈은 그가 죽을 자리에서, 죽을 준비를 마친 채 기다리고 있었다.

#방화광

그는 마스크를 벗고 돌아섰다. 현관 도어록을 푸는 소리가 들린 것 같아서였다. 잠시 기다렸지만 바깥은 발소리 하나 없이 고요했다. 그제야 그는 쥐었던 혈액팩을 놓았다. 요즘 부쩍 비슷한 환청을 듣는 일이 잦아졌다. 남금호아파트 관제실, 그자와 마주친 뒤부터.

거실 탁자에는 탄띠처럼 묶인 혈액팩들이 열을 맞춰 늘어섰다. 같은 종류의 물건들이 배낭에도 가득 차 있었다. 그는 마스크를 다시 쓰고 표면의 물기를 닦았다. 냉동고에서 꺼내 해동시킨 그의 분신들이었다.

오늘 할 일을 생각하자 가슴이 뻐근해졌다. 돌아오면서 본 광화문 광장은 군집한 시위대로 붉고 검게 일렁거렸다. 그가 불로써 길을 만들었다면 시민들은 촛불로 뒤를 따르고 있었다. 새로운 구원을 기다리면서.

다음 순간, 도취감이 싹 사라졌다. 후드를 뒤집어쓴 흉물스러운 얼굴이 떠올랐던 것이다.

'문형진…….'

그는 마주치자마자 형진을 알아봤다. 얼굴도 목소리도 전혀 달랐지만 확실했다. 8년 전, 화곡동 뒷골목. 그의 구원에 훼방을 놓았던 방해꾼이었다. 이후 기사를 통해 근황만 몇 번 본 적이 있었다.

'선에는 증오가, 구원에는 희생이 따른다고 했다. 아버지의 가르침대로야.'

방해꾼은 두 번째로 불길을 뒤집어썼다. 아마 죽었을 것이었지만, 그렇지 않더라도 상관없었다. 오늘밤이 지나고 해가 떠오를 무렵에는 많은 것이 바뀔 터였다.

그는 걸음을 옮겼다. 벽에 걸린 TV 여섯 대가 각자 다른 각도로 도심의 상황을 중계했다. 그 옆으로는 화곡동 화재부터 8월의 참사까지 관련 기사들이 빼곡히 붙어 있었다. '화재의 피해지 대부분이 소송에 휘말린 기업체들로 밝혀졌다.' '이 방화는 부패를 심판하는 민중의 철퇴일지 모른다.' '긴급재난대책회가 23일 시청에서 열렸다.' '방화범 추종단체 회원들이 기존 집회자들과 마찰을 빚어 집회 용품 일부가 불에 탔다.'

기사를 읽는 내내 팔뚝이 욱신거렸다. 그토록 많은 희생을 치렀건만, 도시는 참회할 기미가 없었다. 불 속에서 타는 울음을 알아듣지도 못했다. 그러므로 오늘밤 횃불은 더 높이 밝혀져야만 했다. 두 아비와 두 어미, 그들의 평생을 합친 것보다 원대한 숙원을 알리기 위해.

거실의 괘종시계가 9시를 알렸다. 그는 준비해뒀던 물건들을 챙겼다. 양 주머니에 넣을 비상용 발화팩, 점퍼 안쪽에 두르는 발화

탄띠, 휴대용 산소통과 파이어파이터*. 귀가 중인 야구동호회원처럼 보이게 할 야구모자도 눌러썼다. 방망이까지 쑤셔 넣자 더플백 끄트머리로 손잡이가 튀어나왔다. 실전에는 종종 불이 아닌 몽둥이가 필요했다.

'어서 이리로 와라. 몽땅 불태워 다오.'

차별받던 이와 추방당한 이와 지상의 모든 약자들이 아우성쳤다. 가방을 비껴 멘 사회복지사는 문을 열었다. 그를 부르는 이들에게 답을 줄 시간이었다.

#창우

뻑, 뻑, 뻑……. 새장에서 튀어나온 뻐꾸기가 줄기차게 울어댔다. 창우는 수표책을 세다 말고 인상을 구겼다. 답십리 왕 사장이 선물한 벽시계인데 오늘은 유독 거슬렸다. 요즘 잠을 못 자 예민해지긴 한 모양이었다.

창우는 수표책을 내던지고 핸드폰의 달력을 켰다. 무택이 시청을 접수한 지도 열흘이 지났다. 경쟁자들도 제꼈겠다, 시장도 됐겠다, 슬슬 기르던 개를 솥에 넣을 차례 아니겠는가.

그래서 그는 전 병력을 본점에 모으고 기다렸다. 이미 인천항 앞에서 중국을 경유하는 고깃배가 대기하고 있었다. 경찰이 쳐들어오거든 그쪽으로 날아갈 참이었다. 최악의 경우에는 부하들을 휘몰아 시청을 칠 생각이었고. 거리에서 불지옥이 펼쳐지는 판에 뭘 망설이겠나.

* 휴대 가능한 투척용 소화기.

부하가 보여준 화재현장 사진은 몇 달 전 읽었던『신곡』을 떠오르게 했다. 창우는 타버린 폐허를 보며 감탄했다. 단테가 쓴 구라보다 훨씬 실감 넘치는 예술작품이었다. 그들이 사는 세상에 연옥이나 천국 따위는 없다는 것에, 그래서 어디로도 도망치지 못하고 구워져야 한다는 점에서.

문 밖에서 노크소리가 들렸다. "들어와." 말하기 무섭게 핸드폰을 쥔 용국이 뛰어 들어왔다.

"장무택 시장입니다. 사장님을 바꿔달랍니다."

드디어 전쟁의 봉화가 올랐다. "예, 박창웁니다." 창우는 전화를 받으면서 손짓했다. 용국이 다가오자 귀에 입을 바짝 대고 속삭였다. "내 금고에서 빼내두라던 것들 있지? 전부 준비시켜."

─부탁할 일이 생겼네.

그는 손을 들어 뛰어나가려던 용국을 제지했다.

"말씀하십시오."

─오목로 000, 40XX호. 안에 사람 셋이 있을 걸세. 전부 죽이고 건물을 불태우게.

'오목, 오목에 뭐가 있더라……' 기억을 더듬자 어떤 얼굴이 떠올랐다. 머리가 부처님처럼 벗겨지고 달마수염이 허옇게 난 영감탱이. 다음 대선 주자로 유력하다던 여당의 의원이었다.

"시장님, 아무리 그래도 국회의원 사택을 치는 건……."

─세 장을 보냈네. 마무리되거든 나머지도 주지.

창우는 생각에 잠겼다. 큰 거 열 장 대 늙은이 한 놈. 물론 받은 선금만 꿀꺽하고 뜰 수도 있었다. 알았다고 대답하고선 금고의 내용물을 대검찰청에 보내면 그만이었다. 다만 미래를 생각했을 때는 조금 아쉬웠다. 당분간은 새 돈줄도 뜸할 테고, 필리핀에서 자리를 잡으려면 시간이 걸릴 거고, 요즘 부동산이 불황 중 불황이니까…….

"언제 가면 됩니까?"

— 지금 바로.

전화는 가타부타 말도 없이 끊어졌다. 창우는 불 꺼진 핸드폰을 가만히 노려봤다. 용국이 물었다.

"어떻게 할까요. 넘겨버릴까요?"

"아니, 내버려둬. 이놈 밑 한번 거하게 닦아야겠다."

용국이 고개를 끄덕였다. 창우는 핸드폰을 그에게 던지고 일어섰다.

"예전에 가져갔던 것들 알지? 챙겨서 준비시켜."

#형진

"아무도 없어요. 거긴 어때요?"

긴장한 목소리가 들려왔다. 형진은 살펴보던 주사기를 탁자에 내려놓았다.

"마찬가지요. 한발 늦었어."

3분 전, 그들은 방화광의 근거지로 들이닥쳤다. 놈이 사는 곳은 4층짜리 연립주택이었다. 도어록은 형진이 벽돌로 내려찍자 단번에 떨어져나갔다. 현관문을 열고 뛰어 들어갔지만 집 주인은 없었다.

그들이 쫓아온 사회복지사는 이미 이곳을 뜬 뒤였다.

놈은 아지트가 발각되리라곤 상상조차 하지 않았던 모양이었다. 명백한 증거들이 곳곳에 널려 있었다. 테이블에 빈 팩과 주사기가 나뒹굴고, 베란다에서는 시너 냄새가 진동하고, 냉장고 안에는 앰플 병이 일렬종대로 늘어서 있었다. 형진은 병 하나를 열고 내용물을 확인했다. 뚜껑의 꼬리표에는 4/11, 5/16, 6/7 등의 숫자가 적혀 있었다. 대략 한 달을 주기로 제 몸의 폭발물을 뽑아낸 듯 보였다.

그는 앰플 병을 놓고 거실을 둘러봤다. 벽에 걸린 십자가, 간증록들이 빼곡한 책장, 쌓여 있는 야구용품들을 지난 시선이 선반 위 액자에 멎었다. 서울시 우수복지사 트로피와 야구동호회 타격왕 글러브 사이였다. 뿌옇게 쌓인 먼지를 털어내자 색 바랜 가족사진이 나왔다. 여섯 살쯤 됐겠다 싶은 사내아이와 외판원처럼 진한 화장을 한 여자, 깐깐한 인상의 남자가 집 앞에서 손을 잡고 서 있었다.

"형진 씨!"

안쪽에서 그를 부르는 소리가 들렸다. 들어간 거실 내부는 자그마한 관제센터였다. 폐쇄회로처럼 붙은 벽걸이 TV들에서 뉴스가 흘러나왔다. 여섯 대의 감시카메라는 시위대의 진행 방향, 실시간 특보, 경찰의 배치 현황들을 실시간으로 전송하고 있었다.

"이 미친놈, 본인 기사를 다 스크랩했어요."

정혜가 이가 갈린다는 듯 중얼거렸다. 형진은 그녀 옆으로 다가섰다. 스크랩된 기사들 옆에 서울시 지도가 걸려 있었다. 지도 위로는 붉은 실로 연결된 압정들이 기하학적인 무늬를 그렸다. 화곡에서 금천으로, 강남에서 강북으로 이어지던 화선火線은 남산으로 모여들었다.

"저기가 오늘밤 행선지군."

정혜는 이마를 찌푸렸다.

"왜 하필 남산타워죠?"

"서울의 중심부니까. 가장 높기도 하고."

정혜는 사진을 몇 장 찍고 돌아섰다.

"가요. 서두르면 따라잡을 수 있을 거예요."

형진이 고개를 끄덕였을 때, 정혜의 핸드폰이 울렸다. 그녀는 귀찮은 표정으로 받더니 몇 초 만에 안색이 바뀌었다. "뭐라고요? 지금 어딘데요. 확실해요?" 그는 탁자에 손을 짚고 정혜가 전화를 끊는 것을 지켜보았다.

"누구요?"

정혜는 입술을 잘근거리며 대답했다.

"정 선배예요. 청량리 본점 쪽 감시를 맡겼었거든요. 경계가 소홀해지면 바로 털러 가려고."

'이 여자가······.' 형진은 혀를 찼다. 앞에서는 졌다느니 어쩌느니 해놓고, 정작 본인은 위험한 짓만 궁리하고 있었다.

"그런데?"

"사무실 차 세 대가 전부 출발했대요. 무슨 드럼통 같은 걸 잔뜩 싣고서. 작업복 입은 덩치들이 뒷문으로 짐을 옮기는 걸 봤다고, 지금 따라가는 중이래요."

잊고 있던 주먹에 턱을 얻어맞은 기분이었다. 하필이면 그놈들까지 움직인다는 말인가. 그것도 오늘, 이 시간에. 그는 욱신거리는 관자놀이를 눌렀다.

"거기로 가. 이선길은 내가 맡지."

정혜의 표정이 복잡해졌다. 형진은 틈을 주지 않고 물었다.

"어디로 가는지는 알고 있나?"

"짐작 가는 곳은 몇 군데 있어요."

"그럼 여기서 헤어져야겠군. 난 남산으로 갈 테니, 댁은 경찰을 불러서 그놈들을 막으쇼."

말하고 돌아서는데 정혜가 소매를 붙잡았다. 그는 신경질적으로 뿌리쳤다.

"왜, 또?"

"그 몸으로 혼자 가겠다고요?"

형진은 코웃음을 쳤다.

"난 멀쩡한데. 그런 놈쯤은 주먹 한 방에……."

"억지로 버티는 거 알아요. 아까부터 땀범벅이잖아요."

이래서 눈치 빠른 여자는 귀찮았다. 형진은 눈을 깜박여 눈썹뼈에 맺힌 땀방울을 떨어뜨렸다. 뭉근하게 등줄기를 데우던 통증이 이젠 불줄기처럼 확확 달아올랐다.

"김정혜 씨."

정혜는 어디 지껄여봐라, 하듯 팔짱을 꼈다. 그는 정혜의 뺨에 난 솜털이 보일 만큼 가까이 다가갔다.

"2만 원만 빌려주쇼. 살 게 좀 있어서."

그녀는 빌라를 나올 때까지 한 마디도 하지 않았다. 왜인지는 몰라도 단단히 토라진 모양이었다. 차 앞에 서자 만 원짜리 두 장이

후려치듯 내밀어졌다. 그는 돈을 받아 넣고 정혜가 시동을 거는 모습을 지켜보았다.

남산까지 직통인 버스정류장은 건너편에 있었다. 길을 건너려는데 출발했던 소나타가 저만치서 멈췄다. 정혜는 차창으로 삐죽 고개를 내밀더니 소리쳤다.

"몸조심해요, 꼭 돌아와서 갚아야 돼요!"

그녀는 대답하기도 전에 차를 몰아 가버렸다. 형진은 잠시 그대로 서 있다 돌아섰다. 느리지만 멈추지 않고, 고통이 기어오르고 있었다.

#양권

뒷주머니가 요란하게 진동했다. '현대해상보험'. 양권은 아무렇지 않게 주변을 살폈다. 강 팀장은 저만치서 커피를 받고 있었고, 조상길과 나머지는 식당 밖에서 담배를 피우고 있었다. 그는 팀장이 문을 열고 나가는 것을 확인하고 전화를 받았다.

"무슨 일입니까?"

— 박창우가 움직였어요. 자기 직원들을 전부 데리고요. 형사님 팀의 도움이 필요해요.

그 인간들은 지금 이를 쑤시느라 여념이 없었다. 그는 경찰의 인력난을 설명했다.

"우리도 출동을 나와 있습니다. 아마 오늘은 수도권 경찰들이 다 바쁠 겁니다."

— 그딴 걸 신경 쓸 때가 아니라고요!

양권은 수화기를 잠시 귀에서 뗐다.

"김 기자님, 진정하고 제 말 좀……."

— 그놈들, 휘발유에 연장까지 챙겼어요. 방향을 보니 아무래도 곽무성 의원 사택으로 가는 것 같아요. 아마 한 시간이면 도착할 거예요.

'그럼 또 방화 쇼가 펼쳐지겠군.' 양권은 그렇게 생각하면서 손목시계를 봤다. 저 속보가 가짜라면 곤란했고, 진짜라면 더더욱 큰일이었다. 그는 차분하게 사정을 설명했다.

"강력반은 자율방범대가 아닙니다. 마음대로 출동지를 이탈할 수는 없어요."

— 그럼 혼자라도 빠져나와요. 책임지고 승진시켜줄게요.

대답은 갈수록 가관이었다. 할 말을 고민하는데 최후통첩이 날아들었다.

— 인원은 스무 명 정도. 늦지 마요, 나 맞아 죽는 꼴 보고 싶지 않으면.

전화가 끊겼다. 그는 얼이 빠져 핸드폰을 내려다봤다.

'성희한테 미안하다고 해야겠는데. 내가 매번 저랬다는 거 아냐.'

처음 김정혜에게 연락이 온 건 보름 전이었다. 문형진을 코앞에서 놓친 뒤, 마티즈한테 물을 먹냐며 대차게 깨진 이튿날로 기억됐다. 드디어 문형진의 소재를 털어놓으려나, 싶었는데 정혜는 더 대단한 이야기를 꺼냈다. 나와 형진은 방화범이 아니다. 이 사건의 진범은 8년 전 화곡동 화재의 범인이며, 다른 모방범은 장무택 서울시장 후보와 그가 부리는 정치 깡패들이다. 어느 쪽을 믿을지는 형사님이 선택해라.

시계는 9시를 막 지나고 있었다. 김정혜의 말이 전부 사실일 경우, 차기 대선주자의 남은 목숨은 한 시간이 채 못 됐다. 양권은 접시에 붙은 고춧가루를 내려다봤다. 그가 가지 않는다면 거기 있는 모두가 죽을 터였다. 만약 간다면 사망자 목록에 본인의 이름이 추가될 것이었다. 조폭 스무 놈을 무슨 수로 혼자 상대하겠나. 무슨 영화 주인공도 아니고……

'엄살떨지 마. 그거 있잖아, 네가 제일 잘하는 거.' 작은 목소리가 속삭이고 지나갔다. 그는 주먹을 쥐었다가 폈다. 방화범을 추격하던 강력팀 하나가 전멸한 뒤, 일선의 형사들에게 총기소지허가가 떨어졌다. 시가 비상상황에 돌입했으니 각 실무자의 판단하에 발포하라는 것이었다. 지금 그의 허리춤에도 묵직한 38구경 M60이 매달려 있었다.

담배를 피우던 팀원들이 꽁초를 밟아 껐다. 날리는 불티를 바라보며, 양권은 어린 시절을 생각했다. 처음 총을 잡았던 순간을 떠올렸고, 유소년 실탄사격 도대회에서 우승하던 때를 떠올렸다. 부모님의 차가 덤프트럭과 충돌했던 열두 살 생일날도 떠올렸다. 병실에서 눈을 떴을 때, 그는 더 이상 실탄사격 유망주가 아니었다. 사고 이후 양권을 이루던 몇 가지는 영영 돌아오지 않았다. 삶의 목표, 의미, 집중된 열의와 총알구멍으로 빨려 들어가는 긴장감, 살아 있음을 느낄 수 있었던 말초적 감각들은.

누구에게도 말하지 않았으나, 그가 경찰이 된 이유는 당시 코치의 조언 때문이었다. '총은 눈으로 보지 않고, 손으로 겨누지 않고,

심장으로 쏘는 것이다. 네 마음이 방아쇠를 되찾는다면 자유로워
질 수 있을 게다.'

오늘이 바로 그 순간이었다. 도탄처럼 돌아온 기억이 눈앞을 스
쳤다. 김정혜의 아파트 앞에서, 그들을 체포하고 싶지 않았던 이유
를 비로소 알 것 같았다. 저 가짜 방화범들은 지금껏 기다려온 그
의 방아쇠였다.

강 팀장과 선배들이 가게로 들어왔다. 그는 점퍼에 팔을 꿰며 조
상길에게 달려갔다.

"잠깐 서에 좀 다녀오겠습니다. 놓고 온 물건이 있어서요."

#정혜

정혜는 신경질적으로 클랙슨을 눌렀다. 경적이 우렁차게 울리자
옆의 택시가 찔끔 물러섰다. 그녀는 눈을 부라려준 뒤 핸드폰을 조
수석에 내던졌다. 큰맘 먹고 최일규에게 건 전화가 씹힌 참이었다.

하나같이 속 터지는 인간들뿐이었다. 못 받는 놈이나, 못 받는
척하는 놈이나, 죽다 살아나서 남산을 기어 올라가는 놈이나. 그녀
의 귀에다 대고 2만 원만 빌려달라던 멍청이를 생각하자 뒷골이 당
겼다.

'이래서 오지랖 넓은 인간은 안 된다니까. 형한테 욕을 먹는 이유
가 다 있어요.'

시계를 보니 벌써 9시 40분이었다. 그녀는 부글대는 조급함을 눌
러 삼켰다. 통화 내용으로 미루어 형사가 팀원들을 데려올 가능성
은 희박했다. 양천서, 영등포서, 하다못해 동네 지구대까지 연락해

봤지만 허사였다. 서울 시내 경찰들은 전부 오늘밤의 대형집회에 나간 것 같았다. 트위터에서도 실시간 속보들이 쏟아지고 있었다. 인형에 불을 지르는 퍼포먼스 도중 불길이 번졌네, 방화광을 추종하는 횃불 세력과 기존 촛불 집회자들이 충돌했네, 2만 명으로 추산되는 시위대가 청와대 앞까지 이르렀네…… 정혜는 트위터를 꺼버렸다. 홀로 서서 밀려오는 적을 보는 장수가 된 기분이었다. 놈들을 막을 방도도, 병력을 구할 방법도 없었다. 당장 어딜 가서 사람을 모은단 말인가. 용역도 문을 닫았을 금요일 밤에.

위치라도 그쪽보다 가깝다는 게 다행이었다. 방금 전 정주훈이 동묘 앞이라 했으니, 어림잡아 20분가량 앞서 있다는 계산이 나왔다. 차창 밖으로는 서울역이 지나가고 있었다. 그녀는 길가를 두리번거렸다. 어디 서 있는 의경 버스라도 보이지 않을까 싶어서였다. 찾는 사람들은 없었고 노숙자들만 눈에 띄었다. 왜 이렇게 많나, 의문은 뒤쪽 건물을 보고 풀렸다. 간판에는 '평화노숙자쉼터'가 적혀 있었다.

노숙자, 길거리, 잉여자원들……. 다음 순간, 말도 안 되는 계획이 떠올랐다. 저들도 어쨌거나 하릴없는 남자 아닌가. 쉼터 안에 이삼십 명은 있을 테니 쪽수도 충분했다. 1분 1초가 아까운 지금 상황에는 이만한 특공대가 또 없었다.

정혜는 차를 길가에 대고 시동을 껐다. 마침 문간에서 담배를 피우는 남자가 보였다.

"안녕하세요. 혹시 이곳 직원이신가요?"

가까이서 본 남자는 짐작보다 나이가 더 많았다. 입고 있는 양복도 깔끔하긴 했으나 어딘지 낡아 보였다. 그는 현명한 자라 같은 눈빛으로 정혜를 쳐다보았다.

"직원은 아닌데, 무슨 일이신지?"

"저는 국제일보 사회부 김정혜 기자예요. 여기 계신 분들한테 드릴 부탁이 있어서요."

"부탁이라고? 우리한테 말이오?"

정혜는 비로소 깨달았다. 남자는 후줄근한 직원이 아니라 잘 차려입은 노숙자였다.

"네. 지금 용역 깡패들이 사람을 해치려고 하는데, 도움을 청할 곳이 없어요."

남자는 뭔가를 골똘히 생각했다.

"혹시 형진이를 찾던 기자님 아니신가? 왜, 한 달쯤 전에 그 친구 소식을 물어보고 다니셨던."

정혜는 모른 척하는 것도 잊고 물었다.

"저를…… 아니, 형진 씨를 아세요?"

"알다마다. 그 친구랑 매일같이 밥을 먹었는데."

그제야 한창 형진을 찾으러 다닐 때 들었던 이야기가 기억났다. 정보를 준 노숙자는 그와 같이 다니는 짝꿍이 있다고 했다. 무슨 전무인가, 이사인가로 불린다던 형진의 친구가 이 남자인 모양이었다.

"형진이랑은? 지금 같이 계신가?"

"형진 씨는 불을 지르려는 진범을 막으러 갔어요. 전 모방범들 쪽을 쫓아온 거고요."

남자는 고개를 끄덕였다.

"그 친구라면 그럴 거라고 생각했지. 언젠가 스스로를 용서할 거라고도. 다 기자님 덕분이오."

용서는 무슨 얘기고, 또 뭐가 그녀 덕분이라는 건지 알 수가 없었다. 약주라도 자셨나? 남자를 의심스레 쳐다보는데 기다리던 답이 떨어졌다.

"1층에서 기다려요. 사람들을 모아보리다."

❖

남자는 통솔력이 좋았다. 5분도 안 돼서 쉼터의 투숙객 전원이 1층 휴게실로 모였다. 더러는 긴 의자에 끼어 앉았고 더러는 그냥 돌바닥에 퍼질러 앉았다. 정혜는 징병된 자원들을 죽 둘러보았다. 하나같이 추레한 꼬락서니에, 땀내와 악취가 진동했지만 그런 건 중요치 않았다. 머릿수를 헤아려보자 희망 비슷한 것까지 생겨났다. 서른 명은 족히 될 사회부적응자들이 그녀를 쳐다보고 있었다.

일명 '최 전무'로 불린다는, 그녀를 데려온 중늙은이가 헛기침을 몇 번 했다.

"깨워서 미안합니다. 여기 계신 아가씨가 할 말이 있다고 해서 내려와 달라고들 부탁드렸소."

정혜는 최대한 자연스러운 미소를 지어보였다.

"저는 사회부 기자 김정혜라고 해요. 지금 무장한 조폭들이 국회의원 일가족을 죽이러 가고 있는데, 어떻게 막을 방법이 없어요. 여러분의 힘이 필요해요."

이야기를 마치자 장내가 고요해졌다. 수염이 산적처럼 뻗친 텁석부리가 미심쩍은 듯 물었다.

"그러니까…… 조폭이랑 싸워달라, 이 소리요?"

정혜가 뭐라고 말할 틈도 없었다. 뒤편에서 카랑카랑한 목소리가 끼어들었다.

"싸우긴 뭘 싸워. 우리더러 대신 죽으라는 게지."

그 말이 신호탄이었다. 로비는 순식간에 웅성대는 소리로 가득 찼다. 나머지 노숙자들이 너도나도 한 마디씩 하기 시작했던 것이다.

"김씨, 저게 뭔 소리요? 죽어달라고?"

"조폭들이랑 싸우라는 게 죽으란 소리 아뇨. 한두 놈도 아니라는데."

"돈은 주나?"

"돈은 무슨 돈, 반병신이나 안 되면 다행이지."

예비군들의 반응은 영 신통찮았다. 정혜는 어떻게든 설득해보려 애썼다.

"강력반 형사들이 지원을 올 거예요. 조금만 버티면……."

"그게 그 소리지. 경찰인지 나발인지 올 때까지, 실컷 맞다가 뒤져블란 거 아뇨."

아까의 카랑카랑한 목소리가 또다시 등장했다. 그 한마디로 여론은 완전히 기울었다. "그건 아니지.""경찰이 할 일을 왜 우리가 해." 하는 웅성거림이 곳곳에서 들려왔다. 누군가가 뒤쪽에서 소리친 건 그때였다.

"당신, 그 방화범이랑 같이 있던 기자 맞지? 조폭들이 당신들 찾겠다고 권씨랑 유씨를 족치는 걸 봤어. 댁들 때문에 두 사람이 어떻게 됐는지 알아?"

잿물을 끼얹은 듯한 정적이 찾아왔다. 적의 섞인 침묵 끝에, 텁석부리가 입을 열었다.

"다른 데 가서 알아보쇼. 우리도 남 대신 죽어주려고 사는 건 아니라서."

협상은 불발되었다. 정혜는 절망적으로 휴게실을 둘러보았다. 혹시나 도와줄 사람이 있을까. 누구라도 시선을 맞추려 해봤지만 헛수고였다. 대부분이 눈을 내리깔거나 그녀를 외면했고, 뒤쪽의 몇 명은 아예 자리를 털고 일어났다.

왜 이리로 들어왔나. 뒤늦은 후회가 가슴을 쳤다. 함께 싸우자고 부추기면 되겠거니, 기대했던 것은 어리석은 속단이었다. 누가 누구를 돕는다는 말인가. 제 인생 하나 감당 못해 도망친 겁쟁이들인데.

"난 가겠네."

차분한 목소리가 등 뒤에서 들려왔다. 정혜는 귀를 의심하며 돌아섰다. 최 전무가 아무렇지 않게 소매 주름을 펴고 있었다. 텁석부리가 당혹스러운 얼굴로 물었다.

"아니, 거길 가겠다고요?"

"도움이 필요하다잖나. 사람이 위험하다고."

그와 아는 사이로 보이는 노숙자가 만류에 나섰다.

"영감님, 그러다 큰일 나요. 조폭들이 몰려온다지 않습니까."

"그러니까 시간만 끌어야지. 내가 그 치들을 무슨 수로 때려잡나."

정혜까지 할 말을 잃은 가운데, 최 전무는 지켜보는 이들 앞을 가로질렀다. 낡은 구두가 멈춘 곳은 문 앞이었다.

"우리가 왜 여기 있나, 생각했던 적이 있어."

들으려면 듣고 말라면 말라는 듯, 느릿느릿한 혼잣말이 이어졌다.

"갈 곳이 없어서. 집을 잃어서. 일군 인생이 무연해서? 아니, 인간이 길에 있는 건 두렵기 때문이야. 내 자리가 싫어 도망쳤는데 돌아갈 용기가 안 나서야. 하루만 밀려도 욕을 얻어먹는 게 사람 구실인데, 지금쯤 얼마나 불어났을지 겁부터 나서. 그래서 여길 떠나지 못하는 거야."

장내에는 기침소리 하나 들리지 않았다. 계단을 올라가던 거지꼴의 사내까지 귀를 기울이고 있었다.

"나는 그 희망으로 살았네. 더 늦기 전에 누군가는 날 찾아와줄 거라는. 그걸 기다리다 이 나이가 됐어. 걷지 못하고, 서지 못하고, 보지 못하게 됐어. 우리는 스스로가 만든 시대의 불구자들일세."

정혜는 움켜쥔 핸드폰을 내려다보았다. 다큐멘터리 촬영 보조를 나갔을 때, 그녀가 본 노숙자들은 혐오스러운 들개 무리였다. 수치심 없이 음식을 구걸했고 돈을 주지 않으면 술병을 휘둘렀다. 꼬인 수염과 갈라진 맨발바닥, 무기력에 진탕된 눈에서 인간의 존엄성은 찾아볼 수 없었다.

당시에는 사회에서 탈락한 찌꺼기들이라 여겼다. 지금은 무엇이 그리 다르랴, 싶었다. 제 삶에서 달아나고 도망쳐 이곳에 당도한 것은 같지 않은가. 그들은 착실히 삶의 끝으로 와류하는 물살이니까. 형진도, 박창우와 장무택도, 도시를 태우려는 복지사마저도 결국 그럴 것이었다.

침묵 끝에, 안쪽 대오에서 움직임이 일었다. 노숙자들 사이로 나온 이는 등이 굽은 곱추였다. 그가 입을 열자 깔깔한 목소리가 흘러나왔다.

"그래서, 거길 가면 뭐가 바뀐답니까?"

최 전무는 곱추에게 시선을 돌렸다.

"목숨 한 번 걸었다고 인생이 변하겠나?"

"그게 무슨 소리……."

"바뀌는 건 없네. 노숙자랑 깡패가 싸웠다고 표창이 나오겠나, 상패를 받겠나."

곱추의 눈에 그런데 왜, 하는 물음이 떠올랐다. 최 전무는 추운 사람처럼 어깨를 움츠렸다.

"나는 살 날보다 살아온 날이 많은 늙은이야. 어제를 후회하고, 내일을 자조하고…… 그렇게 죽어가기에는 너무 늙었네. 그만 돌아가야겠어."

그는 좌중을 둘러보더니 휴게실에서 나갔다. 남은 노숙자들은 얼빠진 얼굴이 되어 눈만 끔뻑거렸다. 어르신의 용감무쌍한 참전에 어쩔 줄 모르는 기색이었다. 정혜도 때를 놓치지 않고 문 앞으로 걸어갔다.

"가실 분은 나오세요. 바로 출발할게요."

명연설을 남긴 중늙은이는 도로변에 서서 담배를 피우고 있었다. 그녀는 조심스레 옆으로 다가갔다.

"도와주셔서 감사합니다."

최 전무는 고개를 돌리더니 웃었다.

"고맙다는 말은 이쪽이 해야지. 도움 안 되는 늙은이를 끼워줬잖소."

정혜는 펄럭대는 양복 소매를 곁눈질했다. 정말이지 도움이 안 될 것 같긴 했다. 저 팔로 닭 목이나 비틀 수 있을까, 동네 중학생한테도 얻어맞을 것 같은데. 입에서는 생각과 반대의 말이 줄줄 나왔다.

"무슨 말씀이세요. 선생님 한 분이라도 천군만마죠. 아무도 안 나오면 뭐, 제가 경찰서로 가서……."

"그럴 필요는 없겠어. 저길 봐요."

최 전무의 손이 올라갔다. 그녀는 손가락을 따라 고개를 돌리다가 숨을 삼켰다. 쉼터 입구에서 넝마주이 군단이 나오고 있었던 것이다. 한 명, 두 명, 세 명…… 행렬은 끝도 없이 이어졌다. 가장 마지막으로 나온 이는 볼이 부은 곱추였다. 선두에 서 있던 턱석부리가 헛기침을 했다.

"그러니까, 나는 안 나오려고 했는데…… 정씨가 먼저 나가니 다들 따라 나가버려서…… 금요일 밤인데 혼자 틀어박혀 있으면 적적하니까……."

더 들을 것도 없었다. 최 전무의 회고가 저들에게도 불을 질렀다는 소리였다. 귀소본능을 들쑤시고, 옛 기억을 헤집고, 자존심을 긁은 덕에 링에 오르고 싶어졌다는 이야기였다. 코피가 터질지언정 오늘밤 그냥 잠들긴 싫다는 뜻이기도 했다. 각자의 세상으로 돌아갈 복귀전을 뛰기 전에는.

뱃속을 데우는 열기가 옮아왔다. 정혜는 군중들을 향해 목을 가

다듬었다. 그녀가 주선한 패싸움까지는 30분 남짓 남아 있었다.

"자, 오랜만에 지하철이나 탈까요?"

#형진

남산까지 가는 완행버스에는 승객이 몇 없었다. 요금함에 잔돈을 넣은 뒤, 형진은 맨 뒷자리로 가 앉았다. 까맣게 사윈 풍경들이 차창 뒤로 밀려나갔다.

차가 흔들리자 점퍼 주머니에서 댕그랑거리는 소리가 났다. 버스를 타기 전 사온 선물 세트였다. 한쪽은 그의 몫으로, 다른 한쪽은 그놈의 몫으로. 그는 왼쪽 주머니에서 약병들을 꺼냈다. 소염제와 진통제를 두 알씩 씹어 삼키자 정수리까지 쓴맛이 퍼졌다. 곧이어 숯불처럼 등허리를 지지던 통증이 누그러졌다. 남산에 도착하기 전까지는 이것들로 고통을 견뎌야 했다.

얼마 정도 뒤쳐져 있는가. 자문해봤으나 감을 잡을 수가 없었다. 아지트의 흔적을 보아 30분에서 1시간 사이일 거라고 막연히 짐작할 뿐이었다. 최후의 싸움터로 점찍은 곳도 생소했다. 남산은 잘 곳도 먹을 것도 없는 노숙자들의 불모지였다.

그는 기억을 더듬었다. 진아가 체험학습을 다녀와 이야기해준 적이 있던 것도 같았다. 타워 꼭대기에 전망대가 있다던가, 케이블카가 운행된다던가. 기념으로 연인들이 사랑의 자물쇠를 건다는 말에 웃었던 기억도 났다. 우리 형 같은 숙맥은 평생 갈 일이 없겠다면서.

열린 문으로 승객 몇 명이 올라왔다. 새로 탄 손님은 가방을 멘 꼬마와 아이 엄마였다. 뒷자리로 오던 꼬마는 그를 보더니 눈이 휘둥그레져서 엄마를 불렀다.

"엄마, 엄마! 저 아저씨 얼굴이 이상해."

아이 엄마는 아들을 끌어당겼다.

"쉿, 아저씨가 많이 아파서 그래."

꼬마는 붕대를 칭칭 감은 '아저씨'가 궁금해 죽겠다는 표정이었으나, 한 소리 더 듣고 조용해졌다. 형진은 창문 밖으로 시선을 보냈다. 3주 전만 해도 경찰들을 불러들였을 몰골이건만, 지금은 오히려 운신이 수월했다. 며칠 사이 도시에 화상 환자가 폭증한 덕이었다.

'만나면 고맙다는 말부터 해야겠는데. 덕분에 외롭지 않아졌다고.'

끝을 앞둔 지금에서도, 놈의 목적은 알 수 없었다. 서울을 잿더미로 만들려는 것 같지는 않았으나 테러를 멈추지도 않았다. 목적은 도시의 사멸인가, 산 자들 모두인가. 그는 제2, 제3의 문형진이 넘치는 세상을 잠시 상상하다가 그만두었다. 이 꼴로 살아가는 인간은 혼자로도 충분했다.

남산에서 내린 승객은 그밖에 없었다. 앞을 보자 오늘밤 올라야 할 등산로가 펼쳐졌다. 완만한 경사길이 쭉 이어지다가 끝나는 지점에서 타워 하부와 맞닿았다. 언덕 어귀, 케이블카 매표소는 불이 꺼져 있었다.

그가 쫓는 복지사도 이 길을 올라갔을 것이었다. 형진은 진통제를 한 줌 털어넣고 추격에 나섰다.

◆

　한밤의 등산로엔 인적이 드물었다. 간혹 밤마실을 나온 노인들, 귀가 중인 연인들이 내려왔지만 올라가는 이는 그뿐이었다. 형진은 고개를 숙이고 그들을 지나쳤다. 눌러쓴 후드 하며 손과 얼굴을 감은 붕대 하며, 꼭 복서처럼도 보이겠다 싶었다. 고별전을 앞두고 마지막 로드워크를 나온.

　복서는 5분 만에 절름발이로 변했다. 절반을 삼켰던 진통제 약효가 떨어진 탓이었다. 한 발씩 옮길 때마다 무릎이 꺾이고, 눈앞이 까매지고, 온몸의 뼈마디가 우드득우드득 맞부딪쳤다. 그는 신음을 삼키며 다음 걸음을 내딛었다. 이 세상의 원죄는 죄다 짊어진 채 골고다를 오르는 기분이었다.

　'부조건 휴식을 취하게 해야 합니다. 더 무리했다간 목숨이 위험해요.'

　잠든 척한 침대 머리맡에서, 정혜에게 당부하던 의사의 목소리가 떠올랐다. 그 역시 알고 있었다. 알코올에 찌든 육신을 스턴트맨처럼 굴렸으니 몸이 남아날 리 만무했다.

　그런데도 마음은 평온했다. 오늘 남산 꼭대기에서 그들 중 하나는 죽을 것이었고, 죽는 쪽은 십중팔구 본인일 터였다. 지난번 본 배트질을 감안하면 사망률은 한층 올라갔다. 그는 불타 죽는 것과 맞아 죽는 것 중 뭐가 나을지 생각하다가 콜록대며 웃었다.

　무엇이 되었든 호상이 아니랴 싶었다. 평생을 쓰레기처럼 살다, 쓰레기 속에서 썩어갈 목숨이었다. 눈을 뜰 때마다 죽지 않았음에 절망하는 삶, 세상의 시선에 산 채로 화형당하는 삶만이 하루하루 계속됐다. 그런 놈이 사람 목숨까지 구했으니, 그럭저럭 성공한 마무리 아니겠는가.

그 화재현장을 빠져나온 이후, 그는 진아의 꿈을 한 번도 꾸지 않았다. 마지막으로 들었던 목소리만 귓가에 남았다. '축하해, 오빠.' 무엇을 축하하는지는 알 수 없었다. 옛 꿈을 이룬 걸 축하하는지, 방화의 유혹을 이겨낸 것을 축하하는지.

점퍼 오른쪽 주머니에는 라이터가 아닌 다른 물건이 들어 있었다. 그는 소주병 모가지를 그러쥐어 보았다. 평소에는 잠들기 위해 마시던 수면제였으나 오늘은 용도가 달랐다. 안에 든 내용물 역시 소주뿐만이 아니었다.

이름 모를 새소리가 산중턱에서 들려왔다. 어느새 등산로에는 그 혼자만 남아 있었다.

형진은 후드를 다시 눌러썼다. 그리고 끝없는 고통 속을 등정하기 시작했다.

#다리 위

"달재야, 얼마나 남았나?"

오늘 쏘렌토에 탄 2팀 팀장은 장석태였다. 핸들을 잡고 있던 달재가 대답했다.

"저 앞 다리만 건너가면 금방입니다."

"사장님은? 차가 안 보이는데."

"아까 전에 주유소로 빠지시던데요."

장석태는 백미러를 흘끔 봤다. 헤드라이트를 켠 까만 밴이 따라
오는 것이 보였다. 한산한 도로에 그들 외의 차는 보이지 않았다.
도로의 방범카메라 확인도, 번호판 은폐도 안 하는 것은 의아했지
만 사장님께서 다 생각이 있을 거였다.

오늘 떨어진 임무는 모처럼 화끈했다. 들어가서, 죽이고, 모조리
태워라. 개점휴업에 들어갔던 불꽃놀이가 재개된 모양이었다. 사장
님은 개인별 연장에 시너와 휘발유, 가스통까지 챙겨 나가라고 지
시했다. 또 보너스가 나오겠지, 생각하며 담배를 물었을 때였다. 갑
자기 차체 왼편이 덜컹 기울었다. "뭐야, 이거?" 놀란 달재가 브레이
크를 밟았지만 소용없었다. 바람 빠지는 소리가 나더니 다른 쪽 앞
바퀴까지 내려앉았다. 그들의 차는 몇 미터쯤 더 미끄러지다 멈춰
섰다.

"이게 무슨……."

서울 생활 20년 동안, 앞바퀴 두 짝이 연달아 터지긴 또 처음이
었다. 석태가 내리자 구겨 탔던 부하들도 우르르 하차했다. 펑크를
낸 범인은 곧 발견됐다. 그들이 건너던 다리 중간쯤, 공사용 대못들
이 뿌려져 있었던 것이다. 심지어 머리 부분끼리 굵은 철사로 연결
되어 있었다.

뒤따라오던 밴도 멈춰섰다. 열린 문에서는 셔츠 팔뚝이 터질 듯
한 덩치가 내렸다. 3팀 팀장 이혁기는 어슬렁어슬렁 걸어오더니 씹
던 껌을 퉤 뱉었다.

"뭔 일이야?"

석태는 주운 못을 흔들어 보였다.

"어떤 새끼들이 이런 걸 깔아놨어. 타이어 양쪽이 다 터져버렸다."

"그럼 치워야지. 곧 사장님이 오실 텐데, 이 꼴을 보기라도 하면⋯⋯."

말을 잇던 이혁기의 눈이 가늘어졌다. 대못보다 관심을 끄는 것이 나타난 표정이었다. 석태도 그가 보는 곳으로 시선을 돌렸다. 다리 반대편 끄트머리에, 웬 그림자들이 모여들고 있었다.

"뭐야, 저것들은?"

하나, 둘, 셋⋯⋯. '저것들'은 점점 불어나더니 마침내 다리 입구를 가로막았다. 석태는 길을 막은 패거리를 멍하니 쳐다보았다. 하나같이 서울역에서 옮겨다 놓은 듯한 거지꼴들이었다. 찢어진 카고바지를 입은 놈, 머리털과 코털과 턱수염이 합체한 놈, 온몸에 똥인지 흙인지 모를 오물을 묻힌 놈. 그 거렁뱅이들에겐 또 다른 공통점이 있었다. 손마다 쇠파이프며 각목을 하나씩 꼬나 쥐고 있었던 것이다.

석태는 걸리적거리는 대못 함정을 걷어찼다. 굴비처럼 엮인 못대가리들이 댕그랑댕그랑 굴러갔다.

"니들은 뭐냐?"

잠시 정적이 흐른 뒤, 털보 한 놈이 나섰다. 팔자걸음으로 걸어나온 텁석부리는 뒤쪽을 가리켰다.

"일일 방범순찰대라는데. 우리 대장님께서."

석태는 놈의 엄지로 시선을 보냈다. 손가락을 따라가 보니 웬 늙다리가 제 몸만 한 각목을 짚고 서 있었다. 심지어 옆에는 여자까지 한 명 보였다. 설마 저 늙은이랑 계집애가 대장이란 건가? 의아해하는데 친절한 충고가 들려왔다.

"그러니까 얌전히 집에들 가라. 괜히 다치지 말고."

어처구니가 없어 말도 나오지 않았다. 사망보험도 못 들 것들이, 어디서 조폭 흉내를 내려고⋯⋯. 그는 몇 발짝 걸어가 오른손을 쳐 들었다.

"씨발놈아, 나와봐. 아주 처맞아야 정신을 차리지."

털보는 움찔했으나 물러서지 않았다. 대신 뒤쪽에 있던 노숙자들이 우르르 나섰다. 위협적으로 내밀어진 쇠파이프를 보면서, 석태는 헛웃음을 흘렸다. 동네 똥개들이 한꺼번에 이를 드러내고 짖어 대는 기분이었다.

"다시 말해봐. 뭐라고 씨부렸냐?" 옆에서는 부하들이 뛰쳐나가려는 이혁기를 말리고 있었다. 시계를 보자 남은 참을성이 바닥났다. 차 하나는 타이어가 터졌고, 덕분에 전력의 3분의 1이 줄었으며, 눈앞의 쓰레기들은 비킬 기미가 없었다. 곧 도착할 창우의 차를 생각하니 소름이 쪽 끼쳤다. 사장님이 납실 때까지 저놈들을 못 치우면 아작이 나는 건 그였다.

석태는 허벅지에 찼던 회칼을 뽑았다.

"야, 사장님 곧 오신다. 싹 쓸어버려!"

진압명령이 떨어지자마자 파란 작업복들이 불개미 떼처럼 달려나갔다. 적들이 밀려오는 것을 본 텁석부리도 질세라 고함질렀다.

"가! 가서 막아!"

대기하고 있던 노숙자들도 마주 달려나왔다. 곧 두 병력은 다리 초입에서 격돌했다.

선두로 달려간 파란 작업복이 노숙자의 복장을 걷어찼다. 맞은 이는 요란하게 나뒹굴고, 뒤따라 달려오던 넝마주이 부대원들도 주춤주춤 물러섰다. 그는 기세등등하게 다가서다 휘청거렸다. 날아든 짱돌이 머리를 맞췄던 것이다. 두 번째 돌멩이는 정확히 관자놀이를 때렸다. 고꾸라진 작업복 위로 몽둥이와 발길질이 쏟아졌다.

다리 위는 순식간에 전쟁터로 변했다. 한데 엉킨 두 패거리는 서로를 마구잡이로 차고 때리고 두들겨 팼다. 코피를 흘리던 노숙자 하나가 떨어진 쇠파이프를 집었다. 그는 치고받느라 여념이 없는 작업복의 뒤통수를 힘껏 갈겼다. 깡, 소리가 울리며 조폭은 쓰러졌다. 다음 목표물을 찾으려 할 때 구둣발이 등을 찍었다. 속절없이 넘어지자 회칼을 든 사내가 올라탔고, 다시 노숙자 두 명이 동료를 쑤셔대는 적을 덮쳤다. 피와 비명이 거무튀튀한 아스팔트로 튀었다.

작업복 일당은 예상외로 격렬한 저항에 당황했다. 몇 대 맞으면 꽁무니를 뺄 줄 알았건만, 노숙자들은 그악스럽게 덤벼들었다. 몇몇이 쓰러져 뒹구는데도 전의는 하늘을 찔렀다. 오늘만큼은 이들도 참는 쪽, 맞는 쪽, 도망치기만 하는 쪽이 아니었다. 더는 견디지 않아도 된다는, 그 원초적 해방감이 억눌러 온 분노를 폭발시켰다. 눈앞의 용역들은 더 이상 조폭이 아니었다. 그들을 땅 끝으로 내몰았던 세상의 검은 손이었다. 혐오와 멸시를 담고 피부에 꽂히던 시선들이었다. 그 빌어먹을 것들에게 욕 한번 못 해주고 도망치기만 했던 자신이었다.

"뒈져, 새끼야!"

용역 한 놈이 다짜고짜 턱을 갈겼다. 눈앞이 핑 돌았지만 기절할 정도는 아니었다. 받은 대로 되갚아주자 상대는 날아가 처박혔다. 그는 어안이 벙벙해서 주먹을 들여다봤다. 내 힘이 이렇게 셌나, 싶어 기분이 묘했다. 돈을 떼어먹은 새우잡이 배 선장을 두들겨 준 뒤로 처음 쓰는 주먹이었다. 그 후로는 폭력범이 되어 막노동판을 전전했다. 조선소 잡부, 함바집 서방, 부둣가 짐꾼까지 옮겨 다니다 길바닥에 드러누운 지가…… 올해로 6년째던가? 오늘밤에도 깔깔대는 젊은것들이 보기 싫어 일찌감치 틀어박힌 참이었다. 최 전무라는 늙은이가 그들을 불러내고, 여자가 떠들 때만 하더라도 별 감흥은 없었다. 허나 늙은이의 연설이 끝나자 심장이 꿈틀거렸다. 뻔하지만 눈물이 솟는 영화 한 편을 본 기분이었다. 다른 사람들도 비슷한 느낌을 받은 것 같았다. 서울역 정씨부터 시작해, 너나 할 것 없이 예비군 모집에 자원했으므로.

무엇 때문에 따라나섰는가, 돈 한 푼 안 줄 싸움판에. 그는 김정혜라는 여자가 근처 고철처리소로 그들을 데려갔을 때에야 알아차렸다. 잘 빠진 쇠파이프를 골라 쥐면서 어렴풋하게 깨달았다. 차에서 내려 달려오는 조폭들을 보고도 혈관이 펄떡거릴 때 확신했다. 그는 이 순간만을 기다리고 있었다. 누군가를 흠씬 패줘서, 아니면 실컷 두들겨 맞아서라도, '살아 있는' 고통 속으로 돌아갈 때를.

새로운 싸움판으로 뛰어들며, 그는 목청껏 소리쳤다.

"이 새끼들아, 나도 있다! 이상준이도 있다!"

#형진

오전 12시 27분. 남산타워.

형진은 고개를 들었다. 어디선가 그를 부르는 외침이 들린 것 같아서였다. 잠시 기다렸지만 근처는 고요했다. 그는 다시 무릎에 손을 짚고 숨을 고르기 시작했다.

등산로는 끝없이 길게 느껴졌다. 형진은 고통과 피로로 탈진한 육체를 질질 끌다시피 걸어 올라갔다. 한 발은 놈의 얼굴, 다음 발은 형의 얼굴, 또 다음은 불타버린 누군가의 얼굴을 밟는다고 생각하면서.

덕분에 지금은 고지가 눈앞이었다. 바벨탑처럼 솟아오른 남산타워 아래, 정문과 차단기가 보였다. '아직 도착하지 않은 건가?' 생각이 바뀐 것은 문 위쪽을 봤을 때였다. 가느다란 연기 한 줄기가 불빛 속으로 흩어지고 있었다.

그는 진통제를 한입에 털어넣고 차단기를 뛰어넘었다. 문을 밀고 들어가, 통로를 절반쯤 지났을 때 누린내가 훅 끼쳐 왔다. 형진은 벽에 기댄 시체 옆에 무릎을 꿇었다. 입은 제복을 보아하니 타워의 경비원이었다. 상체 일부와 목 위쪽이 새카맣게 그을렸고, 소화액으로 보이는 흰 더께도 들러붙어 있었다. 한쪽이 함몰된 두개골을 보자 치가 떨렸다. 놈은 머리를 깨부숴 죽인 다음 소화기까지 뿌려둔 것이었다. 허리춤의 무전기와 총집에 있어야 할 테이저건은 사라지고 없었다. 형진은 시신을 뉘여놓고 계속해서 나아갔다.

남산타워 내부로 들어서자 불 꺼진 가게들이 나타났다. 그는 층별 안내도를 확인했다. 이곳은 지상 1층이었고, 타워 꼭대기까지 가기 위해서는 5층으로 가서 전망대용 엘리베이터를 타야 했다. 버튼을 누르자 승강기가 5층에서부터 내려왔다. 먼저 올라간 손님이 있다는 소리였다. 경비원을 구워버리고 내부 전력을 가동시킨 장본인이.

엘리베이터의 숫자가 바뀔 때마다 맥박이 빨라졌다. 5층 홀에 내려, 그는 시신 두 구를 더 발견했다. 똑같이 경비원 복장이었고 살해 수법도 동일했다. 잿더미에 손을 대자 식지 않은 열이 느껴졌다. 그가 쫓는 방화범은 바로 이 위에 있었다.

'전망대행'이 적힌 승강기는 훨씬 빨랐다. 문을 닫고 5F를 누르자마자 로켓처럼 쏘아져 올라갔다. 형진은 채광창을 내려다보며 엘리베이터가 멈추기를 기다렸다. 이윽고 개전을 알리는 안내 방송이 흘러나왔다.

"문이 열립니다."

기습을 대비해 벽에 붙어 섰지만, 밀려들어오는 불길은 없었다. 그는 수갑을 꺼내 쥐고 밖으로 나갔다.

모두가 떠난 전망대는 투명한 공동 같았다. 서울의 야경을 파노라마처럼 볼 수 있는 유리벽이 빙 둘러쳐졌고, 창문 앞마다 대형 쌍안경이 한 대씩 서 있었다. 중앙의 가게들은 어둠에 잠겨 형체만 흐릿하게 어른거렸다.

그는 기둥 그림자에 몸을 숨기고 전망대를 돌았다. 기념품 슬롯머신, 장식장 전문점, 남산명물 카페까지 지나쳤을 때 걸음이 멈췄다. 검은 그림자가 창 앞의 망원경을 들여다보는 중이었다.

"이선길."

본인의 목소리는 스스로도 낯설었다. 목 안에서 부글대는 불길이 남은 성대마저 태워버린 것 같았다.

"오랜만이다, 너."

그림자는 고개를 처박고 있던 망원경에서 눈을 뗐다.

"잘 지내셨습니까?"

마치 기다리기라도 했다는 말투였다. 차분하고 부드러운, 녹인 엿가락 같은 음성도 마음에 들지 않았다. 뻔질나게 찾아오던 사회복지사들도 저런 목소리로 말하곤 했다. '형진 씨, 저희가 도와드릴게요. 이대로 포기하시면 안 돼요. 다음 주 토요일에 한 번 더 올 테니까……'

"누가 들으면 반가운 사인 줄 알겠다."

이선길은 대답하지 않았다. 형진은 놈의 발치에 놓인 가방을 흘끗 봤다. 더플백 끄트머리에서 길쭉한 나무방망이가 비죽 나와 있었다.

두 사람은 전망대 가운데서 마주 섰다. 놈은 밤나들이를 나온 좀도둑 차림이었다. 야구모자와 하얀 마스크, 청바지에 운동화. 스키 고글은 없었지만 푹 눌러쓴 모자 때문에 눈을 보기는 어려웠다. 형진은 시선을 맞추려 애쓰면서 생각했다. 지금 달려들면 때려눕힐 수 있을까.

"죄송하게 됐습니다. 지난번에는 형진 씨인 줄 몰랐거든요."

팽팽하게 당겨졌던 다리근육이 풀렸다. 상대는 그의 이름을 알고 있었다.

"뭐라고?"

형진은 목구멍까지 올라온 욕을 삼켰다. 놈이 대화를 원한다면 물어볼 것이 있었다.

"대답해. 왜 그랬는지."

"왜 그랬냐니요?"

"왜 우리 집에 불을 싸질렀냐고, 씹어 죽일 새끼야."

모자챙 끄트머리가 약간 올라갔다.

"화곡동 근처로 봉사활동을 많이 나갔으니까요. 예행연습에 적당한 곳이었어요. 동생분이 그렇게 되신 건 유감입니다."

그는 눈꺼풀이 모자란 눈을 깜빡였다. 방금 들은 단어들이 성미 고약한 날벌레처럼 떠다녔다. 봉사활동, 예행연습, 유감…… 뭔가 흘러내리는 느낌에 손을 펴 보니 피가 흥건했다. 꽉 쥔 손톱이 살갗을 파헤쳐 놓았던 것이다.

"이 짓을 시작한 이유가 뭐냐."

이선길은 망설이는 기색도 없이 답했다.

"더 큰 공익을 위해서입니다."

"지랄, 남들 잘 살게 해주려고 불을 질러?"

"제 양부모님은 환원과 선행을 강조하셨죠. 사회복지사가 된 것도 그 때문입니다. 헌신하고 봉사하며 사람들을 돕기 위해서. 몇 년쯤 지나니 벽이 보이더군요. 자선회를 열고 모금운동을 펼치고…… 그런다고 그들이 행복하겠습니까? 진정한 평등은 같은 고통에서 오는 겁니다."

놈은 등을 돌려 전망대 앞으로 걸어갔다. 밤을 맞은 도시는 불길로 번들거리고 있었다.

"독거노인 부양비 소송이나 도우면서 세상을 바꿀 수 있었으면 전 기꺼이 그랬을 겁니다. 평생 마스크를 벗지 않고, 내 숨이 다른 목숨들을 태운다는 걸 기억하면서."

"그래서 모조리 없애는 쪽을 택한 거군. 평등하고 효율적인 복지를 위해서."

이선길은 고개를 끄덕였다.

"그날, 불바다 속에서 나는 핍박받던 자들의 함성을 들었어요. 이 도시가 나를 부르고 있었습니다."

"아니, 넌 그냥 핑계가 필요했던 거야. 네가 지르고 싶었으니까. 한번 본 불 맛을 잊을 수가 없으니까."

복지사는 안타깝다는 듯 고개를 저었다.

"형진 씨는 알 텐데요. 누구보다 저들이 불행해지길 바라지 않았습니까?"

맞아, 그랬잖아. 괴물의 목소리가 속삭였다. 심장 속에 들어앉았던 방화광은 이제 눈앞에 서 있었다. 형진은 끈질기게 쫓아온 그의 반쪽을 들여다보았다. 한순간 전망대의 야경이 사라지고 익숙한 대합실이 나타났다. 행여 불이 날까, 소화전 옆에서 쪼그리고 잠든 자신의 뒷모습이었다. 화장실에 숨어 라이터를 만지작거리던 그도 보였다. 출동한 지하철경비대에 끌려가면서 진아를 봤다고, 그 애가 살아 있었다고 목이 터져라 소리치던 문형진이 거기 있었다.

왜 나는 저놈처럼 되지 못했던가. 형진은 자문 끝에 답을 찾았다. 번번이 작은 방해가 그를 막아섰던 탓이었다. 하루는 길을 가다 본 꼬마 형제의 뒷모습이, 하루는 그의 앞에 꼬깃꼬깃한 5천 원을 놓고 간 노파가, 또 하루는 주차된 차창의 '아이가 타고 있어요' 스티커가. 최 전무에게 했던 거짓말을 이제는 고백할 수 있었다. 병실에서 눈을 뜬 이후 단 한순간도, 그는 인간이기를 포기한 적이 없었다.

형진은 수갑을 고쳐 쥐었다. 이선길은 아직 쌍안경 앞에 서 있었다.

"그래, 그랬지. 안주머니에 라이터를 숨기고 다닌 적도 많았어. 눈이 돌면 확 다 태워버리려고. 근데 참, 아무리 이 꼴로 살아도 나 같은 놈을 또 만들긴 싫더라. 너 같은 놈이 되긴 더 싫었고, 이 정신 병자 새끼야."

이선길의 고개가 천천히 내려가더니, 그것보다 더 천천히 올라왔 다. 맞댄 눈동자는 무덤가의 흙처럼 건조했다.

"당신만큼은 나를 이해할 줄 알았습니다."

형진은 입술을 사납게 일그러뜨렸다.

"이해는 네가 죽인 사람들한테나 구해. 너희 엄마라든가."

성질을 긁는 도발에도 놈은 반응이 없었다. 잠시 후, 마스크 안 에서 선언이 떨어졌다.

"나는 이곳을 태울 겁니다."

부드러운 목소리가 계속되었다.

"이제 타워에 불을 지피고, 남산을 내려가 서울을 불태울 생각입 니다. 해가 떴을 때는 수천 명이 구원을 얻겠죠."

"그럼 난, 이번에야말로 머리통을 부술 거고?"

복지사는 손목에 찬 시계를 보았다.

"아뇨. 제 횃불의 일부가 될 겁니다."

무슨 뜻인지 되물을 여유는 없었다. 가방에서 배트를 꺼내든 놈 은 이쪽으로 걸어왔다. 동시에 머릿속 소방관이 경보를 발했다. 오 른쪽, 피해!

탈진한 몸은 그의 의지를 배신했다. 뼈를 부수는 일격이 어깨를 관통해 전신을 뒤흔들었다. 진통제가 잠재웠던 고통들이 일제히 깨어나 비명을 내질렀다. 그사이 방망이가 또다시 내리꽂혔다. 형진은 흉기를 피해 놈의 멱살을 잡아채며 나뒹굴었다.

방화범과 소방관은 뒤엉켜 전망대를 굴렀다. 먼저 올라탄 것은 저쪽이었다. 밑에 깔려 턱을 몇 방 맞았지만 이쯤은 아프지도 않았다. 쥐고 있던 수갑으로 놈의 허벅지를 내리찍자 고통에 찬 신음이 솟아올랐다. 형진은 수갑을 던져버리고 점퍼 안주머니에 손을 쑤셔넣었다. 그리고 시너와 휘발유가 듬뿍 담긴 소주병을 놈의 머리로 휘둘렀다.

놈이 급히 팔을 들었지만 소용없었다. 소주병이 산산이 조각나며 병 안의 액체가 흩뿌려졌다. 끈적한 물방울들은 모자와 팔뚝, 얼굴을 가린 마스크까지 타고 흘러내렸다. 내용물을 알아차린 눈에 낭패감이 번져 나갔다.

형진은 피 섞인 침을 뱉었다.

"한번 질러봐. 그걸 벗자마자 내 꼴이 될걸."

복지사는 몸을 굴려 방망이를 주워들었다. 형진도 한쪽 무릎을 꿇고 일어섰다. 다시 격투가 재개됐으나, 그가 휘두른 주먹은 허공만 갈랐다. 반면 놈의 방망이는 몇 번이고 전신을 타작했다. 형진은 비틀거리며 물러서다 주저앉았다. 이상한 느낌이 들어 오른팔을 보자 팔꿈치가 안으로 꺾여 있었다.

일어서려 했지만 이미 다리가 풀린 뒤였다. 남아 있던 약효가 날아가며 쇼크가 들이닥쳤다. 가물거리는 고통 속에서, 형진은 앞을 보았다. 방화범이 다가오고 있었다.

#정혜

일곱 통째 건 전화가 자동응답으로 넘어갔다. 대체 어디서 뭘 하는 건지, 아무리 걸어도 받을 기미가 없었다. 정혜는 입술을 피가 나도록 깨물었다. 빨리 도착하지 않으면 송장을 여럿 치울 참이었다.

싸움의 정세는 현격히 불리했다. 모든 전선에서 노숙자들이 파란 작업복에게 밀리는 중이었다. 처음에야 격렬한 저항에 당황했으나, 저들은 프로였다. 매일같이 사람을 패고 싸움질로 밥을 벌어먹어 온. 쇠파이프를 빼앗은 용역들은 건방진 쓰레기들을 닥치는 대로 두들겨 팼다. 노숙자들도 몇 명씩 뭉쳐 저항했지만 와해를 막기에는 역부족이었다. 이미 방어병력 대부분은 다리 앞까지 후퇴해 있었다.

"버텨! 조금만 버티면 경찰이 올 거야!"

동료들을 독려하던 회색 러닝셔츠가 각목을 맞고 비틀거렸다. 맨주먹으로 조폭을 셋이나 쓰러뜨린 키 큰 남자였다. 허나 이젠 등 뒤를 지켜줄 아군이 없었다. 그녀가 입을 막고 지켜보는 동안, 그는 적들에게 구타당해 쓰러졌다.

그때, 눈부신 헤드라이트 불빛이 뻗어 왔다. 뒤를 돌아본 정혜는 절망스러운 기분을 느꼈다. 라이트를 켠 회색 스타렉스가 막 들어서고 있었다.

스타렉스는 격전이 벌어지는 다리 위에 멈춰 섰다. 곧 양쪽 차문이 열리고 지원군이 뛰어내렸다. 재앙은 그뿐만이 아니었다. 작업복들이 모두 하차한 스타렉스에서, 골프채를 든 회색 양복이 내렸던 것이다.

저벅저벅 걸어 나온 창우는 곧장 골프채를 휘둘렀다. 그가 지나가는 곳마다 머리가 터지고 턱이 깨진 사람들이 장난감처럼 날아갔다. 흡사 어린애들 싸움에 끼어든 어른을 보는 것 같았다.

정혜는 그녀가 가까스로 끌어 모은 장병들이 쓰러지는 모습을 멍하니 바라보았다. "야, 이 괴물 새끼야……!" 악에 받친 노숙자 하나가 쇠파이프를 휘둘렀다. 창우는 피하지도 않고 상대의 면상에 주먹을 박았다. 맞은 자가 트럭에 받힌 양 나가떨어진 뒤, 다음 희생자는 골프채 헤드로 코를 찍혔다. 그는 피투성이 노숙자의 뒷덜미를 질질 끌고 가 다른 한 명의 머리통과 맞부딪쳤다.

순식간에 10여 명이 쓰러지고 반수 이상이 전투불능으로 변했다. 나머지 노숙자들은 감히 접근하지 못하고 뒷걸음질 쳤다. 반면 대박용역 쪽은 태반이 팔팔했다. 얻어맞아 쓰러졌던 작업복들이 다시 합류한 탓이었다. 얼굴 여기저기서 피를 흘리는 용역들은 분풀이라도 하듯 몽둥이를 휘둘러댔다.

노숙자 한 명이 겁먹은 눈으로 뒤쪽을 봤다. 이제 남은 동료는 손으로 셀 수 있을 정도였다.

그때 짜랑짜랑한 목소리가 울려 퍼졌다.

"저기, 박 사장님."

양측 패거리의 시선이 한곳으로 쏠렸다. 몇 남지 않은 노숙자들 사이에서, 핸드폰을 폭탄처럼 쥔 정혜가 걸어 나오고 있었다.

"나 기억나죠? 벌써 두 번째 보는데."

어떤 정신 나간 년인지 확인하려는 듯, 창우는 고개를 쭉 빼 그녀를 뜯어봤다. 가느다란 눈에 반가운 빛이 떠올랐다.

"그럼. 경찰 행세를 하던 기자님이잖아."

"눈치도 좋으셔라. 어떻게 알았어요?"

창우는 입이 찢어져라 씩 웃었다.

"어떻게 알았긴, 아무래도 이상해서 찾아봤지. 설마 우리 가게까지 오셨을 줄은 몰랐네. 사장님이 깜빡 속았어."

웃고 있는 입과 달리, 번들거리는 눈은 말하고 있었다. '감히 날 먹였겠다, 개 같은 년이?' 정혜는 애써 무시하고 오른손을 흔들어 보였다.

"맞아요. 그럼 이게 뭔지도 알겠네요."

"뭐, 핸드폰?"

"네. 아까 전에 경찰을 불렀거든요. 강력팀 네 개에 지구대 두 팀. 그러니까 그만 들어가시죠. 똘마니들이랑 콩밥 먹기 싫으면."

이년이 뭐라냐, 하는 표정이던 창우는 곧 낄낄대기 시작했다. 소리가 멈췄을 때는 웃음이 싹 사라져 있었다.

"귀엽다, 귀엽다 해줬더니 공갈까지 치고, 사장님이 많이 우스웠나 보다. 그치?"

"협박인지 아닌지는 기다려보면……."

"걔들은 안 와. 서울에 사는 짭새란 짭새는 죄다 광화문에 나가 있거든. 그놈들이 왔을 때는 전부 끝난 뒤겠지. 네년은 눈이 뽑혀서 미사리로 가고 있을 거고."

난폭한 범죄 예고가 쏟아졌다. 창우는 낮은 목소리로 속삭였다.

"잘 들어, 빌어먹을 년아. 난 그 국회의원을 죽일 거야. 그런 다음 무택이놈 입금이 완료되는 대로 이 나랄 뜰 거고. 물론 그놈한테 선물을 좀 남긴 다음."

저 선물이라는 건 금고의 내용물이 분명했다. 창우의 음성이 위험할 만큼 부드러워졌다.

"그런데 네가 날 잡아넣겠다고, 이 박창우를?"

말이 끝나기 무섭게, 대박용역 직원들이 몰려와 그녀를 에워쌌다. 정혜는 창우의 눈을 마주 보면서 대꾸했다.

"못할 게 뭐야. 내일이면 수배지가 깔릴걸?"

창우의 얼굴에 의구심이 떠올랐다. 그녀는 이곳에 도착하기 전 처리했던 일을 친절하게 설명했다.

"여태까지 댁이 저지른 범죄기록을 아는 검사님한테 보내놨거든. 방화, 살인, 협박 및 불법 유흥업에 장기매매랑 인신매매까지 싹 다. 60년은 족히 나오겠던데."

그 말이 흡수되기까진 약간의 시간이 걸렸다. 천천히, 양복 옷깃 위쪽의 목이 불그스름해졌다. 목울대부터 관자놀이까지 거머리 같은 핏대도 곤두섰다. 박 사장님께서 최후의 최후로 돌아버리셨다는 표시였다.

"넌 진짜로 뒈졌다, 쌍년아."

중얼거린 창우가 그녀를 향해 걸어왔다. 앞을 막던 최 전무는 골프공처럼 날아갔다. "전무님!" 하고 부르는 순간 귀뺨에서 폭탄이 터졌다. 손이 올라가는 것을 보지도 못했는데 그녀는 저만치 나가 떨어져 있었다. 뺨이 확확 달아오르고 정신은 아득히 멀어졌다. 따귀 한 대에 장기비행을 다녀온 기분이었다.

"배에 힘 빡 줘. 순대 터지기 싫으면."

말뜻을 이해하기도 전에 구둣발이 아랫배를 걷어찼다. 불타는 대못이 배를 뚫는 것 같았다. 숨이 턱 막히고, 몇 시간 전 먹었던 모든 것들이 위액과 섞여 쏟아져 나왔다. 곧 억센 손이 그녀의 머리채를 쥐어 올렸다. 정혜는 초점이 안 맞는 눈을 깜빡여 눈물을 짜냈다. 흐릿한 시야 너머로 양아치의 얼굴이 어른댔다.

"이럴 거면서, 왜 나불댔어. 혀를 뽑아버리고 싶게."

한 마디가 끝날 때마다 따귀 한 대씩이 날아들었다. 획획 돌아가던 얼굴은 이제 감각도 없었다. 머리채가 붙들려 있어 쓰러지는 것도 불가능했다.

갑자기 잡고 있던 손이 풀렸다. 그녀는 주저앉은 채로 숨을 몰아쉬었다. 이제야 끝난 건가, 생각하는데 딱딱한 감촉이 머리 옆을 툭툭 쳤다.

"자, 얼마나 멀리 날아가는지 내기하는 거야. 사장님이 또 홀인원 전문이에요."

피투성이 골프채가 스윙 자세로 올라갔다. 뒤쪽에서 "안 돼!" 하는 외침이 들렸다가 잠잠해졌다. 정혜는 가물거리는 의식을 부여잡았다. 그녀의 머리통을 깨부술 쇳덩이를 보자 온갖 미련이 밀려들었다. 김정혜 인생 31년, 교통사고도 치정살인도 아닌 골프채에 맞아 죽는구나. 이럴 줄 알았으면 직장부터 시원하게 그만두는 건데. 술도 걱정 없이 퍼마시고, 남자도 실컷 만나보고, 박복한 딸년 먼저 간다고 엄마한테 문자도…….

천둥 같은 총성이 다리 위를 뒤흔들었다. 움직이던 모든 것을 정지시키는 굉음이었다. 정혜는 감았던 눈을 슬그머니 떴다. 피 묻은 골프채는 아스팔트 위에 늘어져 있었다. 창우는 신기한 것을 보듯 제 오른팔을 내려다봤다. 양복 어깻죽지에 검붉은 얼룩이 번지는 중이었다.

"거기까지 해, 박창우."

침착한 음성이 들려왔다. 아무도 몰랐던 사이, 싸움터 뒤편에는 아반떼 한 대가 도착해 있었다. 권총을 겨눈 양권이 다리 위로 걸어 들어오며 명령했다.

"손 뒤로 하고 엎드려. 그 골프채 버리고."

창우는 핏발 선 눈을 돌려 형사를 보고, 다시 정혜를 내려다보았다. 그런 다음 멀쩡한 쪽 팔을 품속으로 쑤셔 넣었다. 총성은 그의 손이 나오기 전에 터졌다.

날이 시퍼런 손도끼가 아스팔트에 떨어졌다. 창우는 허벅지를 붙잡은 채 씨근거렸다. "너, 이 씹새끼……." 살벌한 욕설 끝에 신음이 섞였다. 어깻죽지에 한 발, 대퇴부에 한 발, 실탄을 두 방이나 얻어맞았으니 쇼크가 올 만도 했다. 이윽고 체포 사유 및 범죄목록이 고지됐다.

"박창우. 널 살인교사, 폭력교사, 경찰 모욕, 공무집행방해, 연쇄방화와 소훼죄로 체포한다. 더 반항하면 법정에서 불리해질 수도 있어."

창우는 무릎을 짚고 일어서려 했으나 마음처럼 안 되는 것 같았다. 그는 주변을 휘둘러보며 악을 썼다.

"뭐 하고 자빠졌어, 저 새끼 담가버려!"

파란 작업복들이 일제히 돌아섰다. 스무 배가 넘는 적들에도 형사는 당황하지 않았다. 그 자리에 있던 모두가 담담한 조언을 들을 수 있었다.

"지금부터는 머리를 쓰겠다. 알아서들 판단해."

직원들은 서로를 마주 보았다. 때마침 멀리서 사이렌 소리까지 들려오기 시작했다. 하나뿐인 목숨 대 자빠져 계신 사장님의 명령, 뭐가 더 중한지는 고민할 가치도 없었다. 누군가가 들고 있던 각목을 던져버렸다. 그것을 신호로 여기저기서 댕그랑거리는 소리가 들려왔다. 리더를 잃은 작업복들이 앞다투어 무기를 버리고 흩어지기 시작했던 것이다.

"야, 사장님이 다 책임질게. 저놈 잡아. 저놈 잡으라고!"

창우가 발악하듯 외쳤으나 아무도 돌아오지 않았다. 석태야, 혁기야, 두치야, 재만아! 불린 이름들은 묵묵부답으로 일관했다. "배신자 새끼들, 내가 직접 하고 만다. 너네들까지 싹 봐버릴 거야." 그는 미친 사람처럼 중얼거리며 기어가기 시작했다. 저만치 굴러가 있는 손도끼를 잡았을 때, 돌덩이가 뒤통수를 후려쳤다.

가느다란 동공에서 초점이 빠져나갔다. 잠시 후 흐느적대던 고개가 마저 꺾였다. 돌을 던져버린 털보는 헐떡이며 창우 옆에 주저앉았다.

"어디서 욕질이야, 어린놈의 자식이."

❖

오전 12시 48분.

박창우의 손에 수갑이 채워지는 것을 끝으로, 다리 위 패싸움은

종결되었다. 정혜는 양권의 부축을 받아 일어섰다. 꼬집당한 뺨은
물론, 아까 차인 배가 찢어질듯 아팠다. 뭔가 흐르는 느낌에 입가
를 훔치자 굳다 만 피가 묻어났다. 그녀를 일으켜준 양권이 손수건
을 내밀었다.

"길이 막혀서 좀 늦었습니다."

맞아 죽기 전에 와준 것만도 기특했다. 그녀는 코 먹은 목소리로
물었다.

"경찰들은 어떻게 데려왔어요?"

"이쪽 구로 넘어오면서 무전을 쳤습니다. 조직폭력배와 교전 중
이니 지원을 부탁한다고요."

정혜는 비로소 근처를 둘러보았다. 다리 위는 아수라장이 되어
있었다. 부러진 각목과 쇠파이프가 굴러다니고, 드러누운 노숙자
들이 상처를 감싼 채 신음했다. 머리가 깨진 자, 팔이 부러진 자, 회
칼에 찔려 피를 철철 흘리는 자들도 수두룩했다. 용역깡패 한 부대
를 20분간 저지한 승리의 주역들이었다.

경찰차에 이어 119 구급대도 곧 도착했다. 권총을 총집에 넣은
양권이 물었다.

"저 사람들은 무슨 수로 모으셨습니까?"

정혜는 어깨를 으쓱했다.

"그냥, 어찌저찌요. 뒤처리나 확실히 해주세요."

"현장에서 잡혔으니 빼도 박도 못할 겁니다. 장무택까지 엮을 수
있을지는 모르겠지만."

그 이름을 들은 순간, 잊고 있던 얼굴이 떠올랐다. 촌각을 다투

는 것은 도시의 목숨뿐만이 아니었다.

정혜는 양권의 옷깃을 낚아챘다.

"지금 바로 남산으로 가야 해요. 소방대든 경찰이든 전부 데리고, 당장!"

#형진

검붉은 암영이 동공 뒤로 어른거렸다. 형진은 깜빡이는 의식을 붙잡았다. 귀에 익은 쉬고 탁한 목소리가 그를 깨웠다.

'자, 소방관. 일어날 시간이야.'

눈을 뜨려 했지만 눈꺼풀이 떨어지지 않았다. 끈끈한 피가 눈앞을 덮어버린 상태였다. 그는 눈가를 찡그려 피딱지들을 떨어냈다. 시야가 열리자 저만치서 가방을 뒤지는 사회복지사가 보였다. 저놈은 그를 복날맞이 똥개로 아는 것 같았다. 죽이지 않고, 그렇다고 기절시키지도 않고, 손끝부터 발끝까지 작신작신 다져놓은 걸 보면.

몽둥이질은 포악하고도 신속했다. 몇 분 만에 관절들이 으스러지고 뼈가 쪼개졌다. 자신의 비명에 귀가 멍멍해질 즈음, 비슷한 협박을 했던 깡패가 떠올랐다. 똥창을 찢어주겠다고 했던가, 발가락 하나씩 불을 붙이겠다고 했던가?

그사이 이선길은 찾던 물건을 발견했다. 가방에서 나온 것은 줄줄이 엮인 혈액팩 다발이었다. 이어 거무튀튀한 액체가 전망대 곳곳에 뿌려졌다. 그는 멈춰가는 머리로 고민했다. 어떻게 해야 저걸 저놈 주둥이에다 쑤셔 넣을 수 있을까. 열 손가락이 다 뭉개진 것 같은데……

전망대는 곧 아틀리에처럼 변했다. 도색을 마친 복지사는 자기 작품을 둘러보더니 이쪽으로 걸어왔다. 한 손에는 피 묻은 야구배트를 든 채였다.

"그냥 죽여, 새끼야."

대답은 없었다. 간신히 눈을 치켜뜨자 바지자락에 튄 핏자국을 문지르는 꼬락서니가 보였다. 형진은 목구멍까지 차오른 핏덩이를 뱉었다.

"하나만 묻자. 너네 부모는 왜 죽었냐?"

의외로 성실한 답이 돌아왔다.

"어렸을 때라 기억이 안 납니다. 양어머니께서 늘 제 죗값을 치러야 한다고 말씀하시긴 했지만."

"네가 한 짓이란 걸 알았다고?"

복지사는 고개를 끄덕였다.

"그런데도 왜 입양 절차를 밟았는지는 모르겠습니다. 본인들에게 주어진 과업이라고 생각하셨을 수도 있겠죠. 두 분 모두 독실한 신자셨거든요."

혹사당한 의식이 순간순간 뭉그러졌다. 형진은 불탄 모래알 같은 집중력을 필사적으로 그러모았다. 엄마인가 아빠 쪽이 목사였다는, 병원에서 들은 정혜의 말이 기억났다.

"착하게 살아야 한다. 내가 처음 배운 말이 그거였어요. 아빠도, 엄마도, 사랑해도 아닌, 착하게 살라는 말요. 처음에는 왜 그래야 하는지 몰랐어요. 매일같이 마스크를 차야 하는 이유도, 내 손이 닿는 곳엔 절대 타는 물건을 놓아두지 않는 까닭도요. 이유를 안

건 초등학교 수학여행 때였습니다. 휴게소 화장실을 갔다가 세수를 하고 마스크를 깜빡했는데, 버스에서 기름이 새고 있는 거예요. 어떻게 하지, 싶어 쪼그려 앉는 순간 불길이 치솟았어요. 그날 밤 아버지는 날 반성실에 가뒀습니다. 하루가 꼬박 지나서야 꺼내서 이야기해주더군요. 저 마스크는 뭐고 내 친부모는 어떻게 죽었는지, 나는 왜 회개하는 삶을 살아야 하는지."

궁상맞은 주절거림이 끝도 없이 이어졌다. '그래, 입이 근질근질했겠지. 30년이 넘도록 말할 친구 하나 없었을 테니.' 형진은 건성으로 들으며 눈을 굴렸다. 놈이 코앞에 있는데도 손가락 하나 움직이기 어려웠다.

"몇 년간은 괜찮았습니다. 천식환자 흉내도 한결 자연스러워졌고, 학교가 끝나면 아버지를 따라 예배에도 참석했죠. 그런데 갈수록 요구사항이 늘어났어요. 야간 집회에 나와라, 고해성사를 해라……. 연말 대집회 때는 연단으로 올라가 초에 불을 붙여보라더군요. 말씀대로 해드렸죠. 연단 위가 아니라 집 안, 두 분의 눈앞에서. 다음은 아시는 대로입니다."

턱을 쳐든 복지사는 엄숙하게 선언했다.

"이제야 그분들의 뜻을 알겠어요. 나는 더 많은 고통을 불태우기 위해 살아남았던 겁니다."

형진은 코웃음을 쳤다.

"그건 누가 태워준다고 없어지는 게 아냐. 백날 불을 질러봐야 달라지는 건……."

야구배트 대가리가 손등을 내리찍었다. 말린 장작을 부러뜨리는

344

소리가 살가죽을 뚫고 튀어나왔다. 그는 피에 젖은 입술을 뻐끔거렸다. 더 소리를 지를 기력도 없었다.

"형진 씨가 그렇게 된 건 사고였지만, 삶을 망가뜨린 장본인은 저 밖의 인간들이었습니다. 선하고 순진한 양떼들, 매일같이 당신을 세상 끝으로 몰아내던 자들 말입니다."

형진은 눈물로 흐릿한 눈을 들었다. 이제 이선길은 그의 몸 주변에 혈액팩을 뿌리고 있었다. '저 마스크를 벗겨버렸어야 했는데.' 후회가 밀려왔으나 이미 떠난 열차였다. 혈액팩 한 통을 전부 뿌린 복지사는 빈 팩을 던져버렸다.

"당신이야말로 이 도시를 불살랐어야 했습니다. 원수들을 구한답시고 위선자 흉내를 내는 게 아니라."

형진은 말라가는 입술을 달싹거렸다. 무슨 말을 하려나 궁금했던지, 놈은 그의 앞에 쭈그리고 앉았다. 곧 둘의 얼굴은 숨소리가 들릴 만큼 가까워졌다. 복지사의 몸에서는 희미한 향수 냄새와 시너 냄새, 불에 탄 폐허의 누린내가 났다. 그는 마스크 쓴 귓가에 속삭였다.

"지옥에나 가버려."

침묵이 흐른 뒤, 한숨인지 웃음인지 모를 소리가 새어 나왔다. 이선길은 한발 물러나 바지 뒷주머니에서 라이터를 꺼냈다. 찰칵 소리와 함께 불이 켜졌지만 무엇도 할 수 없었다. 형진은 도시를 화장시킬 불꽃을 멍하니 올려다보았다. 놈의 손이 내려왔을 때, 기둥 그림자에서 새카만 형체가 튀어나와 그를 들이받았다.

들고 있던 라이터는 저 멀리 날아가 모습을 감췄다. 이선길이 일어나려 했으나 상대에게 발목을 잡혀 다시 나뒹굴었다. 간신히 고개를 든 형진은 어깨에 눈을 비볐다. 굳은 피가 떨어져나가자 뒤엉킨 그림자들이 보였다. 그를 작살냈던 복지사는 고전하고 있었다. 상대는 키가 컸고 팔도 길었으며, 한 대 맞으면 두 대를 갈기는 개싸움에도 능했다. 떡 벌어진 등판이 어딘지 익숙하다고 생각했을 때였다.

둘의 위치가 뒤바뀌며, 구원자의 옆모습이 드러났다. 동시에 사지를 물어뜯던 고통이 사라졌다.

"형?"

눈을 의심했으나 앞의 광경은 변하지 않았다. 이선길의 위에 올라탄 키 큰 형체는 형이었다. 어째서 형이 여기 있나, 의아해하는 사이 깔려 있던 이선길이 형의 턱을 후려쳤다. 뺨이 돌아간 형도 질세라 놈을 갈겼다. 상상 속에서 수천 번을 태워 죽였던 피붙이가 싸우는 모습을 보자 속이 뒤집혔다. 여긴 저 인간이 올 곳이 아니었다. 살아서 다시 보지 말자던 작자가, 동생놈 화장터에는 뭣 하러 따라왔다는 말인가. 싸움도 못하는 공부벌레 주제에, 누가 도와달랬다고…….

그는 이를 악물었다. 분노해야 할지 안도해야 할지 알 수 없었다. 자존심, 수치심, 케케묵은 원한들이 뒤섞여 소용돌이쳤지만 한 가지 명제는 바뀌지 않았다. 형이 그를 구하러 돌아왔다. 8년을 뛰어넘어.

승부는 곧 갈렸다. 형이 놈의 머리통을 바닥에 짓찧어버렸던 것이다. 세 번, 네 번, 다섯 번을 내려찧자 복지사는 늘씬하게 뻗었다. 형진은 형문이 일어서서 다가오는 것을 올려다보았다. 무뚝뚝한 목소리가 말했다.

"꼴이 볼만하구나. 그러게 경찰한테 맡기랬잖느냐."

실낱같이 생기려던 고마움이 싹 달아났다. 형진은 피 섞인 침을 얼굴 옆에다 뱉었다.

"여긴 왜 왔어?"

"그 기자한테 연락을 받았다. 혼자 방화범을 쫓아 남산으로 갔다고, 내버려두면 죽을 것 같다고."

"까고 계셔. 내가 어떻게 되든 관심 없잖아."

"나도 올 생각 없었다. 네 형수 등쌀에 떠밀린 거지."

그 와중에 마누라 핑계는……. 그럼 꺼지라고 하려는데 형문이 고개를 돌렸다. 형의 얼굴에는 지금껏 보지 못했던 표정이 떠올라 있었다.

"새삼 화해를 청할 생각은 없다. 넌 날 증오하고 나도 널 미워했으니까. 벌써 너무 오랜 시간이 지났어. 우리가 왜 이렇게 됐는지도 모를 만큼."

귀를 막고 싶었지만, 그럴 수 없었다. 형진은 한때 진아를 죽인 원수보다도 증오했던 형을 마주 보았다. 형문은 결심한 듯 입을 열었다.

"하지만 이제는 말해야겠다. 나는 네가 진아를……."

말을 잇던 형의 목소리가 뚝 끊겼다. 뒤쪽을 본 형진의 눈도 커졌다. 전망대 바닥에 쓰러져 있어야 할 그림자가 온데간데없었던 것이다. 형문이 돌아선 순간, 그는 기둥 옆에서 테이저건을 겨눈 이선길을 보았다. "형, 옆이야!" 소리쳤을 때는 너무 늦었다. 날아든 전

기침이 양복 등판 한가운데 꽂혔다. 형문은 몸을 부들부들 떨며 무릎을 꿇었다. 꽉 쥔 주먹에서 혈관들이 불거지는 것이 보였다.

놈은 테이저건을 던져버리고 배트를 주워들었다. 형은 아직도 일어서지 못하고 있었다. 5만 볼트짜리 전기충격에서 벗어나기엔 시간이 부족했다. 다가온 이선길은 형의 머리를 신중하게 조준했다.

"형!"

형은 취한 사람처럼 커다랗게 휘청거렸다. 위치를 바꾼 복지사는 다시 배트를 휘둘렀다. 이번에는 옆구리 쪽이었다. 형진은 갈비뼈가 부러지는 소리, 형이 헉 하고 숨을 들이켜는 소리, 방화범의 비웃는 목소리를 한꺼번에 들었다. '너희 형제는 여기서 죽을 거야. 네 여동생처럼, 둘이서 사이좋게 재가 되겠지.'

아까 전과 흡사한 구타가 반복되었다. 범벅된 피 때문에 불을 지를 수 없으니, 아예 때려죽일 작정 같았다. 머리를 맞은 형은 그의 옆까지 와서 쓰러졌다. 형진은 미칠 것 같은 기분으로 뒤를 쳐다봤다. 그들 일가를 몰살시키려는 사이코패스가 걸어오고 있었다. 애원에 가까운 속삭임이 흘러나왔다.

"형, 엘리베이터로 가."

형문은 피가 흐르는 얼굴을 돌려 그를 보았다. 눈이 마주친 순간, 형진은 형이 뭘 하려는지 알아차렸다.

"안 돼……!"

외침은 무력하게 허공을 갈랐다. 몸을 일으킨 형문은 복지사를 향해 돌진했다. 영사필름처럼 토막토막 끊기는 장면들 속에서, 그는 영원 같은 찰나를 보았다. 형의 손에 끌려 내려간 흰 마스크와,

순식간에 놈의 얼굴을 태워버리는 샛노란 불꽃과, 제 주인을 집어삼킨 화염이 형에게 옮겨 붙는 광경을 부릅뜬 눈으로 지켜봤다. 불길에 휩싸인 이선길은 누군가를 찾는 듯 손을 휘저었다. 그러나 불을 꺼줄 사람도, 고통을 덜 방법도 없었다.

이내 최후가 찾아왔다. 복지사는 비틀대며 몇 걸음 걸어가더니 고꾸라져 움직이지 않았다. 까맣게 탄 시체에서 흘러내린 불줄기만 바닥을 타고 번져갔다. 형은 아직 쓰러지지 않고 있었다. 다리를 절고 불티를 떨어뜨리면서도 움직이는 중이었다. 노란 화염에 몸 곳곳이 불타는 채로, 그는 기둥 옆 소화전에서 소화기를 꺼냈다. 그런 다음 주변으로 옮겨 붙은 불길을 끄기 시작했다.

그만하라고, 하지 말라고, 형 몸부터 뿌리라고 고래고래 고함쳐도 형문은 멈추지 않았다. 듣지 못하는 사람처럼 불붙은 바닥에 소화기만 분사할 뿐이었다. 마지막 불씨까지 잡히고 나자 형은 소화기를 껴안고 주저앉았다. 형진은 눈물이 줄줄 흐르는 눈을 깜빡였다. 다음 순간, 소화기가 터지며 내용물이 사방으로 흩뿌려졌다. 그 바람에 형을 태우던 불도 꺼졌다. 망해亡骸의 고요가 잿더미 위로 내려앉았다.

"형."

하얀 서리를 덮어쓴 형은 움직이지 않았다. 그는 그을린 등판을 향해 힘껏 외쳤다.

"형!"

형에게선 여전히 답이 없었다. 대신 화재경보 사이렌이 울어대기 시작했다. 형진은 반쯤 착란 상태가 되어 고개를 저었다. 눈앞이 하염없이 아득했다. 소중한 것, 사랑한 것, 미워했던 것들을 모조리 내버리고 도망친 인생이었다. 이미 버렸으니 잃을 수도 없어야 할 것들이었다. 그런데 왜, 무엇 때문에 형이 저기 주저앉아 있다는 말인가?

이것은…… 잔혹한 정산이었다. 자신을 포기한 채 흘려보낸 세월이 채무상환에 나선 것이었다. 언제든 가져갈 수 있던 그의 목숨 대신, 형의 피를 받아감으로써.

그는 팔꿈치를 질질 끌며 형에게로 기어갔고, 손톱만큼도 못 가 바닥에 얼굴을 처박았다. 박살 난 사지가 말을 듣지 않았던 것이다. 형진은 망연히 앞을 봤다. 검게 부스러지는 세상을 보았다. 한때 불타 없어지길 원했던 그의 세계가, 증오하며 외면했던 모든 것들이 사라져가고 있었다. 참았던 절규가 둑이 무너지듯 터져 나왔다.

"도와줘요! 누가 좀 도와줘요! 거기 아무도 없어요? 여기 좀 와달라고, 제발……!"

대답하는 이는 없었다. 더 소리칠 수도 없었다. 붉던 시야가 새카맣게 저물고, 눈꺼풀이 떨어지고, 사이렌 소리마저 먹구름에 가렸다. 넝마가 된 육신 안에서 공회전하던 의식이 빠져나갔다. 진아를 잃었던 그날처럼, 검은 조수가 밀려들어 그를 물 밑으로 가라앉혔다. 수면은 빛 없이 어두웠다.

#무택

재떨이 안에서 깜빡이던 불꽃이 꺼졌다. 무택은 다음 명함에 불을 붙였다. 유리 재떨이에는 타다 만 명함들이 열 장도 넘게 쑤셔

박혀 있었다.

"아직 연락이 없나?"

옆에 서 있던 안 실장이 대답했다.

"네. 이쪽 전화도 받지 않는데, 사람을 보내볼까요?"

"됐네. 좀더 기다리지."

안 실장은 고개를 숙인 뒤 자리로 돌아갔다. 유통기업 사장의 명함을 한 장 더 골라내며, 그는 생각에 잠겼다.

사무실 벽시계는 이제 새벽 1시를 가리켰다. 지금쯤이면 마무리가 되고도 남았을 시간이었다. 곽 의원네 일가족이 박창우의 칼춤에 결딴나고, 사택이 불에 타고, 발 빠른 기자들의 1보가 올라왔을 시각이기도 했다. 안 실장을 시켜 주시 중인 포털들은 여태 잠잠했다. 그렇다고 실패했다는 연락이 오지도 않았다. 전군을 끌고 나간 청부업계의 스페셜리스트가 행방불명된 것이다.

결론은 두 가지였다. 박창우가 실수를 저질렀다. 혹은 그의 계획을 알아차렸다.

그는 골라낸 명함을 가만히 들여다보았다. 박창우는 쓸모 많은 개였다. 물라면 물고, 쫓으라면 지옥 끝까지 쫓아가 숨통을 끊어놓을 사냥개. 더하여, 언젠가 주인에게 이를 드러낼 개새끼. 놈의 속내는 익히 알고 있었다. 교활한 눈으로 사무실을 훑어볼 때도, 뒤에서 그의 자금송금내역을 캔다는 소식을 들었을 때도. 가끔은 녹음기를 켠 티를 너무 내서, 그냥 듣고 싶어 하는 얘길 해줄까 싶기까지 했다. 나는 장무택이고 네놈한테 청부살인을 맡길 거라고. 일이 끝나면 눈깔을 뽑아 동구 밖 감나무에 매달아둘 거라고.

그러나 개는 주인을 물 수 없었다. 그의 서랍에는 손만 까딱하면 놈이 평생 감방에서 썩을 자료가 그득했다. 뒤를 치려 모았을 증거의 반대 위증도 준비가 끝났다. 궁지에 몰린 창우가 돌발행동에 나설 가능성을 대비해, 사설경호업체가 사무실 아래층에서 3교대로 근무했다.

'이번이 마지막이다.' 그는 생각하며 명함을 꽂았다. 늙은이 일가를 해치우고 복귀하는 대로, 놈을 처넣을 호송차가 준비되어 있었다. 어떻게든 함께 죽으려 발악하겠지만 이미 일선의 후배들과 얘기가 끝난 뒤였다. 잘 아는 차장검사에 공판을 볼 부장판사도 섭외됐다. 전화를 끊으며, 무택은 희열 섞인 경멸을 느꼈다. 뼈도 없는 버러지들. 검사 시절엔 그렇게나 빳빳하던 모가지들이 지금은 오뉴월 강아지풀이었다.

슬슬 사람을 보내봐야겠다고 생각할 무렵, 바깥이 소란해졌다. 구둣발 소리, 몸싸움을 벌이는 소리, 어디서 나온 분들이냐고 묻는 경비팀장의 말소리도 들려왔다. 듣다 보니 한두 사람도 아닌 것 같았다. 무택은 고개를 기울였다. 누가 온 거지? 조폭놈들은 발도 못 들이게 하랬는데.

안 실장이 나가기도 전에 문이 벌컥 열렸다. 이어 한 무리의 사내들이 경호원을 밀어붙이며 쏟아져 들어왔다. 선두에 선 검은 양복은 새파란 애송이였다. 양복은 그의 책상 앞까지 걸어오더니 검사증을 내밀었다.

"중앙지검 특수부 나승호입니다. 시장님을 폭력교사, 살인교사, 선거법위반, 방화와 뇌물수수, 협박 및 공갈 혐의로 체포하겠습니다. 변호사를 선임할 권리가 있고 현 시간부로 발언이 불리하게 작용할 수 있는데…… 대선배님이니 뭐, 말하지 않아도 아시겠죠."

무택은 눈을 몇 번 깜빡였다. 서른이나 넘었을까 싶은 애송이가 그에게 뭐라고 떠든 건지, 잘 이해가 가지 않았다.

"지금 뭐라고 했나?"

애송이는 귀찮다는 듯 대꾸했다.

"나머지는 가서 들으시죠. 혐의가 워낙 길어서요."

그는 후배놈의 주둥이를 찢어 놓고픈 충동을 억눌렀다. 지금은 상황을 파악할 때였다.

"중상모략일세. 난 그런 일을 한 적이 없어."

"그것도 가서 말씀하시면 됩니다. 제가 아니라 시장님 변호사한테."

애송이가 신호하자 형사 두 명이 팔을 잡았다. 당장 분노가 솟아올랐다. 저 천한 것들, 깡패나 다름없는 잡놈들이 감히 어디다 손을 대는가. 뿌리치려 했지만 손아귀는 악어의 턱처럼 강고했다. 그는 억눌린 어조로 말했다.

"지검에서 표적수사를 치려는 모양인데, 사람을 봐가면서 건드려야지. 나 서울시 시장 장무택일세. 시민들이 뽑은 이 도시의 얼굴이란 말이야."

"글쎄요. 이젠 아닐 것 같습니다만."

뉴스창을 띄워둔 스마트폰이 디밀어졌다. 그는 코앞으로 다가온 기사의 제목을 읽었다. 〈피와 불로 얼룩진 서울시, 우린 살인마에게 투표했다.〉

아래쪽 내용은 더욱 가관이었다. 그와 창우의 연결고리부터 시작해, 이번 방화에 언제부터 연루됐고 어떤 식으로 모방범죄를 벌여 왔는지, 그리하여 3선 탈락 정치인이 어떻게 시장까지 올라올수 있었는지 일목요연하게 적혀 있었다. 여태 그가 창우에게 지시해온 '심부름' 목록은 덤이었다. 각 단락마다 협박당한 기업가들의 폭로가 잇따랐다. 그는 기사 말미에 적힌 이름을 되풀이해 읽었다. 국제일보 사회부 김정혜……. 창우가 문제없다고, 곧 해결하겠다고 호언장담하던 기자 나부랭이였다.

맨 아래에는 웬 동영상이 하나 있었다. 기사를 내려주던 손가락이 친절한 설명을 덧붙였다.

"아, 이것도. 화면발 좀 받으시던데."

재생을 누르자 영상에 그의 얼굴이 나타났다. 어둡긴 했으나 누구라도 알아볼 수 있을 화질이었다. 예전 오피스텔을 배경으로, 낮은 목소리가 시장실에 흘러나왔다. "……대중은 가장 사회적인 돼지새끼들이라더군. 맞는 말일세. 누가 목동이고 누가 늑대인지도 모르면서……."

애송이는 핸드폰을 가져가더니 중얼거렸다.

"딱 5분 전에 올라왔군. 이런 우연이 다 있나그래."

무택은 목의 핏대가 곤두서는 것을 느꼈다. 이것은 우연 따위가 아니었다. 저 검사가 형사들을 데리고 들이닥친 것도, 하필 이 순간 기사를 터뜨린 것도, 잘 짜인 쇼였다. 놈들이 마침내 힘을 합친 것이다. 검찰에 기자에 조폭까지 한패가 되어, 이 장무택을 보내버리기 위해.

추측을 증명이라도 하듯, 시장실의 전화들이 일제히 울어대기 시작했다. 안 실장은 당황한 표정으로 자신의 핸드폰과 책상 위 전화기를 번갈아 쳐다봤다. 무택은 이를 갈며 생각했다. 어딘가 탈출로가 있을 것이었다. 양 차관, 강 검사장, 나머지 그의 사람들도 아직은 돌아서지 않았으리라. 시장이 되고 난 뒤 늘어난 의형제만 몇 명이던가. 여기서 시간을 조금 더 끌면, 최소한 내일 안에 검찰로만 넘어가지 않는다면⋯⋯.

둔중한 금속음이 손목을 물었다. 그는 꿈을 꾸는 기분으로 두 손에 채워진 수갑을 내려다보았다. 수십 번, 수백 번을 채우면서도 자신을 물 거라곤 상상조차 못했던 패배자의 징표였다. 문득, 옷을 벗기 전 마지막으로 집어넣었던 선배가 생각났다. 그는 평소처럼 영장을 받아 집으로 들이닥쳤다. 금품수수, 뇌물비리, 부정청탁의 삼진아웃을 맞은 선배는 경찰차에 타기 전 딱 한 마디를 했다.

'넌 너무 멀리 나가지 마라.'

불길한 충고를 현실에서 맞이할 시간이었다. 무택은 손목에 채워진 수갑을 보았고, 비서의 얼굴에 떠오른 절망감을 보았다. 그를 귀향시키려 온 후배와 한때 그의 것이었던 시장실의 함석 명패도 보았다. 오래전 내버렸던 무언가가 가슴에 난 구멍으로 빠져나갔다. 이미 그는 머나먼 선로에 와 있었다. 기차를 멈추기에도, 다시 돌아가기에도.

"가시죠. 그만."

20년 전의 그가 그랬듯, 애송이가 재촉했다. 그는 어쩐지 우스운 기분으로 발길을 뗐다. 밖으로 나와 올려다본 하늘은 여전히 검었다.

EPILOGUE

　가을이 찾아왔다. 몇 년 만의 불볕더위보다 뜨거운 재해에 가렸던 여름은 조용히 물러갔다. 덥다는 말이 농담처럼 느껴지던 두 달이었다. 그동안, 서울의 모든 시민은 화마의 악몽에 시달렸다. 일부는 공포로 떨었고 일부는 불길과 맞서 싸웠으며, 일부는 거리로 나왔다. 어쩌면 분노였으리라. 또는 쌓였던 원통함이었으리라. 세상이 뿌리고 방화범들이 지펴낸, 누구의 가슴속에나 있을 불길이 타올랐던 이유는.

　두 사람이 앉은 벤치 앞으로 환자 몇 명이 지나갔다. 양권은 나무가 울창한 조경로에 시선을 보냈다.

　"얼굴이 좋아지셨는데요."

　나란히 조경로를 바라보던 정혜가 대꾸했다.

　"형사님이야말로요. 청장님 표창 때문에 그런가."

　그는 어깨를 으쓱했다.

　"아뇨, 실은 휴직을 생각 중입니다. 이젠 기자들이 집까지 찾아오더라고요."

사건 다음 날, 매스컴엔 총 다섯 명의 명단이 올랐다. 주인공은 〈8월의 참사〉의 핵심 인물들이었다. 저마다 멋들어진 타이틀도 하나씩 있었다. 형진은 억울한 누명을 쓴 영웅으로, 정혜는 사회의 부패를 고발한 양심 기자로, 장무택과 박창우는 살인마 시장과 그를 돕던 정치깡패로, 양권은 경찰의 체면을 살린 명사수 형사로.

　그리고 이선길, 현직 사회복지사였던 방화광은 큰 관심을 끌지 못했다. 진범이 밝혀진 날, 본인이 불을 지르려던 남산타워에서 사망했는데도 세간의 이목은 시큰둥했다. 사건의 규모를 생각하면 이례적인 일이었다. '방화범의 정체' '무엇이 사회복지사를 괴물로 만들었나?' 따위의 속보가 1면에 올랐으나 얼마 못 가 자취를 감췄다. 지진이나 태풍이 먼 바다에서 소멸되듯이, 발생 원인이 무엇이고 진원이 어디인지보다, 거기 맞서 싸운 이들이 주목받는 것처럼.

　나무 내음 섞인 바람이 불어왔다. 정혜가 문득 생각난 듯 물었다.

　"많이 깨지진 않으셨어요? 마음대로 발포했다고요."

　"안 그래도 한바탕 혼났습니다. 또 그러면 청장 표창이고 뭐고 죽여버리겠다던데요."

　정혜는 깔깔대며 웃었다. 그렇게 시시콜콜한 근황 몇 개를 더 주고받자 할 말이 동났다. 두 사람 모두 이것이 완벽한 승리가 아님을 알고 있었다. 그들은 그저 하나의 방화를 막았을 뿐이었다. 다 지나버린 여름에, 돌이킬 수 없는 희생들을 업고. 방화범들은 두 달간 서울 각지를 불살랐다. 불타고, 폭발하고, 무너지는 건물들 틈에서 수많은 사람들이 죽거나 다쳤다. 그중 가장 많은 것을 잃은 이가 저 위쪽 병동에 있었다.

"좀 어떻습니까."

정혜는 눈을 내려뜨고 대답했다.

"그럭저럭 괜찮아지고 있어요. 당한 일에 비하면."

양권도 아래를 내려다보았다. 그의 구두 옆, 정혜의 운동화 앞코에 구멍이 뚫려 있었다.

"혹시 무슨 일이 있거든 연락하십시오. 근처에 수상한 자들이 보인다거나 하면요."

"왜, 또 총 들고 달려오시려고요?"

되묻는 목소리에 웃음기가 묻어났다. 그는 정혜에게 마주 웃어 보였다.

"테이저건 정도로 합시다. 원래는 소지가 안 되거든요."

❖

총 잘 쏘는 형사가 언덕길을 내려갔다. 조경로 아래쪽에는 흰 아반떼가 서 있었다. 차 문에 기대 담배를 피우던 중년 남자도 후배를 향해 돌아섰다. 형사 두 명이 차에 타는 것을 보며, 정혜는 벤치에서 일어섰다.

벌써 2주 가까이 지났건만, 양권은 꼬박꼬박 이곳에 들러 안부를 전했다. 당시 도망친 박창우 일당 몇몇이 아직 도주 중이었기 때문이었다.

'굳이 여길 올 것 같진 않지만. 악덕 사장을 없애줬다며 화환이라도 보내면 모를까.'

다리 위 싸움이 끝난 뒤, 양권은 그녀를 태우고 남산으로 내달았다. 가는 동안 근처의 소방대에 지원을 요청한 것도 그였다. 정혜는 햇볕이 하얗게 부서지는 병원 돌계단을 올라갔다. 엘리베이터에 탄 다음, 형진이 있는 병동 층을 눌렀다. 상승하는 승강기는 그날 밤의 기억들을 불러왔다.

그녀가 경찰들과 소방대원들을 끌고 도착했을 때, 전망대 안은 매캐한 연기로 그득했다. 휘발유 냄새에 시너 냄새, 살 타는 악취까지 섞여 숨조차 쉬기 어려웠다. 정혜는 위험하다며 붙잡는 양권을 뿌리치고 엘리베이터에서 뛰쳐나갔다. 피처럼 흩뿌려진 까만 액체를 따라가자 상상하고 싶지 않았던 광경이 펼쳐졌다. 전망대에는 세 사람이 쓰러져 있었다. 두 명은 새까맣게 탔고, 조금 떨어진 곳에 널브러진 형진도 죽음 저편으로 한발을 디딘 듯 보였다. 그녀가 이름을 소리쳐 부르자 핏물이 엉긴 눈꺼풀이 미세하게 떨렸다. 상태를 살피던 양권이 눈가를 찌푸렸다.

"몸의 뼈 대부분이 부러졌습니다. 잘못 건드리면 쇼크가 올 거예요."

구급대원들이 들것을 가지고 올라오는 동안, 나머지 시신 두 구의 신원이 파악됐다. 한 구는 그들이 쫓던 사회복지사였고, 다른 한 구는 체구가 큰 남성이었다. 타다 만 얼굴을 확인한 순간, 정혜는 눈을 감아버렸다.

창우 패거리를 쫓아 출발하기 전, 그녀는 차 안에서 형문의 전화를 받았다. 창우가 움직였다는 문자를 전송한 직후였다. 동생은 어디 있냐는 질문에, 진범을 쫓아 남산타워로 갔다고 하자 지원을 보내겠다며 연락이 끊겼다. 그 지원팀의 정체는 경찰도 소방대도 아닌 형문 본인이었던 것이다.

통렬한 자괴감이 밀려들었다. 왜 눈치채지 못했던가. 그가 여전히 동생을 포기하지 않았다는 사실을, 마지막 순간이 온다면 혼자서라도 형진에게 달려가리라는 걸.

이번 기습은 형문과 형문의 현역 시절 동료, 후배까지 가세한 팀으로 이뤄졌다. 작전은 세 단계였다. 하나, 박창우 사단이 사무실을 비울 때까지 기다린다. 둘, 텅 빈 사무실을 털어 금고를 손에 넣는다. 셋, 영장이 발부되자마자 장무택을 습격한다. 마지막 방아쇠를 당기는 영광은 정주훈에게 돌아갔다. 그는 넥타이핀 속 영상을 전송받자마자 정혜의 보도자료와 함께 기사를 올렸다. 활로를 틀어막는 최후의 봉수封手였다.

그렇게 그들은 호랑이 사냥에 성공했다. 박창우는 현장에서 검거됐고 장무택은 검찰로 송치됐다. 승리를 자축해야 마땅했건만, 그녀는 웃을 수 없었다. 그날 밤의 기억이 시시때때로 들이닥치는 탓이었다.

형진은 가까운 대학병원으로 이송됐다. 달리는 구급차 안에서, 그녀는 처음으로 신을 찾았다. 제발 이 형제가 함께 죽지 않게 해달라고. 의사 셋이 달라붙은 8시간의 사투 끝에, 바이탈수치가 정상 궤도로 진입했다는 소식이 들려왔다. 담당 의사는 그의 생존 가능성이 불과 10퍼센트였다고 했다. 몸의 뼈 대부분이 부러진 데다, 과출혈과 쇼크가 상당 부분 전개된 상황에서 살아난 건 기적에 가깝다고도.

병실 안을 본 정혜는 흠칫 놀랐다. 밖을 보는 형진과 눈이 마주

쳤던 것이다. 호흡기를 낀 입이, 붕대를 감아 한쪽밖에 보이지 않는 눈동자가 묻고 있었다.

형은?

정혜는 도망치듯 그 복도를 떠났다. 거기 계속 있다간 울어버릴 것 같았다.

호흡기를 제거한 뒤에도 형진은 말을 하지 않았다. 병실로 찾아가면 멍하니 천장만 쳐다보고 있었다. 자신이 왜 슬픈지 모르는 어린애 같은 눈이었다. 차라리 미치광이처럼 날뛰었더라면, 울며불며 난리를 쳤다면 좀 나았을 텐데, 저러고 있으니 보는 사람의 속이 더 타들어갔다.

간호사들이 지나다니는 병동 복도에서, 정혜는 공연히 서성거렸다. 마음 같아서는 들어가 말하고 싶었다. 시간이 해결해줄 테니 기운부터 차리라고, 잊어야 네가 산다고. 그러나 저 퀭한 눈만 보면 입이 붙어버렸다. 어떻게 잊으란 말을 할 수 있겠는가, 평생 잊으려 했던 가족을 영영 잃고 만 인간에게.

그녀는 고민 끝에 병실 문고리를 잡았다. 그리고 한숨을 쉬며 다시 놓았다.

❖

병실 문 앞을 맴돌던 발소리가 멈췄다. 들어오진 않고 서성대는 걸 보아, 아마 정혜인 것 같았다. 어차피 면회가 허락된 사람은 그녀뿐이었다.

형진은 흰 문을 바라보다 시선을 돌렸다. 침대 옆 테이블에는 박스들이 산처럼 쌓여 있었다. 방문을 거절당한 사람들이 주고 간, 혹은 보내온 문병 선물이었다.

의식을 잃은 사이, 많은 것들이 바뀌어 있었다. 한때 그를 추방했던 세상은 언제 그랬냐는 듯 돌아서서 팔을 벌렸다. 매스컴마다 문형진의 이야기로 떠들썩했다. 올해의 의인이니, 서울시를 구해낸 영웅이니, 낯간지러운 금칠이 화상투성이 얼굴 위에 대서특필됐다. 병실로 찾아오는 사람들도 많았다. 소방청장, 서울경찰청장, 어느 지역구 의원……. 형진은 꼴도 보지 않았고 정혜는 그들 모두를 내쫓았다. 놀라운 일은, 그가 중환자실에서 꼴깍대고 있을 때 최 전무가 찾아왔더라는 것이었다. 목발을 짚긴 했지만 새 양복 차림으로, 안부를 전해달라고 하곤 홀연히 사라졌다고 했다. 그는 후에야 다리 위의 격전을 전해 들었다. 박창우를 막아낸 일등공신은 최 전무를 위시한 노숙자들이었다. 세상에서 쫓겨났던 쓰레기들이 서울을 구한 것이었다.

그로부터 2주가 흘렀다. 생사를 넘나들던 몸 상태도 제법 회복되었다. 관절마다 부목을 댄 손가락을 옴죽대는 게 가능해질 만큼. 그러나 도저히 나아지지 않는 일도 있었다. 병실로 찾아온 형수를 봤을 때, 그는 어떤 말을 꺼내야 할지 모르게 되고 말았다. 정윤희는 담담히 이야기했다.

"그 사람은 이렇게 될 걸 알고 있었던 것 같아요. 10시쯤인가…… 전화가 왔거든요. 잠깐 동생을 만나고 오겠다면서, 기다리지 말고 자라고 했어요. 평소에는 형진 씨 이야기를 절대 먼저 꺼내지 않던 사람이요."

형수의 말은 형과 달랐다. 그는 목소리를 억지로 짜냈다.

"형이랑 같이 있던 게 아니었습니까?"

"네. 친정에 다녀오는 중이었어요. 언제쯤 오냐고 하니까, 이번에는 조금 늦을 것 같다고……."

정윤희는 끝내 말을 잇지 못했다. 형진은 가슴이 답답해지는 것을 느꼈다. 정혜는 형에게 남산으로 가라고 한 적이 없었고 형수는 남편이 어디 있는지조차 몰랐다. 처음이자 마지막 거짓말로, 형은 모두를 속인 것이었다.

"아마 더는 잃고 싶지 않았을 거예요." 이야기를 들은 정윤희는 그렇게 말했다. 누이에 이어 남동생까지 죽는 걸 지켜볼 수 없었을 거라고. 그러나 그의 생각은 달랐다. 진아와 그들 형제, 아버지와 어머니를 둘러싼 미움의 역사는 혈육의 정으로 무마되는 종류가 아니었다. 형 역시 죽는 순간까지 깨닫지 못했을 터였다. 왜 그토록 미워하던 동생을 구하러 갔는지, 그를 증오했는지 혹은 사랑했는지.

형수가 떠난 뒤에도 허탈감은 남았다. 몰려든 허무에 육신이 잠겨가는 기분이었다. 방화범들이 체포되면서, 뱃속에서 끓던 불덩이도 어디론가 사라졌다. 반평생을 바라왔던 일이건만 퍼뜩퍼뜩 어색하고 당혹스러웠다. 적도 형도 없는 삶은 남의 것처럼 낯설었다.

그는 쌓인 선물들을 바라보았다. 한때 바랐던 모든 것이 저기 있었다. 이제 소방관이 되어 불을 끌 수도 있었고, 경찰이 되어 방화범을 쫓을 수도 있었다. 그러나 무엇도 하고 싶지 않았다. 아마 형이 검사를 그만둔 이유도 비슷했으리라.

형은 남긴 유품도 몇 없었다. 여기저기 그을린 카세트테이프와 젊었을 적의 결혼사진이 전부였다. 형수는 진아가 생전 좋아했던 가수의 앨범이라고 했다. 있는 줄도 몰랐던 진아의 유품을, 형이 죽고 나서야 받게 된 셈이었다. 정혜가 몇 곡을 틀어줬지만 뭐가 좋은지는 여전히 알 수 없었다. 옛 노래는 변함없이 구슬펐고 진아의 유품은 형의 유품이 되어 있었다.

갑자기 배가 아파와서 그는 미간을 구겼다. 이 꼴이 되니 먹는 것도 싸는 것도 고달팠다. 소변은 카테터에, 대변은 기저귀에다 보고 간호사를 불러야 했다. 박복했던 문가놈 인생이 돌고 돌아 뒷방 늙은이 신세라고 생각하자 울화통이 치밀었다. 그 망할 인간은 이걸 노린 게 분명했다. 홀로 남은 동생이 마음대로 죽지도 못하게 하려고. 비겁하게, 치사하게…….

이제 그만 좀 해라.

목소리가 들린 것은 그때였다. 형진은 고개를 홱 돌리다가 목을 삐끗할 뻔했다. 신음하며 쳐다본 병실 창문에는 아무도 없었다.

"형?"

대답은 돌아오지 않았다. 정혜가 덮어주고 간 이불 밑으로, 부목을 댄 오른손만 삐죽 나와 있었다. 붕대에 안 감긴 부분이 달군 쇳덩이처럼 불그죽죽했다.

형진은 가만히 생각했다. 우리는 우리가 할 수 있는 것만 하면 된다는, 누군가의 말이 불현듯 떠올랐다. 어떤 꼰대의 훈계였더라…… 최 전무였나, 형이었나, 아니면 아버지였던가? 그는 커튼 틈으로 스며드는 햇빛을 바라보았다. 형이 마지막에 하려던 말이 무엇이었는지, 왠지 알 것 같았다.

병실 문이 열리더니 베고니아 화분을 든 정혜가 들어왔다. 그녀는 천연덕스럽게 인사했다.

"일어나 있었네요. 자는 줄 알고 들어왔더니."

저 겉 다르고 속 다른 말버릇은 여전했다. 김정혜 씨, 하고 부르자 화분을 내려놓던 정혜가 흠칫하며 돌아봤다. 그가 입을 연 것은 꼬박 닷새 만이었다.

"약속 좀 잡아줘요. 두 개만."

그녀의 눈빛이 묘하게 변했다. 이 인간이 기어이 무슨 사고를 치려는구나, 하는 표정이었다.

"두 개? 누구랑요?"

"하난 그때 왔던 소방청장이랑, 다른 하나는 당신이랑. 일이 끝나면 커피 한잔 하겠다면서?"

정혜는 입을 약간 벌렸다. 자기 입으로 한 말이었다지만 당황할 만도 했다. 평생을 살면서 노숙자한테 작업이 들어오기는 처음일 테니.

'이래서 인생은 실전인 거야, 기자 양반.'

형진은 베개에 머리를 대고 누웠다. 하얀 볕이 침대보를 데우고, 창가 너머에서 산산한 산들바람이 불어왔다. 기나긴 여름 끝에 발화한 가을이었다.

인생은 연기 속에 재를 남기고
말없이 사라지는 모닥불 같은 것
타다가 꺼지는 그 순간까지

우리들의 이야기는 끝이 없어라

〈끝〉

작가의 말

아무에게도 말하지 않았던 것이 있습니다. 사실 저는 글쓰기를 썩 좋아하는 사람이 아닙니다. 시작해버렸으니 썼고 달리 잘하는 것이 없으니 썼습니다. 그만두긴 늦었다고, 그러니 이곳에서 끝을 봐야 한다고도 여겼습니다.

완성된 소설 한 편이 독자에게 놀이공원을 선보이는 것이라면, 제가 할 수 있는 일은 수많은 조언을 빌어 그럭저럭 돌아가는 회전목마 하나를 만들어내는 것입니다. 『외로움살해자』의 직원들이 그랬고 『화곡』의 소방관이 그랬습니다. 아마 다음 작품에서도 그럴 것 같습니다.

글쓰기의 즐거움을 되찾아주신 이한솔 코치님, 이 지면을 빌려 감사의 마음을 전합니다. 덕분에 제가 쓰는 이유를 뒤늦게 깨달았습니다. 감수를 맡아주신 소방방재학과 박청웅 교수님께도 감사드립니다. 불 한 번 꺼보지 않았던 작가에게 큰 힘이 되었습니다. 도움을 주신 분들, 응원해주신 분들, 지금 이 책을 펴고 계실 어떤 분께도, 미리 감사하다 말씀드리고 싶습니다. 불을 쫓는 회전목마가 여러분에게 즐거움이 될 수 있다면 기쁘겠습니다.

첫 장편소설 이후 꼬박 3년이 지나 내놓는 글입니다. 다음에 또, 더 잘 벼려진 칼로 돌아오겠습니다. 담대하고 초연하게, 극단極端의 정신으로.

2019년 3월

윤재성